하룬 선생 1

송현 자전소설

학생의 최대 적은 무능한 교사이다!

하륜
선생

1

송현 자전소설

창해

이 책을 한 분의 은인과 세 분의 스승, 그리고 부모님께 바칩니다. 한 분의 은인은 서울 S고등학교 김영혁 교장선생입니다. 부산의 사립 중학교 교사였던 내가 '10월 유신 반대 삭발'을 한 뒤 탈영병 같은 빡빡머리로 서울 S고등학교를 불쑥 찾아가서 이 학교에 취직시켜 달라고 부탁하자, 한 시간 수업할 기회를 주고, 마침내 채용해 주어서 서울에 입성할 터전을 마련해준 내 삶의 최대 은인입니다.

세 분의 스승 중에 함석헌 선생은 제 삶의 뿌리이자 기둥인 역사와 역사적 삶을 가르쳐준 정신적 스승이며, 한글 기계화의 아버지 공병우 박사는 '시간은 돈보다 더 귀한 생명'이란 사상을 근본적인 바탕으로 합리적 사고와 가치 있는 일에 올인하는 훌륭한 삶의 기본자세를 가르쳐준 스승입니다.

또한, 〈뿌리깊은 나무〉 발행인 한창기 사장은 '하자' 형 글 (말)을 쓰지 말고, '했다' 형의 글로 써야 한다는 글쓰기 원칙과 함께 마침내는 삶의 원칙을 가르쳐준 스승이며, 이 책이 바로 그 증거이기도 합니다.

그리고 6·25 전쟁 이후 그 어려운 시절에 소 팔고 논 팔아서 대학 공부를 시켜준 부모님입니다. 이분들이 아니었더라면 오늘의 하륜은 존재하지 않았을 것이고, 땀과 눈물로 얼룩진 이런 도전 이야기도 생기지 않았을 것입니다. 그 외에도 고마움을 표시해야 할 분들을 일일이 거명하자면 이 책보다 더 길어질 것 같아서 내가 이 세상에 사는 날까지 가슴 깊이 묻어두겠습니다.

이 아름다운 지상에서 수많은 사람들의 사랑과 용서 속에서 내 분수에 넘치는 삶을 살았고, 비록 패랭이꽃 한 송이라도 활짝 피우고 가는 것이 너무너무 자랑스럽고 행복합니다. 이 헌사의 마지막 구절을 쓰는데, 방금 내 손등에 뜨거운 눈물 한 방울이 뚝 떨어졌습니다.

2021년 9월
대한민국 서울에서
송 현

2부 _ 버스 안에서 너무 엉뚱한 도전

3부 _ 학생 최대의 적은 교사

4부 _ 칸트 오빠와 하륜 오빠

5부 _ 송창식의 '고래사냥' 긴급 특강

6부 _ '은혜의 나무'를 눈물로 심은 제자들

1부

빡빡머리 문학청년의
진검승부

1
S고등학교의 수위실과 교장실

무궁화호 열차가 서울역에 도착했다. 나는 미아리 고개 너머에 있다는 S고등학교를 찾아갔다. 초행길이라 몇 번 묻긴 했지만, 예상보다 많이 헤매지는 않았다. 드디어 교문 앞 수위실로 갔다. 50대 후반의 험상궂게 생긴 수위가 나를 보고 고개를 갸웃하더니 대번 직사포를 쏘았다.

"뭐야?"

숫제 반말이었다. 하기야 나라도 반말을 했을 것이다. 그도 그럴 것이 내 몰골이 정상이 아니었기 때문이다. 누구라도 나를 보는 순간 탈영병 아니면 완전 맛이 간 놈으로 짐작했을 것이다. 왜냐면 부산 모 사립 중학교 교사인 내가 두 주일 전에 박정희 10월 유신 반대 삭발을 해서 완전 빡빡머리였기 때문이다.

중등학교 현직 교사로서 유신 반대 삭발을 한 사람이 나 말고 누가 더 있었는지 모르겠다. 하기야 사립 중학교 선생이 유신 반대 삭발을 하면 학교에서 대번 쫓겨날 것은 삼척동자도 아는 일이다. 굳이 유신 반대 삭발까지는 아니더라도 수업 시간에 시국을 비판하는 말 한마디만 해도 쥐도 새도 모르게 잡혀갈 수 있는 살얼음판이었다. 그래서 유신 반대 삭발이란 잡혀갈 각오는 당연히 해야 하고, 경우에 따라서는 학교에서 쫓겨날 각오까지 하지 않고는 도저히 할 수 없는 일이었다.

사립학교 교사의 인사권은 재단이 쥐고 있어서 말단 선생의 목숨쯤이야 파리 목숨보다도 약했다. 만약 시국 문제로 수사 선상에 오르면 시도 때도 없이 수사기관에 불려 다닐 것이 뻔하고, 그러다가 결국은 감방에 갈 수밖에 없다는 것 정도는 뻔히 알면서, 내가 삭발을 하지 않을 수 없었던 것은 그럴만한 충분한 이유가 있었다.

1964년 고등학교 졸업을 앞둔 어느 날, 보수동 헌책방에 갔다. '씨알서점'이란 낡은 간판이 달린 헌책방에서 표지가 떨어져 나간 무슨 월간 잡지 화보 중에 내 눈길을 끄는 사진이 있었다. 하얀 고무신에 하얀 두루마기를 입고, 하얀 수염을 휘날리면서 웃고 서 있는 할아버지였다. 동네에서 볼 수 있는 보통의 할아버지와는 완전히 풍모가 달랐다. 언뜻 봐도 예사로운 노인네가 아니었다. 무엇을 하는 할아버지인지 호기심도 생기고, 궁금하기도 하였다. 그때 책방 주인인 털보 아저씨가 내게 뜻밖의 말을 했다.

"너, 그 할아버지가 누군지 알아?"

"모릅니다."

"그럴 줄 알았다. 함석헌 선생님이야!"

처음 듣는 이름이었다. 즉각 나는 반문복창(※주-'반문복창'은 내가 만든 신조어이다. 상대가 한 말을 그대로 따라 하면서 질문을 함께 하는 것을 말한다)을 했다.

"함석헌 선생님요?"

"그래, 앞날이 창창한 젊은 놈은 반드시 선생님을 알아야 해. 네가 만약 선생님을 제대로 이해한다면, 네 운명이 확 바뀌고, 네 삶도 달라질 거야!"

털보 아저씨의 말은 아무 데서나 들을 수 있는 예사로운 말이 아니란 것을 나는 대번 알았다. 이 뜻밖의 말이 내게는 처음 들어보는 일종의 폭탄선언과 같은 청천벽력이었다. 털보 아저씨는 거두절미하고 바로 본론을 말했다.

"내가 선생님의 자서전을 한 권 주겠다. 나중에 성공하면 책값을 두 배로 갚아라."

털보 아저씨는 함석헌 선생님의 자서전《죽을 때까지 이 걸음으로》헌책 한 권을 내게 선물하였다. 이런 뜻밖의 선물을 받을 것이라고는 한 번도 상상하지 못했기 때문에 엉거주춤 받긴 받아도 좀처럼 실감이 나지 않았다. 나는 '고맙다'라는 말도 제대로 못 하고 어색한 미소로 겨우 땜빵을 하였다.

나는 서대신동 1가 216번지의 판자촌에 있는 자취방으로 돌아왔다. 서둘러 저녁을 먹는 둥 마는 둥 하고 책을 펼쳤다. 털보 아저씨의 말이 조금도 과장이 아니었다. 사실 '이런 책'을 나는 처음 보았다. 한마디로 이 책은 단순한 책이 아니었다. 시종일관 제 자랑을 늘어놓은 흔해 빠진 자서전이 아니라, 역사의 예언자가 광야에서 외치는 소리를 기록한 아주 특별한 책 같았다.

밤을 새워 책을 읽는데 격공에 책장을 넘길 때마다 손이 떨렸다. 한 줄 한 줄 밑줄을 칠 때는 가슴 벅찬 감격으로 온몸에 소름이 돋았다. 이런 지적 전율을 난생처음 경험하였고, 진저리를 치면서 책을 읽는 경험도 처음이었다. 다시 말하면 흔해 빠진 책 한 권을 읽은 것이 아니라 첫 페이지부터 끝 페이지까지 지적 전율에 몸서리를 치며 읽었기 때문에 마치 별천지를 다녀온 것과 같았다.

며칠 뒤에 다시 보수동 씨알서점으로 갔다.

"아저씨! 함석헌 선생님의 《죽을 때까지 이 걸음으로》는 다 읽었습니다. 정말 고맙습니다. 그런 놀라운 책을 난생처음 보았습니다. 제게는 그냥 책이 아니라 정신적 수소폭탄이었습니다."

"뭣이 어째? 그냥 책이 아니라 정신적 수소폭탄? 와, 넌 역시 싹수가 있는 놈이야!"

"아저씨, 이제 함석헌 선생님의 무슨 책을 읽으면 좋겠습니까?"

털보 아저씨는 마치 기다린 듯이 서가 안쪽에서 책 한 권을 재빨리 뽑아와서 내밀었다. 《뜻으로 본 한국역사》라는 책이었다.

털보 아저씨가 활짝 웃으면서 말했다.

"너 이 책 살 돈은 있냐? 내가 외상으로 주마"

"이 책 살 돈은 있지만, 외상으로 주신다니 너무너무 고맙습니다."

"넌 확실히 싹수가 있어. 그래서 외상으로 주겠단 소리야. 나중에 성공하면 열 배로 갚을 놈 같아."

"이 책 살 돈은 있습니다."

"그래? 책값을 기어이 내겠다면 반만 내라."

털보 아저씨는 책값을 절반으로 깎아주었다.

그 책을 들고 자취방으로 돌아오는데 어떤 내용인지 궁금해서 도저히 참을 수가 없었다. 평소에 잘하던 버릇대로 길을 걸어오면서 책을 펼쳤다. 시답잖은 내 자랑 같지만, 나는 길을 걸으면서도 책을 읽는 내 짬밥은 제법 된다.

학교에서 수업 시작종이 울리면 교실을 향해 복도를 걸어가면서도 책을 읽었고, 수업을 마치고 교무실로 돌아올 때도 복도를 걸으면서 책을 읽었다. 이런 광경을 처음 본 학생들은 고개를 갸웃하였다. 그러나 거의 매일 이렇게 걸으면서 책을 읽자 학교에서는 아주 익숙한 광경이 되고 말았다.

물론 학교에서만 걸으면서 책을 읽는 것이 아니라 평소에도 길을 걸어가면서 짬만 나면 책을 읽는 것은 내게 너무 익숙하고 자연스러운 일이었다. 그러다 보니 길을 걸으며 책을 읽다가 전신주를 들이받은 적이 한두 번이 아니었다.

보수동에서 서대신동 자취방까지 걸어오면서 여러 페이지를 읽었다. 읽다 보니 이 책은 《죽을 때까지 이 걸음으로》보다 한 수 위로 보였다. 그래서 나를 더 흥분하게 하였다. 그날 밤을 꼬박 새워서 《뜻으로 본 한국역사》를 읽었다.

이 책을 읽으면서 내가 받은 충격은 단순한 충격 정도가 아니라 내 일생에 제일 큰 변화를 가져오게 한 엄청난 대사건이었다. 정확하게 말하면 단순한 변화가 아니라 나를 송두리째 바꾸는 일종의 혁명이었다. 그래서 "어제의 하륜은 죽고 새로운 하륜이 태어났다"라고 하는 것이 바를 것이다.

나는 대학을 졸업하자마자 주임교수 추천으로 부산의 사립 중학교 국어 선생 자리를 구하였다. 어느 날 함석헌 선생님이 부산에 시국 강연을 하러 오신다는 소문을 들었다. 그동안 책을 통해서만 보고 흠모했던 선생님의 실제 모습을 볼 것을 상상하니 가슴이 설레고 쿵쾅거려서 도저히 내 마음을 주체할 수 없었다.

토성동 경남도청 앞 강연장으로 단숨에 달려갔다. 강연장은 청중들로 입추의 여지가 없었다. 나는 사람들 틈을 비집고 들어가 연단이 잘 보이는 자리를 잡았다. 이윽고 박수갈채를 받으며 선생님이 연단 위로 등장하였다. 그동안 사진으로 본 선생님의 모습도 멋이 있었지만, 가까운 거리에서 선생님을 직접 보니 더 멋이 있었다. 강연을 듣기도 전부터 내 가슴은 터질 것 같았다.

선생님의 강연이 시작되었다. 나는 히어링(Hearing)이 아닌 리스닝(Listening)을 하기로 작심했다. 귀로 듣는 청취와 온몸으로 듣는 경청은 하늘과 땅만큼 다른데, 나는 그때까지 경청의 의미도 잘 몰랐고, 더더욱 경험은 전무했다. 그러나 누가 보아도 내 태도는 나무랄 데 없는 경청이었을 것이다.

태어나서 처음으로 경청을 한 것이다. 누가 시켜서 한 것도 아니고, 더더욱 어디서 배워서 한 것도 아니었다. 일부러 경청하려고 한 것이 아니라 온몸으로 듣다 보니 저절로 경청이 된 것이다. 나중에 알고 보니 경청은 크게 두 가지가 있었다. 일반적인 '의도적 경청'과 내가 경험한 '자연적 경청'으로 구별할 수 있다. 나는 내가 경험한 경청을 자연적 경청(※주-'자연적 경청'이란 말은 내가 만든 말인데, 경청이 뭔지도 모르면서 온몸으로 듣는 것을 말한다)이라고 명명했다.

함석헌 선생님의 말씀 한마디 한마디는 죽은 지식 수집가들이 입만 살아서 쏟아내는 공허한 말이 아니라 온몸으로, 더 정확히 말하면 삶 전체로 하는 펄펄 살아 있는 뜨거운 천상의 목소리였다. 난생처음 들어보는 가슴 뜨거운 폭탄선언이었다. 살아 있는 한마디의 말씀마다 선생님의 목숨을 걸고 하는 모습이 역력했다. 나는 피를 토하는 심정으로 사자후(獅子吼)를 외치는 선생님의 강연에 지적 감전(※주-'지적 감전'이란 말은 내가 만든 신조어이다)이 되었다.

강연장에서 나는 완전히 사라지고, 오직 선생님의 말씀 속에 내가 존재하는 줄을 나는 꿈에도 몰랐다. 살아도 그냥 산 것이 아니라 펄펄 살아 있었다. 선생님의 말씀 한마디 한마디는 그 시대 잠든 씨알들과 세상을 일깨우는 선지자의 예언 같았다.

강연이 끝났다. 나는 겁도 없이 연단 위의 선생님께로 다가갔다. 평소에 겁도 많고 부끄럼도 많은 내가 연단 위로 올라간 것도 누가 시켜서도 아니고, 그 순간 나도 모르게 그런 용기가 생긴 것이었다. 이는 누가 보아도 평소의 내가 아니었다. 정확히 말하면, 평소의 나는 죽고 완전히 새로 태어난 나였다. 이런 용기 또한 '자연적 경청'과 '지적 감전'처럼 특수한 상황에서 자연스럽게 일어나는 특별한 현상이지 싶다.

나는 선생님께 정중하게 절을 하고, 간단하게 내 소개를 한 후 책장마다 온통 붉은 밑줄이 박박 그어진 《뜻으로 본 한국역사》를 내밀면서 말했다.

"선생님! 선생님의 사인을 받고 싶습니다. 이 책은 제 운명을 바꾸는 정신적 수소폭탄 같은 책입니다."

선생님은 멋쩍어하시면서 웃는 얼굴로 사인을 해 주셨다.

털보 아저씨는 내가 함 선생님에 대한 공부를 아주 열심히 하는 것을 알고 별 볼일 없는 쭉정이가 아니라 싹수가 보이는 알갱이라고 생각한 것 같았다. 그래서 그런지 내게 뜻밖의 호의를 또 베풀었다.

"너 〈성서조선〉이라고 알아?"

"말만 들었지 한 번도 구경하지 못했습니다."

"네게 〈성서조선〉 창간호부터 폐간호까지 전질을 다 소장하고 있는 박동호 선생을 소개해줄게. 이번 토요일 여기로 와라. 박 선생님이 그날 오시기로 했어."

무교회주의자 김교신, 함석헌, 송두용 선생이 만든 잡지 〈성서조선〉 창간호부터 폐간호까지 126권을 모두 소장하고 있는 분은 박동호 선생이 유일하다고 했다.

털보 아저씨의 소개로 씨알서점에서 박동호 선생을 만났다. 털보 아저씨가 내 소개를 잘해서 그런지 박동호 선생님은 내게 살갑게 대하는 것이 역력하였다. 말 한마디가 현금처럼 느껴졌다. 흔쾌히 〈성서조선〉 전질을 내게 빌려주었다. 운 좋게 나는 말만 들었던 그 유명한 〈성서조선〉을 창간호부터 폐간호까지 전권을 다 구경하였다. 이는 단순한 행운이 아니라 천운이지 싶다.

그러던 어느 날 털보 아저씨가 또 뜻밖의 말을 하였다.

"장기려 박사님 알아?"

"이름만 들었을 뿐입니다."

"매월 셋째 일요일 오후 세 시에 부산의 송도 복음병원 원장

사택에서 함 선생님을 모시고 성경공부를 하는데, 내가 그 모임 실무자에게 너를 추천해 주고 싶다."

"고맙습니다. 아저씨!"

아무래도 털보 아저씨는 헌책방 아저씨가 아니라 하늘이 내게 보내준 심부름꾼 같았다.

부산 모임에 나갔다. 그런데 내가 부산 모임에 나간 것은 성경을 공부함이 아니란 사실이다. 사실 나는 성경에는 별다른 관심이 없었다. 오직 선생님의 말씀을 듣기 위한 일념뿐이었다. 내게는 '알파(Alpha)'도 선생님 말씀이고, '오메가(Omega)'도 선생님 말씀이었다. 그러니 설령 선생님이 성경이 아니라 낯선 사기술을 가르친다 해도 나는 조금도 주저하지 않고 버선발로 달려갔을 것이다.

1973년 10월 유신 반대 학생 시위가 들불처럼 전국으로 번졌다. 서울 수유리에 있던 한국신학대학(※주-지금은 수원으로 옮긴 한신대학교다) 학생들이 그 도화선에 불을 질렀다. 유신 반대 전교생 삭발이다. 이런 일은 이 나라 역사에 전무후무한 대사건이었다. 그야말로 점입가경이 벌어졌다. 학생들의 용기 있는 애국적 행동을 지지한다면서 교수들도 모두 동조 삭발을 단행하였다. 갈수록 태산이었다. 김정준 학장도 학생들과 교수들을 지지한다면서 동조 삭발을 하였다. 이 눈물겹고 정의로운 사건은 이 나라 역사에서 3·1 운동 다음으로 위대한 민주화운동으로 영원히 기록해야 할 것이다.

한국신학대학 학생들이 함석헌 선생에게 강연을 부탁하자 학생들의 의로운 애국적 투쟁을 지지하고 격려하기 위하여 흔쾌히 수락하였다. 강연을 하기 위해 한국신학대학 교정에 흰 두루마기를 입은 함석헌 선생이 도착하자 운동장 바닥에 앉아서 연좌시위를 하고 있던 학생들이 일제히 일어서면서 환호하고 박수갈채를 보내며 열광했다. 선생님이 연단에 오른 뒤에도 박수와 함성이 끊어지지 않았다. 선생님의 강연은 열광의 애국 도가니(※주-'애국 도가니', 이 말도 내가 만든 신조어이다)에 기름통을 쏟아부은 것과 같았다.

함석헌 선생님은 강연을 마치고 돌아오는 길에 고려대학교 이발관에 들러 학생들의 애국 삭발(※주-'애국 삭발', 이 말 역시 내가 만든 신조어이다)을 지지한다면서 동조 삭발을 하였다. 그러나 선생님의 동조 삭발 소식은 어느 방송이나 신문에서 단 한 줄도 보도하지 않았다.

여러 날 뒤에 이 소식을 나는 부산에서 들었다. 그 순간 가슴이 뛰기 시작하였다. 나도 가만히 있으면 도저히 안 될 것만 같았다. 이런 부담이 시시각각으로 나를 조여왔다. 선생님의 뜻을 따라 나도 삭발을 하느냐, 마느냐의 기로에서 한 치도 물러설 수 없었다.

겁이 많은 나는 별별 생각, 별별 궁리를 다 하였다. 유신을 반대하는 동조 삭발을 할 경우, 가장 큰 현실적인 문제는 근무 중인 학교에서 쫓겨나면 어쩌나 하는 것이다. 만약 동조 삭발로 근무 중인 학교에서 잘리면 다른 학교에 취직하는 것 역시 도저히 불가능할 것을 상상하니 선뜻 삭발할 엄두가 나지 않았다. 학교는 나의 '밥줄'이란 생각을 하면 앞이 캄캄하였다. 나는 정신이 나간 사람처럼 "밥줄, 밥줄, 밥줄" 하고 중얼거렸다.

그날 밤, 잠자리에 누웠는데도 좀처럼 잠을 이룰 수가 없었다. 이리저리 뒤척이다가 갑자기 나도 모르게 두 주먹이 쥐어졌다. 그리고 '밥줄' 걱정은 순식간에 사라지고 말았다.

'앞날이 구만리 같은 젊은 놈이 아무리 겁이 많아도 그렇지 나라를 위해서 분신자살이야 못 한다 해도 나라를 지키기 위해서 유신 반대 삭발도 못 한다면 차라리 불알을 떼서 개에게 줘야 한다!'

마침내 생각이 여기까지 이른 나는 자리에서 벌떡 일어났다. 그리고 동조 삭발 때문에 직장에서 쫓겨나 밥줄이 끊어지는 것은 내 삶 전체로 본다면 그리 큰 문제가 아니라는 생각이 들었다.

가령 근무 중인 학교에서 목이 잘려서 다른 학교에 취업을 못 해도 좋다고 생각했다. 설령 실직을 당하여 밥줄이 끊어져도 무슨 일을 해서라도 입에 풀칠은 할 자신이 있다고 생각하였다.

그러자 밥줄보다 더 큰 문제가 있다는 사실을 절감하였다.

존경하는 스승의 뜻에 따라 동조 삭발을 하는 것이 제자의 당연한 도리라고 생각했다. 싼티 나는 용어로 하면 의리이다. 이 의리야말로 밥줄 못지않게 중요한 것이다. 밥줄 때문에 의리를 지키지 못하는 비겁한 삶보다 의리를 지키기 위해서 밥줄을 버리는 삶이 백배 천배 더 가치 있는 것이라는 생각이 들었다.

"스승의 뜻에 무조건 따르는 것이 제자의 기본자세이다. 그것이 의리를 지키는 것이다."

내 생각이 여기까지 미치자 두 주먹을 불끈 쥐었다.

'그래, 나도 동조 삭발 한다!'

그 순간 난데없이 속물근성이 발동하였다. 유신 반대 삭발 기념사진을 한 장 찍고 싶었다. 비록 스승을 따라 하는 동조 삭발이라 남들이 보기에는 별것 아닐지 몰라도, 내 딴에는 밥줄을 걸고 스승에 대한 의리를 지키기 위한 것이라서 대단한 사건이 아닐 수 없었다. 그래서 기념사진 한 장 정도는 찍어둘 만한 가치가 충분히 있을 것 같았다.

나는 한복 저고리와 바지를 꺼내 입고 평소 출근 시간보다 일찍 나와서 동네 이발소에 들렀다. 이발소 아저씨가 말했다.

"하 선생님, 오늘 무슨 날입니까?"

"예, 아주 특별한 날입니다."

"무슨 날입니까?"

선뜻 대답하지 않고 천천히 의자에 앉자, 아저씨가 흰 가운을 입혀주면서 다시 물었다.

"무슨 날인지요?"

"일단 머리부터 깎고 나서 무슨 날인지 말할게요."

"아따, 뜸을 많이 들이네요. 근데 머리 깎을 때가 아직 멀었는데요?"

"그래도 오늘 깎아야 합니다!"

"조금만 자를까요?"

"아닙니다. 빡빡 밀어주세요."

이발소 아저씨는 눈이 휘둥그레져서 두 번 세 번 물었다.

"빡빡 민다뇨?"

"10월 유신을 반대하는 동조 삭발입니다!"

그 순간 아저씨는 아무 말도 하지 않았다. 갑자기 분위기가 냉담해졌다. 나는 냉담해진 분위기를 바꾸어 보고자 굳이 안 해도 될 말을 하였다.

"제가 존경하는 함석헌 선생님께서 10월 유신 반대 삭발을 하였습니다. 저도 선생님의 훌륭한 뜻에 따라 삭발을 하는 것입니다."

"아아!"

짧게 외마디 비명을 내지른 아저씨는 굳게 입을 다문 채로 나를 빡빡머리로 만들었다.

순식간에 빡빡머리가 된 나는 잽싸게 버스 정류소 앞에 있는 동네 사진관으로 갔다. 눈이 휘둥그레진 사진사 아저씨에게 자초지종을 간단히 설명하면서 유신 반대 동조 삭발 기념사진을 한 장 찍어달라고 하였다. 그러자 사진사 아저씨가 뜻밖의 말을 하였다.

"하륜 선생님, 이왕 유신 반대 기념사진을 찍는 마당에 한 장만 찍지 말고 두 장을 찍는 것이 좋지 않을까요?"

"왜 두 장입니까?"

"한 장은 그냥 찍고, 한 장은 김구 선생 안경을 쓰고 찍어두면 훗날 좋은 기념이 될 것 같아서요."

내가 웃으면서 말했다.

"참 좋은 생각입니다. 그런데 갑자기 김구 선생 안경은 어디서 구한답니까?"

"염려 마세요. 제게 김구 선생 안경과 비슷한 것이 하나 있어요."

사진사 아저씨는 서랍 속에서 짝퉁 김구 선생 안경을 꺼냈다. 내가 말했다.

"김구 선생이 썼던 안경과 영판 닮았습니다."

나는 두말하지 않고 아저씨의 제안에 따르기로 하였다. 아저씨는 검정 보자기를 뒤집어쓰고 카메라 렌즈를 요리조리 조절하면서 뜻밖의 말을 한마디 더 했다.

"선생님! 제가 이날까지 수많은 사진을 찍었는데, 오늘 하륜 선생님의 유신 반대 삭발 기념사진을 찍는 것이 제 사진쟁이 일생에서 가장 자랑스럽고 영광스러운 추억이 될 것 같습니다. 선생님처럼 용기 있는 젊은 선생을 본 적이 없습니다. 선생님을 존경합니다."

"감사합니다."

"선생님이 학생들에게 얼마나 엄청난 영향을 미치며, 얼마나 훌륭한 선생님인지 저도 이미 잘 알고 있었습니다. 그래서 오늘 찍는 선생님의 유신 반대 동조 삭발 기념사진값은 아예 받지 않겠습니다. 이것이 선생님에 대한 저의 존경의 표시이며 제 작은 성의입니다."

아저씨는 검은 보자기를 뒤집어쓰고 마치 연극 대사를 읊는 듯 말했다. 잠시 후 아저씨는 검은 보자기 속에서 머리를 내밀었다. 눈물이 글썽글썽하였다. 아저씨는 손등으로 눈물을 닦았다. 그 순간 내 눈에서도 눈물이 줄줄 쏟아졌다.

S고등학교 정문 수위가 빡빡머리를 취조하듯 말했다.

"어디서 왔나?"

삭발 두 주일 만에 2센티 정도 자란 빡빡머리를 보고 반말을 한 것은 조금도 무리가 아니었다. 그래서 나는 조금도 기분이 나쁘지 않았다.

"부산에서 왔습니다."

10월 유신 반대 동조 삭발을 한 모습

"용무가 뭐야?"

"교장선생님을 뵈러 왔습니다."

"교장선생님과 만나기로 사전에 약속했어?"

"그렇지는 않습니다."

취조하던 수위가 고개를 흔들며 손사래를 쳤다. 이럴 때는 답답한 놈이 샘을 파야 한다.

"긴히 의논 드릴 일이 있어 부산에서 왔습니다."

'긴히 의논 드릴'이란 말과 '부산에서 왔습니다'란 말, 그리고 시종일관 나의 공손한 태도 때문인지 수위가 한 박자를 늦추는 것 같았다. 말투가 약간 부드러워졌다.

"잡상인들이 시도 때도 없이 많이 와서 골치 아파. 그러니 미리 시간 약속을 하지 않고는 누구도 교장실에 들여보낼 수 없어. 교장선생님을 만나려면 어느 날, 몇 시 몇 분까지 정확하게 사전 약속을 하고 와야지."

"저는 약속을 하지는 않았습니다."

"그러면 못 들어가!"

다시 수위의 말은 단호했다. 나는 한발 물러섰다.

"알겠습니다. 그런데, 교장선생님이 교장실에 계시기는 합니까?"

수위는 대답 대신 고개를 끄덕였다. 내가 활짝 웃는 낯으로 말했다.

"그럼, 됐습니다!"

'됐다'는 말 때문인지, 내 표정이 갑자기 밝아져서인지 수위는 고개를 갸웃했다. 이 순간을 놓치면 안 된다.

"해질녘에는 교장선생님께서 퇴근을 하시지요?"

수위는 내 질문의 속뜻을 전혀 눈치 채지 못하였다.

"당연히 퇴근하지!"

"그럼, 됐습니다!"

"되긴 뭐가 됐어?"

내가 단호하게 말했다.

"교장선생님께서 퇴근하실 때까지 여기서 기다리겠습니다!"

나는 수위실 앞 땅바닥에 털썩 주저앉았다.

며칠 전 서울 사는 지인과 안부 전화를 하다가 무슨 말끝에 그가 너무나 뜻밖의 말을 했다.

"서울 S고등학교에 국어 선생 자리가 하나 비었대요."

그 순간 내 귀가 번쩍 열렸다.

"그 소리를 어디서 들었습니까?"

"내가 여러 학교에 복사기 등의 사무기기를 납품하는데 우연히 그 학교 서무과장에게 들었어요."

'서울 S고등학교에 국어 선생 자리가 하나 비었대요'라는 이 한마디가 온종일 내 귓가에서 사라지지 않아 학교에 있는 내 내 일이 손에 잡히지 않았다. 밤에 자리에 누워도 도저히 잠을 이룰 수가 없었다.

그도 그럴 것이 국문과를 졸업한 문학청년에게는 시나 소설을 써서 문단에 등단하는 것이 꿈이었기 때문이다. 그런데 부산에서 아무리 잘 써 봤자 문단에 등단하는 것은 그림의 떡이었다. 신문과 잡지들이 거의 서울에 있었고, 문단에 영향력이 있는 시인이나 작가들도 부산에는 없었다고 해도 과언이 아닐 것이다. 그러니 문학청년이 붙잡을 줄도 없고, 백도 없었다. 그래서 항상 북쪽 하늘만 쳐다보고 한숨만 쉬어야 했다.

이런 차에 서울 S고등학교에 국어 선생 자리가 비었다는 소리는 천상에서 들려오는 복음과도 같았다. 꿈에도 그리던 서울에 입성할 수만 있다면 좋은 작품을 써서 문단에 등단할 것은 물론이고, 당장이라도 나의 실력을 마음껏 발휘할 수 있을 것 같았다.

생각이 여기까지 미치자 갑자기 나도 몰래 혼자서 중얼거렸다.

"상경? 상경?"

계속해서 다른 버전으로 중얼거렸다.

"도전? 도전?"

나는 자리에서 벌떡 일어나 거울 앞에 섰다. 거울에 비친 내 모습을 보았다. 10월 유신 반대 동조 삭발을 한 지 며칠이 되지 않아 머리카락이 약 2센티 정도 자란 내 꼴은 한마디로 탈영병 같았다. 이런 볼썽사나운 몰골로 서울 S고등학교에 불쑥 가서 빈손으로 취업 부탁을 한다는 것은 아무리 생각해도 말이 안 되는 소리였다.

첫인상 때문에 일을 초장부터 그르치지 않으려면 아무리 급하더라도 머리카락이 좀 자랄 때까지는 기다려야 할 것 같았다. 그런데 만약 그러는 사이에 다른 사람을 채용하면 어쩌나 하는 불안 때문에 빡빡머리를 만지면서 나는 한숨만 푹푹 쉬었다.

사실, 떡 줄 사람은 꿈도 꾸지 않을 일을 놓고, 나 혼자서 헛물만 잔뜩 들이켰다. 서울 S고등학교에 도전을 해야 하느냐 마느냐는 헛물치고는 엄청난 헛물이 아닐 수 없었다. 그런데 이 엄청난 헛물이 내 운명을 바꿀지도 모르는 중대한 도전이 될 것 같다는 생각을 하니 입이 바싹바싹 마르고 현기증까지 났다. 아무 일도 손에 잡히지 않았다.

우물쭈물하다가 이 좋은 기회를 놓치거나 도전에 실패하면 내 앞날은 뻔할 뻔 자이지 싶어 여러 날을 뜬눈으로 밤을 지새웠다. 그러다가 마침내 두 주먹을 불끈 쥐었다.

"이렇게 시시콜콜 따지고 있을 때가 아니다! 내일 당장 상경하여 도전해 본다!"

수위실 앞 땅바닥에 털썩 퍼질러 앉은 채로 지그시 눈을 감았다. 일부러 그런 것은 아니지만, 어설픈 내 가부좌 자세가 수위 아저씨 눈에는 제법 그럴듯하게 보였을지도 모른다. 얼핏 봐도 한두 번 한 솜씨가 아닌 것 같았을 것이다.

초등학교 때 한 사건이 떠올랐다. 암용이 형은 우리 앞집에 살았는데 나의 육촌형이다. 나보다 세 살이 많았다. 또래 애들보다 덩치도 크고, 힘도 세고, 성질도 아주 사나웠다. 싸움은 제일 잘했지만, 공부는 꼴찌를 도맡아 했다. 거기다가 손버릇도 나빴다. 남의 물건을 훔친다는 것이 아니라 동네 애들에게 손찌검을 잘한다는 의미이다.

암용이 형은 나를 제일 만만하게 생각했는지 걸핏하면 때리거나 아무 데를 쿡쿡 쥐어박곤 했다. 그때마다 나는 한 번도 대들 생각을 못 하고, '아야' 소리도 못 낸 채 당하기만 했다. 이렇게 당하고 사는 것이 당연한 일로 여겼고, 이런 수모 아닌 수모를 당하는 것을 대수롭지 않은 일처럼 생각하였다.

그러던 어느 날 뜻밖의 일이 벌어졌다. 그날도 형은 아무 잘못도 하지 않은 나를 무슨 말꼬투리를 잡아서 한 대 쿡 쥐어박았다. 그 순간 나도 몰래 그동안 수없이 참고 참았던 욕이 툭 튀어나오고 말았다.

"씨발!"

그동안 형에게 욕 한번 한 적도 없고, 대든 적도 없었던 내가 '씨발'이라고 욕을 한 것이 형에게는 엄청난 충격이었던 모양이다. 내게 그런 용기가 있다는 사실을 형은 도저히 믿을 수도 없었을 것이다.

"머라꼬, 씨발?"

형은 잔뜩 인상을 쓰면서 아까보다 훨씬 더 세게 내 뒤통수를 쳤다.

그 순간 나는 "씨발!"이라고 말했던 것을 곧장 실행에 옮겼다. 형의 팔뚝을 낚아채어 힘껏 물었다. 눈 질끈 감고 살점이 떨어져 나가라 물고는 고개를 양옆으로 흔들었다. 한마디로 내 딴에는 죽기 아니면 까무러치기의 도전이었다. 형은 죽겠다는 듯이 비명을 질렀다. 그리고 겁에 질려 몇 발자국 물러서면서 말했다.

"아야! 씨발 새끼! 개새끼냐!"

형은 개새끼에게 물린 팔뚝을 움켜쥐고 도망을 쳤다. 그리고 힐끔힐끔 뒤를 돌아보면서 내게 저주를 퍼부었다.

"씨발 새끼! 사람을 물다니, 개새끼야! 넌 죽을 줄 알아라! 사람을 무는 넌 개새끼야!"

형이 외마디 비명을 치르는 것을 본 것도 그때가 처음이다. 그보다 더 놀라운 것은 항상 사납기만 했던 형이 비명을 지르면서 달아났다는 사실이다. 그날 이후로 형은 내가 초등학교를 졸업할 때까지 내 곁에 한 발도 가까이 오지 않았다.

개새끼라는 별명은 듣기 싫었지만, 내 생애 최초의 도전이 성공한 것이다. 물론 그때 나는 도전이란 단어의 뜻도 몰랐다. 너무 다급한 나머지 형의 팔뚝을 물었던 것이 새로운 돌파구를 찾은 꼴이 되었다.

암용이 형 개새끼 사건 이후로 나는 놀라운 것을 알았다. 어려운 일이 닥쳤을 때는 절대로 가만히 있지 말고 일단 도전하여 돌파구를 찾아야 한다는 것이다. 그 어쭙잖은 체험으로 도전이야말로 삶의 가장 중요한 기본자세이고, 가장 중요한 무기라는 것을 절감하였다.

나는 수위실 앞 땅바닥에 앉아서 학교 전경을 자세히 살펴보았다. 고등학교 치고는 교정도 넓고 분위기도 아주 좋았다. 고색창연한 빛을 띠고 있는 건물도 있고, 거의 알몸 수준의 시멘트 건물도 있었다. 얼추 십여 분이 지났지 싶을 때 수위가 나를 불렀다.

"어이!"

나는 대답 없이 수위를 빤히 쳐다보았다. 수위가 손으로 교장실 쪽을 가리키며 뜻밖의 말을 했다.

"올라가 보슈!"

그새 수위 아저씨의 말투가 확 바뀌었다. 내가 수위실 앞 땅바닥에 가부좌를 틀고 '앉아 버티기'를 하는 사이에 아무래도 빡빡머리가 하는 품이 예사롭지 않은 구석이 있어 인터폰으로 교장선생에게 보고한 모양이다.

'부산에서 웬 젊은 빡빡머리가 교장선생님을 만나러 왔다기에 약속하지 않고 왔다 해서 못 들어간다고 하였더니, 땅바닥에 털썩 주저앉아 교장선생님 퇴근할 때까지 기다리겠다고 버티고 있습니다.'

아마 교장선생은 '빡빡머리'란 말과 '부산에서 왔다'는 사실 때문에 일단 교장실로 올려보내라고 한 것 같았다.

빡빡머리는 가부좌를 풀고, 바짓자락을 털며 자리에서 일어났다. 수위가 손으로 일러준 대로 돌계단을 지나 교장실이 있는 본관 건물로 갔다. 현관에는 커다란 거울이 있었다.

거울 앞에 섰다. 거울 속의 빡빡머리는 정말 볼썽사나웠다. 게다가 이런 중요한 자리에 이런 볼썽사나운 모습으로 나타난 무모함과 어리석음에 절망하지 않을 수 없었다. 그러면서도 실낱같은 한 가닥 희망을 버릴 수는 없었다. 만약 교장선생이 사람을 볼 줄 아는 안목이 있어서 빡빡머리의 겉만 보지 않고, 빡빡머리의 실체를 제대로 읽는다면 좋은 결과가 있을 수도 있다는 실낱같은 희망을 버리지 않았다.

빡빡머리가 잠시 숨을 가다듬고 한 박자 늦추어서 교장실 문을 정중하게 노크했다.

'똑, 똑, 똑!'

숨을 가다듬고 교장실 안으로 들어갔다. 안경을 낀 교장선생의 눈매가 날카로웠다. 말 한마디 없이 단지 턱짓으로 접대용 소파로 빡빡머리를 안내했다. 탈영병 같은 내 몰골 때문인지 반기는 구석이 어디에도 없었다. 그 흔한 차 한 잔 권할 기색은 눈곱만큼도 안 보였다.

그러나 이 면접이 나의 최대 희망봉인 서울 입성과 마침내 내 운명을 좌우할 일생일대의 중요한 기회라고 생각하니 갑자기 다리가 후들거리고 앞이 캄캄하였다.

나는 조심스레 소파에 앉았다. 교장선생은 내게 이것저것 좀 질문이라도 하면 좋겠는데 내게 관심이나 흥미가 전혀 없는 것처럼 냉담하기만 했다. 답답한 놈이 샘을 팠다.

"교장선생님, 제 이름은 하륜이고, 부산에서 중학교 국어 선생을 하고 있습니다. 이 학교에 국어 선생 자리가 비었다는 소문을 우연히 들었습니다. 만약 그새 적임자를 채용하였다면 저는 부산으로 돌아가겠습니다. 그러나 아직 적임자를 채용하지 않았으면 저를 좀 채용해 달라는 부탁을 드리러 왔습니다."

"……."

교장선생은 나를 완전 맛이 간 놈이라 생각했을 것이다. 왜냐면 사립 중고등학교에 교사로 취직을 한다는 것은 그리 쉬운 일이 아니기 때문이다. 하다못해 서무과장이나 재단 이사장에게 수천만 원을 주면서 부탁해도 가능할까 말까 하는 관행이 공공연한 비밀이었다.

언젠가 미국에서 박사를 따고 귀국한 지인에게 놀라운 이야기를 들은 적이 있다.

"모 사립대학에 들어갈 뻔했습니다."

내가 되물었다.

"'뻔했다'가 무슨 뜻입니까?"

"기념식수 때문에 나가리 되었습니다."

"기념식수 나가리는 또 뭡니까?"

"재단 실세를 만나서 이야기가 잘 되었습니다. 내 이력서를 보고는 마음에 든다면서 채용하기로 결정하고는 그가 '한 가지 부탁이 있습니다. 학교에 기념식수를 하나 부탁합니다'라고 하기에 '예, 하지요' 대답하고 '대충 얼마짜리 나무를 심어야 하느냐?' 고 물었더니 '2억 정도는 되어야 한다'는 말에 충격을 받고 포기했습니다."

그런데 지금 나는 억대의 기념식수는커녕 박카스 한 병도 없이 맨입에 취직을 부탁하고 있다. 답답한 놈이 계속 샘을 팠다.

"교장선생님! 저는 비록 일류대학은 못 나왔지만, 일류대학 졸업한 이들에게 지지 않으려고 제 딴에는 열심히 공부를 해서 실력을 쌓고 있습니다. 만약 교장선생님께서 국어 교사를 뽑을 때 대학 졸업장 위주로 뽑는다면, 저는 해당 사항이 없고, 더 이상 할 말도 없습니다. 그러나 졸업장을 참고하고, 그 밖에 우리말과 글에 대한 애정, 국어 교사의 실력과 자질, 학생들을 가르치는 교수법과 열정, 평소 폭넓은 독서를 통한 실력 향상과 자기 성장 등을 종합하여 뽑는다면 제가 적임자라고 생각합니다."

대사 읊듯이 줄줄 읊었다. 이런 멋진 대사가 술술 나오는 것이 나로서도 믿어지지 않았다. 교장선생은 무슨 이런 희한한 물건이 있나 싶었던지 넌지시 나를 쳐다보기는 해도 뭐라고 한마디도 하지 않았다. 특히 내가 내 입으로 나를 적임자라고 했으니 완전 맞이 간 놈이라고 생각했을 것이다.

아무래도 교장선생이 내 페이스에 말려들 것 같지 않았다. 이제 까딱 잘못하면 나는 교장실에서 쫓겨날 판이다. 답답한 놈이 마지막 샘을 팠다. 이것은 나의 비장의 카드이자 마지막 승부수였다.

"교장선생님! 제 실력의 증거를 가지고 왔습니다!"

그런데 교장선생은 내가 던진 비장의 카드가 너무나 뚱딴지 같다고 판단했는지 아니면 잘못 알아들은 것 같았다. 아무 대꾸도 하지 않았다. 그래서 답답한 놈이 같은 대사를 반복했다.

"제 실력의 증거를 가지고 왔습니다!"

"뭐라고요?"

그 순간 나는 재빨리 보따리 하나를 차탁 위에 '쾅'하고 올려놓았다. 그리고 마지막 대사를 읊었다.

"이게 제 실력의 증거입니다!"

드디어 두 번째 승부수를 던졌다. 교장선생은 눈이 휘둥그레지면서 한마디 했다.

"그게 뭐요?"

"제가 부산에서 중학교 국어 선생을 하면서도 잠을 안 자면서 약 4년 반 동안 쓴 장편소설 원고입니다. 200자 원고지 2,200매가 되는데 교장선생님께서는 바쁘실 테니, 소설을 볼 줄 아는 사람에게 이 원고를 읽혀보면 제가 '얼마나 실력이 좋은가'가 아니라, '얼마나 실력이 대단한가'를 알 것입니다."

그제사 교장선생은 내게 관심을 가지는 것 같았다. 내가 던진 두 번째 승부수에 말려든 것 같았다. 교장선생이 내 페이스로 말려들어 온 것이 분명하였다. 그 순간 나는 이번 게임에서 내가 승리할 것이란 예감이 들었다.

"그래요? 고등학생을 가르쳐 본 경험이 있어요?"

역시 교장선생이 내 페이스로 말려든 것이 분명했다. 그렇다면 이 게임은 내가 승리할 것이 틀림없다는 자신감이 생겨 아까보다 더 당당하게 말했다.

"없습니다! 그동안 저는 중학생만 가르쳤고, 고등학생은 한 번도 가르쳐본 적이 없습니다. 하다못해 고등학교 국어책도 제가 고등학교 다닐 때 본 이후로는 본 적이 한 번도 없습니다."

"아니, 고등학생을 가르쳐 본 적도 없다면서 어쩌면 그리도 자신이 만만하지요?"

이제 마지막 순간이 왔다. 마지막 승부수를 던지지 않으면 안 될 것이다. 세 번째 승부수이자 진검승부를 신청했다.

"교장선생님, 믿지는 셈 치시고 저에게 한 시간만 학생들에게 수업할 기회를 주십시오. 제가 한 시간 수업하는 것을 보시고 마음에 들면 저를 채용하시고, 만약 마음에 들지 않으면 고개만 가로저어주십시오. 그러면 아무 소리 않고 부산으로 돌아가겠습니다."

교장선생은 날카로운 눈으로 나를 아래위로 훑었다. 그 순간 내 몸에는 전류가 흐르는 것 같았다. 그의 날카로운 시선에 감전된 것 같았다. 마침내 교장선생이 입가에 미소를 머금고 말했다.

"좋소! 한 시간 수업할 기회를 드리겠소."

"고맙습니다. 교장선생님!"

　교장선생은 끝내 나의 빡빡머리에 대해서 한마디도 하지 않았다. 이것만 보아도 교장선생이 예사로운 분이 아님을 짐작할 수 있었다. 나는 드디어 거인을 만난 것이다. 이제 나는 거인과 한판 승부를 벌여야 한다. 갈수록 태산이었다.

2
운명의 날

운명의 날이다. 난생처음으로 고등학교 2학년 국어책과 출석부와 분필을 들고 2학년 1반 교실로 들어갔다. 교실 뒤에는 내가 하는 수업을 참관하기 위하여 교장선생, 교무주임, 그리고 국어 선생 세 명이 감독관처럼 서 있었다.

나를 안내하는 교감선생을 따라 앞문으로 내가 교실에 들어서자 학생들이 내 몰골을 보고 소스라치게 놀라는 눈치가 역력했다. 교실 안이 갑자기 웅성웅성하기 시작한 것은 보나 마나 내 빡빡머리 때문이었다.

내 머리카락은 2센티가 될까 말까였고, 학생들의 머리카락은 약 4센티쯤 될 것 같았다. 그런데 한 가지 뜻밖인 것은 부산의 학생들보다 서울 학생들의 머리카락이 훨씬 더 길었다. 그러니 학생들 머리카락이 나보다 더 길었다.

나의 이상한 몰골 때문에 차마 크게 웃지는 못하고 소리 죽여 키득키득하는 학생도 있었다. 교감 선생이 교단 한쪽 끝에

서서 이 돌발적인 상황에 대해서 말했다.

"이번 시간에는 부산에서 온 하 선생이 수업을 할 것이다. 자, 하 선생, 시작하세요."

교감 선생의 내 소개는 너무 무성의했다. 해도 해도 너무하다는 서운함이 들었다. 나는 속으로 이를 갈면서 교탁 위로 올라갔다.

내가 교탁 위로 올라서자 학생들 중에는 내 몰골 때문에 소리 내어 웃는 이가 많았다. 다시 교실 안이 잠시 술렁술렁했지만, 나는 미동도 하지 않고 굳게 입을 다문 채 교실 안이 조용해지기를 기다렸다. 내가 말했다.

"저는 부산에서 온 하륜입니다. 오늘 이 한 시간의 수업이 제 운명을 좌우하기 때문에 솔직히 말하면 지금 제정신이 아닙니다. 제 운명이 여러분 손에 달려 있습니다. 제가 이번 시간 수업을 잘하면 이 학교로 올 수 있고, 잘못하면 저는 상경의 꿈을 접고 부산으로 되돌아가야 합니다.

제발 저를 좀 도와주시기 바랍니다. 그러면 그 고마움을 평생 잊지 않겠으며 반드시 보답하겠습니다. 저를 도와주실 학생은 박수를 한 번 보내주면 좋겠습니다."

즉흥적인 내 아이디어가 적중했다. 갑자기 박수갈채와 환호성이 터졌다. 뜨거운 박수갈채와 환호성 때문에 나는 갑자기 자신감이 배가 되었다.

"어제 온종일 여관방에서 오늘 이 한 시간의 수업 준비를 하였습니다. 다시 한번 강조하자면 만약 여러분들이 협조해 주어서 오늘 수업을 잘할 수 있다면 저는 이 학교로 올 수 있고, 수업을 잘못하면 아무 소리도 못 하고 부산으로 내려가야 합니다. 이런 의미에서 제 운명이 여러분의 손에 달렸습니다. 제발 저를 좀 도와주시기 바랍니다. 제 말에서 진정성이 조금이라도 느껴집니까?"

갑자기 학생들은 눈망울이 똘망똘망해졌다. 그리고 약속이나 한 듯이 일제히 환호성을 질렀다.

"예, 선생님!"

난생처음으로 고등학교 2학년 수업을 하였다. 이 한 시간 수업이 내 운명을 좌우한다고 생각하니 너무너무 긴장되고 상상보다 훨씬 더 떨렸다. 어찌나 긴장하였던지 수업 내내 학생들과 뒤에 서 있는 선생님들이 거의 보이지 않았다.

허둥지둥하다 보니 그야말로 눈 깜짝할 사이에 한 시간이 다 가고 말았다. 수업을 마치는 종소리도 잘 들리지 않을 정도였다. 다행히 수업을 마치는 종소리는 간신히 듣고 책을 덮으면서 말했다.

"오늘 수업은 여기서 마치겠습니다! 여러분들이 적극적으로 협조해 주어서 무난히 수업을 마칠 수 있어서 참 기쁩니다. 감사합니다. 여러분과 다시 만날 수 있기를 바랍니다. 제 말을 이해합니까?"

"예, 선생님! 잘 이해합니다."

"이해하는 사람은 박수를 한 번 보내주십시오."

내 주문이 끝나자마자 또 박수갈채와 환호성이 터져 나왔다. 그제사 반장이 일어서서 구령을 했다.

"차렷!"

학생들이 갑자기 훈련병으로 변했다.

"경례!"

학생들이 고개를 숙여서 답례를 하였다. 그리고는 교실 안에서 학생들의 환성과 박수갈채가 다시 터져 나왔다. 학생들의 열광적인 환호와 박수갈채를 뒤로하고 나는 허둥지둥 교실을 빠져나왔다.

내가 복도로 나오니 너무 뜻밖의 일이 벌어졌다. 교장선생이 어느새 뒷문으로 먼저 나와서 교실 앞문 복도에서 나를 기다리고 있었다.

"수고했습니다. 하륜 선생님!"

교장선생의 말투가 완전히 달라졌다. 불과 한 시간 전까지만 해도 내게 거의 반말을 하던 교장선생의 말투가 그새 완전히 경어체로 바뀐 것이다.

"하 선생님! 저희 학교에 모시겠습니다! 부산의 일을 하루빨리 정리하시고, 내년 새 학기부터 우리 학교로 오시기 바랍니다."

나만 흥분한 것이 아니라 교장선생도 제법 흥분한 것이 역력했다. 내가 말했다.

"고맙습니다. 교장선생님! 고맙습니다. 교장선생님의 배려와 기대에 어긋나지 않게 열심히 하겠습니다."

나를 알아본 거인이 정식으로 내게 악수를 청했다. 나는 거인과 악수를 하였다. 그 순간 철옹성 같았던 서울의 성문이 내 앞에 활짝 열리고 있었다. 나는 희망봉에 도착한 것이다. 그것은 전적으로 나를 알아본 거인을 만났기 때문이다. 거인을 만난 덕분에 희망봉에 도착한 것은 천운이다.

내가 희망봉에 도착한 의의는 크게 두 가지로 나눌 수 있다. 하나는 직장을 부산에서 서울로 옮겨 새로운 도약의 발판을 마련한 것이고, 다른 하나는 한 달에 세 번씩이나 함석헌 선생님을 뵐 수 있게 된 것이다. 이것은 내게는 과분한 행운이다. 그래서 이 과분한 행운 속에는 내가 풀어야 할 두 가지 큰 과제가 포진하고 있었다.

하나는 내 청운의 꿈이었던 한국 문단에 등단하는 것이고, 다른 하나는 존경하는 함석헌 선생님을 매주 만나서 열심히 공부하는 것이다. 문제는 단순히 문단에 등단만 하면 될 것이 아니라 '나만의 꽃'을 활짝 피우는 것이다. 그리고 선생님을 자주 만나서 열심히 공부하여 역사적 인물로 치열하게 사는 것이다. 그리고 마침내 나도 이 땅에 태어난 밥값을 하고 죽는 것이다. 이 두 가지 일은 말이 쉬워 그렇지 만만치가 않은 난관이 아닐 수 없다.

이제부터 한국 문단에 등단할 작품을 써야 한다. 물론 언젠가는 등단은 할 것이다. 그러나 등단은 나의 작은 첫걸음에 불과할 뿐이다. 진짜 문제는 그다음이다. 등단한 뒤부터 부지런히 공부하여 좋은 작품을 쓴다면 반드시 나의 문학적 역량을 키우고, 내 꿈을 마음껏 발휘할 수 있을 것이다.

이것 하나만 상상해도 가슴 설레고 흥분되는데, 존경하는 스승 함석헌 선생님을 매주 한 번, 한 달에 세 번은 뵐 수 있다는 사실이 더욱 나를 흥분하게 하였다. 선생님을 단순히 뵙는 것만 해도 즐겁고 신나는 일인데, 선생님의 강의까지 들으며 공부할 수 있다는 것은 생각할수록 분에 넘치는 엄청난 행운이 아닐 수 없다.

3
잘 있거라, 부산

"새 학기에 우리 학교에 모시겠습니다"란 서울 S고등학교 교장선생의 확약을 받고, 훨훨 날듯이 홀가분한 마음으로 부산으로 돌아왔다. 아마 금의환향하는 기분이 이럴 것 같았다. 그날 밤, 내일 날이 새면 누구누구에게 '부산의 중학교를 사직하고 서울로 전근을 하게 되었다'는 말을 해야 할지 곰곰이 생각하였다.

두 개의 가닥을 잡았다. 하나는 교장선생에게 내 사정을 솔직하게 말하고 사직서를 당장 제출하는 것이고, 다른 하나는 기차표 신발 현수명 회장에게 내 사정을 설명한 후 그동안 감사했다는 말과 하직 인사를 드리는 것이다. 그 밖의 사람들에게는 그때그때 적당하게 설명하기로 하였다.

드디어 날이 밝았다. 평소와 같은 시각에 같은 복장으로 출근하는데, 내 마음은 평소와 너무 달랐다. 하룻밤 사이에 나는 전혀 다른 사람이 된 것이다. 나는 어제의 내가 아니었다. 그동안 근무하면서 정이 들고 낯이 익었던 모든 것들이 너무나 낯설기만 했다. 거기다가 평소처럼 나를 보고 거수경례를 하며 "반갑습니다!" 하고 정겹게 인사하는 학생들조차도 낯설기만 하고 한없이 멀게 느껴졌다.

교무실 내 자리에 내 가방을 놓고는 곧장 교장실로 갔다. 교장선생과 눈이 마주치는 순간 미안한 생각이 들었다. 어디가 아파서도 아니고, 우리 집에 무슨 일이 있었던 것도 아니고, 전적으로 내 상경 문제로 사흘씩이나 결근을 한 것이 너무 미안하였다. 불과 사흘 동안 내 신변에 무슨 큰일이 생겼는지 조금도 눈치채지 못한 교장선생은 여느 때처럼 자리를 권하며 반갑게 나를 맞이했다.

"하 선생! 서울 간 일들은 잘 정리하고 왔나요?"

사실은 내가 사흘간의 결근계를 낼 때 집안에 복잡한 일이 있어서 서울에 다녀와야 한다고 거짓말을 했던 것이다. 교장선생은 전혀 나의 사정을 짐작하지 못했다.

나는 정면돌파를 시도하였다.

"교장선생님! 정말 죄송합니다. 제가 피치 못할 집안일로 사흘간 결근을 한다고 했던 것에 대해서 사실대로 말씀드리겠습니다. 사실은 그동안 이 학교에 근무하면서 아무 불만도 없었습니다. 단지 제 개인적으로 부산이라는 도시가 제 마음에 들지 않는 대목이 있었습니다. 그것은 다름이 아니라 문학청년인 저에게 문인으로 등단할 수 있는 길이 너무 멀고 아득한 것이었습니다. 그래서 '말은 서울로 보내고 사람은 서울로 가라'는 말을 항상 생각하고 서울을 그리워했습니다. 그런 차에 저에게 너무나 뜻밖의 좋은 기회가 왔습니다……."

내 사연을 다 듣고 난 후 교장선생이 한숨을 쉬면서 말했다.

"하 선생 개인적으로는 대단히 축하해야 할 경사입니다. 그러나 우리 학교와 학생들에는 너무나 큰 불행이며 충격이 아닐 수 없습니다."

나는 더 이상 할 말이 없었다. 몇 번이나 머리를 조아리면서 말했다.

"교장선생님, 그동안 저를 사랑해주시고 배려해 주신 것에 대해 다시 한번 감사드립니다. 서울에 가서 열심히 공부하여 좋은 작품을 쓰는 문인으로 성장 발전하는 것이 이 은혜를 조금이나마 갚는 것이라고 생각합니다. 앞으로 제 모든 것을 걸고 열심히 공부하면서 학생들을 잘 가르치겠습니다. 고맙습니다. 교장선생님!"

나는 교장실을 나오는 순간 돌아올 수 없는 다리를 건너는 것 같았다. 부산의 학교 일은 모두 끝나는 순간이었다. 어쩌면 앞으로 영영 부산으로 돌아올 일이 없을지도 모른다는 생각이 들었다. 자리에서 일어나서 나를 보내는 교장선생님의 휑한 눈망울이 슬픈 사슴의 눈동자처럼 내 마음을 한없이 아프게 하였다. 교장선생의 그런 슬픈 표정을 영원히 잊지 못할 것 같았다. 결코 잊어서도 안될 빚으로 남을 것 같았다.

이제는 현수명 회장을 직접 찾아뵙고 하직 인사를 해야 한다. 신학기 때 일이 생각난다. 내가 1학년 3반 담임을 맡았을 때, 다른 선생들이 나를 부러워하는 것 같았다. 나중에 알고보니 모 재벌 회장 아들이 우리 학교에 오기 때문이었다. 그런데 그 재벌 아들이 우리 반에 배정이 된 것이다. 선생질 오래 한 능구렁이 선생들은 나를 부러워하는 눈치가 역력했다. 나는 그 속내를 모르고 어리둥절하다가 마침내 다른 선생에게 물었다.

"그 재벌이 누굽니까?"

"기차표 신발의 동양고무 회장입니다!"

우리 학교는 울도 없고, 담도 없고, 교문도 없는 허술하기 짝이 없는 신설 사립중학교였다. 초등학교 6학년이면 졸업할 때 뺑뺑이를 돌려서 중학교 추첨을 하였다. 뺑뺑이로 당첨되는 중학교에 입학하는데, 우리 학교에 당첨되면 '재수 더럽게 없다'라며 온 가족이 낙심할 정도였다. 제발 우리 학교만 당첨되지 말라고 기도하는 이도 있었다고 한다.

하필 이런 어수선한 신설 중학교에 재벌 회장 아들이 입학하게 된 것이다. 얘는 부산에서 가장 귀족학교라고 하는 부산교대 부속 초등학교를 졸업하였고, 거기서 전교 어린이 회장까지 할 정도로 쟁쟁한 학생이었다. 이런 아이가 우리 학교를 오게 된 것은 '재수가 없어서'라고 해석하지 않을 수 없었다.

모르긴 해도 재수 없는 추첨으로 집안 분위기가 거의 초상집 분위기였을 것은 안 봐도 뻔한 일이다. 입학 수속을 밟을 때 재벌 회장이나 가족 중 누구도 학교에 오지 않았다. 그뿐이 아니었다. 심지어 입학식 날도 재벌 회장은커녕 그 가족 중에 누구 한 사람도 코끝이 보이지 않았다. 이에 대해서 의아하게 생각하는 선생들이 많았다.

입학식 날이었다. 나는 그 가족들의 심정을 충분히 짐작할 수 있었다. 늘그막에 낳은 자식이라 눈에 통째 넣어도 안 아플 놈인데, 하필이면 재수가 더럽게 없이 부산에서 최하위권 신설학교에 입학한 것은 생각하면 할수록 어처구니없는 일이 아닐 수 없었을 것이다. 이런 상상을 하니 내가 공연히 미안한 생각이 들었다.

그런데 입학식 날, 이 애가 혼자 왔는데 훤칠한 미남이었다. 이름은 현병훈 군으로, 부티가 나는 것이 과연 누가 보아도 부잣집 아들 같아 보였다. 운동장에서 입학식이 끝난 뒤 학생들은 각자 자기 반 교실로 갔다.

나는 우리 반 교실로 갔다. 우리 반이 된 신입생들에게 중학생이 된 것을 축하한다는 말과 함께 앞으로 열심히 공부하여 훌륭한 사람이 되기 바란다는 극히 의례적인 인사를 하고, 간단하게 내 소개도 곁들여서 하였다. 그리고 곧장 반장 선거를 하였다. 투표를 하기 전 신입생들에게 나는 아주 뜻밖의 말을 했다.

"나는 오늘 우리 반 반장에 당선되는 학생에게 당선을 축하하는 뜻에서 아주 귀한 선물을 줄 예정입니다. 그런데 이 선물이 마음에 들지 않으면 받지 않아도 좋습니다. 그러면 다른 학생에게 주겠습니다."

마침내 투표가 끝이 났다. 현병훈 군이 압도적 표차로 당선되었다. 나는 현 군을 불러 세워 놓고 이렇게 말했다.

"우리 반 반장으로 당선된 것을 축하한다. 아까 말했듯이 자네에게 아주 귀한 선물을 주고자 한다. 만약 이 선물이 자네 마음에 들지 않으면 거절해도 좋다. 그럴 경우에는 이 선물을 다른 학생에게 줄 것이다."

학교에서 학생들에게 주는 일반적인 선물은 만년필이나 공책, 사전 등이었다. 그런데 내가 주려는 선물은 너무나 엉뚱한 것이었다. 이런 선물은 대한민국에서 내가 최초로 하는 선물이 될 것이며, 아마 세계에서도 최초로 하는 선물일 수 있다고 생각한다. 무슨 선물일까 하는 호기심에서 학생들은 눈이 빤짝 빛이 났다. 내가 말했다.

"내가 자네에게 주는 선물은 우리 반이 사용하는 화장실 청소를 석 달 동안 하는 것이다."

그토록 기대했던 선물이 겨우 '화장실 청소'라는 사실에 학생들은 다들 경악하였다. 여기저기에서 비명이 터져 나왔다. 학생들의 예상을 완전히 뒤엎는 뜻밖의 선물이라 반 아이들은 눈이 휘둥그레졌고, 현 군도 눈이 휘둥그레졌다. 나는 한 옥타브 낮은 목소리로 말했다.

"그동안 내가 관찰한 바에 의하면 반장들은 주로 총채나 들고 다니면서 아이들을 때리며 청소 감독이나 하고, 떠드는 애들 이름이나 적고, 선생님의 잔심부름이나 하였다. 그런데 나는 이런 반장은 아주 잘못하는 반장이라고 생각한다. 반장은 모든 면에서 우리 반 학생들의 모범이 되어야 한다. 그래서 우리 반 반장은 우리가 쓰는 화장실을 깨끗하게 청소하는 것부터 모범을 보이길 바란다. 이것이 내가 주는 반장 당선 선물이다."

그러자 갑자기 교실 안이 잠잠해졌다. 이런 뜻밖의 상황에서 현 군도 선뜻 대답을 못 하였다. 내가 극히 사무적으로 현 군에게 물었다.

"이 선물이 마음에 들지 않니? 그렇다면 이 선물을 받지 않겠다고 말해라."

내 말이 떨어지기가 무섭게 현 군이 교실이 떠나갈 듯이 큰소리로 외쳤다.

"선생님, 고맙습니다! 선물을 고맙게 받겠습니다! 이런 귀한 선물은 난생처음 받아봅니다."

현 군의 대답에 학생들은 모두 약속이라도 한 듯이 다들 손뼉을 쳤다. 여기저기서 환호성이 터져 나왔다. 나는 입가에 미소를 지으면서 말했다.

"넌 참 멋진 놈이다. 화장실 청소를 어떻게 하는지 지금 당장 내가 시범을 보여줄까?"

"아닙니다! 시범을 보여주지 않으셔도 됩니다. 저도 화장실 청소를 잘할 수 있습니다."

"좋아, 그럼 오늘은 화장실 청소를 할 마음의 준비가 되어 있지 않을 것이니, 내일부터 실시해라. 한 가지 덧붙인다. 만약 네가 언제든지 화장실 청소를 하기가 싫어지면, 내게 솔직히 말해다오. 그러면 이 선물을 다른 학생에게 주겠다. 내 말알겠니?"

"예, 선생님!"

현 군은 마치 훈련소의 훈련병처럼 큰 소리로 당당하게 대답했다.

이튿날, 여느 때와 같이 출근을 하였다. 그런데 학교 운동장 한쪽 구석에 까만 고급 외제 승용차 한 대가 서 있었다. 나는 이를 예사로 보고 교무실로 갔다. 교무실 문을 열고 평소처럼 "반갑습니다!" 하고 인사를 하였다. 그런데 교감선생 옆 의자에 난데없이 노신사 한 분이 앉아 있었다. 내가 들어서는 순간 교감선생이 노신사에게 뭐라고 한마디 한 모양이다. 그러자 노신사는 자리에서 벌떡 일어서더니 나에게로 성큼성큼 다가와서 거의 90도 각도로 머리를 숙이며 인사를 하였다.

"하륜 선생님! 제가 병훈이 애빕니다. 용서해 주십시오. 하선생님 같은 훌륭한 선생님이 이 학교에 계시는 줄 모르고 병훈이가 학교 추첨을 잘못했다고 생각해서 입학 수속 밟을 때와 입학식 때도 찾아뵙지 않았는데, 정말 잘못했습니다. 저는 그동안 자식 여럿을 공부시키면서 수많은 선생님을 만났습니다. 그런데 하 선생님같이 훌륭한 선생님은 처음입니다.

하 선생님이 계시는 줄 몰랐을 때는 이 학교가 부산에서 가장 엉터리 중학교인 줄 알았는데, 하 선생님 같은 훌륭한 선생님이 계시는 것을 알고 나니 이 학교가 부산에서 가장 좋은 학교라는 것을 알았습니다. 아니 부산에서 제일 좋은 학교가 아니라 대한민국에서 가장 좋은 학교이지 싶습니다. 그래서 하 선생님 같은 훌륭한 분이 계시는 이 학교에 제 아들이 입학한 것이 한없이 자랑스럽습니다. 오늘 제가 선생님께 사과도 드리고, 또 인사도 드릴 겸 해서 왔습니다."

"감사합니다!"

현 회장은 멋진 말을 덧붙였다.

"제가 보아온 이 땅의 선생들은 의례 잘못한 학생에게 화장실 청소를 벌로 시키는데, 하륜 선생님은 벌이 아닌 상으로 화장실 청소를 시키시니 정말 대단하십니다. 너무나 큰 감동입니다. 우리 병훈이도 화장실 청소를 상으로 받은 것을 고맙고 자랑스레 여기면서 어젯밤에 우리 집 화장실 청소를 직접 하더군요. 저도 그놈이 직접 화장실 청소하는 것을 처음 보았습니다."

그 후로 병훈이 아버지는 우리 학교의 발전을 위해서 많은 도움을 주었다. 전교생에게 운동화를 선물하는 것으로 시작해서 도서관에 책을 사주고, 영사실에 환등기 등도 사주었다. 어느 날은 해운대 관광호텔의 나이트클럽을 통째로 빌려 우리 학교 전 선생에게 한턱을 내기도 하였다.

그뿐만이 아니었다. 내게도 귀한 선물을 많이 주었다. 하지만 선물보다 더 반가운 것은 그동안 현 군이 아주 소극적이었는데, 중학생이 되고 나서, 아니 나를 만난 뒤부터는 적극적인 성격으로 바뀌고 있다고 하였다.

그러던 어느 날, 현 회장의 전화가 왔는데 너무나 뜻밖의 말을 했다.

"제가 하 선생님에게 선물 한 가지를 하려고요."

여태껏 나는 누가 뭘 준다고 하면 한 번도 사양해본 적이 없다. 이것은 내 삶의 철칙 중 하나이다. 그도 그럴 것이 나는 6.25 전쟁 이후, 그 어려운 시기를 힘겹게 살아서 그런지 모르겠지만, 누군가가 무엇이든 주면 반갑고 고맙게 받았다. 그렇게 해야 다음에 또 선물을 줄 가능성이 높을 것이라 생각하였다. 처음 선물을 받을 때 잘 받아야지 그러지 못하면 다시는 선물을 주지 않을지 모르기 때문이다.

"고맙습니다. 회장님!"

"하 선생님에게 제가 멋진 양복을 선물하고 싶습니다."

세상에! 당시 양복은 너무 고가라서 뇌물이라면 몰라도 순수한 선물로 받는다는 것은 거의 불가능한 일에 가까웠다. 정종 한 병이나 넥타이 아니면 꿀 한 병 정도라면 몰라도 양복이란 결혼 예물도 아닌 선물로써는 좀처럼 받을 수 없는 비싼 선물이었다.

양복이란 말에 내 귀를 의심하면서 흥분을 감추지 못하고 다시 인사를 하였다.

"회장님! 고맙습니다."

"제가 남포동과 광복동에서 최고 양복점 두 군데에 미리 부탁을 해놓았습니다. 그러니 하 선생님께서 언제 한번 짬을 내어 양복점에 가서 치수를 재시면 됩니다."

"예, 알겠습니다. 회장님!"

현 회장은 나에게 양복점 두 곳의 이름을 말해주었다. 하나는 광복동에서 최고 유명한 양복점이고, 또 하나는 남포동에서 최고 유명한 양복점이었다. 물론 그런 고급 양복점에 한 번도 가 본 적도 없고, 앞으로 갈 일도 없겠지만 그 이름 정도는 익히 알고 있었다.

전화를 끊고 나서도 나는 흥분을 감출 수가 없었다. 그렇게 일주일이 지나갔다. 나는 양복점 가는 일을 까마득히 잊고 있었다. 정확히 말하면 잊었다기보다는 고급 양복이 내게는 관심 밖이었다. 그런데도 더러 이번 기회에 나도 고급 양복을 한 벌 장만하면 좋지 않을까 하는 생각이 들기도 하였다. 그러나 선뜻 마음이 내키지 않았다. 그렇게 또 한 주일이 지났다.

월요일 오전에 현 회장의 전화가 왔다.

"하륜 선생님! 계속 엄청 바쁘신가 봐요? 양복점에 아직 들르지 않았던데요? 잠시만 짬을 내세요, 선생님. 두 곳 중에 아무 데나 가서 치수만 재시면 됩니다. 치수 재는 데 그리 오랜 시간이 걸리지 않아요."

"회장님! 고맙습니다. 적당한 시간을 내어서 양복점에 들르겠습니다."

또다시 한 주일이 지났다. 월요일 아침에 현 회장의 전화가 왔다.

"하륜 선생님, 계속 바쁘신가 봅니다. 그러면 제가 양복점 재단사를 선생님 댁으로 보내게 할까요? 남의 눈에 안 띄게 밤에 살짝 보낼 테니 잠시 양복 치수만 재면 됩니다."

"아닙니다. 회장님! 그렇게 번거롭게 하지 않으셔도 됩니다. 제가 짬을 내서 양복점에 다녀오겠습니다."

그러구러 또 한 주일이 지났다. 마치 약속이라도 한 듯이 월요일에 현 회장의 전화가 왔다. 나는 전화를 받자마자 정면 돌파를 하였다.

"회장님! 사실 저는 최고급 양복이 필요하지 않습니다!"

"예에? 선생님, 방금 뭐라고 하셨어요?"

"회장님, 제가 요즘 입고 있는 양복을 기워가면서 입으면 십 년은 더 입을 것이고, 집에 고물 양복이 두 벌 더 있습니다. 그러니 제게 양복은 필요하지 않습니다."

잠시 숨을 멈추었다가 계속 말했다.

"회장님께서 제게 꼭 선물을 주시겠다면, 양복 말고 제게 필요한 것을 사주시면 좋겠습니다."

"맞습니다. 하 선생님께서 필요한 것이 무엇입니까? 양복 말고 선생님께 필요한 것을 선물하겠습니다."

"회장님, 사실은 이번 봄 학기에 제가 대학원에 등록을 하였습니다. 늦게 공부를 시작하는 것이 제게 참 힘이 듭니다. 저는 책이 필요합니다. 그러니 회장님께서 제게 고급 양복을 선물하실 것이 아니라 책을 좀 사주시면 좋겠습니다."

현 회장은 크게 웃으면서 말했다.

"과연 하륜 선생은 멋집니다. 진작 그리 말씀하시지요! 선생님께 필요한 책을 제가 사 드리겠습니다. 이렇게 순수한 선물을 하는 저도 참 기쁩니다."

당시 나는 학교 아래 거제동의 단독 주택 2층을 전세로 얻어 자취를 하고 있었다. 그날 밤 9시쯤 어둑어둑한 밤중에 시커먼 그림자가 2층 계단으로 불쑥 올라왔다. 나는 소스라치게 놀라면서 고함을 쳤다.

"누구요?"

그림자 속 한 남자가 한 옥타브 낮추어 말했다.

"현 회장님 심부름 왔습니다. 하 선생님 되시지요?"

"예, 제가 하륜입니다."

그는 안 주머니에서 봉투 하나를 꺼내면서 말했다.

"주위 사람들 눈에 띄지 않게 하라는 엄명이 있었습니다. 그럼 안녕히 계십시오."

봉투를 건넨 그림자 속 남자는 재빨리 사라졌다. 그야말로 눈 깜짝할 사이에 일어난 일이었다. 나는 방으로 돌아와서 잽싸게 봉투를 열어 보았다. 그 순간 나는 내 눈을 의심하였다. 봉투 안에는 내 한 달 치 월급보다 많은 돈이 들어 있었다.

현 회장의 사무실로 갔다. 나를 본 현 회장은 대뜸 침통한 표정으로 말했다.

"하 선생님께서 서울에 가시려는 이유가 뭡니까?"

"문단에 등단해 작품 활동을 하기 위해서입니다."

"문단 등단은 꼭 서울에 가야만 가능합니까?"

"꼭이라고는 할 수 없지만, 부산은 여러 가지 면에서 환경이 좋지 않습니다."

"그러면 제가 선생님의 시나 소설 작품을 선생님께서 원하는 대로 출판해 드리면 안 되겠습니까?"

"말씀은 고마운데, 그런 호의를 제가 받을 수가 없습니다."

"그러면 제 아들이 중학교 졸업할 때까지만 계시면 안 되겠습니까? 그동안 선생님의 작품들은 모두 다 제가 출판해 드리겠습니다."

나는 빙그레 미소를 지으면서 고개를 가로저었다.

"회장님! 그동안 제게 베푼 사랑과 후의에 다시 한번 감사드립니다. 평생 잊지 않겠습니다. 앞으로 병훈이도 멋진 젊은이로 성장하고, 회장님 사업도 날로 번창하기를 바랍니다. 사모님께도 제 안부를 전해주십시오."

현 회장은 마지막 악수를 한 내 손을 놓지 않았다. 나도 현 회장의 손을 뿌리칠 수가 없었다. 나는 몇 번이나 뒤를 돌아보면서 회사를 나왔다. 회사의 수위실 앞을 지나올 때 내 눈에는 뜨거운 눈물이 주르륵 흘러내렸다.

4
첫 출근, 붉은 베레모 사건

새 학기, 서울 S고등학교 첫 출근을 앞두고 내가 해야 할 일이 한둘이 아니었다. 그중에 가장 큰 일은 부산 자취방을 빼서 서울에 적당한 자취방을 얻는 일이었다. 나는 멋도 모르고 S고등학교 근처에 적당한 자취방을 구하려고 했었다. 그런데 서울에서 대학을 다닌 오상수 선생이 말했다.

"말도 안 됩니다."

"왜요?"

"그 학교 근처를 내가 잘 아는데, 온통 사창가입니다. 미아리는 사창가로 아주 유명합니다. 새파랗게 젊은 총각 선생이 하필 사창가 근처에 방을 얻어서 자취를 해요? 서울까지 가서 공부를 열심히 하겠다는 거요? 공부를 안 하고 탱자탱자 놀겠다는 거요?"

너무나 뜻밖의 말을 들으니 나도 몰래 한숨이 나왔다. 오 선생이 말했다.

"학교 근처가 사창가가 아니더라도 굳이 학교 가까운 곳보다 학교에서 좀 떨어진 곳에 방을 얻는 것이 좋지 않겠습니까?"

"그것 참 좋은 생각입니다. 학교에서 좀 떨어진 곳, 다시 말하면 버스를 타고 출퇴근을 하더라도 적당하게 떨어진 곳이 좋겠습니다."

"방값 문제도 있으니 학교에서 멀리 떨어질수록 방값이 쌀지 몰라요."

"맞습니다. 버스를 타고 아무리 멀어야 한 시간 거리의 방값이 싼 동네에 방을 얻으면 좋겠습니다. 수고스럽지만, 서울 사정을 잘 아시는 오 선생님께서 좀 도와주시기 바랍니다."

나는 오상수 선생을 물고 늘어졌다. 오 선생의 적극적인 도움으로 손쉽게 서울 쌍문동 도봉여중 앞에 두 칸짜리 참한 방을 전세로 얻었다. 방값도 부산에 내가 살던 자취방 전세와 별 차이가 나지 않았다.

게다가 운 좋게도 집주인 아저씨는 서울 명학여고의 음악 선생이었다. 인상도 좋고, 사모님도 여간 친절하지 않았다. 거실에는 커다란 피아노까지 있었다. 피아노를 보는 순간, 혹시 시도 때도 없이 피아노를 치면 어쩌나 하는 염려가 되었다. 그러나 그런 것을 미리 물어볼 수도, 거론할 수도 없었다. 나중에 알고 보니 그것은 기우에 불과했다. 내 걱정과는 달리 시도 때도 없이 피아노를 치는 일은 없었다. 한 달이 지나도 피아노

소리를 한 번도 듣지 못하였다.

첫 출근을 하는데 빡빡머리가 신경이 쓰였다. 백번 양보해서 생각해도 빡빡머리 첫 출근은 너무 심한 것 같았다. 할 수없이 모자를 쓰기로 했다. 평범한 모자가 아니라 붉은 베레모를 쓰기로 했다. 베레모 이야기를 하자면 부산 국제시장 구제품 시장에 자주 갔던 이야기를 안 할 수 없다. 고등학교 때부터 구제품 시장에 자주 드나들었던 것은 중고품 미제 군화, 군복, 각종 등산 장비와 멋진 색깔과 낯선 디자인의 옷들과 쌈박한 베레모 때문이라 해도 과언이 아니다. 짬짬이 구제품 시장으로 나가서 마음에 드는 베레모를 여러 개 구해서 그날 기분이나 옷차림에 따라 이것저것을 맞추어 쓰기를 좋아했다.(※주―나는 1988년에 국내 최고 권위 있는 디자인 잡지인 〈월간 디자인〉 주간을 하였다.)

첫 출근을 하면서 굳이 붉은 베레모를 쓰지 않을 수 없었던 것은 앞에서 말한 것처럼 10월 유신 반대로 삭발한 빡빡머리로 첫인상을 구기고 싶지 않았기 때문이다.

S고등학교는 건물이 여러 개로 나누어져 있었다. 교무실도 세 군데로 분산되어 있었다. 교무과, 학생과, 연구과 교무실로 각각 다른 건물에 있었다. 그 바람에 교사들도 세 군데 교무실에 흩어져 있었다. 필요에 따라 개최하는 과별 회의는 그때마다 사정에 따라 적당한 장소에서 했지만, 매일 아침 진행하는

전체 교직원 회의는 교무과 교무실에서 했다. 회의 시간에 맞추어 다른 건물에서 온 선생들은 교무과 선생님들 의자 사이사이에 간이 의자를 놓고 비좁게 앉아야 했다.

드디어 교무주임이 전체 교직원 회의 시작을 선언했다.

"지금부터 전체 교직원 회의를 시작하겠습니다. 그런데 모자를 쓰고 계시는 분은 모자를 좀 벗어주시기 바랍니다!"

모자 좀 벗어달라는 소리는 날 보고 하는 소리였다. 교무주임의 말이 떨어지자마자 모든 선생들의 시선이 나에게 모이는 것 같았다. 그러나 나는 못 들은 체하면서 아무 반응도 보이지 않고, 가만히 앉아 있었다. 교무주임은 혹시 내가 자기 말을 못 들었나 싶어서인지 아까보다 더 큰 소리로 말했다.

"곧 전체 교직원 회의를 시작할 것이니 모자를 좀 벗어주시기 바랍니다!"

그런데도 나는 들은 체 만 체하면서 아무 반응도 보이지 않고 가만히 앉아 있었다. 그러자 교무실 분위기가 갑자기 싸늘해지고 말았다. 다들 의아한 눈으로 나를 쳐다보는 것 같았다. 하지만 나는 모자를 벗을 생각이 꿈에도 없었다. 그래서 계속 아무 대꾸도, 아무 반응도 보이지 않았던 것이다. 그러자 이번에는 구원투수로 교감선생이 등판했다.

"교직원 회의를 시작하니 모자를 벗어주시오!"

구원투수는 또박또박하고 차갑게 반 명령조로 말했다. 다른 선생들은 내가 누구인지 몰랐을 것이다. 더더욱 첫 출근을 하는 국어 선생인 줄은 꿈에도 몰랐을 것이다. 그러나 교직원 회의 자리에 앉아 있는 것으로 미루어 처음 출근하는 선생인가 보다 하고 추측 정도는 할 수 있었을지도 모를 일이다.

처음 출근한 선생에게 교직원 회의를 시작하니 모자를 좀 벗으라고 교감선생까지 나서서 반 명령조로 주문을 해도 못 들은 체하자 금세 이변이 발생하게 되었다. 이는 아무도 예상하지 못한 뜻밖의 상황이라 다들 너무 의아하게 생각하고 놀라지 않을 수 없었다. 드디어 내가 단호하게 말했다.

"모자에 대해서 잘 모르시는 분들은 제발 좀 가만히 계셔요! 제가 쓰고 있는 이 모자는 실내에서 써도 되는 실내용 모자입니다!"

내 말은 너무 당당하고, 단호하였다. 나는 한 치도 물러설 기색이 없었다. 그 바람에 교무실 안은 찬물을 끼얹은 것보다 더 싸늘한 분위기가 되고 말았다. 그런데 한 가지 신기한 것은 내 말에 대해서 어느 누구도 토를 달지 않았다는 사실이다. 그 자리에 교장선생도 있었지만, 가타부타 한마디도 하지 않았다. 그런 상황에서도 미동도 하지 않는 교장선생에게 나는 거인의 풍모를 또 한 번 읽을 수가 있었다. 내가 말하는 태도에 결연한 의지가 잘 드러났을 것이다. 나는 끝끝내 모자를 벗지 않았다. 할 수 없이 냉랭한 분위기 속에서 전체 교직원 회의가 시작되었다.

나는 베레모 사건으로 부임 첫날부터 다른 선생들에게 아주 독특하고 강한 이미지를 확실하게 심어준 꼴이 되었다. 교직원 회의가 끝이 났다. 주위에 앉아 있던 몇몇 선생들이 내게 다가와서 악수를 청하는 것이 극히 형식적임이 역력했다. 더러는 활짝 웃는 얼굴로 인사하는 이도 있었지만, 대부분은 나를 경계하는 눈치였다. 자기들의 무대에 호락호락하지 않을 것 같은 이질적인 분자가 틈입한 것을 직감하고 영 기분이 찜찜했을 것이다.

사립학교의 생리를 모르는 사람이면 이 상황이 잘 이해가 되지 않을 수도 있다. 우리 사회 곳곳에 부정부패가 만연했기에 서울 사립 고등학교에 교사로 취직을 하려면, 수천만 원 이상을 재단 이사장이나 서무과장에게 갖다 바치는 것은 공공연한 비밀이었다. 이것도 믿을만한 선이 없으면 불가능한 일이었다. 그러나 나는 땡전 한 푼도 주지 않았고, 심지어 박카스 한 병도 주지 않았다. 그러니 이 사실을 일반 교사들이 알았더라면 더 나를 경계했을 것이다. 그런데 그들이 단지 나에 대해서 아는 것이라고는 조금 전에 교직원 회의할 때 모자 사건 정도일 뿐이다.

내 자리에 앉아서 책상 정리를 하려는데 여자 급사가 나에게 왔다.

"하 선생님! 연구주임 선생님께서 좀 오시라고 합니다."

나는 연구주임 앞으로 갔다. 차가운 목소리가 마치 로봇이 말하는 것 같았다.

"하 선생! 우리 학교에 부임하면 관행으로 해야 할 일이 있습니다."

나도 로봇처럼 말했다.

"그게 뭔데요?"

"세 가지 중에 마음에 드는 것을 택일하세요. 첫 번째는 교실에서 학생에게 하 선생이 수업하는 것을 공개하는 공개수업입니다. 두 번째는 교실에서 하는 수업을 연구수업 형태로 하는 것입니다. 특정한 주제를 중심으로 연구한 것을 수업 시간에 녹여서 보여주는 것입니다. 국어과의 예를 들면 글짓기나 말하기 혹은 읽기 등 하 선생이 자신 있는 주제를 선정하고, 그것에 대해서 연구를 한 뒤에 특정한 학급을 선정하여 연구수업을 하는 것입니다. 물론 그때 교장선생님은 물론 같은 학과 선생님은 전부 참관합니다. 또 저나 다른 주임 선생님들도 몇 분이 참관할 것입니다."

"마지막 한 가지는 뭡니까?"

"그것은 아주 힘든 것입니다."

"그게 뭡니까?"

"앞서 두 가지는 학생들을 상대로 하는 수업이었는데, 마지막 것은 학생들 상대가 아니라 교사들 상대로 하는 것입니다. 여름방학이나 겨울방학 때 전 교사 연수회가 있습니다. 그때 전 교사를 상대로 어떤 특정한 주제를 연구하여 발표하는 형식입니다. 우리 재단의 전 교사는 고등학교 1부와 2부 그리고 중학교 교사들까지 모두 합치면 약 150여 명 이상은 됩니다."

연구주임의 말이 끝나기가 무섭게 내가 말했다.

"세 번째를 선택하겠습니다!"

연구주임이 눈이 휘둥그레지며 말했다.

"세 번째 것이 가장 힘들고 어려운 것입니다."

연구주임은 내가 자기 설명을 잘 못 이해한 줄로 알고는 걱정이 되어서 말한 것이다.

나는 다시 똑 부러지게 말했다.

"가장 힘들고, 어렵다고 하니 제가 그것을 고른 것입니다."

연구주임은 너무나 뜻밖이라고 생각한 것 같았다. 어안이 벙벙하여 말을 못 하고 나를 쳐다보았다. 내가 다시 말했다.

"세 가지 중 한 가지를 선택하라고 하지 않았습니까? 앞서 두 가지보다 마지막에 설명해주신 전 교사 상대의 연구 발표가 제 마음에 너무나 쏙 듭니다. 그래서 저는 그것을 하겠다고 말씀드린 것입니다."

연구주임은 더 이상 말을 잇지 않고 나를 멍하니 쳐다보다가 걱정이 된 듯 말했다.

"혹시 무슨 주제를 연구 발표할 생각입니까? 너무나 갑작스러운 일이라 아직 주제가 잡히지 않았겠지요. 그러니 주제가 잡히면 저에게 먼저 알려주시기 바랍니다! 연구 발표는 가능하면 이번 여름방학 중에 해야 합니다."

내가 말했다.

"주제는 지금 결정했습니다!"

연구주임이 말했다.

"무엇입니까?"

내가 말했다.

"'현대사회와 청년 문화'입니다!"

연구주임은 또 한 번 내게 한 대 맞은 것처럼 멍하니 나를 쳐다보았다. 그의 상식으로는 너무나 뜻밖의 주제였기 때문이다. 국어 선생이 다루는 연구 주제로는 너무 의외의 분야이기에 그가 놀라는 것도 그리 무리는 아닐 것이다. 연구주임이 정신을 차리고 말했다.

"하 선생! 주로 어떤 내용입니까?"

내가 말했다.

"주로 외국의 학생 운동에 관한 것들과 학생 운동의 방향과 역할에 대해 연구 발표하려고 합니다. 그 속에는 체 게바라의 혁명, 다니엘 꽁방디나 튜즈케의 이념과 모택동의 모순론 등도 녹아 있어서 교사들에게 아주 유익할 뿐 아니라 대단히 의미 있는 내용이 될 것입니다. 고등학생들을 가르치는 교사들에게 매우 필요한 연구 발표가 될 것입니다!"

연구주임은 다시 한번 아무 말도 하지 않고 멍하니 나를 쳐다보았다. 나 역시 더 이상 할 말도 없고, 그 자리에 서 있을 필요가 없다고 판단하여 목례를 하고 그 자리를 물러 나왔다.

5
첫 시간, 두 가지 선전 포고

첫 수업 시간에도 빨간 베레모를 쓰고 교실에 들어갔다. 여기저기서 탄성이 터져 나왔다. 빨간 베레모를 쓴 내 첫인상이 한편으로는 너무 놀랍고, 다른 한편으로는 너무 낯설었기 때문일 터이다. 처음 만나는 새로운 선생에 대한 환영의 의미보다 내가 쓰고 있는 붉은 베레모에 대한 충격 때문에 탄성이 더 요란해진 것 같았다. 내가 천천히 교단 위로 올라가는 동안에도 탄성은 멈추지 않았다. 학생들의 뜨거운 반응을 보고도 나는 아무 대꾸나 반응도 하지 않고 근엄한 자세로 교단 중앙에 섰다.

반장이 잽싸게 자리에서 일어나서 습관적으로 구령을 하였다.

"차렷!"

학생들이 의자에 앉은 채로 허리를 곧게 펴면서 차렷 자세를 취했다. 잘 훈련된 군인들 같았다. 다음 구령이 떨어졌다.

"열중쉬어!"

군인들이 양팔을 뒤로하면서 열중쉬어를 하였다.

"차렷!"

군인들이 열중쉬어 자세를 풀고 차렷을 하였다.

"경례!"

군인들이 고개를 숙여서 경례를 하였다.

"안녕하십니까!"

나도 고개를 숙여 군인들에게 답례를 하였다.

"반갑습니다!"

학생들은 평소에도 수업 시작할 때는 이런 식으로 인사를 해 온 모양이다. 나는 한 옥타브 낮추어서 말했다.

"반갑습니다. 오늘이 첫 시간이라서 먼저 내 소개부터 할 참이었는데, 방금 여러분들이 나에게 한 인사 방식이 내 비위를 엄청 상하게 했습니다. 그래서 내 기분을 잡치게 하는 시대착오적인 인사 방식부터 당장 폐기 처분하겠습니다. 그 대신 민주적인 새로운 인사법을 제시하겠습니다."

학생들은 오늘 처음 등장한 국어 선생의 붉은 베레모 차림새에 놀라고, 대뜸 아무 문제가 없었던 인사법에 시비를 걸면서 당장 폐기 처분하겠다는 것에 재차 놀라지 않을 수 없었을 것이다.

"결론을 말하면, 방금 여러분이 한 인사법은 한마디로 시대착오적인 군대식 인사법입니다. 여기는 군대가 아니고 신성한 학교입니다. 학교에 남아 있는 군대나 군인의 찌꺼기는 말끔히 청산해야 합니다. 학교는 순수하고 신성해야 합니다. 그래서 학교 교실에서 하고 있는 군대식 인사법을 당장 폐기해야 합니다. 그 대신 내가 교단에서 실천해온 새로운 인사법을 소개하고자 합니다. 물론 이 인사법은 내가 우리나라에서 최초로 고안하고, 현장에서 아무 문제없이 실천해오는 방식입니다."

학생들은 놀란 표정이 역력한데도 내가 거론하는 새로운 인사법에는 제법 호기심이 가는 모양이었다. 그동안 아무 문제도 없었고, 누구도 시비한 적이 없었던 인사 문제에 트집을 잡고 당장 폐기 처분하겠다고 하였으니 너무 뜻밖이고, 적지 않은 충격이 아닐 수 없었을 것이다.

"여러분 중에 귀 밝은 학생은 그동안 해온 인사법을 시대착오적인 '군대식 인사법'이라고 부정적으로 표현하는 것을 보고 내가 무슨 쓴소리를 할지 대충 눈치챘을 것입니다. 아직 전혀 눈치를 채지 못한 순진한 학생은 귀를 바짝 세우고 내 이야기를 귀담아듣기 바랍니다.

여러분이 조금 전에 나에게 했던 인사 방식은 한마디로 철 지난 재래식 인사법입니다. 물론 재래식이라고 다 나쁘다는 것은 아닙니다. 재래식 중에서도 소중하게 가꾸고 보존해야 할 것들도 적지 않습니다. 그래서 재래식 문화나 풍습, 좁게는 생활양식 중에서도 우리의 얼과 혼이 담긴 것은 잘 보존해야 합니다. 그래야 그것들이 마침내 우리의 전통이 되고 고유한 문화가 되기 때문입니다.

그런데 내가 오늘 시비를 거는 여러분의 인사법은 잘못된 관행입니다. 다시 강조하면 여기는 군대 교육장도 연병장도 아니고, 신성한 학교의 교실입니다. 교실에서 하는 모든 것들은 교실의 특성에 알맞아야 합니다. 그런데 방금 여러분이 했던 군대식 인사법은 교실과는 전혀 어울리지 않는 비교육적인 군사교육의 잔재라는 사실을 강조하지 않을 수 없습니다.

이런 잘못된 시대착오적 인사법이 이 땅의 교단에 만연해 있는 것은 여러분만의 문제가 아니라 이 나라 전체의 문제라고 생각합니다. 거기다가 오랫동안 반복해온 잘못된 관행이라서 우리의 힘으로 이를 바로 잡을 수는 없을 것입니다. 그러나 우리만이라도 이를 폐기하고 새로운 인사법을 실천하면 좋겠습니다.

나는 군인과 군대식을 아주 싫어합니다! 그래서 군인이 현실 정치를 하는 것도 아주 싫어합니다. 내 머리가 이렇게 빡빡머리인 것도 부산의 중학교에 근무할 때 10월 유신 반대 삭발을 한 때문입니다. 전국 중등학교 교사로서는 내가 유일하지 않을까 싶습니다. 물론 학교에서 쫓겨날 수도 있고, 감옥에도 갈 각오까지 하고 삭발을 한 것입니다."

나는 모자를 벗었다. 그 순간 갑자기 교실 안에는 여기저기에서 비명과 탄성이 터져 나왔다.

"앞으로 군인 문제에 대한 내 견해를 짬짬이 설명하기로 하고, 오늘은 이 문제는 더 이상 언급하지 않겠습니다. 군대식 인사법은 군대에서는 적당할지 모르지만, 교실에서는 너무나 어울리지 않는 대단히 비교육적인 인사법입니다. 그래서 오늘부로 미련 없이 폐기 처분하겠습니다!

이 대목에서 오해를 줄이기 위해서 사족을 하나를 달겠습니다. 그동안 아무 불만 없이 해온 군대식 인사를 당장 폐기하고 새로운 인사법을 실천하자는 것은 내가 들어오는 국어 수업 시간에 한해서 적용하자는 소리입니다. 그러니 다른 수업 시간에는 종전 방식대로 인사를 하고, 운동장 행사 때에도 종전처럼 군대식 인사를 하기 바랍니다. 만약 내가 제시하는 새로운 인사법이 마음에 들지 않으면 아예 나에게 인사를 하지 않아도 좋습니다."

학생들의 눈이 휘둥그레졌다. 아마 이 나라 교단에서 이 문제를 정면으로 도전한 교사는 그동안 단 한 명도 없었을 것이다. 그러니 학생들에게 상상하지도 못한 큰 충격이었을 것이다.

내가 말했다.

"자, 새로운 인사법을 소개하겠습니다. 이 인사법은 대략 4년 전에 내가 대학을 졸업하던 무렵, 삼랑진에 있는 삼랑진중학교에 잠시 근무할 때부터 실험 삼아 실천했던 것입니다. 그리고 지난 학기까지 근무하던 부산의 중학교에서도 국어 시간에 활용했던 인사법입니다. 내가 약 4년 동안 실천해온 새로운 인사법을 소개합니다. 이 인사법이 마음에 들면 큰 소리로 '좋아요!'라고 외쳐주기 바랍니다.

잔소리 그만하고 새로운 인사법을 소개하겠습니다. 앞으로 국어 시간에 내가 교실 문을 열고 들어오면 반장이 일어서서 '차렷! 경례!' 하는 군대식 구령을 집어치우고 이렇게 하기 바랍니다."

반장의 구령을 집어치운다는 대목부터 학생들에게 또다시 충격을 준 것이 휘둥그레진 눈동자가 잘 말해주었다.

"새로운 인사를 하는데 반장이 할 일은 아무것도 없습니다. 왜냐면 새로운 인사를 할 때, 종전처럼 군대식 구령을 할 필요가 없기 때문입니다. 반장의 구령에 따라서 인사를 할 것이 아니라 학생 각자가 자발적으로 하면 됩니다. 자발적으로 인사하는데 무슨 얼어 죽을 군대식 구령이 필요하단 말입니까!

국어 시간에 내가 교실 문을 열고 들어오는 순간 여러분은 각자 앉았든지 섰든지 간에 그 자리에서 큰 소리로 '반갑습니다!'라고 큰 소리로 인사하면 됩니다. 그러면 나도 '반갑습니다'라고 답례를 하겠습니다. 이것이 수업 전에 하는 새로운 인사법입니다."

내 말이 끝나기가 무섭게 여기저기에서 박수와 환호가 터졌다.

"우와! 아주 멋집니다. 선생님!"

내가 말했다.

"그럼, 연습 한 번 해보겠습니다."

나는 웃는 낯으로 교실을 나가서 잠시 복도에서 숨을 가다듬었다. 그리고 다시 교실 문을 밀고 교실 안으로 들어갔다. 아직 한 번도 실행해보지 않았는데, 내가 제시한 새로운 인사를 하는 학생들의 호응은 열광적이었다.

"반갑습니다!"

"반갑습니다. 선생님!"

나도 큰 소리로 답례를 하였다.

"반갑습니다!"

나는 교탁 앞으로 가서 말했다.

"이번에는 수업을 마칠 때 하는 새로운 인사에 대해서 말하겠습니다. 수업 마칠 때 인사는 내가 먼저 하겠습니다. '오늘 수업은 여기서 마치겠습니다'라고 내가 인사하면 여러분은 앉은자리에서 고개를 숙이면서 '수고했습니다'라고 답례를 하면 됩니다. 내 말 이해합니까?"

"예, 선생님! 잘 이해하였습니다."

"그러면 이것도 한 번 연습하겠습니다."

나는 교과서를 덮는 시늉을 하면서 웃는 표정으로 큰 소리로 말했다.

"오늘 수업은 여기서 마치겠습니다!"

그러자 학생들은 교실이 터져나갈 정도로 큰 소리로 답례 인사를 하였다.

"수고하셨습니다. 선생님!"

학생들은 난생처음 하는 새로운 인사인데도 마치 평소에도 이런 인사를 해온 것처럼 자연스럽게, 또 정확하게 잘하였다. 교실 분위기는 점점 뜨겁게 달아올랐다. 학생들은 단 한 명도 한눈을 파는 이가 없었다. 그야말로 혼연일체란 말은 이런 경우에 쓰는 말이지 싶다. 나도 점점 신이 났다. 나의 새로운 인사법은 부산의 중학생들 반응도 만만치가 않았는데, 서울의 고등학생들의 반응은 그야말로 용광로에 기름을 퍼부은 것처럼 뜨거웠다.

수업 첫 시간부터 학생들을 완전히 압도한 것이 분명하였다. 예상보다 뜨거운 반응에 나는 흥분하지 않을 수 없었다. 그래도 더 이상 흥분하지 않으려고 다짐하면서 조심스레 다음 주제에 대해서 운을 떼었다.

"이번에는 여러분들이 학교 정문의 수위 아저씨들에게 인사하는 문제에 대해서 말하고자 합니다. 내가 첫 번째 지적한 주제가 군대식 인사법 폐기였고, 두 번째 제기하는 문제는 학교 정문 수위 아저씨에게 인사하는 문제입니다. 내가 왜 첫 시간, 처음부터 인사 문제에 이렇게 목을 매달까 하고 의아하게 생각하는 학생도 있을지 모릅니다. 이 대목에 밑줄을 그으며 내 말을 잘 듣기 바랍니다.

첫 시간, 처음부터 인사 문제에 내가 목을 매는 것은 인사가 사회생활의 기본이자 한 인간의 기본자세이기 때문입니다. 이에 대한 아주 적절한 전라도 말이 있는데 바로 '싸가지'입니다. 인간에게 가장 중요한 기본이 바로 싸가지입니다. 그래서 싸가지가 없는 인간은 인간으로서 실격입니다. 여러분처럼 앞날이 창창한 젊은이들은 반드시 싸가지가 있어야 합니다. 이 싸가지 문제에 대해서는 앞으로 짬짬이 말하겠습니다."

S고등학교는 1부와 2부 그리고 중학교까지 세 학교가 한 울타리 안에 있었다. 세 학교가 같은 교문을 이용하였고, 수위도 여러 명이 교대 근무를 하였다.

나는 학생들에게 계속해서 말을 이었다.

"두 번째 주제인 정문 수위 아저씨에게 인사하는 문제에 대해서 내 생각을 말하겠습니다. 결론을 먼저 말하면, 정문 수위 아저씨에게 제대로 인사하는 학생을 나는 단 한 놈도 본 적이 없다는 사실입니다!

그동안 나는 이 학교에 세 번인가 왔습니다. 그때마다 학생들이 정문 앞 수위 아저씨에게 어떻게 인사를 하는지 눈여겨 보았습니다. 그런데 너무나 놀랍게도 수위 아저씨에게 공손하게 인사하는 놈이 내 눈에 단 한 놈도 보이지 않았습니다."

그 순간 교실 안이 갑자기 술렁거리기 시작하였다. 그래도 나는 조금도 개의치 않고 계속 말했다.

"이것은 무엇을 뜻하는 것일까요? 이것이야말로 이 학교 학생들이 모두 싸가지가 있다는 것을 말합니까? 싸가지가 없다는 것을 말합니까?"

학생들은 아무도 대답하지 않았다. 대답뿐 아니라 어떤 반응도 보이지 않았다. 교실 안 분위기가 다시 꽁꽁 얼어 붙었다. 내 거친 말투가 학생들을 너무 긴장하게 하고, 기분을 잡치게 한 모양이다.

"자기 학교 정문 수위실 아저씨에게 인사하는 놈이 한 놈도 없다는 것은 무엇을 말해줍니까? 한마디로 개판 5분 전일까요? 이미 개판이란 뜻일까요? 여러분이 솔직하게 한 번 대답 좀 해보세요."

학생들은 아무도 대답을 하지 못하였다. 학생들의 냉담한 반응을 보고 나는 더 흥분하지 않을 수 없었다.

"대가리 피도 덜 마른 놈들이 수위를 깔보고 인사조차 하지 않으면 한마디로 사람 새끼가 아니고 개돼지이며, 본데없이 자란 돌쌍놈이란 증거입니다."

내 말은 점점 거칠어졌다. 그래도 나는 톤을 조금도 낮출 생각이 들지 않았다.

"하기야 이 문제는 여러분들의 잘못만은 아닙니다. 상당한 부분은 여러분을 잘못 가르친 선생들의 잘못입니다. 만약 여러 선생들 중에 온전한 선생이 한두 명만 있어서 평소에 이 문제를 올바로 가르쳤더라면 이렇게 개판은 되지 않았을 것입니다. 수많은 선생 중에 어느 선생도 이 문제를 중요하게 생각하지 않고 마냥 방치를 한 것 같습니다."

나는 말을 계속할수록 속에서 천불이 났다. 말투는 더욱 거칠어졌다.

"수위 아저씨들이 네놈들 아버지뻘 되는 어른들이다. 설령 수위가 아니고 자기 동네 아저씨라고 해도 어른을 보면 인사는 해야 할 것이 아닌가! 그런데 네놈들이 평소에 수위라는 직업을 깔보고 무시하기 때문에 등하교 시간에 두 눈깔로 빤히 보고도 한 놈도 공손하게 인사를 하지 않은 것이다."

내가 계속 흥분을 하면 무슨 불길한 사태가 발생할지 나도 짐작할 수가 없었다. 나는 한 옥타브 흥분을 낮추었다. 그래서인지 내 말투가 갑자기 바뀌었다.

"얼핏 보면 수위 아저씨에게 인사하는 문제는 아주 사소한 문제 같지만 실제로는 대단히 중요한 문제라고 생각합니다. 이 문제는 여러분들이 그동안 아주 사소한 문제로 생각한 것이 분명하고, 이 학교의 선생들조차도 이 문제를 당연한 것으로, 아니면 예사로 생각한 것 같습니다. 나는 이 문제를 소홀히 취급하는 여러분과 이를 올바로 가르치지 않은 선생들에게 분노하지 않을 수 없습니다."

학생들이 여기저기서 웅성웅성 술렁이기 시작했다. 나는 이를 묵살하고 아까보다 더 흥분하였다. 내 말투는 또 바뀌었다.

"대가리 소똥도 덜 벗겨진 놈들이 수위 아저씨를 무시하는 것을 보면 그동안 너희 놈들이 얼마나 엉터리 교육을 받았는지 안 봐도 다 알겠다. 박봉에 자기 학교를 지켜주는 수위 아저씨에게 인사도 안 해? 대가리 피도 아직 덜 마른 놈들이 수위 아저씨를 깔보고 무시해? 벌써 그런 썩은 정신을 가지고 자라면 나중에 커서 어떤 인간이 될지 안 봐도 뻔한 게 아녀?"

학생들은 거의 멘붕에 빠진 것 같았다. 나는 계속 흥분하였다.

"인간쓰레기! 다시 말하면 인간 말종 밖에 더 되겠어? 이런 놈들이라면 권력 있는 놈에게는 얼마나 굽실거리고, 얼마나 교활한 간신배가 되겠어. 안 봐도 뻔하지 않아?"

나의 흥분은 끝나지 않았다.

"만약 너희들이 초등학교나 중학교 때라도 제대로 된 훌륭한 선생을 만나서 제대로 배웠다면 그 불쌍한 수위 아저씨에게 인사조차 하지 않을 만치 무시하지는 않았을 것이다. 네놈들이 하는 돌쌍놈 짓이 올바른 학생의 올바른 자세라고 생각하나? 이 개돼지 새끼들아!"

이 대목에서도 나는 더 분노하지 않을 수 없었다.

"나는 지금 그동안 너희 놈들을 가르친 실력 없고 얼빠진 선생들에게도 분노하는 것이다. 이 한 가지만 봐도 그동안 너희들을 가르친 '선생놈'은 죽은 지식을 달달 잘 외우는 암기 선수

를 양성하는 것이 교육인 줄 착각하고, 그런 썩은 교육에만 정
신을 쏟은 증거가 다 드러나는 것이 아니고 무엇이란 말인가!"

나의 흥분은 멈추지 않았다.

"만약 너희들이 제대로 배운 놈들이라면 저 불쌍한 수위 아
저씨를 조금도 무시하지 말아야 한다. 무시할 것이 아니라 저
불쌍한 수위 아저씨의 처지를 동정하고, 박봉에 고생하는 것
을 마음 아파해야 하는 것 아닌가? 이 나쁜 새끼들!"

학생들은 아무도 말 한마디 못하고 잠자코 듣기만 하였다.

"대가리 소똥도 덜 벗겨진 어린 새끼들이 벌써 사람을 차별
해? 수위라고 무시해? 너희들처럼 나쁜 새끼들이 수위를 무
시하면 이 학교는 누가 지켜준단 말인가? 누가 여기 수위 하
러 올까? 아니, 이 바보 같은 놈들아! 너희 놈들 눈에는 교장
선생은 아주 높은 사람이라서 볼 때마다 거수경례를 척척 붙
이면서 인사를 하고, 가장 적은 월급에, 가장 힘들고, 누구도
알아주지 않는 천한 일을 하는 수위 아저씨는 사람 같지 않은
천민이라서 아예 인사조차 안 해? 이 나쁜 새끼들아!

아니, 교장과 수위가 같은 사람으로 안 보이니? 이 나쁜 새
끼들아! 너희들이 사람인가? 네놈들이 인간인가? 그동안 뭘
배웠니? 이 새끼들아? 벌써부터 인간을 차별하는 게 몸에 밴
놈들이 나중에 어른이 되면 어떤 인간이 될까? 너희 놈들이
만약 조금이라도 높은 자리에 오르면 아랫사람이 개돼지로 보
일 것 아닌가? 이 개새끼들아! 내가 지금 하는 말이 무슨 소린

지 알아듣냐? 대답 좀 해봐라, 이 개새끼들아!"

그제사 학생들이 일제히 큰 소리로 대답했다.

"예, 알겠습니다. 잘못했습니다! 선생님!"

"선생님, 앞으로는 잘하겠습니다! 선생님!"

나는 흥분을 가라앉히고 낮은 옥타브로 차분히 말하였다.

"이 학교 교장선생님을 비롯하여 설립자도 크리스천이라고 들었다. 만약 예수님께서 재림할 경우를 상상해보자. 만약 오늘 이 순간 예수님께서 우리 학교에 오신다면 제일 먼저 어디를 들를 것이라고 생각하니? 수위실에는 들르지 않고 교장실로 직행한다면 나는 그런 예수를 믿을 수가 없다!

나도 그동안 부산 송도 복음병원 원장 장기려 박사님 사택에서 나의 영적 스승 함석헌 선생님에게 한 달에 한 번씩 성경 공부를 하였고, 이제 상경하여 매주 일요일 오후 3시에 명동성당 가톨릭 여학생관에서 성경 공부를 한다. 내가 배우고, 내가 아는 예수님, 내 가슴속에 있는 예수님은 교장실에 제일 먼저 들르지 않고 수위실에 가장 먼저 들러서 '수고한다'고 격려한 뒤에 맨 나중에 교장실에 들를 것이라 생각한다."

"제일 먼저 수위실에 들러서 수위 아저씨의 손을 잡아주면서 고생한다고 위로하며, 그들의 어려움에 마음 아파하면서 그들을 위로하고 격려할 것이라 생각한다. 그다음에는 교무실에 들러서 교감선생님을 제일 먼저 만나는 것이 아니라 야간

학교에 다니는 급사 소녀를 제일 먼저 만나서 그녀의 손을 잡아주면서 고생한다고 위로하고, 희망을 잃지 말라고 격려하는 일을 할 것이라 생각한다.

내가 아는 예수님, 내 가슴속에 있는 예수님은 이럴 것이라고 나는 확신한다. 다시 한번 강조하지만, 교장실에 직행하고 급사 소녀나 수위 아저씨는 사람 취급하지 않고 무시하는 예수님이라면 나하고는 아무 상관이 없는 존재라고 생각한다.

그렇다면 나는 당장 성경 공부를 집어치울 생각이다. 그리고 너희들 같은 저질 바보들을 나는 가르칠 생각이 없다. 나는 멋진 놈들을 가르치려고 서울에 왔다. 중학생 얼라들 말고 코밑이 거뭇거뭇한 사내놈들을 가르치려고 이 학교에 온 것이다! 너희들이 나에게 배우려면 당장 달라져야 한다. 당장 변화되어야 한다! 내 말귀를 알아들은 놈은 알아들었다고 대답해봐라! 이 개돼지 새끼들아! 내 말귀를 알아들었냐?"

"예, 알아들었습니다. 선생님 잘못했습니다."

"다음부터는 잘하겠습니다."

"고맙다. 내 말을 조금도 고깝게 생각하지 않고 긍정적으로 이해한 것 같으니 참 고맙고 기쁘다. 오늘 첫 시간인데도 내가 무척 흥분하여 말을 너무 험하게 하고, 욕을 많이 한 것을 사과한다. 미안하다. 앞으로는 가능하면 오늘처럼 흥분하지 않고 쌍욕도 하지 않도록 하겠다. 내가 너무 잘못했다. 정말 미안하다."

"아닙니다. 선생님! 저희가 잘못하였습니다. 그런 욕을 먹어도 쌉니다!"

"맞습니다. 선생님!"

"고맙다. 예상외로 이런 멋진 결과를 잊지 않고 실천하기 위해서 여러분이 큰 소리로 내 말을 따라 하기 바란다."

"나는 오늘부터 수위 아저씨에 친절하게 인사를 하겠습니다!"

학생들이 큰 소리로 복창을 하였다.

"나는 오늘부터 수위 아저씨에 친절하게 인사를 하겠습니다!"

내가 말했다.

"지금 한 약속을 철저히 지키기 바랍니다. 지키겠다고 약속하는 뜻에서 큰 박수를 치기 바랍니다."

갑자기 교실 안은 박수와 환호성으로 가득했다.

6
나는 하륜이다

"이제 나를 소개하겠습니다. 내 이름은 하륜입니다. 부산 사람이고, 부산에 있는 D대학교 국문과를 졸업했습니다. 일류 대학을 졸업하지 못한 열등감에 사로잡혀서 내 딴에는 한없이 우울하고 슬픈 날들을 보냈습니다. 지금도 내 가슴 밑바닥에는 열등감이 잔뜩 침전되어 있다는 것을 잘 압니다. 이 열등감은 마치 나의 그림자처럼 항상 나를 따라다닙니다.

천만다행으로 유년 시절을 낙동강 하구 삼각주 평야인 농촌에서 보냈습니다. 엘렌 G. 화이트(Ellen G. White)는 "자연은 가장 위대한 교과서"라고 말했습니다. 이런 의미에서 비록 일류 대학은 다니지 못했지만, 교과서 하나는 가장 위대한 것으로 공부했다고 자부합니다. 이것이야말로 내게 최고의 행운이 아닐 수 없습니다. 나는 일류대학의 학생들에게 지지 않으려고 열심히 공부하였고, 지금도 매일 열심히 공부하고 있습니다.

대학을 졸업하고 곧장 국어 선생이 되었고, 서울의 명문 S

고등학교에 와서 여러분 앞에 당당하게 섰습니다. 이 대목에서 축하와 격려의 박수를 한 번 보내주면 안 될까요?"

긴장하고 있던 학생들이 일제히 환호성과 함께 박수갈채를 보냈다. 교실 안은 갑자기 시끄러워졌다. 내가 말을 이었다.

"운이 좋아 거인을 만났습니다. 그 거인은 바로 여러분 학교의 김영혁 교장선생님입니다. 내가 어디서 굴러먹던 개뼈다귀인지, 소뼈다귀인지도 모르고 나에게 한 시간 수업을 할 기회를 주었고, 한 시간 수업하는 것을 보시고 부족함이 많지만 나의 열정과 뜨거운 가슴을 믿고, 여러분을 가르칠 기회를 준 것입니다. 이것이야말로 행운입니다. 행운 말고 다른 말로는 표현이 불가능합니다.

다시 한번 강조하면 김영혁 교장이란 거인을 만난 덕분에 서울에 당당하게 입성한 것입니다. 만약 내가 거인을 만나지 못하였다면 서울 입성은 불가능하였을 것입니다. 이 대목에서 강조할 것은 내가 거인의 은혜를 갚는 길은 여러분을 잘 가르치는 것이라 생각합니다. 시방 내가 한 말이 무슨 뜻인지 이해합니까?"

"예, 선생님! 충분히 이해합니다."

"고맙습니다. 내 말을 이해하면 박수 한 번 보내주세요."

또 박수갈채와 환호성이 터졌다. 나는 하던 말을 계속하였다.

"이제부터 나는 일류대학을 나온 선생들과 당당하게 한판 붙어보겠습니다. 그들과 싸우다가 피투성이로 쓰러지는 한이 있어도 결코 항복하지는 않을 것이며, 패자 부활전이라도 다시 신청해서 도전할 생각입니다.

또 한 가지 중요한 것이 있습니다. 그것은 내가 비록 대학은 일류대를 못 나왔지만, 내가 만난 스승은 최고의 스승이란 사실입니다. 다시 말하면 '자연'이라는 최고의 교과서로 공부하였고, 최고의 스승들에게 공부하였으니 이것이야말로 금상첨화가 아니고 무엇이며, 이것이야말로 대박 아니고 무엇이란 말입니까?"

내 말을 한마디도 놓치지 않고자 숨죽이고 듣는 것이 학생들의 눈빛에 그대로 나타났다.

"다시 한번 강조합니다. 교육에서 가장 중요한 것은 '스승'입니다. 왜냐면 첫째, 스승은 희망봉이자 등대이며 둘째, 든든한 울타리이고 셋째, 가르치는 선생이면서 넷째, 에너지를 주는 배터리이기 때문입니다. 자, 이 대목은 아주 중요하니 여러분이 큰 소리 한 번 내 말을 따라 하기 바랍니다."

"첫째, 스승은 희망봉이자 등대이다."
"둘째, 스승은 든든한 울타리이다."
"셋째, 스승은 가르치는 선생이다."
"넷째, 스승은 배터리이다."

교실은 어느새 용광로처럼 펄펄 끓고 있었다.

"그래서 교육의 승패는 어떤 선생을 만나느냐에 달려 있다고 해도 과언이 아닙니다. 내 말 이해합니까?"

"예, 선생님!"

나는 계속해서 말했다.

"학생은 두 눈을 시퍼렇게 뜨고 훌륭한 선생을 찾아야 할 것입니다. 엉터리 선생 밑에서 아무리 열심히 공부해봤자 훌륭한 일꾼으로 성장 발전할 수가 없기 때문입니다. 그래서 나의 두 분의 스승을 간단하게 소개하겠습니다. 한 분은 함석헌 선생님이고, 다른 한 분은 최현배 박사님입니다. 이 두 분의 스승에 대하여 자세한 이야기는 앞으로 수업 시간에 짬짬이 하기로 하고, 오늘은 큰 테두리의 큰 그림만 소개하겠습니다.

스승에 대한 결론을 먼저 말합니다. 나는 스승에게 미쳤습니다. 이 표현은 좀 거시기하지만, 조금도 과장되지 않고 아주 적절한 표현이라 생각합니다. 왜냐면 스승을 표현하는데 이말보다 더 적절한 표현이 없다고 생각하기 때문입니다.

두 분의 스승에게 완전히 미친 것이야말로 내가 지금까지 한 일 중에서 가장 잘한 일이라 생각합니다. 나는 두 분의 스승 덕분에 성장하고 발전하여 언젠가는 나의 꽃을 활짝 피울 것이라 굳게 믿고 있습니다. 내 말을 이해합니까?"

"예, 선생님! 이해합니다."

"나는 쌍문동 도봉여중 앞 동네에 방 두 개를 얻어서 자취를 합니다. 그리고 아직 결혼하지 않은 총각입니다. 여러분 중에 혹시 누나나 이모나 고모 중에 예쁜 처녀가 있으면 내게 소개해주면 좋겠습니다. 단, 독서 습관이 몸에 밴 사람이어야 합니다. 책을 읽지 않으면 아무리 예쁜 처녀라도 사양합니다. 이 대목에서 미리 말할 것은, 설령 예쁜 처녀를 소개해주어도 국어 점수를 올려주지는 않는다는 사실입니다. 그렇지만 짜장면 정도는 한 번 살 수 있습니다. 물론 곱빼기까지도 가능합니다! 물론 나도 곱빼기입니다."

그동안 잔뜩 겁을 먹고 긴장해 있던 학생들이 여기저기에서 키득키득 웃기 시작하였다. 누군가가 말했다.

"선생님! 상구 누나 아주 예쁩니다.

그러자 창가 쪽에서 누군가가 말했다.

"아닙니다. 상구 누나보다 중학교 영어 선생님이 더 예쁩니다."

이 학생이 말하는 중학교는 S고등학교와 같은 재단에 있는 S중학교를 말한다. 나는 갑자기 영어 선생이 얼마나 예쁜지 궁금해졌다.

내가 말했다.

"중학교 영어 선생님을 내게 좀 소개해다오!"

내 말이 끝나자 또 한 번 여기저기에서 환호성이 터져 나왔다. 어떤 학생은 거의 비명을 질렀다. 창가에 있던 그놈이 큰 소리로 말했다.

"중학교 영어 선생님을 제가 소개해드리겠습니다."

"고맙다. 소개해주면 내가 짜장면 곱빼기 한 그릇을 살게! 마음에 들면 곱빼기 한 번 더 사고, 만두도 살게!"

또다시 교실 안은 환호성과 박수 소리가 터져 나왔다. 그때 수업을 마치는 종이 울렸다. 내가 말했다.

"오늘 수업은 여기에서 마치겠습니다."

"수고하셨습니다. 선생님!"

내가 교실을 나가도 박수갈채와 환호성이 그치지 않았다.

7
내가 만난 함석헌 선생

교실 문을 열고 고개를 숙이며 '반갑습니다'라고 인사를 하였다. 교실 안에 있던 학생들은 각자 자기 자리에서 나를 보고 일제히 큰 소리로 외쳤다.

"반갑습니다. 선생님!"

갑자기 교실 안은 시끄러운 장터 분위기처럼 바뀌었다. 학생들은 새로운 인사법을 정확하게 실천하였다. 내가 알려준 대로 낡은 군대식 인사법이 국어 시간만이라도 폐기 처분이 된 것이다. 이 점에 대해서 학생들은 적지 않게 놀라는 눈치였다. 새로운 인사법대로 인사를 한 것이 스스로 대견스레 느껴진 모양이다. 새로운 인사를 한 것이 아무래도 믿어지지 않는 학생들은 혼자서 히죽히죽 웃었다. 그동안 수년 동안 해 오던 군대식 인사법이 하루아침에 폐기처분 된 게 쉽사리 믿어지지 않았을지 모른다.

나는 여러 가지 기대를 하였다. 앞으로 내가 추진할 크고 작은 수많은 도전들이 학생들에게 신선한 충격을 줄 것이 눈에 선하였다. 내 기대대로 모든 일들이 잘 풀린다면 학생들 중에 적지 않은 학생들이 새롭게 변화할 것을 상상하며 밝은 표정을 지으면서 운을 떼었다.

"내가 첫 시간에 교육에서 가장 중요한 것이 배우는 학생이 아니라 가르치는 스승이라 강조하였습니다. 이번 시간에는 나의 스승님 두 분을 소개하겠습니다. 한 분은 나에게 역사와 역사적 삶을 가르쳐주신 정신적 스승 함석헌 선생이고, 한 분은 나에게 우리말과 우리글의 소중함과 나라 사랑 정신의 기본이 우리말과 우리글을 사랑하는 것이라고 가르쳐주신 외솔 최현배 박사입니다.

함석헌 선생님부터 소개를 하겠습니다. 미리 한 가지 분명히 해 둘 것은 내가 선생님에 대해서 말하는 것은 내 딴에 아무리 잘한다고 해봤자 맹인이 코끼리 만지는 식이란 사실입니다. 왜냐면 내 선생님은 너무 큰 코끼리라서 내 실력으로는 제대로 설명할 수가 없기 때문입니다. 그러니 '내가 만난 함석헌 선생님'이란 울타리를 치고 소개하겠습니다."

나는 고등학교 졸업 무렵 부산 보수동 '씨알서점'에서 표지가 떨어져 나간 낡은 잡지 화보에서 하얀 모시 두루마기를 입고, 흰 고무신을 신고 서 있는 범상치 않은 할아버지를 보았는데 알고 보니 그가 바로 함석헌 선생이었다고 소개했다.

또한, 함석헌 선생이 미국 국무성 초청으로 방미했을 때 케네디 대통령이 극진히 모셨다는 이야기도 하였다. 털보 아저씨가 함석헌 선생의 자서전을 선물한 이야기와 《뜻으로 본 한국역사》 책을 반값으로 준 이야기도 소개하였다.

그 뒤 〈성서조선〉 전질을 소장하고 있는 박동호 선생도 소개해주고, 마침내는 송도 복음병원 원장 장기려 박사의 사택에서 매주 하는 성경 모임도 소개해준 것도 이야기하였다. 매달 세 번째 일요일에는 함석헌 선생이 오신다기에 선생님을 보기 위해서 그 모임에 나갔는데, 이제 내가 상경하였으니 매주 일요일 오후 3시에 명동 가톨릭 여학생관에 성경 공부하러 간다는 것도 말해주었다.

여기까지 설명하고 한마디 강조하지 않을 수 없었다.

"나는 함석헌 선생님의 불후의 명작인 《뜻으로 본 한국역사》를 독파하였습니다. 그리고 역사가 무엇인지, 역사적 삶을 어찌 살아야 하는지를 알게 되었습니다. 그때 나는 새로 태어난 것입니다. 과거의 하륜은 죽고, 새로운 하륜이 태어난 것입니다. 그 뒤에 나는 선생님의 저서를 모조리 다 구해서 다 읽었고, 선생님이 〈사상계〉라는 잡지에 발표한 글들도 모조리 다 구해서 다 읽었습니다!

나는 함석헌 선생님에게 역사를 배운 가슴 뜨거운 청년입니다. 그래서 선생님께서 박정희 유신독재에 반대하는 삭발을 했다는 소문을 부산에서 듣고 나도 삭발을 따라한 것입니다.

아마 유신 반대 삭발은 전국 중등학교 교사로는 내가 유일하지 싶습니다."

나는 모자를 벗었다. 그러자 교실은 박수갈채와 환호성이 터졌다.

"선생님! 멋집니다."

"선생님! 존경합니다!"

8
중 1 때, 아프지 않을 계획 수립하다

나는 낙동강 하구에 있는 김해 명지초등학교를 졸업하고 부산으로 유학을 갔다. 부산으로 유학 간 애가 우리 반에 댓 명 정도밖에 되지 않았다. 아예 중학교도 못 간 애들이 절반 이상이었고, 중학교에 간 애들도 대부분은 우리 면에 있는 경일중학교로 갔다. 그러니 부산으로 유학을 가는 것은 대단한 일이 아닐 수 없었다.

부산 서대신동 1가 216번지 4통 3반 이득우 씨의 비 새는 판잣집 문간방에서 나보다 네 살 위인 작은 누나와 자취를 하였다. 작은 누나는 명문 부산여고에 다녔다. 토요일이면 고향으로 가서 하룻밤을 자고, 다음 날에는 일주일 동안 먹을 쌀과 김치 그리고 숯을 한 보따리 싸 와서 자취방에서 학교에 다니며 한 주일을 살았다.

어느 날 아침이었다. 아침에 머리가 너무 아파서 자리에서 일어나지 못하고 끙끙 앓았다. 좀처럼 아프단 소리를 안 하던 애가 다 죽어가는 신음 소리를 내니 누나가 이놈이 난데없이 꾀병을 부리나 하고 내 이마에 손을 짚어보고 깜짝 놀랐다.

"와이구! 이마가 쩔쩔 끓네. 오늘 학교 가지 마라! 내가 결석계 써 줄게!"

누나의 진단은 정확했다. 학교에 가는 것은커녕 도저히 자리에서 일어날 수도 없었다. 누나 진단대로 학교에 안 가려고 작정하고 간곡하게 말했다.

"누나야, 학교에는 몬 가겠다. 결석계 꼭 써 도오."

"걱정마라. 아부지 목도장도 내게 있으니 찍어줄게."

누나는 학교에 가고, 나는 자취방에 누워서 천장을 쳐다보면서 별별 걱정을 다 했다. '설마 내일은 학교에 갈 수 있겠지' 하면서도 온갖 걱정들이 꼬리에 꼬리를 물고 이어졌다. 오늘 숙제 검사를 받아야 할 과목이 한두 개가 아닌 것도 걱정이고, 오늘 영어 시간에 빠지면 내일 진도 나가는 데 지장이 있을 것도 걱정이었다.

그런데 그보다 더한 것은 누나 글씨로 결석계를 써주면 선생님께서 '네 아버지가 쓰지 않은 것 같다'고 의심하면 어쩌나 하는 것도 걱정이었고, 그 외에도 별별 걱정들이 꼬리를 물었다. 그러던 중에 갑자기 시골에 있을 어머니 생각이 머리에 떠올랐다.

'지금 내가 아파서 학교 못 가고 누워있는 것을 어머니가 알

면 어떤 반응을 보일까?'

그 시간이면 어머니는 이미 밭에서 일을 할 것이다. 2대 독자인 아들이 갑자기 머리가 불덩이처럼 쩔쩔 끓어서 학교에 못 가고, 아무도 돌봐 줄 사람 없는 자취방에 혼자 누워서 끙 끙 앓고 있는 줄 알면, 아마 손에 쥐고 있던 호미고 뭐고 다 집어던지고 우리 자취방으로 허겁지겁 달려올 것만 같았다.

그런데 문제는 어머니가 자취방으로 오는 과정이 그리 만만치가 않을 것이란 사실이다. 밭에서 우리 집까지 오는데 최소한 삼십 분, 우리 집에서 옷을 갈아입고 차비라도 이웃에 가서 꾸어서 낙동강 하구 신포 선창가까지 걸어서 오는데 약 한 시간, 선창가에서 한 시간 만에 있는 쬐그만 통통배를 타고 낙동강을 건너는데 약 오십 분, 통통배에 내려 하단에서 삼십 분 만에 한 대씩 입는 털털거리는 신흥여객 버스를 타고 대티고 개를 넘어서 부산 서대신동 우리 자취방으로 오는데 한 시간 반이 걸릴 것이다.

그런데 이런 복잡한 과정대로 어머니가 우리 자취방에 올 때는 온전하게 오지 못하고 반드시 들것에 실려서 올 것이 더 큰 문제이다. 왜냐면 어머니는 차멀미나 뱃멀미를 너무 심하게 하기 때문이다. 이렇게 초주검이 되어서 우리 자취방에 오신다면 일은 엄청 복잡해질 것이 분명했다.

그러니 이런 복잡한 상황이 벌어지는 것보다 차라리 내가 좀 힘이 들더라도 참고 학교에 가는 쪽이 훨씬 낫겠다는 생각이 들었다. 나는 벌떡 일어나서 교복을 입고 학교로 갔다. 머리는 계속해서 불덩이처럼 쩔쩔 끓었는데도 참고 학교로 갔다.

참으로 놀라운 것은 몸이 아픈 것을 참고 학교로 가는 나 자신이 대견스럽게 생각되었다는 사실이다. 학교에 가면서 '만약 어머니가 이 사실을 알면 나에게 장하다고 칭찬을 해 줄 것'이라 생각했다. 그러고 보면 사람 마음이란 참 묘한 구석이 있는 것 같다. 우리가 청소를 할 경우에 처음에는 책상 위만 하려고 시작했는데, 막상 하다 보면 책상 아래도 하고 싶고, 책상 아래를 하다 보면 방 전체를 하고 싶고, 방 전체를 하다 보면 마루까지 하고 싶을 때가 있다. 이처럼 아픈 것을 참고 학교에 가는 것에 스스로 대견스러워하면서 엉뚱한 생각을 한 것이다.

'내가 아프다고 하면 어머니가 얼마나 걱정을 할까? 그러니 앞으로 절대로 안 아파야지! 절대로 안 아플 계획이야!'

그 순간 나는 한술 더 뜨는 생각을 했다. 두 주먹을 불끈 쥐고 다짐했다.

'나는 앞으로 60살까지는 절대로 안 아플 것이다!'

이런 거창한 계획을 세운 나는 그 뒤로 한 번도 아프지 않았다. 병원에 한 번도 가본 적이 없고, 약이라고는 학교에서 단체로 주는 회충약 외에 먹지 않았다.

역경이 사람을 강하게 하는 경향이 있다는 것을 나는 중학교 1학년 때 알았다. 만약 그때 우리 집이 부자이고, 우리 어머니가 고생을 하지 않고, 우리 어머니가 차멀미 뱃멀미도 하지 않는 건강한 사람이었다면 "60살이 될 때까지 절대로 안 아파야지"하는 결심 따위는 하지 않았을 것이고, 그런 결심을 하지 않았다면 그동안 살아오면서 병원에 수없이 갔을 것이며, 약도 이 약 저 약 많이 먹었을 것이다. 그랬더라면 지금보다 건강과 몸은 더 엉망으로 망가졌을 것이고, 틀림없이 병원과 약방의 노예가 되었을 것이다.

9
내가 만난 최현배 박사

"이번에는 나의 또 한 분의 스승이신 외솔 최현배 박사님을 소개하겠습니다. 물론 최현배 박사에 대하여 이야기하는 것도 맹인이 코끼리를 만지는 수준에 불과하다는 것을 먼저 고백합니다. 나는 아직 최현배 박사의 전모를 올바르게 설명할 실력이 되지 않기 때문입니다. 그래서 '내가 만난 최현배 박사'에 대해서 이야기하겠습니다.

외솔 최현배 선생은 일제 강점기에 우리 말과 글을 지키고자 노력하신 분입니다. 나는 대학 때 외솔 최현배 박사를 처음 만났습니다. 최현배 박사 같은 위대한 학자는 우리나라 역사에서 최 박사가 처음이자 마지막이라고 생각합니다. 대부분의 학자는 학문과 애국이 전혀 별개입니다. 그래서 실력 있는 학자라도 다 애국자는 아닙니다. 그중에는 애국자도 있고, 애국자가 아닌 사람도 있습니다. 그런데 대부분의 학자는 그저 학자일 뿐이지 애국자와는 거리가 멉니다. 애국자는커녕 죽은 지식 짜깁기 선수에 불과합니다.

그러나 최현배 박사는 학문과 애국이 한데 어우러져 있는 아주 위대한 분입니다. 어디서부터 어디까지가 학문이고, 또 어디서부터 어디까지가 애국인지 구분이 되지 않는 학자요, 애국자입니다. 제가 알기로 이런 위대한 학자는 최현배 박사가 처음이자 마지막이지 싶습니다.

피 끓는 대학 시절에 최현배 박사를 만난 것은 행운이라면 행운이고, 축복이라면 축복이 아닐 수 없습니다. 만약 대학 다닐 때 외솔 최현배 박사를 만나지 않았더라면, 우리말과 우리글을 사랑하는 것이 얼마나 중요한 것이며, 나라 사랑의 근본인 줄 모르는 얼빠진 인간이 되고 말았을 것입니다. 아마 나도 최현배 박사를 만나지 않았더라면 걸핏하면 영어를 섞어 쓰면서 유식한 척하는 얼빠진 인간이 되었을지 모릅니다. 그랬다면 멀쩡한 포도주란 말을 두고 '와인!'이라고 부르는 것이 얼마나 넋 빠진 짓인 줄 모르는 한심한 인간이 되었을 것입니다.

만약 최현배 박사님을 만나지 못했더라면 서명할 때 한글로 서명하지 않고, 한문자나 로마자로 서명하는 것이 얼마나 얼빠진 짓인 줄 모르는 한심한 인간 말종이 되었을 것입니다.

또한, 만약 최현배 박사를 만나지 못했더라면 그분의 위대한 사상과 뜨거운 애국심을 배우지 못했을 것이고, 그랬다면 시시콜콜 문법이나 따지는 쪼잔한 샌님이 되고 말았을 것입니다. 그래서 대학 시절에 최현배 박사님을 만난 것을 하나님께 감사하지 않을 수 없습니다.

대학 2학년 때, 최현배 박사의 강의가 시작되었을 때 일입니다. 평소에 흠모해오던 위대한 한글학자요, 애국자이신 외솔 최현배 박사를 처음 뵙는 첫 시간이라 수강생 모두 한 사람씩 박사님 앞으로 가서 정중히 자기소개를 하였습니다. 최 박사님은 당신의 낡은 공책에 수강생들의 이름을 일일이 적었습니다. 드디어 내 차례가 되었습니다. 나는 초등학교 학생처럼 큰 소리로 내 이름을 말했습니다."

"'저의 이름은 하병륜입니다.'(※주−나의 본명은 '병륜'이다.)

그러자 최 박사님은 고개를 갸웃하셨습니다.

'다시 한번 말해 보게나!'

나는 박사님께서 연세가 많아서 귀가 좀 어두워 내 말을 못 알아들으셨나 하고 아까보다 더 큰 소리로 말했습니다.

'저의 이름은 하병륜입니다.'

'다시 한번!'

그러자 나뿐 아니라 다른 학생들도 이상하게 생각했습니다. 그때까지 나는 영문을 몰랐습니다. 무엇을 잘못했는지 몰랐습니다. 아니 잘못하고 말고 할 게 없었습니다. 어리둥절하여 몸 둘 바를 모르는 나를 향해 최 박사님이 말씀하셨습니다.

'자네는 제 이름도 모르는가?'

세상에! 이 무슨 해괴망측한 말씀이며 이 무슨 대낮에 홍두깨입니까. 나는 너무나 뜻밖이라 어안이 벙벙하여 아무 말도 못 하고 서 있었습니다. 학생들도 다들 의아하게 생각하는 것 같았습니다. 최 박사님께서 말씀하셨습니다.

'자네 이름을 내가 가르쳐 줄까?'

'예, 박사님!'

그제사 최 박사님은 입가에 미소를 빙그레 지으면서 말씀하셨습니다.

'자네 이름은 「하병륜」이 아니고 「하아, 벼엉, 륜」이야!'

부끄럽게도 그제사 나는 하자와 병자가 단음이 아니고 장음이라는 사실을 알았습니다. 나는 너무나 창피하여 몸 둘 바를 몰랐습니다. 최 박사님께서 말씀하셨습니다.

'자네 이름을 한번 말해봐!'

나는 허리를 쭉 펴고, 어깨 쫙악 벌리고 힘차게 말했습니다.

'제 이름은 하아 벼엉 륜입니다!'

'그래, 그게 자네 이름이야!'

'고맙습니다. 박사님!'

"내가 초등학생처럼 또박또박 대답하자 강의실 안에는 일제히 폭소가 터졌습니다. 최현배 박사님 덕분에 부끄럽게도 나는 대학 2학년 때에야 내 이름을 틀리게 발음한 것을 알았습니다. 그 뒤로 나는 최현배 박사님을 더더욱 존경하고 따랐습니다. 지금까지 내가 존경하는 두 분의 스승에 대해서 맹인이 코끼리 만지는 수준으로 소개하였습니다. 부족한 부분은 여러분이 공부를 많이 하여서 스스로 채우기 바랍니다.

나는 가장 위대한 교과서와 가장 위대한 두 분의 스승을 만났으니 그야말로 최대의 행운아라 생각합니다. 여러분도 앞으로 위대한 교과서와 위대한 스승을 만나서 열심히 공부하여 반드시 훌륭한 사람이 되기 바랍니다. 지금까지 내가 한 말을 이해합니까?"

"예, 선생님! 이해합니다."

내가 말했다.

"이해만 했습니까? 아니면 공감까지 했습니까?"

"이해도 하고, 공감도 하였습니다. 선생님!"

내가 말했다.

"이해하고 공감만 하면 됩니까? 이를 실천해야 합니까?"

"이해하고, 공감도 하고, 이를 실천해야 합니다. 선생님!"

내가 말했다.

"내 말을 따라 하기 바랍니다."

"오늘 배운 것을 반드시 실천하겠습니다."

학생들이 고함치듯이 외쳤다.

"오늘 배운 것을 반드시 실천하겠습니다!"

박수갈채와 환호성으로 교실 분위기가 거의 아수라장 수준이 되었다.

10
서울식 인사와 경상도식 인사의 차이

나는 일주일에 네 학급의 국어를 가르쳤다. 그러니 같은 소리를 네 번씩 하게 되었다. 원하지 않았지만, 수업 시간 수를 채우기 위하여 3학년 한문 한 시간을 맡았다. 한글전용을 주장하는 내가 한문을 한 시간 가르친다는 것은 여간 고통스러운 일이 아닐 수 없었다. 그것도 대학입시 반이란 사실이 엄청난 스트레스를 주었다.

그런데 신기한 것은 아무리 같은 주제를 이야기하고, 같은 설명을 해도 다 같지 않다는 사실이다. 반마다 학생들이 달랐고, 그 학생들의 수업 듣는 태도와 반응이 다르기 때문이었다. 게다가 그때그때 상황이나 분위기에 따라서 말하는 사람도 다르게 반응하고, 그날 컨디션에 따라 차이가 있기 때문일 것이다. 그래서 그런지 나는 교실에 들어갈 때마다 첫 시간처럼 새롭게 긴장하고, 새롭게 흥분하였다.

점심시간에 우리 반 교실에 갔다. 잡곡밥인지 아닌지를 검사를 하기 위함이 아니라 도대체 도시락을 싸 온 학생이 얼마나 되며, 반대로 도시락을 싸 오지 않은 학생은 얼마나 될지를 파악해 보기 위함이었다. 거기다가 도시락을 싸 오지 않은 학생 중에 교내 식당에서 점심을 사 먹는 이가 얼마나 되며, 아예 점심을 굶는 이는 얼마나 되는지 궁금하였다.

내가 교실로 들어서자 학생들은 도시락을 책상 위에 놓고 한창 먹던 중이었다. 점심시간에 내가 교실에 불쑥 나타날 것을 아무도 예측하지 못했겠지만 모두 반갑게 인사를 하였다.

"선생님! 식사 같이 해요!"

"식사 같이 해요. 선생님!"

나는 아무 대꾸도 하지 않고 교탁 위로 올라갔다. 그런데 교실에 들어올 때까지만 해도 환하게 웃던 내 표정이 갑자기 굳어지고 말았다. 그것은 학생들이 내게 한 인사 때문이었다. 내가 근엄하게 교탁 위로 올라서자 도시락을 먹던 학생들이 일제히 젓가락을 놓고 식사 동작을 멈추었다. 내가 말했다.

"내가 오늘 점심시간에 교실에 온 목적은 도시락을 싸 오는 학생은 얼마나 되며, 도시락을 안 싸 온 학생들은 점심을 아예 굶는지, 아니면 교내 식당에 가서 사 먹는지가 궁금해서 이를 알아보기 위함입니다. 그런데……."

나는 '그런데' 하고 한 박자 늦추었다. 그러자 학생들은 긴장을 하기 시작하였다.

"그보다 더 중요한 문제를 먼저 말하겠습니다. 여러분이 방금 나에게 한 인사에 대해서 도저히 한마디 하지 않을 수가 없습니다. 지난번에는 수위 아저씨에게 인사를 하지 않는다고 나무란 적이 있는데, 오늘은 식사 권유하는 인사법이 틀렸다는 점을 지적하고자 합니다. 이것은 나무라는 것이 아니고 단순한 지적에 불과하니 너무 겁먹지 말기 바랍니다.

내가 인사 문제를 계속해서 강조하는 것은 인사가 인간관계에서 가장 기본이라고 할 만치 중요한 것이기 때문이라고 밝힌 바 있습니다. 인사는 인간관계의 기본일 뿐 아니라 출발이라 할 수 있습니다. 기본이 잘못되면 출발이 잘 못 되고, 출발이 잘못되면 그 일을 망칠 것이 불을 보듯 분명합니다."

"아까 여러분은 내가 교실에 들어서는 순간 내게 '식사를 같이 하자'는 인사를 아주 반갑게 하였습니다. 인사를 반갑게 한 것은 아주 잘한 것입니다. 그런데 여러분이 한 그 인사에는 몇 가지 중요한 문제가 있다는 사실입니다. 그 인사에 진정성이 눈곱만큼도 없습니다. 나에게 '점심 식사를 같이 하자'는 인사가 완전 입에 발린 가식적인 인사라는 사실입니다. 한마디로 하면 주댕이 인사입니다. 만약 내가 정말로 점심 좀 같이 먹자고 하면 어쩔 것입니까?"

학생들은 어안이 벙벙한 표정을 짓고 나의 다음 말을 기다리고 있었다. 내가 말했다.

"도시락이란 것이 젊은 놈 혼자 먹기에도 양이 얼마 되지 않는데, 어찌 나랑 같이 먹을 수 있단 소리입니까! 그것보다 더 가관인 것은 내가 만약 한 젓가락 얻어먹겠다고 하면 무슨 수로 나에게 밥 한 젓가락을 준다는 말입니까?

여러분은 내게 줄 여분의 젓가락이 없습니다. 여러분이 사용하던 침이 묻은 그 젓가락을 휴지로 닦고 내게 잠시 빌려줄 참입니까? 아니면 그 더러운 젓가락으로 내게 한 젓가락씩 떠먹여줄 참입니까? 젓가락도 없이 나에게 식사를 같이 하자는 인사가 얼마나 허황되고, 교활하며, 위선적인 겉치레 인사인지 충분히 증명되고도 남습니다."

학생들은 너무나 예상 밖의 내 공격에 거의 망연자실하였다. 나는 계속 맹공을 퍼부었다.

"거기다가 도시락의 양입니다. 내가 보기에 여러분의 도시락 양이 초등학생이 먹어도 그리 많지 않을 양입니다. 한창 성장하는 젊은이라면, 이런 도시락은 두서너 개는 먹어도 거뜬하지 싶습니다. 다시 말하면 혼자 다 먹어도 부족한 양인데 나에게 같이 식사하자는 것이 말이 된다고 생각합니까? 그딴 말에 진정성이 개미 뭐만큼이라도 있다고 생각합니까!"

그 순간 한 학생이 손을 번쩍 들면서 말했다.

"선생님! 잘못했습니다. 다음 시간에는 도시락을 두 개 싸 오겠습니다. 반드시 새 젓가락과 새 도시락을 싸 와서 선생님과 같이 식사하고 싶습니다."

그러자 학생들이 손뼉을 치며 환호성을 질렀다.

"선생님! 죄송합니다!"

"잘못했습니다. 선생님!"

그러자 살얼음판이었던 교실 분위기가 깨어지고, 생기가 돋아났다. 내가 웃는 표정을 지으면서 부드럽게 말했다.

"고맙습니다. 여러분, 고맙습니다!"

내가 말했다.

"하던 말을 매듭짓겠습니다. 내가 알기로는 서울 사람들이 일반적으로 주댕이 인사가 몸에 배어 있지 싶습니다. 그러니 오늘 여러분만이 잘못한 것이 아니란 소리입니다."

나의 공격 목표가 갑자기 서울 사람으로 바뀌고 말았다. 이 때 한 학생이 손을 번쩍 들면서 말했다.

"선생님! 그러면 어떻게 인사를 해야 합니까?"

내가 활짝 웃는 낯으로 말했다.

"나는 경상도 촌놈입니다. 우리 경상도의 경우를 소개하겠습니다. 결론을 먼저 말하면, 경상도에서는 서울놈들처럼 입에 발린 인사는 아예 하지를 않습니다. 진짜 밥을 같이 먹고 싶은 사람에게만 밥을 같이 먹자고 인사를 하는 것입니다.

가령, 식사를 하고 있는데 다른 사람이 나타나면 그 사람에게 밥을 같이 먹고 싶지 않거나 밥 한 숟가락 주고 싶지 않으면 아예 밥을 같이 먹자는 소리를 하지 않습니다. 굳이 인사를 할 판이면 '식사했습니까?'라고 인사를 합니다. 만약 정말로 같이 밥을 먹고 싶고, 밥을 주고 싶은 경우는 아주 특별한 일이 벌어집니다.

밥을 같이 먹자고 하면, 상대는 기다렸다는 듯이 좋아하기가 멋쩍어서 일단 사양하는 척합니다. 그때는 주로 '먹고 싶지 않다', '이미 밥을 먹었다', '배가 고프지 않다'라고 대답을 합니다. 그다음이 아주 중요합니다. 내 말을 잘 듣기 바랍니다. 이때 경상도 사람들이 하는 방법이 완전 감동이며 감격 그 자체입니다."

"선생님! 기대됩니다."

"경상도 사람들은 그때 '잔소리하지 마라. 그래도 한 숟가락 하자!'면서 숟가락을 강제로 손에 쥐여줍니다. 그리고 다른 그릇에 밥을 몇 숟갈 퍼담아 줍니다. 이렇게 적극적으로 식사 권유를 합니다. 아직 이 정도로 상황이 모두 끝나지 않습니다. 정작 하이라이트가 남아 있습니다. 상대가 계속 안 먹겠다고 사양하면 그 순간 상대에게 내준 밥그릇에 찬물을 왕창 부어버립니다. 이게 무슨 의미겠습니까? 이 정도면 밥을 같이 먹자는 진정성이 있는 것이 아니라 진정성이 철철 넘치지 않습니까?

나는 유년 시절에 이런 광경을 수없이 보고 자랐습니다. 왜 이렇게 내가 여러분에게 인사에 대해서 목을 매는지 그 깊은 뜻을 잘 이해하기 바랍니다. 다시 강조하지만, 인사는 인간관계의 기본이고 이 기본이 출발이기 때문입니다. 이를 전라도 말로 하면 '싸가지'라고 합니다. 저는 이 싸가지라는 말을 아주 좋아합니다. 오늘 내가 한 말들을 이해합니까?"

"예, 선생님! 충분히 이해합니다."

이윽고 여기저기에서 박수와 환호성이 터져 나왔다.

11

내 교육관의 골격

"여러분! 이번 시간에는 교육에 관한 내 기본적인 철학이라면
철학이고, 소신이라면 소신이며, 원칙이라면 원칙을 말하겠습
니다. 교육에서 가장 중요한 것은 배우는 학생보다 가르치는
스승이라고 지난 시간에 이미 강조했습니다. 이는 교사가 먼
저이고, 그다음이 학생이란 말입니다. 지난 시간에 내가 강조
한 이 말을 기억합니까?"

"예, 선생님!"

내가 계속해서 말했다.

"이것은 너무나 중요하기 때문에 다시 한번 강조하지 않을
수 없습니다. 많은 인간들은 이를 잘못 알고 있습니다. 교육을
논할 때 어떤 자는 각종 교재의 중요성을 역설합니다. 어떤 자
는 교과서를 탓하고, 또 어떤 자는 교실의 학생 인원수를 역설
합니다. 이런 주장들은 가끔 타당하기도 하고, 더러 일리가 없
지 않습니다. 그러나 이들은 한마디로 교육의 본질을 잘 모르

는 자들입니다. 이들이 지적하는 것들이 중요하지 않다는 것이 아니라 이런 지적보다 더 중요한 것이 따로 있다는 것입니다. 그것은 바로 '가르치는 교사'입니다."

"여러분! 소크라테스(Socrates)가 시민들이나 제자를 가르칠 고급 시청각 재료를 많이 활용했다고 생각합니까? 제자들의 인원수를 제한했다고 생각합니까? 깨끗하고 아름다운 교실에서 가르쳤다고 생각합니까? 규격화된 검인정 교과서가 있었다고 생각합니까? 월급이 있었다고 생각합니까? 교과서 타령과 시청각 교재 타령과 학생 수 타령을 했겠습니까? 그는 나무 밑이나 아테네 광장에서 사자후를 외쳤습니다!

이뿐 아닙니다. 인류 역사상 가장 높은 정신의 경지를 가르쳤던 이천오백 년 전의 붓다(Buddha)는 어찌 가르쳤습니까? 인류 역사에 가장 큰 영향을 미쳤다고 하는 예수는 제자들을 어찌 가르쳤습니까? 공자는, 노자는, 또 장자는 어찌 가르쳤습니까? 그들 중에 누가 교과서 타령하고, 누가 교재 타령하고, 누가 학생 수 타령을 하고 누가 교사 수당을 타령했습니까? 내 말을 이해하면 알아들었다는 의미로 박수 한번 쳐 봐요!"

잔뜩 긴장해서 거의 부동자세로 앉아 있던 학생들이 마치 신병 훈련소의 군인처럼 일제히 박수를 쳤다. 요란한 박수 소리는 내게 힘을 실어주었다. 나는 신이 나서 하던 말을 계속 이어갔다.

"지금까지 한 이야기를 한마디로 강조하면 '교육에서 가장 중요한 것은 배우는 학생이 아니라 가르치는 교사이다'입니다. 한번 따라 해보기 바랍니다."

"교육에서 가장 중요한 것은 가르치는 교사이다."

"교육에서 가장 중요한 것은 가르치는 교사이다!"

학생들은 고함을 치는 수준으로 크게 따라 하였다. 나는 계속하여 말했다.

"이번에는 국어 과목의 중요성과 특징에 대해서 내 생각을 말하겠습니다. 국어 과목은 모든 과목 중에서 기본에 해당하는 과목이기 때문에 가장 중요한 과목이라고 할 수 있습니다. 거기다가 국어 과목은 애국을 공부하는 과목입니다. 왜냐면 우리말과 우리글을 사랑하는 것이 바로 나라 사랑의 기본이기 때문입니다.

지금 내가 한 말 즉 '우리말과 우리글을 사랑하는 것은 나라 사랑의 근본이다'란 말은 내 말이 아니고, 앞서 소개한 나의 스승이신 외솔 최현배 박사님께서 삼천만 겨레에게 목놓아 외친 귀한 말씀임을 다시 강조합니다.

이런 의미에서도 국어는 나라 사랑을 하는, 즉 애국을 하는 기본 공부입니다. 이 말을 뒤집어서 말하면 국어 공부를 제대로 하지 않은 인간은 나라 사랑을 하지 않은 멍청한 인간이라는 의미이기도 합니다. 방금 내가 한 말을 이해합니까? 이해한 학생은 가만히 있어야 합니까? 박수를 한번 쳐야 합니까?"

내 말이 끝나자마자 교실이 떠나갈 듯이 요란한 박수 소리가 터져 나왔고 환호성도 이어졌다. 나는 계속 말을 이었다.

"이런 의미에서 국어 공부는 우리의 얼과 우리의 정신을 배우는 중요한 과목입니다. 이 세상에는 얼이 빠진 이들이 너무 많습니다. 특히 일류대학까지 나오고 외국 유학까지 다녀온 놈들 중에 얼빠진 인간들이 너무 많습니다. 영어를 잘해야 합니까? 국어를 잘해야 합니까? 내 말을 오해하지 말기 바랍니다. 이 말은 영어 공부를 폄하하는 것이 아니라 먼저 국어 공부를 제대로 해야 함을 강조하는 말입니다.

국어는 잘 못하면서 영어를 잘하는 놈, 이런 인간이야말로 얼빠진 머저리 아닙니까? 이런 놈이 우리나라를 망신시키는 머저리 아닙니까? 이런 머저리가 한국 사람이 맞습니까? 아니면 개잡종입니까? 이 나라가 미국의 식민지입니까? 대답해 보세요!"

"미국의 식민지가 아닙니다!"

"아닙니다. 한국은 자주 독립국입니다. 선생님!"

내가 말했다.

"젊은 놈이 패기가 없어요. 더 크게 대답해봐요!"

"미국의 식민지가 아닙니다! 선생님!"

학생들은 거의 발악을 하듯이 말하였다. 내가 말했다.

"그러면 영어 잘하는 놈이 큰소리치고 출세하는 나라가 되어야 합니까? 국어 잘하는 놈이 큰소리치고 대우받는 나라가 되어야 합니까? 어떤 나라가 되어야 합니까? 어떤 나라를 만들어야 합니까? 이상적이고 멋진 나라를 만들려면 먼저 국어 공부부터 제대로 해야 합니다. 내 말 이해합니까?"

"예, 선생님!"

학생들의 박수갈채와 환호성이 계속 터졌다.

"그동안 어리석은 백성들은 얼빠진 놈들에게 속고 살아왔습니다. 내가 이 대목에서 강조하는 얼이란 말은 주체성을 말합니다. 우리 민족의 주체성입니다. 우리 민족의 주체성은 이 나라 백성으로서 기본으로 가져야 할 자존심입니다. 이런 자존심이 없는 인간은 아무리 배워도, 또 아무리 박사 학위가 있어도 개나 소와 다름없습니다! 지금 한 내 말을 이해합니까?"

박수갈채와 환호성이 계속 터졌다. 내가 말했다.

"나는 국어 시간에 여러분에게 우리말과 우리글을 사랑하는 기본을 가르칠 것이며, 우리 얼과 우리 민족의 주체성을 가르칠 것입니다. 그래서 나는 여러분이 얼빠진 머저리가 되지 않도록 가르치는데 혼신을 다할 것입니다."

또다시 박수갈채와 환호성이 터졌다. 거의 웅변대회 분위기 같았다. 연사의 말에 공감하는 청중들이 객석에서 박수를 보내며 환호하는 것과 조금도 다르지 않았다. 나는 계속해서 말했다.

"국어 선생 중에 혹시 한 시간 동안 겨우 수련장에 있는 시험 예상 문제 풀이로 한 시간 다 채우는 그런 또라이 국어 선생은 추방해야 합니다. 그런 한심한 국어 선생에게 배우는 학생이야말로 교육의 기본을 제대로 배우지 못한 가장 불쌍하고 불행한 사람이기 때문입니다. 나는 여러분에게 그런 또라이짓은 추호도 하지 않을 것입니다.

나는 여러분이 주체성 있는 당당한 인간으로 성장하여 장차 국제무대에서 당당한 인격적 대우를 받는 인간이 되도록 올바로 가르칠 것입니다. 여러분은 국제무대의 주역이 되어야 합니다. 전 세계를 내 집 안방처럼 마음대로 드나들고 주름잡는 주인공이 되어야 합니다. 여러분이 이런 멋진 인간이 되도록 나의 모든 것을 다 걸고 열심히 가르칠 것입니다."

"선생님, 감사합니다."

또 박수갈채와 환호성이 터졌다. 내가 웃으면서 말했다.

"지금 이 박수갈채와 환호성은 내 말을 이해하고 공감한다는 의미지요?"

"예, 선생님!"

"선생님! 이해하고 공감하다 뿐이겠습니까!"

중학생들의 반응과 고등학생들의 반응이 너무 다르다는 사실에 놀라지 않을 수 없었다. 고등학생들이 더 솔직하고 더 적극적이었다. 그 원인이 단순히 연령 차이 때문인지 아니면 그동안 학교 수업 외 인생 공부에 목말라서인지 알 수는 없었다. 분명한 것은 고등학생들이 내 말을 더 잘 이해하고 더 공감하는 것이 역력했다.

12
나의 감사 기도

내 기도는 많은 사람들이 하는 기도와 차이가 두 가지 있다. 하나는 아침에 눈을 뜨면 이불 속에서 하는 것이고, 다른 하나는 뭘 달라는 구걸 기도가 아니라 모조리 감사하다는 감사 기도이다. 보통 사람들이 하는 기도의 공통점은 구걸 기도이다. 많은 사람들이 시도 때도 없이 하는 기도가 거의 구걸 기도라고 단정한 것은 이날까지 살아오면서 이런 기도를 수없이 보고 들었기 때문이다.

놀라운 것은 시도 때도 없이 구걸 기도를 하는 사람들의 삶은 한마디로 '구걸적인 삶'이란 사실이다. 이들은 온종일 구걸하고, 한 달 내내 구걸하고, 일 년 내내 구걸하고, 평생 구걸하는 거지의 삶을 살다가 갈 수밖에 없을 것이라 생각한다. 그러니 한순간도 자기 삶의 주인이 된 적이 없고, 평생 거지 신세로 비참하고 어리석게 살면서 허송세월을 보낼 것 같다.

감사함을 모르는 것은 삶의 기본이 잘못된 것이다. 이런 의미에서 내 삶은 항상 감사함에서 시작한다. 감사함을 아는 것이 내 삶의 기본일 뿐만 아니라 내 삶의 기본자세이기 때문이다. 나는 감사함을 알고, 그것을 감사 기도를 통해서 매일 적절하게 표현한 뒤로 너무 많은 것을 얻었다.

언제부터인가 삶은 아주 사소한 것으로 이루어져 있고, 그 사소한 것들이 얽히고설켜서 삶을 이루고 있다는 사실을 알았다. 그 뒤부터 일상에서 큰 것이나 많은 것을 기대하지 않게 되었다.

나는 항상 사소한 것에 많은 신경을 쓰고, 사소한 것에 감사하려고 한다. 천만다행인 것은 내가 사소한 것에 감사하고, 사소한 것을 소중하게 여기기 때문에 내 삶에는 사소한 감사함으로 차고 넘친다. 매일 사소한 것들이 내 삶에서 차고 넘치기 때문에 언젠가는 그것들이 감사함의 큰 산이 될 것이라 믿는다.

물론 내가 하는 감사 기도는 종교적인 구걸 기도와는 성격이 아주 다르다. 내가 하는 감사 기도는 양면이 있기 때문이다. 외형상으로는 감사 기도이지만, 그 이면은 출전을 앞두고 하는 아주 특별한 기도라 할 수 있다. 다시 말하면 아침에 기상하기 전에 자리에 누운 채 감사 기도를 한다는 것은 마치 군인이 기상과 동시에 복무 신조를 외우면서 나 자신에게 약속과 다짐을 하는 것과 크게 다를 바 없지 싶다.

내 삶은 구걸이 아니고 전투이다. 나의 전투는 색다른 구석이 있다. 나는 강 이쪽에서 강 저쪽으로 건너고자 하는 나그네이다. 매일 치러야 하는 크고 작은 전투는 모두 강을 건너기 위한 과정일 뿐이다. 강 이쪽에서 매일 전투를 치열하게 하는 것은 강 건너 저쪽에 가기 위함이다. 아무리 큰 전투라 해도 하나 같이 징검다리를 건너는 과정에 불과할 뿐이다.

그래서 나는 아침에 눈을 뜨자마자 전투를 위한 감사 기도를 하는 것이다. 이 대목에서 반드시 짚어야 할 것은 내 삶의 한 면은 전투이지만, 다른 한 면은 전투가 아니라 놀이란 사실이다. 이런 면에서 내 삶은 치열한 전투와 평화로움이 공존하는 것이다. 이런 양면성이 내 삶의 중요한 특징이라고 할 수 있다. 물론 전투 단계와 놀이 단계는 차원이 다르다. 그리고 이 두 세계는 전혀 다른 세계이다. 강을 건너면 강 저쪽에서는 새로운 세계와 새로운 놀이가 나를 기다리고 있다.

그러다 보니 내가 하는 전투는 다음 단계로 넘어가는 과정이고, 그 과정의 합계가 내 삶인 것이다. 그런데 나는 전장에서 전투할 때는 전사이지만, 놀이터에서 놀이할 때는 전사가 아닌 어린아이가 된다. 내 삶이 전투이면서 놀이라는 것은 내 삶의 또 다른 의미를 강조하기 위함이다. 처음 얼마 동안 두 세계가 공존하다가 마침내 두 세계가 하나가 되는 것을 꿈꾼다. 이 꿈이 내 삶의 궁극적인 목표이다. 하루빨리 나는 그 단계로 가기 위해서 오늘의 전투에 온몸을 다 바쳐 싸우는 것이다. 언젠가 이 강을 건너게 될 것이다. 그때의 내 삶은 전장이 아니고 놀이터가 될 것이다. 그러면 나는 그 놀이터에서 노는 어린아이가 될 것이다.

나의 감사 기도에 담는 구체적인 내용은 다음과 같다.

〈감사 기도의 열 가지 주제〉

1. 간밤에 죽지 않고 다시 살아난 것에 감사합니다.
2. 몸 어디도 다치거나 손상되지 않은 것에 감사합니다.
3. 정신에 아무 이상이 없고, 온전한 것에 감사합니다.
4. 내가 편히 쉴 보금자리가 있는 것에 감사합니다.
5. 오늘 할 일이 많이 있다는 것에 감사합니다.
6. 나를 설레게 하는 사람이 있다는 것에 감사합니다.
7. 아름다운 지상에 건강하게 살아 있는 것에 감사합니다.
8. 내 꽃을 피우기 위해 노력할 수 있는 것에 감사합니다.
9. 내 조국이 망하지 않고 나날이 발전하는 것에 감사합니다.
10. 청계천에 많은 헌책이 나를 기다리는 것에 감사합니다.

위에 열거한 사항들은 어느 것 하나 내게 감사하지 않은 것이 없다. 왜냐면 이 열 가지 중에서 어느 것 하나라도 빠지면 내 삶의 조화와 균형이 깨어지고 말 것이다. 내가 이 지상에 사는 마지막 날까지 이 조화와 균형이 깨어지거나 무너져서는 안 된다. 그러자면 나는 매일 진심으로 감사 기도를 해야 한다.

2부

버스 안에서
너무 엉뚱한 도전

1
명동 모임 첫날, 두 가지 도전

서울 생활을 시작하면서 내가 가장 먼저 챙긴 것은 매주 일요일 오후 3시, 명동성당 가톨릭 여학생관에서 하는 '명동 모임'이었다. 여러 분야에서 한가닥 한다는 사람들이 함석헌 선생님을 모시고 성경 공부와 노자나 장자 등을 공부하는 수준 높은 모임이라 내 호기심도 컸고, 기대치 또한 만만치가 않았다. 단순히 공부를 하러 가는 것이 아니라 내게는 일종의 중요한 의식에 참여하는 것 같은 착각이 들 정도였다.

일요일 아침, 일찍 집을 나서서 물어물어 명동성당을 찾아갔다. 나는 공부 시작 시간보다 십 분쯤 일찍 도착했다. 약 스무 명 정도가 앉을 수 있는 방이었다. 구석 자리에 앉아 찬찬히 주위를 둘러보니 벌써 자리에 앉아 있는 사람이 스무 명 정도 되지 싶었다. 그런데 놀랍게도 그들의 차림새에서 다들 자기 분야에서 한가닥 하는 사람이라는 것이 확연히 드러났다. 안 그래도 잔뜩 긴장하고 있었는데, 실력이 만만찮게 보이는 사람들을 내 눈으로 직접 보는 순간 더 긴장하지 않을 수 없었다. 단순한 긴장에 그치는 것이 아니라 바짝 쫄지않을 수 없었다.

마침내 함석헌 선생님이 들어오셨다. 하얀 한복 두루마기 차림이었다. 자리에 앉아 있던 사람들이 약속이나 한 듯이 모두 앉은자리에서 일어나 정중하게 선생님께 인사를 하였다. 나도 따라 인사를 하였다. 선생님께서는 자리에 앉자마자 다음과 같이 말씀하셨다.

"오늘이 첫날이니 각자 통성명부터 하고, 앞으로 서로 반갑게 인사하며 잘 지내면 좋겠습니다. 각자 앉은자리에서 돌아가며 자기소개부터 간단히 하는 것이 어떻겠습니까? 앞으로 매주 함께 공부를 할 분들이니 서로에게 귀한 인연이 되기 바랍니다. 자, 그러면 앉은 순서대로 자기소개를 시작하지요!"

선생님의 오른쪽부터 앉은 순서대로 한 사람씩 일어나서 자기소개를 시작하였다. 나는 안쪽 구석 자리에 있었기 때문에 내 차례는 거의 마지막쯤 될 것 같았다. 한 사람 한 사람 자기소개를 하는 것을 귀담아들으면서 내 귀를 의심하지 않을 수 없었다. 다들 대단한 사람들이었는데 눈빛이 시퍼렇게 살아 있었다. 그동안 다른 모임에 가면 사람들의 눈이 풀려 맹한 이들이 많았는데, 이 모임에 참석한 사람들의 눈에서는 하나같이 불꽃이 튀기고 있었다.

자기소개하는 것을 귀담아들으니 다들 학벌이 화려했고, 경력 또한 화려했다. 한 사람은 미국 무슨 대학을 졸업했고, 미국에서 대학교수를 하였다고 했다. 다음 사람은 네덜란드 국립대학 유학을 다녀왔다 했다. 다음 사람은 영국에서 공부를 했고, 다음 사람은 인도 무슨 아쉬람에서 명상 수련과 명상 공부를 했다고 했다.

안 그래도 바짝 쫄아있던 나는 완전히 기가 죽고 말았다. 모임에 와서 이처럼 기가 죽어본 것은 처음이었다. 이들 앞에서 당당하게 자랑할 것이 아무것도 없다는 사실이 나를 너무 초라하고 비참하게 했다.

나는 일류대학도 나오지 못했고, 학위도 없고, 대학교수도 못 되고, 부산에서 겨우 중학교 국어 선생을 하다가 상경하여 S고등학교 국어 선생이 되었다. 아직도 문단에 등단도 못 하고 문학청년 신세를 면하지 못한 내 꼴이 너무너무 한심하고 한없이 초라하기만 하였다. 이런 초라한 경력으로 그들과 맞짱을 뜬다는 것은 애당초 무리이지 싶었다. 맞짱은커녕 그들과 함께 공부한다는 것조차 큰 무리라 생각되었다.

내 생각이 여기에 미치자 다른 사람들이 자기를 소개하는 것이 내 귀에 잘 들어오지 않았다. 나는 평소에 열등감이 많은 것을 감추고 살았다. 그중에서 가장 큰 것이 일류대학을 나오지 못한 것이다. 그런데 이런 내 열등감을 더욱 도드라지게 하는 찝찝한 자리가 되고 말았다. 난생처음 당하는 상황 앞에 나는 절망하지 않을 수 없었다.

앞으로 이 모임에 계속 공부하러 나와야 할지를 두고 심각하게 고민하지 않을 수가 없었다. 아무리 생각해 보아도 내 주제 파악을 하고 이 자리에서 얼른 빠져나가는 것이 좋을 것 같다는 생각이 들었다.

물론 열등감을 훌훌 털어내고 넉살 좋게 그들과 함께 공부를 할 수는 있다. 그러나 내가 아무리 노력을 한다 해도 그들이 나를 인정하지 않고, 나를 얕볼 것 같다는 상상을 하니 내 속에 있는 열등감이 더 무겁게 짓누르며 나를 못 견디게 하였다.

하기야 지금 자리를 박차고 나가는 것도 말이 되지 않는다. 존경하는 스승 앞에서 그런 몰상식하고 무례한 행동을 한다는 것은 상상할 수도 없는 추태가 아닐 수 없기 때문이다. 그렇다면 지금 내가 어떻게 처신해야 한단 말인가? 땅이 꺼지라고 한숨을 쉬면서 안절부절못하는 동안 드디어 내 소개할 차례가 되고 말았다. 나는 자리에서 벌떡 일어났다.

"제 이름은 하륜입니다. 부산 사람입니다. 부산의 D대학교 국문과를 졸업하고, 부산에서 사립중학교 국어 선생을 하던 문학청년이었습니다. 저의 꿈은 한국 문단에 정식으로 등단하는 것이었습니다. 등단하지 않으면 저의 재능을 발휘할 수 없을 것 같은 강박관념에 시달리다가 운이 좋아서 마침내 이번 신학기에 서울 S고등학교로 자리를 옮기게 되었습니다.

부산에 있을 때는 송도 복음병원 원장 장기려 박사님 댁에서 하던 '부산 모임'의 회원으로 참석하여 열심히 공부하였습니다. 이제는 서울로 자리를 옮겼으니 한 달에 세 번은 이 모임에 나와서 선생님을 뵙고 공부를 할 수 있게 되어 참 기쁩니다. 그리고 여러분들과 사이좋게 지내면서 열심히 공부겠습니다. 여러분과 만남이 귀한 인연으로 성장 발전하기를 빕니다. 감사합니다."

막상 내 소개는 하였지만, 자리에 앉는 순간 아까 고민했던 과제들이 내 마음을 다시 무겁게 짓눌렀다. 경력이 너무나 화려한 선수들과 함께 공부를 한다는 것이 아무래도 자존심 상하는 일이 아닐 수 없었다. 무슨 수로 이 상할 대로 상한 자존심을 억누르며 공부를 계속할 수 있을지 생각할수록 난감하기만 하였다. 그렇다고 이제 와서 무슨 뾰족한 대책이 있는 것도 아니다. 나의 초라한 경력을 갑자기 부풀릴 수도 없고, 화려하게 포장할 수도 없는 일이다.

방법은 오직 하나뿐이다. 지금까지의 경력은 별 볼 일 없었지만, 앞으로 열심히 공부하여 새로운 경력을 멋지게 쌓아가는 것이다. 이것이 내가 할 수 있는 유일한 방법이고, 유일한 길이 아닐 수 없다.

그렇다. 나는 과거의 경력은 초라하고 빈약하지만, 앞으로 열심히 하여서 저 사람들에게 뒤지지 않는 멋진 경력을 쌓아가면 될 것이다. 이렇게 긍정적으로 생각하는 것이 나를 위로하고, 나에게 새로운 희망을 불어넣어 주는 작은 단초가 되지 싶었다. 그 순간 나도 모르게 두 주먹을 불끈 쥐었다.

'그래, 이제 이 화려한 사람들과 과거는 경쟁할 수가 없지만, 미래를 경쟁할 수는 있다! 이분들도 열심히 공부하겠지만, 나도 종전보다 더 열심히 공부하여 이분들에게 뒤지지 않도록 해보는 것도 매우 가치 있는 일이 될 것이다.'

이런 식으로 자위를 해보았지만, 내 마음이 그리 편하지는 않았다. 다만 한 가지 분명한 것은 나도 이제부터 열심히 공부하여 저들과 정면승부를 하는 것은 피할 수 없다는 사실이다. 그렇다면 앞으로 어떻게 공부를 하고 어떻게 치열하게 살아야 하는가?

'이것이 문제로다.'

물론 열심히 공부하여 그들과 한번 겨루어 보는 것은 매우 바람직한 일이다. 그런데 이보다 더 시급한 문제는 아무리 겨룰 때 겨루더라도 지금 당장 그들을 이길 수 있는 것이 하나라도 있으면 좋겠다는 것이다. 문제는 당장이다! 지금 당장 그들을 이길 수 있는 것이 한 가지라도 있어야 한다. 아무리 사소한 것이라도 좋다. 한 가지라도 그들에게 이겨야 상처 난 내 자존심이 조금이라도 회복될 것이다. 나는 무엇이라도 좋으니 지금 당장 한 가지라도 그들보다 잘하고 싶었다.

그것이 무엇일까? 무엇으로 내가 저 화려한 경력의 잘난 사람들을 이길 수 있을까? 독서량? 글쎄, 나보다 더 독서를 많이 하는 사람이 많지는 않을지 몰라도 얼마든지 있을 수 있다.

그리고 이것은 당장에 가릴 방법이 없다. 내가 그들보다 앞선 다는 것을 당장 확인시킬 일도 생각나지 않았고, 앞서고 있음 을 당장 확인시킬 수 있는 방법도 도무지 생각나지 않았다.

강의? 이것도 우열을 확실하게 가린다는 것이 불가능한 일 이다. 나보다 강의를 잘하는 사람이 얼마든지 있을 수 있다. 영어 회화? 이것은 나는 젬병이다. 나는 외국인과 단 한마디 도 대화할 수가 없다. 그렇다면 무엇으로 저 사람들을 당장 이 길 수 있을까? 무엇을 저 사람들보다 내가 더 잘할 수 있단 말 인가?

그 순간 번개처럼 내 머리를 스치는 것이 있었다. 바로 이것 이다! 듣는 자세! 강의 시간에 선생님의 강의를 듣는 자세에서 내가 일등을 하는 것이다. 이것이라면 자신이 있다. 이것은 당 장 도전해 볼 만한 것이다. 이것은 누가 보아도 쉽게 판가름을 할 수 있는 단순한 일이다. 그리고 이것은 당장 결과를 알 수 있는 사소한 일이다.

그 순간 나는 무릎을 쳤다. 선생님 강의를 듣는 수업 태도를 내가 일등을 하는 것이다. 이것은 나 같은 평범한 사람에게 적 당하고 도전해 볼 만한 일이 분명했다.

듣는 자세! 이것이야말로 배우는 사람에게 대단히 중요한 조건임을 나는 이미 잘 알고 있다. 그래서 부산 모임에서 함 선생님의 강의를 들을 때도 내 딴에는 아주 좋은 자세를 취하여 왔다. 그러나 그때는 내가 일등을 하겠다는 생각은 하지 않았다. 그냥 바른 자세로 선생님의 강의를 잘 들어야지 하는 정도였을 뿐이지, 그 자리에 있는 사람 중에서 내가 일등으로 들어야지 하는 생각은 꿈에도 하지 않았다. 그런 내가 명동 모임에서 너무나 뜻밖이고, 너무나 중요한 도전을 결심한 것이 참기특하다는 생각이 들었다.

듣는 자세 일등! 이것은 얼핏 보면 아주 별것 아닌 지극히 사소한 일이지만, 사실을 알고 보면 그것이 만만치 않은 것이란 것을 나는 너무나 잘 알고 있었다. 이 생각이 내 머릿속을 스친 것에 감사하지 않을 수 없었다.

이제 결론이 났다. 내가 명동 모임에서 선생님의 강의를 듣는 태도에서 일등이 되는 것이다. 이것이 내가 당장 도전해야 할 목표이다. 나는 참 운이 좋다고 생각했다. 어떻게 이런 생각을 할 수 있었는지, 생각하면 할수록 나 자신이 대견스러웠다.

당장 실시한다! 나는 엉덩이를 들고 잠시 일어나서 의자에 다시 앉았다. 최대한 엉덩이를 의자 깊숙이 밀어 넣고, 허리를 똑바로 세우면서 어깨를 펴고 앉았다. 물론 턱을 앞으로 당겼다. 그러고 나니 마치 독일 병정이나 일본 군인 같았다. 아니로봇 같은 기계적인 자세, 아주 수학적인 자세가 되었다. 웃음이 나왔지만 지금 웃을 상황이 아니다. 내가 저 잘난 사람들에게 이길 수 있는 것이라고는 이것밖에 없는 마당에 이것으로나마 이길 수 있으면 감사한 일인 것이다.

그리고 나는 두 주먹을 불끈 쥐었다. 선생님을 쳐다보았다. 태산처럼 선생님이 나를 압도해왔다. 나는 내 앞으로 다가오는 태산을 온몸으로 받아들일 만반의 준비를 다 한 것 같았다. 그렇다. 나는 지금 이 순간 적어도 선생님의 말씀을 듣는 태도 하나만큼은 이 자리에서 최고가 분명하다! 나는 저들을 당장 이 한 가지로 제압할 것이다.

그런데 한 가지 분명한 것은 매주 한 번 선생님을 뵙고 성경 공부를 하는 것이 나를 흥분하게 한 것이 아니란 사실이다. 사실 나는 성경에는 그다지 관심이 없었다. 내게는 성경 공부가 목적이 아니고 선생님 자체가 목적이었다. 그러니 성경이 아니라 다른 어떤 것을 가르쳐준다고 해도 나는 열심히 배웠을 것이다. 안 할 말로 선생님께서 소매치기하는 법을 강의해도 나는 무릎 꿇고라도 소매치기 기법을 열심히 배웠을 것이다.

그 순간 문득 거짓말처럼 뜻밖의 생각이 떠올랐다. 선생님의 말씀을 듣는 자세만 일등을 할 것이 아니라 실속이 있어야 한다는 것이다. 이것이 듣는 자세보다 더 중요한 것이다. 실속이 없다면 아무리 듣는 자세가 일등이라도 별 의미가 없을 것이다. 그러니, 실속이 중요하다! 듣는 자세 일등에 만족할 것이 아니다. 자세 좋은 것은 누구나 마음만 먹으면 당장 할 수 있다. 그런데 좋은 자세에 알찬 실속을 챙기는 것은 결코 누구나 할 수 있는 일이 아니다!

내 생각이 여기에 미치자 나는 기분이 좋아서 고함이라도 지르고 싶었다. 어찌해야 듣는 자세 일등에다 실속까지 챙길 것인가? 나는 실속 챙기는 방법을 곰곰이 생각하다가 다시 한 번 무릎을 치면서 중얼거렸다.

'토를 달지 않는 것이다!'

선생님의 말씀에 단 한마디도 토를 달지 않아야 한다. 선생님 말씀을 전적으로 수용해야 한다. 그래야 나는 많은 가르침을 받아들일 수 있으며, 내 정신세계가 넓어지고 풍성해질 것이다. 이 생각이야말로 금상첨화였다. '듣는 태도 일등'에다 '실속 일등'까지 추가를 하는 셈이다. 그 순간 나 자신이 너무 대견스러웠다.

그 뒤에 여러 가지 일들이 벌어졌다. 명동 모임에서 공부가 끝이 나면 핵심 멤버 네댓 사람이 따로 남았다가 다방에서 차 한잔을 하거나 대폿집에 가서 막걸리 한잔을 마시고 헤어지곤 했다. 그런데 이 자리에서 이런 일이 반드시 벌어졌다. 그것은 바로 핵심 멤버들은 저마다 그날 선생님이 한 말씀 중에 어떤 것은 찬성하고, 어떤 것은 찬성할 수 없다는 식의 자기 의견을 피력하는 것이다. 이럴 때마다 나는 그들과 생각이 아주 달랐다. 물론 나도 그날 선생님의 말씀을 전적으로 찬성할 수 없는 경우가 더러 있었다. 그런데 그럴 때마다 나는 이렇게 생각하였다.

'아니다! 선생님께서는 공부도 많이 하고 경험도 많아서 사리 분별력이 남보다 월등히 높으신데, 그런 생각과 그런 주장을 하는 것은 아마도 내가 몰라서이지 무슨 사연이 있을 것이다. 그러니 지금 당장 내가 수긍하지 못한다고 해서 선생님 의견에 토를 달거나 반론을 펴는 것은 아주 어리석은 짓이며, 백해무익한 일일 것이다. 그러니 나는 선생님 말씀에 토를 달거나 쓸데없는 잔소리 하지 말고, 무조건 수용하고 공부를 열심히 하면 언젠가는 나도 눈을 뜨고 올바른 판단을 하는 날이 올 것이다. 그때까지 절대로 선생님 말씀에 토를 달면 안 된다.'

다른 사람들은 그날 선생님의 말씀 중에 어떤 대목에 토를 달거나 반론을 펴는 수가 있었다. 그러나 나는 단 한 번도 그들의 뜻에 찬성하지 않았고, 아예 그런 일에는 끼지 않기로 작심했다. 그 순간 부산 씨알서점의 털보 아저씨의 얼굴이 떠올랐다. 털보 아저씨가 함 선생님의 자서전 《죽을 때까지 이 걸음으로》를 선물해주지 않았더라면 나는 함석헌 선생님을 몰랐을 것이다. 그리고 만약 선생님을 몰랐다면 지금의 이 새로운 출발과 도전은 불가능했을 것으로 생각하였다. 비록 처음에는 책 한 권을 추천하였지만, 그것을 시작으로 마침내 부산 모임까지 추천해 주어서 선생님을 한 달에 한 번은 뵐 수 있었던 행운을 누릴 수 있었다. 이것만 해도 내게는 과분한 행운이었다.

거기다가 털보 아저씨는 내가 함 선생님 공부를 제대로 한다고 여기고는 마침내 〈성서조선〉 창간호부터 폐간호까지 모두 소장하고 있는 박동호 선생까지 소개해주었다. 그 덕에 나는 그 귀한 〈성서조선〉 창간호부터 폐간호까지 전권을 다 읽을 수 있었던 것이다. 고마운 털보 아저씨의 모습을 떠올리자 나의 눈에서는 두 줄기 뜨거운 눈물이 줄줄 흘러내렸다.

2
여섯 가지 개선책과 한 가지 부탁

"국어 시간에 공부할 때 여섯 가지를 개선하고자 합니다. 내가 개선하려는 것들은 그동안 여러분들이 해오던 것과 아주 다르고 약간 생소해서 처음에는 제법 어리둥절할 수도 있을 것입니다. 처음 얼마 동안은 내 개선책들이 좀 불편하더라도 실천하다 보면 금방 익숙해지고, 차츰차츰 만족할 것으로 생각합니다."

학생들의 표정에 어리둥절함이 역력했다.

"내가 제시할 개선 방안들은 비록 사소한 것이라 해도 우리 교육현장에서 최초로 시도하는 새로운 방법이 많을 것입니다. 나의 교육관을 제대로 이해하고 새로운 방법에 익숙해지면, 종전보다 훨씬 재미있고 신나는 일들이 생길 것입니다. 물론 국어 시간에 열심히 공부하면 배도 부를 것입니다. 그때 여러분은 국어 시간을 기다리게 되고, 나도 보고 싶어질 것입니다. 지금 한 내 말이 황당합니까?"

"아닙니다. 선생님! 조금도 황당하지 않습니다."

"저희는 진지합니다. 선생님!"

학생들은 일제히 새끼 제비들처럼 입을 모아 대답했다. 나는 계속해서 말을 이어 나갔다.

"하기야 교육학자나 선생 중에 내가 주장하는 새로운 개선책에 반대할 사람도 있을 것입니다. 그러나 분명한 것은 나의 개선책들은 치열한 삶의 현장 경험이 없는 자들이 죽은 지식으로 머리만 굴려 만든 방안들과는 전혀 다르다는 사실입니다.

다시 한번 강조하자면, 내 개선책들은 죽은 지식을 짜깁는 선수에 불과한 교육학자들이 머리만 굴려서 만든 비교육적인 방법과는 전혀 다르다는 사실입니다. 다시 말하면 집안에 돈 많고, 권력 있는 부모를 만난 덕에 외국으로 유학 가서 돈으로 사다시피한 허접한 학위로 폼 잡는 엉터리 학자들의 단순한 아이디어나 주먹구구식의 방법과는 근본적으로 다를 수밖에 없다는 것을 다시 한번 강조합니다."

"그런데 한 가지 분명한 것은 내 개선책들은 이미 수업 현장에서 활용하여 좋은 호응과 좋은 성과를 얻은 검증된 새로운 비책들이란 사실입니다. 그러니 여러분도 기대해도 좋습니다. 그럼 잔소리 그만하고 이제 국어 시간에 개선할 것 여섯 가지를 하나하나 말하겠습니다.

첫째로, 국어 교과서를 이원화하겠습니다. 국어 교과서 이원화란, 국어 교과서를 한 가지가 아니라 두 가지로 구분한다는 소리입니다. 지금까지 여러분이 해온 방식은 교과서 일원화 방식입니다. 이는 국어 시간에 국어 교과서 한 가지만 가르치는 것입니다. 그동안 여러분이 늘 해오던 국어 교과서 일원화 방식은 수업 시간 전체를 국어 교과서만 죽자 살자 공부를 하는 방식입니다.

내 짐작으로는 그동안 여러분이 해온 국어 교과서 일원화 방식으로 공부를 하면 세상을 보는 눈이나 사고의 폭이 아주 좁아진다는 사실입니다. 그런 공부를 오랫동안 하면 반드시 책벌레가 되어 마침내 우물 안 개구리가 되고 말 것입니다. 그래서 나는 '국어 교과서 공부'만 하지 않고 '국어 교과서 밖의 공부'도 같이 하겠다는 것입니다."

"이쯤에서 다시 한번 강조하자면, 국어 과목은 모든 공부의 기본입니다. 기본이란 바탕이란 뜻입니다. 큰 건물을 지으려면 기초를 넓게 잡아야 좋을까요? 좁게 잡아야 좋을까요? 그리고 기초를 깊게 잡는 게 좋을까요? 좁게 잡는 게 좋을까요? 기초는 반드시 넓고, 깊게 잡아야 합니다. 그러자면 국어 시간에 국어 교과서만 공부해서는 절대로 안 됩니다.

앞서 말한 대로 국어는 모든 학문의 바탕이자 기본이기 때문입니다. 가능하면 폭넓게 공부를 해야 하고, 또 다양하게 공부해야 하는 것은 너무나 당연한 일입니다. 그래서 나는 국어 교과서에는 없는 것, 교과서 밖에 있는 것, 즉 교과서에서 다루지 않는 것들에서 여러분에게 꼭 필요한 지적 자양분이 되는 것들도 함께 가르치겠다는 소리입니다."

"이 땅의 모든 학교에서는 일원화 방식, 즉 국어 교과서 하나만 가르치고 있습니다. 그러나 나는 학생들을 책벌레와 우물 안 개구리로 만드는 이런 비교육적이며 잘못된 방식을 절대로 따를 수 없습니다. 그래서 제일 먼저 국어 교과서 공부와 교과서 밖의 공부 두 가지로 양분하겠다는 것입니다.

즉 국어 시간에 국어 교과서만 공부하지 않고 교과서 밖의 것들도 함께 공부하겠다는 소리입니다. 교과서 공부만 하면 쫀쫀한 범생이가 될 것이고, 교과서 밖의 공부까지 한다면 멋진 인간으로 성장하고 발전할 것입니다. 지금 말한 국어 교과서 밖의 공부를 줄여서 앞으로 '교밖 공부'라고 부르겠습니다. 한 번 따라 해보세요."

"교밖 공부!"

"교밖 공부!!"

학생들은 마치 초등학생처럼 아주 큰 소리로 따라 불렀다.

"여러분, 교밖 공부가 기대됩니까?"

"예, 선생님. 기대가 큽니다."

교실 안은 그야말로 환호와 박수갈채가 터졌다.

"둘째로, 국어 수업 시간의 이원화입니다. 국어 시간에 교과서만 이원화하는 것이 아니라 수업 시간도 이원화한다는 소리입니다. 앞에서 말한 대로 두 가지 영역, 즉 국어 교과서 공부와 국어 교과서 밖의 공부를 잘하려면 국어 교과서만 이원화할 것이 아니라 아예 수업 시간도 이원화하지 않을 수 없습니다.

다시 말하면 '국어 교과서를 공부하는 시간'과 '국어 교과서 밖의 것들을 공부하는 시간'으로 양분한다는 소리입니다. 그래서 수업 시간 50분을 둘로 나눠서 40분은 국어 교과서 공부 시간으로 쓰고, 나머지 10분은 국어 교과서 밖의 것들을 공부하는 시간 즉 '교밖 공부 시간'으로 쓰겠다는 소리입니다. 이것이 바로 국어 수업 시간의 이원화입니다. 지금 설명한 국어 수업 시간의 이원화가 무슨 소린지 이해합니까?"

"예, 선생님!"

"기대가 안 됩니까?"

"아닙니다. 엄청나게 기대가 됩니다. 선생님!"

여기저기에서 박수와 환호성이 터져 나왔다. 내가 계속 말했다.

"셋째, 질문과 토론은 가능하면 참기 바랍니다. 이 부분도 대단히 중요한 부분입니다. 만약 여러분이 초등학생이라면 나는 이와는 정반대로 말할 것입니다. 가능하면 질문을 많이 하고, 친구들과 토론을 많이 하라고 말입니다. 그러나 여러분은 초등학생이 아닙니다! 거의 무한대로 배워야 할 때입니다. 그럴 때는 허접한 질문이나 적절하지 않은 토론으로 시간을 낭비해서는 안 됩니다.

이 대목은 내 말을 귀담아듣지 않으면 오해하기 쉬운 대목입니다. 오해의 소지를 없애기 위하여 '질문'에 대해서 잠시 설명하겠습니다. 내가 하고 싶은 말을 정확히 표현하면 '질문 반대'가 아니라 '수상한 질문 반대'라고 해야 합니다. 다시 말하면 모든 질문을 반대한다는 소리는 결코 아닙니다."

"'수상한 질문'에 대하여 좀 더 말하겠습니다. 먼저 순수한 질문이란, 자신이 모르는 것을 아는 사람에게 묻는 것입니다. 이런 범위를 넘거나 엉뚱한 저의를 감추고 하는 질문들은 한마디로 순수한 질문이 아니라 수상한 질문입니다. 예를 들면 교활하고 시건방진 놈은 모르는 것을 질문하는 게 아니라 상대의 실력을 떠보기 위해서 질문을 합니다. 이런 질문이 바로 수상한 질문의 대표적인 것입니다.

나는 이런 불량한 질문을 반대하기 때문에 국어 시간에는 가능하면 질문하지 말라는 것입니다. 하지만 순수한 질문은 얼마든지 허용할 참입니다. 그러나 내 실력을 떠보기 위해서 되지도 않는 질문을 한다든지, 내 말꼬리를 잡고 늘어지기 위한 수상한 질문을 하면 저기 청소용 막대 걸레 자루로 개 패듯이 두들겨 패 줄 것입니다.

얼치기로 교육학을 공부한 어설픈 자들은 내가 막대 걸레 자루로 두들겨 팬다는 소리에 시비를 걸지도 모릅니다. 길게 설명할 시간이 없으니, 간단하게 한마디만 하겠습니다. 우리나라에서 세계적으로 자랑할만한 교육 자료 중에 '회초리'가 있습니다. 그런데 멍청한 자들은 회초리와 몽둥이를 구별할 줄 모르고 틱틱거리며 헛소리를 합니다.

회초리는 몽둥이가 아니고 아주 훌륭한 교육 자료입니다. 이 대목에서 종교개혁으로 유명한 마르틴 루터(Martin Luther) 이야기 하나를 소개합니다. 루터는 교육을 제대로 하려면 '한 손에는 사과를, 한 손에는 회초리가 있어야 한다'라고 강조하였습니다.

얼치기 서양식 교육에 세뇌된 자들은 이 위대한 회초리와 몽둥이를 제대로 구별하지 못하고 온갖 또라이짓을 하면서 교육을 망치고 있습니다."

"꼬투리 잡기 좋아하는 좀팽이들 때문에 사족을 하나 달겠습니다. 내가 위에서 말한 막대 걸레 자루와 회초리는 분명히 다르다고 시비할 머저리에게 말합니다. 내가 어릴 때 어머니 속을 썩이면 어머니는 땅을 치면서 '이늠의 자슥아, 니캉 내캉 쥐약 먹고 같이 죽자'라고 하였습니다. 이 말은 동반 자살하자는 말이 아닙니다! 일종의 과장법 표현입니다.

나는 갈 길이 먼 사람입니다. 그러니 이런 시답잖은 것으로 시비하여 내 발목을 잡는 또라이짓은 제발 삼가기 바랍니다. 그래서 국어 시간에 싸가지가 없는 질문은 절대로 허용하지 않을 것입니다. 물론 너무 유치하고 허접한 질문도 가능하면 삼가기 바랍니다. 엔간한 의문은 스스로 공부하여 해결하는 것도 아주 지혜로운 방법입니다."

"지금 내가 말한 '질문'에 대한 이야기를 이해합니까?"

"예, 선생님!"

"이 대목은 오해의 소지와 논란의 여지가 있으므로 분명히 하기 위해서 다시 묻습니다. 나의 이런 주장을 이해하고 지지합니까?"

"예, 선생님! 이해하고 지지합니다!"

"그럼 박수로 가결합니다."

교실 안은 큰 박수 소리와 환호성으로 난장판처럼 되었다.

교실 안이 진정되자 내가 계속 말했다.

"이번에는 '토론'에 대해서 말하겠습니다. 나는 어설픈 질문을 반대한 것처럼, 어설픈 토론 또한 반대합니다. 수많은 사람들이 토론에 대해서 잘못 알고 있습니다. 특히 많이 배웠다는 자들 중에 이런 머저리들이 너무 많습니다. 그래서 우리 사회에는 학교뿐 아니라 다른 영역에서도 쓸데없는 토론을 하느라 아까운 시간을 낭비하고 있습니다.

심지어 방송에서도 어설픈 토론으로 아까운 전파를 낭비하고, 시청자들을 바보로 만드는 경우가 너무 많습니다. 기가 막히게도 학교의 선생은 물론이고, 교육학자란 자들 중에서도 토론에 대해서 잘못 알고 있는 경우가 너무 많다는 것이 큰 문제이자 큰 골칫거리입니다."

"먼저 결론부터 말하면, 이 나라에서 벌어지는 대부분의 토론들은 백해무익한 시간 낭비라고 생각합니다. 굳이 대부분이라는 단서를 다는 것은 유치원이나 초등학교의 경우는 토론의 의미가 좀 다르기 때문입니다. 이 대목에서 분명히 짚어야 할 것은 크게 두 가지입니다. 하나는 토론 주제이고, 다른 하나는 토론자입니다.

우선 '토론 주제'를 말하겠습니다. 주제에 따라서 토론이 필요한지, 필요하지 않은지를 결정할 수 있기 때문입니다. 그런데도 모든 주제를 다 토론한다는 것은 멍청이나 할 짓입니다. 다시 말하면, 토론 주제로 적합한 것과 적합하지 않은 것이 있다는 소리입니다. 이 두 가지를 제대로 구별할 줄 알아야 합니다. 그런데 이를 구별할 줄 모르는 함량 미달들이 토론에 적합하지 않은 주제로 토론하는 것은 시간 낭비이고, 백해무익할 수밖에 없습니다.

쉬운 예를 하나 들겠습니다.

'오늘 점심으로 짜장면을 먹느냐, 우동을 먹느냐?'

'봄 소풍을 창경궁으로 가느냐, 서오릉으로 가느냐?'

이런 주제는 얼마든지 토론해도 아무 문제가 없습니다. 그리고 토론 후에 어떤 결론이 나더라도 별다른 문제가 없습니다.

그러나 이런 주제를 토론하면 여러 문제가 생깁니다.

'신(神)이 있는가, 신이 없는가?'

'일요일에 교회에 갈 것인가, 절에 갈 것인가?'

이런 주제들은 어느 쪽이 더 좋은지, 또는 가치가 있는지 쉽게 결론을 내릴 수 없는 주제입니다. 설령 어느 한쪽으로 결론이 나도 그리 바람직한 것이 아닙니다. 가령 장시간 토론 끝에 '신이 있다'라고 결론이 났다 해도 그게 무슨 의미가 있단 말입니까? 어떤 결론이 나더라도 허접하고 백해무익할 뿐입니다. 그래서 이런 주제는 토론 주제로서는 적합하지 않다는 소리입니다.

그다음으로 중요한 것이 '토론자'입니다. 가령 종교에 대해서 토론을 할 경우, 토론 참가자는 무신론자인지 유신론자인지 구별을 해야 하고, 토론 참가자 수도 동등해야 합니다. 만약 토론 참가자의 수가 동등하지 않으면 공정한 토론이 불가능할 것입니다. 그런데 이 문제를 제대로 따지면 아주 복잡해집니다.

이왕 내친김에 사족 삼아 한마디 더 하겠습니다. 가령 초등학교에서는 질문과 토론을 많이 하도록 하는 것이 바람직할 수 있을 것입니다. 왜냐면 특히 토론 과정을 통해서 자기주장을 잘하고, 상대방의 말을 잘 듣는 공부도 아주 중요하기 때문입니다."

"내 말을 이해합니까?"

"예, 선생님. 잘 이해합니다."

"넷째, 전국의 선생들이 매일 하는 판서를 나는 최대한 추방하겠습니다. 판서란 대부분의 선생들이 수업 시간에 교안을 보고 분필로 칠판에 적는 것입니다. 그동안 이 땅의 많은 선생들은 이런 판서를 해왔고, 아직도 이런 원시적인 판서를 계속하고 있습니다.

이런 판서야말로 가장 비교육적이고, 비과학적이며, 비생산적입니다. 선생들이 여러 책과 참고서를 보고 작성한 교안을 수업 시작 전에 칠판에 가득 쓰고 학생이 따라 적는 판서는 잘못된 것입니다.

이런 비교육적인 판서는 전국 어느 학교에 가더라도 마찬가지이고, 어느 시간에 들어가도 거의 비슷합니다. 하나마나인 이따위 판서는 당장 집어치워야 할 비교육적인 악습입니다. 이것은 엄청난 시간 낭비입니다. 이런 치졸한 판서는 선생이 없어도 학생 스스로 얼마든지 할 수가 있습니다. 참고서 한 권만 있으면 그것을 보고 베껴 적는 것을 어느 바보가 못한단 말입니까!"

"내가 아는 역사 선생 중에 한 분은 역사 수업 시간에 교실에 들어가서 인사를 한 뒤에 준비해간 교안을 보고 칠판에 한가득 판서를 합니다. 그리고 판서한 것을 보고 학생들에게 그대로 베끼게 했습니다. 깨알 같은 글씨로 칠판에 가득히 판서하고, 이것을 학생들이 보고 베끼기를 기다리면 한 시간이 거의 다 갑니다.

그때 지휘봉으로 칠판에 한 줄씩 밑줄을 그으면서 보충 설명을 하였습니다. 자세히 들어보니 설명이 아니라 한 줄 한 줄 읽는 수준이었습니다. 이런 판서 중심의 설명을 하는 한심한 교사들이 아직도 이 땅에 수없이 많다는 것이 너무나 불행한 일이 아닐 수 없습니다. 그래서 나는 이런 한심하고 비교육적인 판서는 절대로 하지 않겠습니다."

"내 말을 이해합니까? 이해하면 이해한다고 반응을 즉각 보여야 하는 것 아닙니까?"

"예, 맞습니다. 선생님!"

박수갈채와 환호성 터져 나왔다.

"다섯째, 낱말 뜻을 풀이하는 또라이짓은 하지 않겠습니다. 내가 아무리 낱말 뜻을 잘 설명해도 국어사전보다 잘할 수는 없을 것입니다. 그러니 내가 낱말 풀이를 하는 것이나 여러분이 국어사전을 직접 찾아보는 것이나 마찬가지 아닙니까? 그럴 바에야 내가 아까운 수업 시간에 그런 사전식 낱말 풀이하느라고 시간을 허비하는 것은 또라이짓이 아닙니까?"

계속해서 학생들의 박수갈채와 환호성이 터졌다.

"나는 국어 시간에 낱말 풀이하느라고 시간을 낭비하지는 않겠습니다. 물론 아주 특별한 경우에는 내가 풀이를 하겠습니다. 그러나 대부분은 다 여러분이 집에서 국어사전을 보고 직접 낱말 뜻풀이 공부를 해 오기 바랍니다. 나의 이런 생각에 이의 있어요? 이의 없어요?"

"이의 없습니다. 선생님!"

"그동안 이 나라 교단에서는 이런 여러 가지 잘못들을 조금도 개선하지 못하고 어처구니없게 되풀이만 해 왔습니다. 물론 위에서 내가 제시한 것들은 사소한 것들입니다. 다른 과목이 안고 있는 문제들도 엄청나게 많을 것이라 생각합니다. 하지만 그것은 국어 선생이 '콩이야, 팥이야' 할 일이 아니라 생각합니다.

이 땅의 수많은 교사와 대학교수들이 대부분 책벌레라는 것은 아는 사람은 다 아는 공공연한 비밀입니다. 이들은 머리를 책에만 처박고, 책에 있는 죽은 지식만 달달 외웠기 때문에 죽은 지식 수집가 내지는 죽은 지식 짜깁기꾼으로 전락했다는 내 주장에 아무도 이의를 달지 못할 것입니다.

그리고 교과서 한 가지만 공부한 자들은 아주 고리타분하고, 고지식하고, 쫀쫀하고, 깐깐한 인간이 됩니다. 교과서에 있는 죽은 지식을 달달 외우기만 했기 때문에 이들은 온전한 인간이나 폭넓은 인간으로 행복한 삶을 살지 못하고 범생이나 꽁생원으로 우물 안 개구리 삶을 살다 갈 것입니다."

"여섯째, 도서관 활용을 극대화할 것입니다. 내가 이번 시간에 들고 온 이 책들은 도서관에서 대출받은 것입니다. 물론 도서관에 없는 자료는 내 연구실에 있는 자료를 가져올 수도 있습니다. 지금 내가 들고 있는 이 책은 《톨스토이 인생론》입니다. 여러분이 내 덕분에 《톨스토이 인생론》의 책 표지 구경이라도 하는 것이 행운 아닙니까? 이런 기회 아니면 무슨 수로 《톨스토이 인생론》을 구경합니까?"

여기저기에서 소리 내어 웃는 학생들도 있었고, 키득키득 웃는 학생도 있었다.

"이 책은 칸트의 《순수 이성 비판》입니다. 내 덕분에 책 표지라도 한번 구경하기 바랍니다. 앞으로 나는 국어 시간에 필요한 수많은 자료를 학교 도서관에서 빌려올 것입니다. 그리 알고 여러분들도 도서관을 잘 활용하기 바랍니다. 내 말 이해합니까?"

"예, 충분히 이해합니다. 선생님!"

학생들의 박수갈채와 환호성이 터졌다.

"이제 여러분을 위해서 부탁할 것이 두 가지가 있습니다. 첫 번째 부탁은 좋은 국어 참고서를 한 권 사라는 것입니다.

앞으로 국어 교과서와 교과서 밖의 것들을 함께 공부하려면 절대 시간이 부족할 것입니다. 그러니 여러분이 책방에 가서 국어 참고서와 문제집들을 꼼꼼히 검토해 보고, 그중에 가장 멋진 놈을 한 권씩 사기 바랍니다. 그리고 짬 나는 대로 참고서와 문제집을 달달 외우기 바랍니다. 수업 시간에 부득이하게 내가 국어 교과서 밖의 것들을 공부한다고 시간이 부족하여 스치고 지나가는 것들은 여러분 스스로 보충하라는 소리입니다. 내 말 이해합니까?"

"예, 선생님!"

"내 말에 찬성합니까?"

"예, 선생님!"

"그러면 책방에 가서 참고서 한 권과 문제집 한 권을 구입할 것인가요?"

"예, 선생님!"

"두 번째 부탁은 나를 도울 학급 도우미 한 사람이 필요합니다. 내 설명을 잘 들어보고 자원 신청을 해주기 바랍니다. 오늘이 비록 첫 시간이지만 나는 국어 교과서와 교안 그리고 출석부와 참고 자료까지 무려 일곱 권의 책을 가져왔습니다. 이것은 첫 단원을 공부할 때 필요한 자료들입니다. 앞으로 나는 수업 시간마다 이렇게 많은 참고 자료를 들고 올 것입니다.

그래서 내가 말하는 학급 도우미는 국어 시간이 시작되기 전에 교무실 내 자리로 와서 '이번 시간은 몇 학년 몇 반 국어 수업 시간입니다! 출석부와 자료 등을 가지러 왔습니다'라고 미리 알려주면 내가 자료를 지정해 줄 것입니다. 그러면 도우미는 교육 자료와 출석부, 분필통 등을 교실까지 갖다 놓고, 나중에 수업이 끝나면 다시 교무실 내 자리까지 갖다 놓는 일을 해야 합니다.

이 일을 할 도우미 한 명이 필요합니다. 누구라도 좋으니 신청해주십시오. 멋도 모르고 했다가 나중에 하기 싫어지면 언제든지 하기 싫다고 말해주면 다른 학생으로 교체하겠습니다. 나를 도와줄 학생, 손을 들어보아요!"

여남은 명의 학생들이 손을 들었다. 나는 그중 한 명을 지명하면서 물었다.

"자네 이름은?"

"홍길동입니다."

"고맙습니다. 홍 군! 홍 군이 앞으로 수고할 것을 격려하는 의미에서 우리 다 함께 박수를 한번 보내 줍시다"

그러자 학생들의 박수갈채가 터졌다. 나의 여섯 가지 개선책을 들은 학생들은 내가 예상했던 것보다 훨씬 더 큰 호응을 보였다. 학생들은 앞으로 내가 진행할 수업에 대해 크게 기대하는 것 같았다. 나는 만반의 준비가 되어있었다. 어서 빨리 새로운 수업 방식으로 학생들에게 '죽은 지식'을 전달하는 게 아닌 참된 공부를 하고 싶었다.

이때 수업을 마치는 종이 울렸다. 나는 하던 말을 매듭지었다.

"오늘 수업은 여기서 마치겠습니다."

학생들은 일제히 큰 소리로 말하면서 고개를 숙여 인사를 하였다.

"선생님! 수고하셨습니다."

내가 교실을 나왔어도 학생들의 박수갈채와 환호성은 여전했다.

3
최고수 화법을 알아야 한다

"반갑습니다. 이번 시간에는 인류 역사상 최고 스승의 화법에 대해서 공부하겠습니다. 만약 여러분이 이번 시간에 내가 하는 이야기를 잘 이해하면, 오늘 얻는 수확이 여간 크지 않을 것이라 생각합니다. 경청할 준비가 되었습니까?"

"예, 선생님!"

"내가 마음이 급해서 결론을 먼저 말하겠습니다. 최고수의 화법을 알아야 남의 말을 제대로 이해할 수 있습니다. 왜냐하면, 말은 상대에 따라서 달라질 수 있기 때문입니다. 좀 유치하게 말하면 똑똑한 학생들 앞에서 말하는 것과 멍청한 학생들 앞에서 말하는 것은 달라질 수 있다는 것입니다. 이 대목에서 내 이야기를 하나 보태겠습니다. 만약 여러분이 내 말을 잘 이해한다면 내 이야기 수준은 점점 높아질 것이고, 여러분이 내 말을 잘 이해하지 못하면 내 이야기 수준도 점점 낮아질 것이란 소리입니다."

"내가 말하는 뜻을 이해합니까?"

"예, 선생님! 잘 이해합니다."

"예화를 하나 들겠습니다. 어느 날, 오전에 한 사람이 당대 최고수에게 '신이 있습니까?'라고 물었습니다. 최고수가 대답했습니다.

'아니, 신은 존재하지 않는다!'

오후에 다른 사람이 와서 똑같이 '신이 있습니까?'라고 물었습니다. 최고수가 대답했습니다.

'물론, 신은 존재한다!'

그러자 항상 최고수 옆을 따라다니던 제자는 혼란에 빠졌습니다. 그는 머리가 아팠습니다.

'도대체 스승님은 어떤 사람인가. 오전에는 신이 없다고 답하고, 다시 오후에는 신이 있다고 하다니……'

제자는 이를 따지고 싶었습니다. 그는 주위에 아무도 없기를 기다렸습니다. 그런데 저녁 무렵에 세 번째 사람이 찾아와 말했습니다.

'선생님! 저는 신의 존재에 대해서 찬성이나 반대할 생각이 없습니다. 아무쪼록 제가 이해할 수 있도록 절 좀 도와주십시오.'

그러나 최고수는 눈을 감고 아무 말도 하지 않았습니다. 세 번째 사람도 눈을 감고 앉았습니다. 그는 최고수가 침묵 속에서 무엇인가 말할 것이라고 생각했습니다. 그렇게 두 사람은 눈을 감고 고요하게 침묵의 시간을 보냈습니다. 얼추 두 시간 후 눈을 떴을 때, 그는 너무나 아름답고 신선해 보였습니다. 그리고 완전히 다른 사람이 되어 있었습니다. 그는 최고수의 발을 만지면서 절하고는 감사함을 표시했습니다.

'선생님, 저는 오늘 많은 것을 기대하지 않았습니다. 그런데 선생님께서는 제가 기대했던 것보다 훨씬 더 많은 것을 제게 주셨습니다. 저는 다만 질문하기 위해 왔을 뿐입니다. 그런데 선생님께서는 말로 하는 해답을 주신 것이 아니라 경험 자체를 주셨습니다. 선생님의 은혜는 평생 갚아도 모자랄 것입니다. 감사합니다. 선생님!'

그리고 그날 밤, 드디어 제자가 최고수에게 물었습니다.

'선생님, 하루 종일 고민하던 문제를 여쭙겠습니다. 오늘 아침에는 신이 없다고 하시고, 또 오후에는 신이 있다고 하셨습니다. 그리고 저녁에는 아무 말도 하지 않았습니다. 도대체 이게 어찌 된 일입니까?'

제자의 물음에 최고수가 말했습니다.

'내가 오전에 신이 없다고 말한 것은 질문한 그가 무신론자였기 때문이다. 그는 자신의 무신론을 표방하고 있는 편견을 내게 확인받기 위해서 온 것이다.'"

"제자는 순간 정신이 번쩍 들었습니다. 최고수가 계속 말했습니다.

그는 '그러면 그렇지. 역시 붓다도 무신론자야. 그러니 나는 아무 문제도 없는 거야. 확실히 무신론은 옳은 접근 방법이다. 신은 존재하지 않는다'라고 생각할 것이다.

제자는 고개를 끄덕였습니다. 계속해서 최고수가 말했습니다. '두 번째 사람은 종교적 선입견이 있는 유신론자로, 자기의 입장을 확인받으러 온 것이다. 이 두 사람은 구도자가 아니다! 이들은 각자 위로를 받고자 찾아온 어리석은 사람들이다. 두 사람은 이미 확고한 자기 관념을 가진 사람이다. 그들은 누군가가 자신의 주장을 지지해주기를 원하고 나를 찾아왔다. 그런데 내가 자신들의 관념을 지지하였으니 둘 다 만족해서 돌아갔다. 그러나 이들은 결코 새로운 차원으로 한 발자국도 나아가지 못할 것이다.'"

"'세 번째 사람은 진정한 구도자였다. 그는 찬성도 반대도 없다고 솔직하게 털어놨다. 그런 사람에게는 오직 침묵만이 대답이다. 그는 아무 편견이 없었다. 그래서 내가 눈을 감고 침묵에 잠기자 즉시 힌트를 얻은 것이다. 그는 나와 함께 눈을 감고 침묵 속으로 빠져들었다. 나는 그에게 아무 말도 하지 않았다. 그러나 그는 나를 찾아왔을 때보다 더욱 무한한 기쁨을 얻어서 돌아갔다.'"

"계속해서 최고수는 말을 이었습니다.

'제자여, 너는 혼란을 느낄 필요가 없다. 왜냐면 그 질문들은 너의 것이 아니기 때문이다. 그것은 너의 문제가 아니다. 그것은 그들의 문제이고, 그들의 질문일 뿐이다.'

그러자 스승의 말을 듣고만 있던 제자가 한마디 하였습니다.

'물론 그것은 제 질문이 아닙니다. 그런데 저는 항상 선생님 곁에 있고, 제 귀에 들리는 것을 어쩌란 말입니까?'

최고수가 말했습니다.

'나는 정해진 대답을 즉각 내놓을 수 있는 고정된 철학이 없다. 너는 내게서 이것을 배워야 한다. 나는 내 눈앞에 있는 사람을 보면 거의 그 사람의 능력을 볼 수 있다. 그런데 나는 아무에게도 모욕을 주고 싶지 않다. 또한 나는 그들이 이해할 수 없는 것을 주고 싶지 않다.'"

"여러분! 이 이야기가 무엇을 말하는지 조금이라도 이해합니까?"

"예, 선생님! 정말 고맙습니다."

교실 안은 박수와 환호성이 터져 나왔다. 그때 한 학생이 크게 말했다.

"선생님! 대충이 아니라 전부 이해하겠습니다!"

내가 한마디 덧붙였다.

"여러분은 많은 것을 골고루 배워야 합니다. 어떤 특정한 것 하나에 미쳐버리면 온전한 인간으로 성장하고 발전할 수 없습니다. 그러니 '신이 있다, 없다'처럼 어느 한 가지에 매몰되어서 더 많은 것을 배우지 못하는 한심한 인간이 되지 않기 바랍니다. 이 대목은 여러분에게 가장 중요한 배움의 바른 자세이기 때문에 한마디 덧붙이지 않을 수 없습니다."

"장미꽃이 제일 아름답다고 생각하는 것까지는 좋습니다. 그런데 이런 인간 중에는 이 세상에 장미꽃만 남겨 놓고, 다른 꽃들은 모조리 다 뽑아내고 장미동산으로 만들자는 머저리가 적지 않습니다. 장미꽃만 사랑하는 인간이라면 진정으로 꽃을 사랑하는 사람일까요? 머저리일까요? 진정으로 꽃을 사랑하는 사람이라면 장미꽃만 사랑하지 않고, 할미꽃도 사랑하고, 패랭이꽃도 사랑할 것입니다. 내 말 이해합니까?"

"예, 선생님! 감사합니다."

"오늘 수업을 마치겠습니다."

학생들의 박수갈채와 환호성이 터져 나왔다.

수강료 절반만 받는 경우와 두 배 받는 경우

"반갑습니다. 이미 예고한 대로 국어 교과서 공부는 그만하고, 이제 교과서 밖의 공부 즉 '교밖 공부'를 할 시간입니다. 내가 만든 신조어 '교밖 공부'는 말 그대로 '교과서 밖의 공부'를 말합니다. 즉 '국어 교과서 안의 공부'가 아니라 '국어 교과서 밖의 공부'라는 소리입니다. 지금까지 40분 동안 국어 교과서 공부를 했으니, 이제 남은 10분 동안은 국어 교과서 밖의 공부를 할 것입니다. 책상 위에 있는 국어 교과서는 잽싸게 덮거나 아예 책상 서랍 속으로 넣어도 좋습니다.

모르긴 해도 이런 공부를 하는 학교는 우리나라에서 아직은 우리 학교 말고는 한 곳도 없을 것입니다. 아마도 내가 국내 최초로 시도하는 새로운 방식의 공부입니다. 앞으로 교밖 공부를 하는 깨어 있는 교사들이 점점 늘어갈 것이라 확신합니다. 여러분은 이러한 내 예측이 적중할 것 같아요? 적중하지 않을 것 같아요?"

"적중할 것 같습니다. 선생님!"

"고맙습니다. 반드시 적중할 것입니다."

학생들은 교과서를 덮기 시작하였다. 더러는 국어 교과서를 아예 책상 서랍 속으로 집어넣기도 하였다.

내가 말했다.

"노파심에서 잔소리를 한마디 하겠습니다. 교과서 공부 시간뿐만 아니라 교밖 공부 시간에도 열심히 공부해서 여러분이 삶의 지혜를 많이 배울 수 있기 바랍니다. 교밖 공부를 통해서 삶의 지혜를 많이 배우면 이는 마치 요리할 때, 다양한 양념을 골고루 넣어서 요리를 맛있게 만드는 것과 같을 것입니다. 맛있는 여러 가지 요리들이 여러분의 삶을 풍요롭게 해 줄 것입니다. 언젠가는 여러분의 과수원에는 탐스러운 과일들이 주렁주렁 열릴 것입니다. 여러분은 지금 이 말을 이해합니까?"

"예, 선생님!"

"충분히 이해합니다. 선생님!"

"이번 교밖 공부 시간에는 '모차르트가 수강료를 두 배로 받는 이유'란 제목으로 공부하겠습니다. 뛰어난 음악가 모차르트(W.A. Mozart)의 일화를 한 가지 소개하겠습니다. 모차르트가 날로 유명해지자 그에게 피아노 레슨을 받고자 하는 이들이 줄을 섰습니다. 그런데 줄을 선 사람이 너무 많아서 모두를 수강생으로 받을 수가 없었습니다. 할 수 없이 한 사람씩 개인 면접을 하여서 수강생을 선택하기로 하였습니다. 하기야 어중이떠중이를 다 가르친다는 것은 현실적으로 불가능하고, 굳이 그럴 필요까지는 없는 일이기도 합니다.

무엇이든 제대로 배우려면 기본 바탕이 아주 중요합니다. 기본 바탕이 깨끗한 사람은 제대로 가르칠 수 있지만, 기본 바탕이 지저분한 사람에게는 제대로 가르치기가 거의 불가능합니다. 여기서 '기본 바탕이 깨끗하다'라는 의미는 마치 새 도화지와 같습니다. 도화지가 깨끗하면 어떤 그림도 그릴 수 있지만, 이미 도화지에 지저분하게 낙서가 되어 있다면 무슨 그림이거나 제대로 그릴 수가 없는 것과 같습니다.

그래서 모차르트는 줄을 선 수많은 사람 중에 기본 바탕이 깨끗한 사람을 가려내야 할 상황이 되었습니다. 드디어 면접을 시작하였습니다. 모차르트는 레슨 희망자에게 이렇게 질문했습니다.

'당신은 예전에 피아노를 배운 적이 있습니까?'

그리고 '피아노를 배운 적이 있다'라고 대답하면 모차르트는 이렇게 말했습니다.

'당신에게는 수강료를 두 배로 받겠습니다.'

그러나 피아노를 배운 적이 없는 사람들에게는 이렇게 말했습니다.

'당신에게는 수강료를 절반만 받겠습니다.'

그러자 모차르트의 말에 의아함을 가진 누군가가 물었습니다.

'선생님, 피아노를 배운 적이 없는 사람에게는 수강료를 절반만 받고, 피아노를 배운 적이 있는 사람에게는 수강료를 두 배로 받는 이유가 무엇입니까?'

이에 모차르트가 대답했습니다.

'이미 피아노를 배웠던 사람들에게 새롭게 피아노를 제대로 가르치려면 먼저 그가 가지고 있는 잘못된 찌꺼기부터 제거해야 합니다. 왜냐면 잘못된 바탕 위에 바른 것을 심을 수 없기 때문입니다. 새로운 것을 심어주는 것보다 잘못된 그 뿌리를 뽑아내는 것이 더 힘든 작업입니다. 그 사람이 가지고 있는 모든 잘못된 것을 쓸어내는 것이 오히려 아무것도 모르는 초짜에게 가르치는 것보다 훨씬 힘든 작업이기 때문입니다.'"

"여러분! 모차르트가 한 이 말이 어떤 의미인지 알겠습니까?"

"예! 선생님."

"나는 오래전에 모차르트의 이야기를 책에서 읽고 아주 귀한 것을 배웠습니다. 이 일화는 어떤 분야에서든 잘못된 기본을 가진 이들은 제대로 가르치기가 어렵다는 것을 일깨워주는 아주 귀한 교훈을 담고 있습니다. 이 일화가 담고 있는 의미는 삶의 곳곳에서도 적용이 되는 진리입니다.

실력 없는 선생에게 엉터리로 배운 사람에게는 제대로 가르치기가 아주 힘이 들뿐 아니라 대부분 불가능합니다. 이는 마치 깨끗한 도화지에 개발새발 아무렇게나 그림을 그리면 나중에는 그림을 지울 수도 없고, 또 그 위에 새로 그림을 그릴 수도 없는 것과 같습니다. 그럴 바에는 차라리 아무것도 그리지 않은 새 도화지에 새로운 그림을 잘 그리게 가르치는 것이 더 쉬울 것입니다.

다시 말하면, 뭘 제대로 배우려면 어설프게 개발새발 그려오지 말고, 깨끗한 백지로 와야 한다는 의미입니다. 이 이야기가 무슨 소리를 하고 있는지 이해합니까?"

"예, 선생님! 이해하겠습니다."

나는 계속해서 말했다.

"오늘 교박 공부 첫 시간에 먼저 모차르트 이야기를 한 것은 여러분이 그동안 어설픈 선생에게 어설프게 배운 것은 도리어 장애물이라는 것을 일깨우기 위함입니다. 즉 실력 있는 선생에게 기초부터 제대로 배우지 못하면 분명 신세를 망친다는 것을 강조하고 싶었습니다. 그래서 가능하면 좋은 학교에 가서 좋은 선생을 만나야 합니다. 내 말 이해합니까?"

"예, 충분히 이해하였습니다. 선생님!"

"이 대목은 너무 중요하기 때문에 다시 강조합니다. 무엇이든 엉터리로 배우거나 엉터리 선생에게 잘못 배우면 기초공사를 잘못한 것과 같아서 온전한 건축을 할 수 없습니다. 우리네 삶에서 무엇이거나 기초를 잘못 배우면 정작 중요한 본론을 망친다는 것을 거듭 강조하지 않을 수 없습니다.

　그러니 여러분들이 어떤 분야에서든 기본을 얼치기로 배우면 남은 삶을 다 망친다는 것을 항상 명심하기 바랍니다. 그래서 이제부터라도 무엇이거나 간에 배우려면 제대로 배워야 합니다. 내 말 이해합니까?"

"예, 선생님! 고맙습니다."

"오늘 교밖 공부는 여기서 마치겠습니다."

"선생님, 감사합니다."

학생들의 박수갈채와 환호성이 터졌다.

5
5분 특강 예고와 정북향

학생들에게 열광적인 인기와 폭넓은 호응은 좀처럼 식지 않았다. 오히려 날로 더욱 뜨겁게 달구어지고 있었다. 내가 시도하는 국어 교과서 밖의 공부 즉 '교밖 공부'를 비롯해서 그 밖의 여러 가지 사소한 가르침들이 학생들의 입에서 입으로 전해졌고, 급기야 학교뿐 아니라 학교 밖에까지 퍼져나갔다. 학교 밖에까지 나의 인기가 점점 높아지는 것은 나에게 특강을 해달라는 초청이 점점 늘어나는 것으로 알 수 있었다.

심지어는 내가 국어를 가르치지 않는 학급의 학생들 중에는 국어 선생을 아예 교체해 달라고 건의를 하겠다는 학생들도 있다고 들었다. 그런데 이것은 학교 사정을 모르고 하는 말도 안 되는 소리이다. 이미 교과 배정이 끝나면 그해 일 년은 그대로 가는 수밖에 없다. 학기 중간에 담당 수업 교사를 바꾼다는 것은 학교 교육 사정을 전혀 모르는 사람의 순진한 발상에 지나지 않는다.

내가 수업에 들어가는 학급은 겨우 네 반이다. 그러니 내가 들어가지 않는 학급의 학생들 중에 내 이야기를 듣고 싶어 하는 학생들이 나날이 늘어나는 것을 여러 가지 조짐들로 대충 눈치를 챌 수 있었다. 나는 이 문제를 어떻게 풀어야 할 것인가 하고 여러 날을 고심하였다. '내가 수업을 들어가지 않는 학급의 학생들에게 내 이야기를 들을 수 있게 하는 방법은 없을까'하고 골똘히 생각하였다.

이 문제는 반드시 풀어야 할 과제라고 생각하여 여러 날을 고민하였다. 과연 어떻게 하면 이 문제를 해결할 수 있을까? 무슨 묘안이 없을까? 여러 날을 고민하던 끝에 마침내 아쉬운 대로 한 가지 방안을 생각하였다. 바로 '5분 특강'이었다. 내 입으로 이런 말 하기가 좀 거시기하지만, 참으로 기발한 아이디어가 아닐 수 없다. '5분 특강!' 나는 몇 번이나 이 말을 중얼거려 보았다.

'5분 특강'이란 평소에 내가 수업하지 않는 학급의 학생들을 위한 특강으로, 점심시간에 우리 반 교실에서 5분 동안 특강을 하는 것을 말한다.

나는 이에 대한 뼈대를 세웠다.

첫째, 내가 담임하고 있는 2학년 3반 교실에서 진행한다.

둘째, 매일 점심시간에 강의를 한다.

셋째, 강의 시간은 5분이다.

넷째, 청강 대상은 내게 수업을 듣지 못하는 학급 학생들이다.

다섯째, 우리 반 학생은 점심을 후다닥 먹고 자리를 비워둔다.

여섯째, 특강은 점심시간 20분 후에 시작한다.

일곱째, 다음 주 월요일에 개강하며 특별한 사정이 없는 한 매일 강의한다.

이상의 일곱 가지 원칙을 각 학급에 홍보하였다. 이 기발한 '5분 특강' 아이디어는 빠른 속도로 퍼져나갔다. 드디어 한 주가 지나고 월요일이 되었다. 나는 점심시간이 시작되자마자 잽싸게 우리 반 교실에 갔다.

"오늘부터 예고한 대로 우리 교실에서 '5분 특강'을 시작한다. 오늘이 그 첫날이다. 첫날이 첫인상을 결정하기 때문에 오늘은 매우 중요한 날이다. 그러니 여러분은 점심을 최대한 빨리 먹고 자리를 몽땅 비워주기 바란다. 가능하면 20분 안에 후다닥 먹기 바란다. 1분이라도 빨리 먹으면 좋겠다. 내 말 알아들었나?"

"예, 선생님!"

나는 학생들에게 한마디 말을 덧붙였다.

"여러분이 협조해 줄 일이 또 한 가지 있다. 5분 특강에는 여러분은 한 사람도 청강하지 말기 바란다. 이 강좌를 개강한 목적은 나의 수업을 받지 못하는 학생들을 위한 것이기 때문이다. 그러니 여러분은 내 이야기에 목말라하는 학생들을 위해서 자리를 반드시 양보하기 바란다. 지금 내가 한 말을 이해합니까?"

학생들은 교실이 떠나갈 듯이 큰 소리로 대답하였다.

"예, 선생님!"

학생들은 재빨리 점심을 먹기 시작했다. 나도 교무실에서 점심을 서둘러서 먹었다. 우리 반 교실로 들어갔다. 교실 안은 예상보다 더 많은 학생들이 이미 자리에 앉아서 나를 기다리고 있었다. 우리 반 학생들과 내가 수업 들어가는 반 학생들은 한 명도 없었다. 모두 내게 수업을 받지 않는 반 학생들로 가득 찼다.

교단에 오른 나는 모여 있는 학생들에게 말하였다.

"여러분! 반갑습니다. 오늘은 우리 학교 역사상 또 하나의 신기록을 세우는 날입니다. 그것은 바로 '5분 특강'을 개강하는 첫날입니다. 아마 이것은 이 땅의 어느 학교에서도 시도하지 못했던, 그리고 어떤 선생님도 시도해보지 않았던 새로운 도전이라 생각합니다. 그동안 내가 이 학교에 온 이후로 내게 수업을 받지 않는 학생들 중에는 내 이야기를 듣고 싶어 하는 사람이 적지 않다는 것을 알았습니다.

그래서 어떻게 이를 수용할 수 있을까를 여러 날 고심한 끝에 내가 생각한 것이 바로 5분 특강입니다. 앞으로 매일 이 교실에서 점심시간에 5분 특강을 계속할 것입니다. 자리는 선착순입니다. 교실이 꽉 차면 뒤에 서도 좋습니다. 내 특강이 끝나면 여러분은 잽싸게 자리를 비워주기 바랍니다. 내 말을 이해합니까?"

"예, 선생님!"

"그럼 이제부터 첫 번째 강의를 시작하겠습니다. 이번 시간은 '정북향을 찾아라'란 제목으로 공부하겠습니다. 사실 첫 시간에 무슨 이야기를 할지 나름 고민한 끝에 나침판 이야기를 하기로 결정하였습니다. 나침판이 없으면 방향을 알 수 없습니다. 방향을 알 수 없으면 가고자 하는 목적지를 찾기가 대단히 어렵고 불편할 것입니다. 그러니 나침판이 있어야 어디가 동쪽인지, 어디가 서쪽인지, 어디가 남쪽인지, 어디가 북쪽인지 알 수가 있을 것입니다.

그런데 나침판이 나침판인 까닭은 항상 정북향(正北向)을 가리키기 때문입니다. 정북향을 알아야 다른 방향을 다 알 수가 있습니다. 방향의 기본은 북쪽입니다. 즉 정북향을 모르면 동쪽도 알 수 없고, 서쪽도 알 수 없고, 남쪽도 알 수가 없습니다. 만약 나침판이 정북향을 잘못 가리키고 있다면, 그것은 나침판의 구실을 할 수가 없습니다. 반드시 나침판은 항상 정북향을 가리키고 있어야만 합니다.

그렇다면 우리네 삶에서 정북향은 무엇일까요? 가치의 문제일까요? 옳고 그름의 문제일까요? 이념의 문제일까요? 철학의 문제일까요? 아니면 종교의 문제일까요? 정북향은 가치의 문제도 아니고, 진위의 문제도 아니고, 이념의 문제도 아닙니다. 철학의 문제도 아니며, 종교의 문제는 더더욱 아닙니다. 이 문제는 대단히 중요한데, 사람에 따라서 저마다 다르게 생각할 수 있습니다. 그래서는 진정한 정북향이 될 수 없습니다.

결론을 말합니다. 정북향은 '팩트(Fact)'입니다! 팩트란 사실을 말합니다. 정북향은 남자가 봐도 북쪽이고, 여자가 봐도 북쪽이어야 합니다. 정북향은 우파가 봐도 북쪽이고, 좌파가 봐도 북쪽이어야 합니다. 정북향은 부자가 봐도 북쪽이고, 가난뱅이가 봐도 북쪽이어야 합니다. 정북향은 유식한 사람이 봐도 북쪽이고, 무식한 사람이 봐도 북쪽이어야 합니다. 왜냐면 정북향은 사실이기 때문입니다. 누구에게나 항상 사실이 필요하고, 항상 사실이 중요합니다. 사실이 모든 것의 기본이고 출발점이기 때문입니다.

그러면, 인생의 나침판은 무엇일까요? 지식일까요? 아닙니다. 이념일까요? 아닙니다. 종교일까요? 아닙니다. 많은 사람들이 종교에 대해서 맹신하는 고약한 버릇이 있습니다. 기독교인이 생각하는 정북향과 불자가 생각하는 정북향은 다를 것입니다. 다를 수밖에 없습니다. 아니 반드시 달라야 합니다!

그렇다면 어느 방향을 가리켜야 정확한 정북향일까요? 순진한 사람들은 자기 종교가 가리키는 정북향만 진짜 정북향인 줄 압니다. 이들은 참으로 불쌍한 자들입니다. 분명한 것은 특정 종교에서 말하는 정북향은 단지 그 종교의 정북향일 뿐입니다. 이는 모든 사람들에게 들어맞는 정북향은 아닙니다. 종교는 팩트가 아니기 때문입니다!

그럼 인생의 정북향은 무엇일까요? 인생의 정북향을 모른다면 지금 가고 있는 방향이 정확한지, 제대로 가는 것인지 알수가 없을 것입니다. 그래서 많은 사람들은 일생을 갈팡질팡하며 살다가 생을 마감하는 것입니다.

어떤 종교에 심취해 있는 사람은 그 종교가 가리키는 정북향을 진짜 정북향으로 착각을 하며 살다가 생을 마감합니다. 또한, 지식인들은 자기가 아는 지식을 바탕으로 한 정북향을 정북향으로 착각하고 어리석은 삶을 삽니다. 결국, 이런 사람들도 자기 생을 마감할 때에야 자신의 삶은 갈팡질팡하며 헛살았다는 것을 알 수도 있고, 영영 모를 수도 있습니다.

여러분은 어느 쪽이 정북향인지를 곰곰이 생각하고, 자신이 지금까지 알고 있던 정북향이 올바른 정북향인지 한번 냉정하게 따져보기 바랍니다. 그게 자기 이념의 정북향인지, 자기 종교의 정북향인지를 냉정하고 이성적으로 따져봐야 합니다.

다시 강조합니다. 진정한 정북향은 이념도 아니고, 종교도 아니며, 철학도 아닙니다. 진정한 정북향은 오직 팩트일 뿐입니다. 팩트란 사실이고, 사실이란 누가 봐도 팩트입니다. 다시 말하면 '콩은 누가 봐도 콩'입니다. 이것이 팩트입니다. '팥은 누가 봐도 팥'입니다. 이것이 팩트입니다!

여러분이 가지고 있는 나침판이 정북향을 가리키고 있는

지 정확하게 따져봐야 합니다. 혹시 이념의 정북향을 가리키는 것은 아닌지, 혹은 종교의 정북향을 가리키는 것은 아닌지를 잘 따져봐야 합니다. 만약 이념의 정북향을 가리키거나 종교의 정북향을 가리키고 있으면, 그 나침판은 나침판으로써의 가치가 없는 것입니다. 그런 나침판은 엉터리 나침판입니다. 그런 나침판은 그동안 여러분의 삶을 엉터리로 인도해 왔고, 앞으로도 엉터리로 인도할 것입니다.

우리 사회에는 엉터리 나침판을 가지고 사는 사람들이 너무나 많습니다. 많이 배운 사람들 중에 이런 어리석은 사람들이 더 많고, 특히 엉터리 종교를 가진 사람들 중에 이런 어리석은 사람들이 많습니다.

지금 이 순간에도 인도 갠지스강의 물은 흘러가고 있습니다. 물론 한강 물도 흘러가고 있습니다. 마찬가지로 우리 봄날도 지나가고 있습니다. 내 말 이해합니까?"

"예, 선생님!"

"오늘 첫 5분 특강을 마치겠습니다."

특강을 들은 학생들의 박수갈채와 환호성이 터져 나왔다.

6
함석헌 선생님과 4·19 묘지를 참배하다

'4월 19일.' 순간순간 새롭게 태어나서 치열하게 살려는 내게 새롭지 않은 날이 어디 있으며, 뜻깊지 않은 날은 또 어디 있을까마는 오늘은 참으로 뜻깊은 날이 아닐 수 없다. 왜냐면 난생처음으로 함석헌 선생님을 모시고 수유리 4·19 묘지를 참배하는 날이기 때문이다. 이런 날이 내 생애에 다시 올 수 없는 뜻깊은 날이라 생각하니 가슴이 한없이 벅차올랐다.

생각하면 생각할수록 꿈만 같다. 함 선생님을 모시고 4·19 묘지로 참배하러 간다는 것은 도무지 믿어지지 않는 일이 아닐 수 없다. 거기다가 원로 민권운동가 계훈제 선생님도 오시기로 했다. 나는 상경한 지 얼마 되지 않아서 그런 귀한 자리에 오실 분들을 다 알 수가 없었다. 그러나 계훈제 선생님은 워낙 유명한 분으로, 익히 잡지 등에서 많이 보았기 때문에 잘 알고 있었다.

계 선생님은 이희호 여사의 남편이기도 하다. 그 밖에 여러

분야의 유명 인사들이 와서 함께 참배를 올렸다. 우리는 한 계단 한 계단 4·19 묘지의 참배단으로 올라갔다. 선생님을 따라서 한발 한발 계단을 올라가는 것이 아무래도 믿어지지 않았다. 계단을 오를 때마다 내 마음은 숙연하다 못해 경건하기까지 하였다.

나는 계단을 오르면서 함 선생님의 《뜻으로 본 한국역사》에서 배운 역사의 의미를 떠올렸다. 한 걸음 더 나아가 역사적 삶에 대해서 생각했다. 그리고 수유리 4·19 묘지에 잠드신 분들처럼 나도 내 조국을 위해서 당당하게 목숨을 바칠 수 있는 삶을 살아야겠다고 다짐하였다. 만약 내가 살아가는 동안 내 조국을 위해서 목숨을 바쳐야 할 일이 생긴다면, 나도 주저 없이 당당하게 목숨을 바치겠다고 다짐하였다.

그 순간 온몸에서 뜨거운 전류가 나를 활활 달구는 것 같았다. 나는 마음속으로 함석헌 선생님과 수유리에 누운 수많은 애국열사들에게 굳게 약속하면서 그 약속을 반드시 지킬 것이라고 두 주먹을 불끈 쥐고 온몸을 부르르 떨었다. 나는 살아도 조국을 위해서 살고, 죽어도 조국을 위해서 죽어야겠다는 굳은 결의를 한 것이다.

나 자신과 이런 약속을 굳게 하고 나니 내 마음이 한결 가벼워지는 것 같았다. 물론 이런 굳은 약속을 할 수 있었던 것도 다 함석헌 선생님에게 역사와 역사적 삶을 배웠기 때문이다. 사실 처음에는 《뜻으로 본 한국역사》를 읽으면서 책장을 찢고 싶은 순간이 한두 번이 아니었다.

그럴 때마다 정작 나는 어떻게 사는 것이 바르게 사는 것이고, 가치 있게 사는 것인가를 곰곰이 생각하였다. 그래서 학교에서 쫓겨날 각오를 하고 당당하게 유신 반대 삭발을 할 수 있었다. 그리고 앞으로 살아가면서 언제 그런 결단을 해야 할 순간이 온다면, 주저 없이 실행할 것이라고 굳게 다짐한 것이다.

참배 동안에 함석헌 선생님은 한 말씀도 하시지 않았다. 계훈제 선생님도 아무 말씀도 하지 않았다. 일행 중에 누구도 입을 열지 않았다. 참배를 마치고 제단에서 내려왔다. 우리가 참배를 하고 있는 사이에 김대중 선생님 일행도 참배를 하러 왔다. 그들은 함석헌 선생님과 우리 일행의 참배가 끝나기를 계단 뒤에서 기다리고 있었다.

우리는 애국열사들 무덤으로 천천히 걸어갔다. 함 선생님은 땅만 내려다보고 걸었다. 그러다가 이따금 하늘만 쳐다보고 걸었다. 나도 선생님의 행동을 따라 했다. 그러면서 스스로 한 결의를 다지기도 하고, 또 스스로를 다그치며 나의 다짐을 되새겼다.

나는 집으로 돌아와서 함 선생님의 사인이 된 《뜻으로 본 한국역사》를 꺼내서 책장을 다시 넘겼다. 낮에 4·19 묘지에서 했던 결의와 다짐을 다시 한번 되새기면서 그날 밤, 나만의 경건한 시간을 보냈다. 이런 순간순간들이 나를 성장하게 하고,

이런 성장들이 마침내 나를 성숙하게 할 것이라는 확신이 드는 것을 느낄 수 있었다.

'그래, 반드시 역사적 인간으로 살아야 한다. 이름 없는 들풀 같은 인생도 나쁠 것은 없다. 그러나 나의 부모님이 없는 형편에 소 팔고, 논 팔고, 대학공부까지 시켰는데, 그냥 이름 없는 들풀로 살라고 그러시지 않았을 것이다. 한 인간으로서 가치 있는 삶을 살고, 자기 꽃을 피우는 멋진 인간이 되라고 그 힘든 가난을 견디면서 나를 공부 시켰을 것이다.'

'그래, 나는 절대로 이름 없는 들풀로 살지 않을 것이다. 역사를 모르면서 개인적 안위를 누리는 삶을 살지 않을 것이다. 반드시 역사를 생각하고, 이웃을 사랑하는 그런 멋지고 가치 있는 삶을 살 것이다.'

'그러기 위해서 내가 제일 먼저 해야 할 것은 스스로 실력을 갖추는 것이다. 내가 실력이 없으면 어떤 것도 제대로 할 수 없고, 어떤 것도 제대로 알지도 못할 것이다. 그러면 바보같이 한평생을 살다가 가는 수밖에 없을 것이다.'

'나는 주경야독을 할 것이 아니라, 밭갈이 대신 독서를 해야 한다. 그러니 주경야독이 아니라 주독야독이다. 밤낮으로 좋은 책을 읽어야 한다. 열심히 노력하지 않으면 어떻게 역사를 알고, 그렇게 노력하지 않으면 어떻게 역사적 삶을 살 자신이 생긴단 말인가! 또 실력이 없으면 어떻게 교단에서 학생들을 바르게 가르칠 수 있단 말인가! 내가 교단에서 언제 쫓겨날지 모르지만, 교단에 서 있는 마지막 순간까지는 젊은 학생들에게 제대로 가르쳐야 하고, 그들도 나처럼 역사가 무엇인지를 알고, 역사적 삶을 살 각오를 하도록 가르쳐야 한다.'

그날 밤, 선생님의 책장을 하염없이 한 장 한 장 넘기는데 글자는 단 한자도 내 눈에 들어오지 않았다. 군데군데 벌겋게 밑줄이 그어진 것이 마치 나를 담금질하는 인두처럼 보였다. 온몸에 화인이 찍히는 상상을 하면서 마지막 책장을 넘기는데 닭이 새벽을 알리는 훼를 치는 소리가 환청으로 들려왔다. 아직 창밖은 미명이었다.

위험한 일을 할까? 안전한 일을 할까?

"반갑습니다. 이번 시간에는 '위험한 일을 해야 할까, 안전한 일을 해야 할까?'란 제목의 이야기를 하겠습니다. 이번 시간에 다루려는 주제 역시 아주 중요한 주제입니다. 여러분처럼 앞날이 구만리 같은 청년들에게는 더없이 중요한 주제이기 때문에 솜털 하나까지 바짝 세워서 경청하기 바랍니다.

많은 사람들이 위험한 일은 하지 않는 것이 좋다고 생각합니다. 여러분도 그리 생각할 것입니다. 그동안 학교에서도 그리 가르쳤고, 세상 사람들도 다 그것이 옳다고 생각할 것입니다. 그런데 나는 그런 사람들과 아주 상반되는 주장을 하려고 합니다."

"대부분의 사람들은 웃는 것은 실없는 사람으로 보일 수 있으니 가능하면 웃지 말라고 합니다. 마찬가지로 눈물 흘리는 것은 감상적인 사람으로 보일 위험이 있으니 가능한 한 눈물을 흘리지 말라고 합니다. 누군가에게 손을 내미는 것은 남의 위험에 휘말릴 수 있으니 가능하면 손을 내밀지 말라고 합니다.

또한, 자기의 감정을 드러내는 것은 자신의 참모습을 들킬 위험이 있으니 가능하면 감정을 드러내지 말라고 합니다. 사랑하는 것은 사랑을 되돌려 받지 못할 위험이 있으니 가능하면 사랑하지 말라고 합니다. 대중 앞에서 자신의 기획과 꿈을 발표하는 것은 그것을 잃어버릴 위험이 있으니 가능하면 그러지 말라고 합니다.

방금 내가 열거한 것들은 대부분 사람들이 그렇게 생각하는 것들입니다. 그렇다면 여러분에게 한 가지 질문을 하겠습니다.

'산다는 것은 언젠가는 죽을지도 모를 위험이 있으니 가능하면 살지 말아야 합니까?'"

"아닙니다. 그래도 살아야 합니다!"

"맞습니다. 그래도 살아야 합니다. 아니, '그래도'가 아니라 '그래서' 살아야 합니다. '그래도'와 '그래서'는 하늘과 땅만큼 다른 입장입니다. 그래서 더 치열하게 살아야 하는 것입니다. 내 말 이해합니까?"

"예, 선생님!"

"희망을 가질 때 자칫 절망에 빠질 위험이 있고, 뭔가를 시도할 때는 그만큼 실패할 위험이 도사리고 있습니다. 그렇다고 우리가 희망을 포기하고, 무엇이든 시도하지 말아야 합니까?"

"아닙니다. 선생님! 희망을 갖고서 계속 시도해야 합니다."

"그렇습니다. 그래서 희망을 가져야 하고, 시도해야 하는 것입니다."

"이런 나의 주장에 공감합니까?"

"공감합니다. 선생님!"

"이제 결론을 말합니다. 우리는 할 수만 있다면 매일 위험에 뛰어들지 않으면 안 됩니다. 그래서 여러분이 한순간도 잊어서는 안 될 것은, 바로 인생에서 가장 위험한 일은 아무런 위험에도 뛰어들지 않는 것이라는 사실입니다. 왜냐면 아무런 위험에 뛰어들지 않는 사람은 아무것도 하지 않는 사람이기 때문입니다. 아무것도 하지 않는 사람은 아무것도 가질 수 없으며, 아무 희망도 없고, 그래서 내일이 없는 사람입니다. 이런 사람은 살아 있는 사람이 아니라 죽은 사람, 즉 시체와 같습니다.

힘든 상황에서 아무것도 하지 않으면 고통과 슬픔을 피할 수 있을지는 모릅니다. 그러나 아무것도 배울 수 없고, 아무것도 느낄 수 없으며, 결국에는 아무것도 달라질 수 없고, 조금도 성장할 수도 없을 것입니다.

손수건을 흔드는 게 두려워서 연애편지를 쓰지 못한다면 바보 등신입니다. 나중에 손수건을 흔들더라도 여러분 나이에는 밤마다 연애편지를 써야 합니다. 그것이야말로 젊은 청춘의 특권입니다. 내 말, 이해합니까?"

"예, 이해합니다. 선생님!"

"그래서 여러분은 오늘 밤에도 연애편지를 써야만 합니다"

내 말이 떨어지기가 무섭게 박수와 환호성이 터졌다.

"위험에 뛰어드는 사람만이 진정으로 자유로운 사람입니다. 오늘은 여기서 마치겠습니다."

"수고하셨습니다. 선생님!"

"감사합니다. 선생님!"

여기저기서 탄성과 박수갈채가 터졌다.

8
장기려 박사에게 보낸 편지

서울 생활에 조금씩 익숙해지자 하나하나 자리가 잡히기 시작했다. 마음의 여유가 생긴 탓인지 이따금 부산 모임과 그 식구들이 그립고 보고 싶었다. 특히 장기려 박사님이 먼저 떠올랐고, 그의 독특한 통성기도가 생각났다.

여러 날을 벼르기만 하다가 마침내 용기를 내어서 장기려 박사님께 편지를 썼다.(※주—내가 보낸 편지와 장기려 박사님의 답장은 박사님의 회고록《생명과 사랑》에 실려 있다.)

장기려 박사님께

(전략) 제가 서울에 온 지 이제 석 달이 가까워집니다. 아직 여러 가지 면에서 서툴게 살고 있습니다만, 학교생활은 제법 익숙해졌습니다. 학생들도 제 이야기에 깊은 호감을 가지고 귀담아듣고 있습니다.

(중략)

전전 주일에는 제가 학생들에게 '개인과 전체'란 제목으로 강의를 했습니다. 물론 이 주제는 서울 명동 모임에서 함석헌 선생님께 배운 것을 좀 더 쉽게 해설하는 수준이었습니다. 유다의 경우를 예로 들었는데, 유다의 실패는 개인의 실패이지만 이것은 곧 전체의 파괴와 직결된다는 요지의 이야기였습니다.

그리고 지난 주일에는 '우리는 무엇을 남기고 가야 할까'라는 제목으로 우치무라 간조(內村鑑三) 선생의 말씀을 토대로 이야기를 해주었습니다. 이 공해의 도시, 세속적인 도시에 살고 있는 학생들은 저의 부족하고 연약한 믿음을 토대로 한 이야기에도 매우 심취합니다.

저는 학생들 앞에 서면서도 저 스스로 지니고 있는 거짓과 위선 그리고 갖가지 형태의 허영에 대하여 깊은 반성을 합니다. 물론 매일 감사하는 마음으로 날마다 경건하게 살려고 노력은 합니다만, 자주 저의 결심과 의욕이 흩어지기도 합니다.

좀 더 강한 확신과 좀 더 견고한 믿음을 제 속에 키우기 위해서 일요일 아침에는 퀘이커(Quaker) 서울 모임의 예배 시간에 참석했습니다. 한 시간 동안의 명상 예배는 제게 커다란 감화를 주는 엄숙한 분위기였습니다.

오후 세 시에는 명동 가톨릭 여학생관에서 하는 함 선생님의 성경강좌에 나갑니다. 그것이 끝나면 저희 집에서 제가 지도하는 '역사 연구 모임'을 합니다. 함 선생님께서 쓰신 《뜻으로 본 한국역사》를 토대로 하여 제가 두 시간 정도 이야기를 합니다. 모임은 열

다섯 명 정도의 남녀 학생이 참석하는데, 좋은 반향이 일어납니다. 여러 가지 면에서 부족한 저에게도 이런 건강과 좋은 직장과 성실한 제자들을 주신 주님의 은총에 늘 감사하며 살려고 노력합니다.

마침 부산 박동호 선생님께서 특별한 호의로 제게 〈성서조선〉 전집을 빌려주셨습니다. 저는 요즘 〈성서조선〉을 공부합니다. 특히 김교신 선생님의 일기를 읽으면서 저는 몇 번이나 소리 죽여 울었습니다. 그분의 고결한 인품과 눈 시린 진실 앞에 마주 설 때, 제 속에 가득 차 있는 허영과 위선과 거짓 때문에 울었습니다. 눈물을 강물처럼 쏟아내는 일이 있다고 해도 스스로 뉘우치고 참회하지 않고는 주님 앞에 나서지 못할 것이라는 생각에 매일 기도하며 살려고 합니다.

(중략)

해마다 사월이 오면 봄이 올 것이라고 기대하면서 살았으나 정작 기다리는 역사의 봄은 날이 갈수록 까마득하기만 한 것 같습니다. 그러나 퍼시 셸리(Percy B. Shelly)의 시구(詩句)대로 '겨울이 오면 봄이 멀지 않았으리'를 읊으면서 안타까운 가슴으로 봄을 기다리며 삽니다. 다시 이 땅에 주님이 오신다는 하나님의 약속을 굳게 믿는 것처럼, 겨울이 오면 봄이 멀지 않았으리라는 자연의 약속과 역사의 필연성을 믿습니다.

부산 모임에 나간 몇 해 동안의 기간은 제게는 너무나 값지고 고마운 시간이었다는 것을 절감합니다. 보이지도 않는 것을 믿음으로 볼 수 있게 되고, 들리지도 않는 하나님의 음성을 믿음으로 들을 수 있는 그 터전을 마련하는데 절대로 부산 모임의 고마움을 잊을 수 없습니다.

제게 주어진 사명이 무엇인가를 알려고 노력하면서, 저의 모든 것을 하나님의 사랑의 울타리 안에 즐겨 구속하면서 저는 힘차게, 싱싱하게 살겠습니다. 제 마음속에서 조금씩 자라는 믿음의 나무를 가꾸는 일이 저의 일생을 가꾸는 일이라고 생각하면서 성실하게 살아가겠습니다. (후략)

1974년 5월 서울에서
하륜 드림

장기려 박사님은 다음과 같은 답장을 보내 주셨다.

하륜 선생님께

오늘 주신 글월과 같이 사진을 감사히 받았습니다. 부산 모임이 너무도 지지부진하여 유명무실로 황공 낙망에 가까운 상태에 있었사오나, 하륜 선생님의 글을 읽고 감사에 충만하였습니다. 하 선생님은 우리 부산 모임의 첫 열매입니다. 주님의 구원에 합당한 열매, 복음에 합당한 열매인 줄 믿고 감사하였습니다.

진리는 진리를 부릅니다. 진리를 외칩니다. 진리는 모임입니다. 하륜 선생님이 진리를 사모하니 진리를 찾아다닙니다. 하륜 선생님에게 진리의 향기가 있으니, 말해 달라고 청합니다. 하륜 선생님의 진리의 향기에 학생들이 모여들기를 원합니다.

(중략)

하륜 선생님은 주님께 불렸나이다. 택함을 받았습니다. 감사 감격하여 진리 선포에 총력을 다 하십시오. 진리에 전인격을 바치는 인물이 귀합니다. 사람이 가장 원하고 바라야 할 것입니다. 나도 부산 주일 모임을 계속합니다. (후략)

1974년 6월

장기려

9
수학자의 또라이짓 – 평균치

'5분 특강' 때문에 뜻밖의 일이 벌어졌다. 마치 인기 있는 영화를 개봉하면 표를 살 사람들이 극장 매표구 앞에 길게 줄을 서는 것과 같은 일이 벌어진 것이다. 점심시간이 되자 우리 반 학생들은 자리를 비워주기 위해서 쫓기면서 도시락을 허겁지겁 먹고 있는데, 벌써 교실 밖 복도에서는 다른 반 학생들이 줄을 서고 있었다. 이런 광경을 보고 나만 놀란 것이 아니라 학생들도 놀랐다.

5분 특강을 듣기 위해 오는 학생들은 평소에 내가 수업하러 들어가지 않는 학급의 학생들로 제한하였다. 그들은 내가 진작 군대식 인사를 폐기한 사실을 모르는 학생들이 대부분이었다. 그 바람에 5분 특강을 시작할 때와 마칠 때 인사를 하는 문제가 불거졌다.

나는 왜 군대식 인사를 폐기 처분하는지를 간단히 설명하고, 내가 개발한 간편한 인사를 설명하고는 한번 연습을 하자

고 했다. 내가 교실 밖으로 나갔다가 들어오니 학생들이 어린
애들처럼 좋아라고 거의 고함을 질렀다.

"반갑습니다. 선생님!"

나도 답례를 하였다.

"감사합니다."

강의를 마칠 때 인사도 한번 연습을 하였다. 학생들은 내가
제시한 새로운 인사법을 아주 좋아하는 것이 역력하였다.

나는 5분 특강을 시작하였다.

"이번 시간에는 '수학자의 또라이짓'이란 제목의 이야기를
하겠습니다. 늘 하는 소리지만 이번 시간에도 내 이야기를 귀
로만 듣지 말고, 온몸으로 듣기 바랍니다. 이 짧은 공부에서도
여러분의 운명을 바꿀 지혜를 발견할 수 있을지 누가 압니까?
내가 지금 무슨 소리 하는지 이해합니까?"

"예, 선생님!"

"위대한 역사가이자 수학자인 그리스의 헤로도토스
(Herodotos)는 '평균'의 개념을 최초로 발견한 인물입니다. 당시
이것은 대단한 발견이었으며, 헤로도토스는 평균에 관한 연구
에 완전히 심취해 있었습니다.

어느 날, 헤로도토스는 아내와 아이들을 데리고 야외로 소
풍을 갔습니다. 그런데 작은 강을 건너가야 할 상황이 되었습
니다. 그의 아내는 아이들 때문에 약간 걱정이 들었습니다.

그때 헤로도토스가 말했습니다.

'걱정하지 말고 기다리시오. 내가 강 깊이의 평균과 아이들 키의 평균을 계산해서 아이들이 건널 수 있는지 알아보겠소. 5분이면 충분하오!'

그는 자를 꺼내어 아이들의 키를 재어 평균치를 내고, 강으로 달려가 몇 군데의 지점을 돌면서 강 깊이의 평균치를 계산했습니다. 그런데 두 평균치를 비교해 보니, 강 깊이의 평균치보다 아이들 키의 평균치가 더 컸습니다. 그래서 그는 활짝 웃는 낯으로 아내에게 말했습니다.

'여보, 조금도 걱정할 것 없소. 아이들의 평균 키가 강의 평균 깊이보다 크니 익사할 염려는 전혀 없소.'

그리고 아이들에게 큰 소리로 말했습니다.

'얘들아, 어서 마음 놓고 강을 건너자!'

그러나 헤로도토스는 오류를 범했습니다. 강의 어떤 지점은 깊이가 얕았지만, 어떤 지점은 매우 깊었습니다. 그리고 큰아이는 키가 컸지만, 작은아이는 키가 작았습니다. 그때 작은아이가 아버지 말만 믿고 강물로 들어갔다가 그만 자기 키보다 깊은 곳을 만나서 허우적거리다가 울면서 고함을 질렀습니다.

'아빠, 나 좀 살려줘요. 물에 빠져 죽을 것만 같아요.'"

"자, 여러분! 헤로도토스의 평균치 계산은 맞습니까? 맞지 않습니까?"

학생들이 대답하였다.

"평균치 계산은 맞습니다."

"그렇습니다. 그의 평균치 계산은 조금도 틀리지 않습니다. 그런데 작은아이가 물에 빠져 살려달라고 외치는 것을 보면, 이런 경우에는 평균치가 무용지물임을 말해주는 좋은 경우라고 하겠습니다. 다시 말하면 평균치는 오직 수학적 계산에서만 알맞은 것일 뿐이란 소리입니다.

헤로도토스의 아내는 여전히 걱정이 들었고, 자신은 강을 건너지 않고 기다리고 있었습니다. 그런데 그때 작은아이가 살려달라고 계속 부르짖으면서 점점 물속으로 잠겨 들어가고 있었습니다. 아내는 발을 동동 구르면서 앞서서 강을 건너고 있던 헤로도토스를 소리쳐 불렀습니다.

'여보! 저걸 좀 봐요! 애초부터 걱정이 되더니, 역시 당신의 수학이라는 건 믿을 게 못 된다고요!'

그러나 놀랍게도 헤로도토스는 물에 빠져 허우적거리는 아이에게로 가지 않았습니다. 대신 아내가 강물에 뛰어들어 살려달라고 부르짖는 아이를 구해야만 했습니다. 그런데 헤로도토스는 조금 전에 자신이 평균치를 계산했던 모래밭으로 달려가 무엇이 잘못되었는지 검산하기 시작했습니다. 아무리 두 번 세 번 검산을 해 보아도 그의 평균치 계산은 틀린 곳이 없었습니다."

"자, 이 이야기에서 우리는 무엇을 배워야 합니까? 아이가 물에 빠져 죽어 가는데, 애비란 자가 아이를 구하러 물속으로 달려가지 않고, 자기가 한 평균치 계산이 잘못되었는지 확인하고 검산을 하고자 조금 전에 계산하던 모래밭으로 달려간다는 게 말이 됩니까? 말이 안 됩니까?"

"말이 안 됩니다! 선생님!"

"이런 수학자는 정상입니까? 완전 또라이입니까?"

"완전 또라이입니다."

"그런데 이런 또라이들이 우리 주위에 더러 있다고 생각합니까? 흔해 빠졌을 것이라고 생각합니까?"

"흔해 빠졌을 것입니다. 선생님!"

"맞습니다. 이런 덜 떨어진 인간, 다시 말하면 또라이들이 전문가란 인간 중에 너무 많습니다. 이들은 이 책 저 책을 보고 죽은 지식만 긁어와서 머릿속에 가득 채웠기 때문입니다. 자기의 땀과 눈물로 경험하지는 않고, 오직 죽은 지식만 달달 잘 외우고 짜깁기하는 것을 도리어 자랑하는 한심한 앵무새들입니다. 한마디로 정말 밥맛 없고, 재수 없는 인간 말종들입니다. 내 말에 공감합니까?"

"공감합니다. 선생님!"

"공감하면 박수 한번 보내봐요."

교실 안은 박수갈채와 환호성으로 거의 아수라장처럼 되었다.

"특강을 마치겠습니다."

"선생님, 고맙습니다."

특강이 끝나도 학생들의 박수갈채와 환호성은 계속 터져 나왔다.

10
시건방진 교내 사진사를 응징하다

학교에서 벌어지는 여러 가지 금전 비리 중에서 가장 대표적인 것의 하나가 졸업 앨범 관련 비리라고 할 수 있다. 학교 주변의 사진관은 물론 다른 동네의 사진관에서까지 군침을 흘리는 것이 바로 졸업 앨범이다. 졸업생이면 누구나 한 권은 갖고 싶은 것이 졸업 앨범이지만, 앨범값이 만만치 않았다. 가정 형편이 어려운 학생에게 졸업 앨범은 그림의 떡이었다.

졸업반 담임선생에게 앨범을 구입하는 학생 한 명당 앨범값의 몇 분의 일을 리베이트(Rebate)로 주는 것이 공공연한 비밀이었다. 그래서 3학년 담임이 되면 졸업 앨범으로 벌어들이는 수익이 아주 짭짤하다는 사실을 모르는 사람이 없었다. 이런 비리의 온상 작업은 사진관 주인이 은밀하게 추진하는 것이 일종의 관행이었다.

우리 학교 재단에는 세 학교가 한 울타리 안에 있기 때문에 졸업 때가 되면 은밀하게 벌어지는 앨범 쟁탈전이 치열하다는 소리를 들었다. 그런데 내가 부임하기 전부터 이미 A 사진관과 끈끈한 인연이 이어져 오고 있었다. 그래서 그런지 A 사진관 주인의 횡포가 이만저만이 아니란 소문이 파다했다. 게다가 교장과 아주 친하다는 말도 있었고, 재단의 실세와 친척이라는 말도 있었고, 그 밖에도 온갖 소문들이 떠돌고 있었다.

그런데 소문처럼 내가 보기에도 A 사진관 주인은 우리 학교 선생들을 우습게 알고는 안하무인이었다. 그런데도 이에 대해서 제동을 걸거나 혼을 내주겠다는 선생은 한 사람도 없었다. 사립학교에서 이런 문제로 시비를 걸다가는 까딱 잘못하면 재단에 밉보이고, 아주 불리한 처지에 빠지기 십상이다. 그러니 누구 하나 나서서 이 문제를 바로 잡으려 하지 않았던 것이다.

지난주에 함석헌 선생님과 함께 수유리 4·19 묘지 참배 때 찍은 기념사진을 복사할 일이 생겨서 A 사진관 주인에게 부탁을 했다. A 사진관 주인은 흔쾌히 승낙했다.

"다음 주 월요일까지 해드리겠습니다."

"고맙습니다. 아저씨!"

어느덧 월요일, 학교 운동장 근처에서 A 사진관 주인을 만났다. 내가 먼저 인사를 하였다.

"아저씨, 반갑습니다. 제가 부탁드린 사진 복사는 해오셨어요?"

나는 당연히 해왔을 것이라 기대를 하고 물었는데, 아저씨의 대답은 완전히 딴판이었다.

"아뇨, 이번 수요일까지 해드리지요."

내가 대답했다.

"고맙습니다. 아저씨!"

다시 수요일이 되었다. 사진관 주인을 교무실 초입에서 만났다. 이번에도 내가 먼저 반가운 인사를 하였다.

"아저씨, 반갑습니다. 제 사진 해오셨지요?"

그러자 사진관 아저씨의 대답이 퉁명스러웠다.

"아뇨, 바빠서 못해 왔습니다. 다음 주 월요일에 해드릴게요."

"예, 다음 주 월요일에는 꼭 해주시기 바랍니다. 고맙습니다."

사진관 주인은 두 번이나 약속을 어겼다. 그런데도 그의 태도는 내게 미안한 기색은 눈곱만큼도 없었다. 그저 아무 일도 아닌 일처럼 예사로 여기는 것이 역력했다. 이런 바탕에는 평소에도 학교 선생들을 우습게 생각하는 것이 깔려 있었던 것이다. 나는 기분이 엄청 나빴지만, 참을 수밖에 없었다. 아무 말도 하지 않고 약속한 수요일을 기다렸다.

수요일, 점심시간에 화단가에서 사진관 주인을 만났다. 나는 반가워하며 가까이 다가갔다.

"아저씨, 반갑습니다. 제 사진 해오셨지요?"

아저씨가 대답했다.

"아뇨!"

그는 세 번씩이나 약속을 어긴 데 대해서 한마디도 사과하지 않았고, 사과할 기색도 전혀 보이지 않았다. 그저 아무렇지도 않게 "아뇨!"라고 말할 뿐이었다.

그 순간 그동안 참았던 것이 내 속에서 폭발하고 말았다. 나는 아무 말도 하지 않고 그의 곁으로 한발 한발 다가갔다. 그는 내가 왜 자기 곁으로 다가가는지 전혀 눈치를 채지 못하는 것 같았다. 내 속에 부글부글 끓고 있던 폭탄이 도화선 가까이 조금씩 다가가고 있는 줄은 조금도 눈치채지 못하였다.

나는 그의 따귀를 세차게 갈기면서 말했다.

"이런 쓰레기 같은 놈! 세 번씩이나 약속을 어기면 미안하다는 말부터 해야 하는 것 아냐? 너 같은 새끼는 죽여야 해. 네 놈이 뭘 믿고 선생을 우습게 알아? 이 개자식!"

내가 워낙 사납게 따귀를 때리는 바람에 그는 몸을 비틀거렸다. 이번에는 발길로 그의 옆구리를 힘차게 걷어찼다. 그러자 그놈이 땅바닥에 고꾸라지고 말았다. 나는 계속해서 거친 발길질로 그놈을 지근지근 밟아주었다.

"이 개새끼! 뭘 믿고 선생을 우습게 아는 거야? 네가 그동안 선생들에게 안하무인이라는 소문은 익히 들었다. 이 개새끼가 뭘 믿고 그래? 이 개새끼!"

나는 한 번 더 짓밟았다. 그러자 이 광경을 지켜보던 학생들이 이대로 두면 살인이라도 날 것 같은 불길한 예감이 들었는지 여러 명이 나의 팔을 붙잡고 말렸다.

"선생님, 왜 이렇게 하십니까? 너무 심하십니다!"

학생들은 더 큰 사고를 이쯤에서 막아야겠다는 생각이 역력했다. 내가 말했다.

"이 개자식이 뭘 믿고 그러는지 몰라도 그동안 학교 선생들을 우습게 알고, 완전히 지 마음대로 굴었다고 하더라. 이런 놈은 인간 말종이다. 내게 약속을 세 번이나 어기고도 미안하다는 말 한마디를 하지 않을 정도로 나쁜 놈이야. 이런 개새끼는 밟아 죽여야 해! 개새끼를 죽이는 것은 아무 잘못도 아녀!"

내가 조금도 풀이 꺾이지 않자 다른 학생들까지 합세하여 나를 말렸다. 그리고 일부 학생은 쓰러진 그놈을 일으켜 주면서 빨리 도망가라고 일렀다. 내가 너무 무지막지하고 사납게 하는 바람에 그놈은 혼비백산하여 '걸음아 날 살려라'면서 달아났다.

마침 점심때라서 이 광경을 여러 학생들이 보았다. 많은 학생들이 보았고, 금세 학교에 소문이 쫙악 퍼졌다. 몇몇 선생들도 이 광경을 보았는지 내가 학생들 만류에 못 이긴 척하고 교무실로 들어서자 과학 과목 박 모 선생이 말했다.

"햐아, 하 선생! 정말 잘했어요. 그 새끼, 아주 못된 놈이에요. 학교 재단의 누구와 가깝다고 우리 선생을 알기를 자기 발가락에 때보다 더 우습게 여기는 아주 못된 놈인데 아무도 그놈 버르장머리를 고칠 수가 없었어요. 그런데 하 선생이 오늘 그놈 버르장머리를 단단히 고쳐주었으니, 아주 잘했어요."

그러자 역사 과목 최 모 선생도 맞장구를 쳤다.

"그놈은 아주 나쁜 놈입니다. 제가 듣기로는 교장과 아주 가까운 사이라고 합디다. 교장 백을 믿고서 그랬는지 선생들을 얼마나 무시하고 안하무인으로 굴었는지 몰라요. 정말 단단히 버르장머리를 고쳐주었어요. 하 선생, 정말 잘했어요!"

나의 정의로운 행동을 칭찬하는 소리가 여기저기에서 이어졌다. 사립학교에서는 교장과 재단의 권한이 막강하여 평교사가 재단이나 학교의 잘못에 대해 나서서 바른말을 할 수 없는 분위기가 만연하다. 그래서인지 교장이나 재단과 가까운 일개 사진사가 선생님들을 우습게 알고 안하무인으로 굴었던 것이다. 그런데도 이를 제지하거나 나무라는 선생이 한 사람도 없었다고 했다. 그런데 내가 오늘 단단히 그놈을 화끈하게 응징을 한 것이다.

이 소문은 학생들뿐만 아니라 선생들 사이에도 순식간에 퍼져나갔다. 교무실마다 내 이야기로 꽃을 피웠고, 학생들도 삼삼오오 모여서 내 이야기로 꽃을 피웠다. 소문이 원래 그러하듯이 과장되게 퍼지기 마련이다. 나의 과격했던 행동은 두 배, 세 배로 과장되어서 전교생들에게 퍼져 나갔고, 재단의 다른 학교 선생들에게도 퍼져나갔다.

재단의 다른 학교 선생들도 그동안 교내 사진사의 횡포에 분노하였지만, 아무도 대들지 못하고 수수방관하던 차에 하륜 선생이 버르장머리를 고쳐주었다고 하니, 나에게 잘했다고 하면서 고마워하는 눈치를 보였다. 그 바람에 나는 전 교사들과 전교생에게 뜻밖에도 '무섭고 정의로운 선생'으로 소문이 나고 말았다. 그렇지 않아도 학생들 사이에 정의파 선생님으로 소문이 나고 있었던 참인데, 이번에 교내 전속 사진사 폭행 사건으로 더 확실하게 내 이미지가 정의파로 굳어지게 되었다.

오페라를 처음 본 여자 어린이

"반갑습니다. 다시 한번 강조합니다. 나는 여러분에게 죽은 지식을 짜깁기한 강의를 할 생각은 눈곱만큼도 없다고 수없이 강조했습니다. 다시 말하지만, 나는 살아 있는 강의를 할 것입니다. 내 사전에는 '살아 있는 강의'만 있습니다. 내가 하는 살아 있는 강의를 여러분이 아낌없이 다 씹어 먹으면 여러분의 피가 되고 살이 될 것이라 생각합니다.

이번 시간에는 '오페라를 처음 본 여자 어린이'라는 제목의 이야기를 하겠습니다. 만약 이번 시간에 내가 하는 이야기를 제대로 이해한다면, 실력 없는 선생들에게 어설픈 강의를 수십, 수백 시간 듣는 것보다 더 나을 것입니다. 그러니 이번 시간에도 내 이야기를 청취하지 말고, 반드시 경청하여 귀한 지혜를 배우기 바랍니다.

한 여자 어린이가 아버지와 함께 난생처음 오페라를 보러 갔습니다. 곧 막이 열리고 오페라가 시작되자 연미복을 입은 지휘자가 등장해서 지휘봉을 휘젓기 시작했습니다. 그리고 지휘에 따라서 여가수가 목청껏 아리아를 부르기 시작했습니다. 이 모든 광경을 처음부터 한눈팔지 않고 지켜보던 여자 어린이가 아버지의 옆구리를 살며시 찌르면서 작은 목소리로 말했습니다.

'아빠, 저 검정 옷 입은 아저씨가 왜 저 여자를 때려요?'

'저것은 때리는 게 아니야! 지휘자가 지휘하는 거야!'

아버지가 딸의 귀에 대고 작은 목소리로 말했습니다.

'아빠 무슨 소리세요. 저 여자가 아까부터 울부짖고 있잖아요. 아빠 눈에는 울부짖는 것이 안 보이세요?'

다시 아버지가 낮은 목소리로 말했다.

'저것은 울부짖는 것이 아니야. 여가수가 아리아를 부르는 것이란다.'"

"자, 여러분! 이 이야기가 무엇을 말하고 있는지요? 이 이야기의 핵심은 여자 어린이가 아직 오페라가 무엇인지 모르고 한 소리입니다. 오페라를 모르는 여자 어린이 눈에는 지휘자가 지휘하는 것이 마치 회초리로 때리는 것으로 볼 수밖에 없었습니다. 그러나 여러분은 결코 회초리로 여가수를 때리는 것으로 보지 말기 바랍니다. 이 여자 어린이는 오페라를 볼 수 있는 자격이 안 됩니다. 아직 어린이의 수준으로는 오페라를 아무리 보아도 이해할 수가 없습니다.

내가 하는 살아 있는 강의를 제대로 이해하려면 여러분은 최소한 두 가지를 갖추어야 합니다. 수없이 강조하는 소리지만, 첫째는 '듣는 자세'입니다. 물론 이야기 속 어린이의 듣는 자세가 나쁘다는 소리가 아닙니다. 그 어린이는 자세가 나쁜 것이 아니라 아직 너무 어려서 문제입니다.

대부분 인간들은 '들을 자세'가 문제입니다. 한마디로 개판 오 분 전입니다. 그동안 자기가 배운 지식이 쓰레기인지도 모르면서 마냥 자신이 대단할 줄로 착각하고, 남의 말을 귀 기울여 들을 자세가 되어 있지 않다는 사실입니다. 그래서 강의를 제대로 들으려면 무엇보다도 먼저 '들을 자세'가 제대로 되어 있어야 한다는 소리입니다.

둘째는 강의를 들을 '기초 지식'입니다. 너무 기초 실력이 없으면 내 강의를 들어봤자 아무 소용이 없습니다. 왜냐면 위의 이야기에 나오는 여자 어린이처럼 내 강의를 듣고는 '저 아저씨가 저 여자를 왜 때려요'라고 할 것이 뻔하기 때문입니다. 이처럼 기초 지식이 부족한 사람은 내 강의를 듣고 자기 멋대로 엉뚱하게 해석을 하여 계속 헛소리를 할 것입니다.

나는 여러분에게 살아 있는 강의를 통해서 내 땀과 눈물은 물론 교양 있는 이야기도 많이 할 것이라고 여러 차례 말했습니다. 그러나 기초 지식이 부족한 학생이라면 내 이야기의 핵심을 제대로 이해하기 어려울 것으로 생각합니다. 만약 내 강의 도중에 이런 저질들이 발각되면 즉각 퇴장을 시킬 것이며,

이에 불응하면 강좌를 폐쇄할 것입니다.”

"내 말 이해합니까?"

"예, 선생님!"

"그럼 마치겠습니다.”

교실 안은 박수갈채와 환호성이 터져 나왔다.

12
도시락 간편 검사

정부는 혼분식 정책에 좀 더 적극적으로 협조해 달라는 홍보에 열을 올렸다. 그동안 해 오던 혼분식 정책을 더 강력히 추진하기로 하고, 혼분식을 장려하는 노래까지 만들어서 전국적으로 보급하였다. 거기다가 혼분식을 장려하는 현수막과 포스터가 전국의 거리 곳곳에 걸렸다.

이에 발맞추어 문교부도 혼분식 정책을 각급 학교에 적극적으로 강화하였다. 어떤 학교에서는 혼분식을 장려하는 글짓기 대회를 하고, 또 다른 학교에서는 혼분식을 장려하는 웅변대회까지 하였다. 마침내 각급 학교에서는 학생들의 도시락 검사를 하였다. 담임선생은 학생들에게 도시락에 쌀밥만 싸 오지 말고, 보리나 다른 잡곡을 섞어서 도시락을 싸 오라고 구체적으로 지시하였다. 하루가 멀다 하게 혼분식을 장려하는 문교부의 지침이 일선 학교로 내려왔다. 이처럼 혼분식 정책의 독려는 학교뿐 아니라 거국적으로 강화되고 있었다.

며칠째 전체 교직원 회의를 할 때 교장선생이 담임선생들에게 간곡히 부탁하였다.

"여러 선생님들께서 잘 알다시피 정부에서 혼식과 분식 정책을 강조하고 있습니다. 그래서 일선 학교에서 선생님들이 학생들에게 이를 잘 지도하고, 계몽해야 합니다. 그리고 여러 선생님들께서도 점심 도시락을 싸 올 때 가능하면 잡곡을 많이 섞기 바랍니다. 또한, 담임 선생님께서는 기회 있을 때마다 학생들에게 혼분식 참여를 강조해 주기 바랍니다. 담임을 맡지 않고 있는 선생님들께서도 각자 수업 시간에 기회 있을 때마다 정부의 혼분식 장려 정책을 잘 설명해주기를 바랍니다. 그리고 교내 식당에도 부탁하여 철저하게 혼분식을 실천하도록 조치하겠습니다."

날로 혼분식 정책을 강행하다 보니 마침내 학급별로 도시락 검사표를 만들어서 비치할 지경에 이르렀다. 점심시간이면 도시락 검사를 하였다. 각반 담임선생이 교실에 가서 학생들의 도시락을 직접 검사하거나 아니면 반장을 시켜서 학생들의 도시락을 일일이 검사하여 쌀밥만 싸 온 사람과 보리를 섞어서 싸 온 사람을 구별했다. 그리고 혼분식의 정도를 상중하로 구분해서 점검하는 검사표를 학급마다 비치했다.

연일 직원회의를 할 때마다 교장선생은 학생들 도시락에 혼분식을 실행하도록 철저히 지도하고, 자주 교실에 가서 직접 도시락 점검을 하라고 강조하였다.

나도 이런 정부의 혼분식 정책에 협조해야 한다고 학생들에게 여러 차례 설명하였다. 그러나 설명만으로 만족할 수가 없어서 직접 점심시간에 교실에 들어가서 학생들의 도시락을 내가 직접 검사를 할 수밖에 없었다. 점심시간에 우리 반 교실로 갔다. 교실 안에 있던 학생들은 내가 도시락을 검사하러 온 줄 대번에 눈치를 채는 것 같았다. 마침 학생들은 각자 싸 온 도시락을 꺼내는 중이었다.

내가 교단 앞에 서자 학생들은 모두 동작을 멈추고, 자세를 고쳐 앉고는 나를 쳐다보았다.

"내가 지금 교실에 왜 왔는지 눈치챈 사람은 손들어 봐요."

대부분의 학생들이 손을 들었다.

"누가 알아맞혀 봐요."

그러자 학생들이 이구동성으로 말했다.

"도시락 검사요!"

"맞습니다. 나는 오늘 여러분의 도시락 검사를 하러 왔습니다. 그래서 한 사람씩 도시락을 내 눈으로 검사해야 하는데, 일단 오늘은 한 사람, 한 사람 검사하는 도시락 검사는 생략하겠습니다."

그때 여기저기에서 안도의 한숨 소리가 들렸다.

"여러분의 도시락을 검사하는 대신 내 도시락을 여러분에게 먼저 보여 드리고자 합니다. 내 도시락을 여러분에게 검사를 받고자 합니다. 그러니 지금 아무나 교무실로 달려가서 내 자리에 있는 내 도시락을 좀 가져다주기 바랍니다."

여러 학생들이 서로 가져오겠다고 손을 들었다. 창가에 앉아 있는 학생을 지명하면서 말했다.

"자네가 교무실 내 자리에 가서 맨 아래 서랍에 내 도시락이 있으니 가져오기 바란다."

그 학생이 잽싸게 교무실로 달려갔다. 금세 그 학생이 내 도시락을 들고 헐레벌떡 달려왔다. 나는 아무 말도 하지 않고 도시락을 받아서 천천히 보자기를 풀었다. 노란 도시락이 나왔다. 교실 안은 갑자기 조용해졌고, 이 조용함 속에는 학생들의 기대가 그대로 묻어 나왔다.

"이것이 내 도시락입니다. 내 도시락 뚜껑을 열겠습니다. 내가 얼마나 보리쌀을 섞어서 도시락을 싸 왔는지를 여러분이 잘 보고 판단하기 바랍니다."

말을 끝낸 나는 도시락 뚜껑을 천천히 열어서 학생들이 보기 좋도록 비스듬히 들었다. 그 순간 여기저기서 탄성이 터져 나왔다.

"와아!"

"이야아!"

학생들은 탄성을 질러댔다. 내가 말했다.

"이것이 내 도시락입니다. 내 도시락에는 보리가 얼마나 섞였다고 생각합니까? 30퍼센트 정도 섞였다고 생각합니까?"

학생들이 약속이라도 한 듯이 큰 소리로 대답했다.

"아니요!"

"그러면 50퍼센트가 섞였다고 생각합니까?"

"아니요!"

"아닙니다!"

"그러면 약 70에서 80퍼센트의 보리가 섞였다고 생각합니까?"

그때 학생들의 의견이 엇갈렸다. '예'라고 동의하는 학생이 여럿 있었다. 그런데 다른 학생들은 아무 말도 하지 않았다.

내가 말했다.

"그러면 90퍼센트 이상이 보리라고 생각합니까?"

그러자 한 학생이 마치 군인처럼 큰 소리로 말했다.

"완전 꽁보리밥입니다!"

그러자 학생들이 와르르 웃었다. 내가 말했다.

"완전 꽁보리밥이 맞습니까?"

"예!"

학생들이 조용히 낮은 목소리로 대답했다. 그런데 학생들은 아까의 큰 목소리와는 달리 목구멍으로 기어드는 목소리로 대답하였다.

"여러분도 나처럼 완전 꽁보리밥을 싸 오지는 않더라도 정부의 혼분식 정책에 맞게 약 30퍼센트는 보리밥을 섞어서 싸

오기 바랍니다. 내 말 이해합니까?"

"예, 선생님!"

"그러면 오늘 도시락 검사는 생략합니다. 내일부터는 정부 시책에 맞게 적당히 보리밥을 섞어서 싸 오기 바랍니다. 하얀 쌀밥만 싸 오는 학생은 단 한 명도 없기 바랍니다. 지금 당장 나와 약속하면 좋겠습니다. 여러분 중에 내일 도시락에 보리밥을 30퍼센트 이상 섞어서 싸 올 사람은 손을 들어 주세요!"

그제야 학생들은 웃으면서 손을 들었다. 교실에 있는 학생들이 모두 손을 들었다. 내가 교실을 나오는데 등 뒤에서 쌀밥만 싸 온 학생들은 큰 소리로 '휴우' 한숨을 내쉬거나 '아이고 살았다'라고 탄식을 하는 학생들이 적지 않았다.

13
버스 안에서의 엉뚱한 도전

나는 매일 도봉여중 앞에서 미아리까지 버스로 출퇴근을 했다. 그런데 버스를 탈 때마다 매번 스트레스를 받는 것이 있었는데, 바로 버스 운전사가 크게 틀어놓은 유행가 소리였다. 버스 안에는 유행가 테이프를 틀어놓고 일부러 끄지 않으면 노래가 반복적으로 흘러나왔다. 그런데 매번 출퇴근 때마다 타야 하는 버스에서 시도 때도 없이 눈물을 질질 짜며 손수건을 흔드는 저질 유행가를 들어야 하는 것은 여간 고통스럽지 않았다.

대학교에 다닐 때 '오아시스(Oasis)'라는 클래식 음악다방에서 개근상을 받을 정도로 나는 클래식 음악을 좋아했고, 콧대가 높았다. 그래서 그런지 유행가라면 저질이라는 선입견이 있었기에 버스에서 크게 트는 것을 한없이 혐오하였다. 그런 내가 출퇴근 때마다 버스 안에서 저질 유행가를 강제로 들어야 하는 것은 여간 큰 고역이 아닐 수 없었다.

그렇다고 해서 버스 운전사에게 "유행가 좀 꺼 달라"고 하면 순순히 응할 운전사는 한 사람도 없을 것이다. 거기에서 한 술 더 떠서 "자가용 탈 고귀한 분이 버스를 왜 탔어요? 이 버스 당신 혼자 타고 다니는 게 아니오!"라는 핀잔을 안 들으면 본전이었을 것이다.

처음에는 버스를 탈 때마다 저질 유행가 소리 때문에 한마디 말도 못 하고, 스트레스를 엄청 받았다. 특히 유행가 때문에 독서에 집중할 수가 없었다. 버스 안에서 책을 제대로 읽을 수 없는 것이 너무나 불편하고 고통스러웠다. 그렇다고 출퇴근할 때 버스 대신 택시를 이용할 수도 없을 노릇이니, 날로 스트레스만 쌓여갔다. 날마다 버스를 타는 것은 매번 큰 고통이었고, 급기야는 버스를 타는 게 두렵기까지 했다. 그렇다고 해서 버스 운전사에게 저질 유행가를 틀지 말라며 싸우고 싶지는 않았다. 싸움에 이길 자신도 없었지만, 설령 이긴다고 해도 아무런 자랑거리가 아니라고 생각했다. 거기다가 수많은 버스를 탈 때마다 매번 운전사와 싸울 수도 없는 일이었다.

그래서 내 딴에는 버스를 탈 때마다 저질 유행가를 안 들으려고 별별 궁리를 다 했다. 처음에는 유행가 소리를 무시하고 독서에 집중하려고 노력해 보았다. 그러나 책을 펴고 아무리 책에 집중해도 저질 유행가 때문에 도저히 글자가 내 눈에 제대로 들어오지 않았다. 그러니 버스에서 독서를 포기하지 않을 수 없었다.

그리고 그 대안으로 생각한 것이 외국어 공부이다. 제일 먼저 생각한 것이 영어 원서를 읽는 공부였다. 할 수만 있다면 매일 영어 원서 읽는 공부를 부지런히 하여 언젠가는 원서를 술술 읽는 날이 오면 얼마나 좋을까. 그런데 그것은 기초 실력이 너무 부족한 내게 엄청난 난제라는 것을 인정하지 않을 수 없었다. 내 주제를 알고 욕심을 한 단계 낮추었다.

이번에는 영어 원서를 읽는 것이 아니라 영어 회화 공부를 하기로 했다. 호주머니에 넣을 수 있는 초보용 영어 회화책을 사서 주머니에 넣고 다니면서 버스만 타면 한 문장씩 외우려고 했다. 그런데 말이 쉬워서 하루에 한 문장이지 막상 시작해 보니 이것도 그리 만만치가 않았다. 결국에는 일주일도 계속하지 못하고 포기하고 말았다.

그다음에 시도한 것이 일본어 회화 공부였다. 쪼그만 일본어 회화책을 사서 주머니에 넣고 다니면서 버스를 탈 때마다 한 문장씩 외웠다. 영어 문장을 외우는 것보다는 훨씬 쉬운 것 같아서 자신감이 생겼다. 그래서 한 두어 주일까지 계속 일본어 회화 공부를 하였다.

'고래와 이꾸라 데스까?'

'무까시 무까시 아루 도꼬로니 겡고루상와⋯⋯.'

이런 수준의 문장을 얼추 스무남은 개를 외웠다. 제법 자신감이 생겨 버스를 탈 때마다 일본어 회화 공부를 열심히 시작하였다. 그러던 어느 날, 너무나 뜻밖의 일이 벌어졌다. 버스만 타면 일본어 회화 공부를 열심히 하는데 난데없이 창밖에 보이는 각종 간판들에 있는 한글 글자꼴과 도로 표지판의 한글 글자꼴이 내 눈에 들어온 것이다. 도저히 이해할 수 없는 것은 '아니, 그동안은 왜 이것들이 내 시선을 사로잡지 못하였을까?' 하는 점이었다. 아무리 생각해 보아도 명쾌한 해답을 찾을 수가 없었다. 그 순간 너무나 엉뚱한, 너무나 뜻밖의 생각이 떠올랐다. '간판과 도로 표지판에 있는 한글의 글자꼴을 연구하면 어떨까?' 하는 생각이 잠자고 있던 나를 일깨운 것이다. 그러자 나는 무릎을 치면서 즐거운 비명을 질렀다.

'바로 이것이야. 도로 표지판의 한글 글자꼴과 간판의 한글 글자꼴을 연구하는 것이다!'

당장 문방구로 달려가서 흔히 배추장사들이 일수 찍을 때 쓰는 작은 수첩을 샀다. 한두 권 살까 하다가 앞으로 계속 글자꼴 공부를 할 경우, 그보다 훨씬 많이 필요할 것 같아서 아예 수십 권을 샀다. 일단 그중 한 권을 바지 뒷주머니에 넣으려 하니 이미 바지 뒷주머니에 일본어 회화책이 버티고 있었다. 미련 없이 일본어 회화책을 던졌다. 일본어 회화와 나의 인연은 그 순간 끝나고 말았다.

다음 날부터 나는 전혀 다른 사람이 되었다. 버스만 타면 창밖에 보이는 간판과 도로 표지판의 한글 글자꼴을 눈알이 빠지도록 뚫어지게 쳐다보았다. 그런데 참 신기한 것은 다른 것에 신경을 썼을 때는 저질 유행가 가락과 저질 가사가 더 또렷하게 들렸는데, 한글 글자꼴 연구를 하겠다고 간판과 도로 표지판 글자꼴을 눈 빠지게 쳐다볼 때는 아무것도 눈과 귀에 들어오지 않았다는 사실이다. 이는 참으로 뜻밖의 일이 아닐 수 없다. 이후로 유행가 가락과 가사가 내 귀에 거의 들리지 않았다.

한글 글자꼴 연구에 도전한 이후로 버스를 탈 때마다 간판이나 도로 표지판의 한글 글자꼴을 뚫어지게 쳐다보면서 나는 별별 기상천외한 상상을 하며 온갖 궁리를 했다. 그러다 보니 날이 갈수록 내 지적 호기심과 지적 상상력은 점점 깊어졌고, 높아만 갔던 것이 분명했다.

처음에는 단지 출퇴근 버스에서 유행가를 듣지 않으려고 시작한 한글 글자꼴 연구가 내 삶 전체에 가장 가치 있는 의미로 똬리를 틀 줄은 꿈에도 몰랐다. 그러다 보니 출퇴근 버스 안에서만이 아니라 길을 걸을 때도 온통 간판의 한글 글자꼴과 도로 표지판의 한글 글자꼴 밖에 보이지 않을 정도가 되고 말았다. 심지어 잠자리에 들어도 천장에는 한글 글자꼴들만 어른거렸다. 글자꼴 연구에 미쳤다고 할 정도가 되고 말았다.

'어떻게 하면 한글 글자의 모양이 좋아질까?'

'어떻게 하면 한글 글자의 가독성과 판독성이 높아질까?'

'어떻게 하면 한글 글자가 한글 기계화에 적합할까?'

'어떻게 하면 한글 글자를 대량 생산할 때 싸게 먹힐까?'

'어떻게 하면 도로 표지판의 한글 글자가 잘 보여서 운전자에게 도움을 주고, 마침내 교통사고를 줄일 수 있을까?'

'어떤 한글 글자꼴로 도로 표지판을 만들어야 멀리서도 글

자가 잘 보일까?'

'지금 내 눈에 보이는 저 한글 글자의 획을 어떻게 키우면 판독성이 높을까?'

'판독성을 어떻게 높여서 가독성을 극대화할 수 있을까?'

이런 생각들을 골똘히 하면서 이 궁리 저 궁리를 하다 보니 그동안 상상도 못 한 일들이 벌어졌다. 마치 사소한 이야기를 재미있게 전개하면 재미있는 소설이 되듯이 한글 글자꼴에 대한 여러 가지 주제들을 체계적으로 정리하면 아주 그럴싸한 물건이 되지 싶었다. 내 생각이 여기까지 미치자 내 욕심의 끝도 점점 더 보이지 않았다. 내가 모르는 사이에 욕심은 나날이 자라고 있었던 모양이다.

한글 글자꼴 연구를 시작한 지 몇 달이 지나자 그동안 한 번도 상상하지 못한 엄청난 청사진이 그려졌다. '시작은 미미하나 그 끝은 장대하리라'란 말씀처럼 처음에는 도로 표지판과 간판의 한글 글자꼴을 연구하는 작은 일에 불과하지만, 중단하지 않고 꾸준히 계속하여 '한글 자형학'이란 새로운 학문을 창안하면 얼마나 좋을까 하는 내 분수에 넘치는 터무니없는 욕심이 꿈틀거렸다.

한글 글자꼴에 대한 선행 연구가 전무한 마당에 난데없이 내가 한글 글자꼴을 연구한다는 것은 너무 무모할 뿐 아니라 만용에 가깝다는 것을 모를 리가 없다. 그런 줄 뻔히 알면서도 글자꼴 생각만 하면 내 상상의 나래는 무한대로 펼쳐지면서 다른 한편으로는 점점 구체화되어갔다.

'서당개도 삼 년이면 풍월을 읊는다'는 말이 내게 커다란 위안과 격려가 되었다. 나도 한글 글자꼴을 삼 년 연구하면 서당개처럼 풍월 정도로 읊을 수 있을 것이라 생각하였다. 내가 읊을 풍월은 작은 오막살이 한 채는 지을 수 있을 것이고, 십 년을 연구하면 그럴싸한 대저택도 지을 수 있을 것이라는 상상을 하니 가슴이 벅차올라 금방이라도 '뻥'하고 터질 것 같았다.

그러던 어느 날, 난데없이 대학 한문 시간에 김무조 박사에게 들은 '우공이산(愚公移山)' 이야기가 떠올랐다.

어느 마을의 한 할아버지가 읍내에 나갈 일이 생겼다. 그런데 읍내까지 나가려면 왕옥산과 태형산을 빙 돌아서 가야 했다. 너무나 먼 길이었지만, 마을 사람들은 이를 너무나 당연한 것으로 알고 아무 불평 없이 받아들였다. 그러나 이 할아버지는 이런 생각을 하였다.

'아니다! 저 산을 옮겨야겠다. 내가 매일 돌멩이라도 한 개씩 치우다 보면 언젠가는 저 산을 옮길 수 있을 것이다.'

사실 이런 생각은 결코 보통의 사람은 하지 않는다. 한마디로 맛이 간 생각이고, 완전히 미친 사람의 생각이 아닐 수 없다. 그런데 이 미친 생각을 바탕으로 돌멩이를 옮기던 할아버지는 정말로 산을 옮기고 말았다. 생각할수록 황당한 이야기지만, 감동이 아닐 수 없다. 요즘 말로 하면 '역대급' 감동 그 자체이다.

나는 분수를 알고 '천릿길도 한걸음부터'란 끄나풀을 잡기로 하였다. 처음 연구를 시작할 때는 내가 살 작은 오막살이 한 채를 장만해야지 하다가 금세 욕심이 생겨서 내가 살 오막살이가 아니라 수십 층짜리 빌딩을 만들어야지 하는 생각으로 바뀌고 말았다. 이런 터무니없는 상상을 하는 내가 믿어지지 않았다. 내 빈약한 실력으로 이런 엄청난 과업이 가당키나할까 하는 회의가 물밀 듯이 몰려올 때마다 더 이상 황당한 내꿈을 확대할 것이 아니라 이쯤에서 접는 것이 어떨까 하는 생각도 들었다.

그러나 이미 주사위는 던져졌고, 기차도 11시에 출발을 하고 말았다. 이제 한글 글자꼴 연구를 도저히 접을 수가 없었다. 그러다 보니 출퇴근 버스 안에서 뿐 아니라 길을 걸으면서도 이런 류의 밑도 끝도 없는 잡다한 생각들을 골똘히 하지 않을 수 없었다. 그러다가 정작 내려야 할 정거장을 스치고 종점까지 간 적이 한두 번이 아니었다. 심지어 퇴근길에 의정부 가는 막차에서 이런 상상과 궁리를 하다가 내릴 곳을 지나쳐 종점까지 가서 통금에 걸려 의정부 종점 여인숙에서 자고 온 적도 종종 있었다.

나는 다양한 연구를 시도하였다. 어떤 때는 큰 주제를 연구하고, 어떤 때는 작은 주제를 연구했다. 어떤 때는 이 주제와저 주제를 연관 지어 각 주제의 역할과 둘의 관계를 연구하였다. 그래서 글자꼴 연구를 시작한 이듬해에는 중요한 한글 글자꼴 연구 대원칙을 정했다. 그것은 바로 독창적인 한글 글자꼴 연구로 '한글 자형학'이란 새로운 학문을 창시하는 첫출발이기 때문이다. 그래서 좀 더 체계적으로 연구를 하려면 다른 사람들이 한 선행 연구부터 제대로 공부를 하는 것이 순서라고 생각했다. 곧장 도서관에 가서 이 분야의 선행 연구 서적을 찾아보았더니 단 한 권도 없었다. 나는 깜짝 놀랐다. 그 순간 나는 이런 생각을 하였다.

'내가 국내 최초로 한글 글자꼴 연구를 하자!'

나는 신이 났다. 국내 선행 연구 자료는 없다 해도 외국의 자료는 많이 있을 것 같았다. 로마자 글자꼴에 대한 연구는 여러 나라에서 수많은 사람들이 해왔을 것이다. 그런데 외국 자료를 보려면 영어 원서를 읽을 외국어 실력이 있어야 하는데 나는 '영어 까막눈'이다.

'그래, 오히려 잘되었다. 외국 자료를 많이 보면 아무래도 그 영향을 받지 않을 수 없을 것이다. 그럴 바에는 차라리 외국 자료를 보지 않아야 독창적이고, 주체적인 한글 글자꼴 연구를 할 것 아닌가!'

어느 날, 〈월간 디자인〉의 이영혜 사장에게 "버스 안에서 유행가 안 들으려고 한글 글자꼴 연구를 10년 동안 해서 '한글 자형학'을 완성했다"라고 말하니, 선뜻 디자인사 출판부에서 출판해주겠다고 했다. 우리나라 최고의 북디자이너인 정병규

선생에게 표지 디자인을 맡기고, 여러 가지 귀한 자료들을 곁들여 '한글 자형학'을 멋진 책으로 출판해주었다.

내가 한글 글자꼴 연구를 시작한 지 10년이 지난 뒤인 1985년의 일이다. 마침내 이 책은 '한글 자형학'이란 새로운 학문을 창시한 책이 되었다. 그 뒤로 북한의 김일성대학교와 연변대학교를 비롯해 독일의 본대학 한국학연구소 등에서도 이 책을 연구한다며 찾는 것을 보고 나는 적잖이 놀랐다.

2008년 5월 어느 날, 파주 출판단지 도로 양옆에 화려한 깃발이 펄럭이고 있었다. 자세히 보니 '한글과 스승'이란 주제의 한글 글자꼴 관련 전시회 깃발이었다. 짬을 내어서 가 보았더니, 서울여대 한재준 교수가 총감독으로 기획한 한글 글자꼴 관련 행사였는데, 이 방면 행사로는 최대 규모의 행사였다. 행사장에서 나는 내 눈을 의심하지 않을 수 없었다. 군데군데 내 사진이 붙어 있었고, 내가 쓴 '한글 자형학', '한글 기계화 운동' 등이 아주 귀한 대접을 받고 있었다. 그리고 내가 했던 말들 일부는 '하륜 어록'으로 소개되어 있었다.

당시 다자인사 이영혜 사장 외에는 어느 누구도, 심지어 내 아내까지도 거들떠보지 않던 '한글 자형학'이 약 25년이 지난 이제야 비로소 관련 전문가들에게 인정을 받고, 귀한 대우를 받다니, 세상에 이런 기막힌 일이 내 생전에 일어나리라고는 정말 꿈에도 상상하지 못했다.

그 뒤 예술의 전당에서 개최되었던 국립국어원과 한국시각디자인협회가 주최하는 한글 글자꼴 세미나에 초대받고 갔더니 내게 한마디 할 기회를 주었다. 나는 1974년 상경하여 버스 안에서 유행가를 안 들으려고 도로 표지판과 간판 글자꼴 연구를 10년간 하여 한글 자형학을 완성한 이야기를 하여 많은 박수를 받았다.

최근에 산돌사 석금호 선생의 점심 초대에 갔다가 무슨 말 끝에 한글 자형학 이야기를 했더니 예쁘고 깔끔하게 재판을 찍어 주겠다고 했다. 근 이십 년째 절판이 된 《한글 자형학》 책을 석금호 선생이 예쁘게 수정증보판을 찍어 주겠다니, 세상에 이런 기쁜 일이 또 어디에 있을까!

이제 생각해보니 그때 버스 안에서 저질 유행가를 크게 틀었던 운전사도 알고 보니 내게 엄청 고마운 사람이 아닐 수 없다. 만약 당시 운전사들이 유행가를 크게 틀지 않았더라면, 어쩌면 이 땅에 '한글 자형학'은 나오지 않았을지도 모른다. 그러고 보니 내 주위에는 고마운 사람이 너무나 많고, 나는 운도 좋고, 복도 많은 사람이지 싶다.

14
존경받는 고양이

"반갑습니다. 이번 시간에는 '존경받는 고양이'란 제목으로 이야기하겠습니다. 천만다행인 것은, 내가 시도한 교밖 공부가 학생들에게 날로 인기가 높아간다는 사실입니다. 참 다행스러운 일입니다. 이 짧은 교밖 공부를 잘하기 위해서 더 많이 준비하고, 더 많이 공부할 것입니다. 그러자면 내가 공부를 더 많이 해야 하기 때문에 나로서도 다행한 일이 아닐 수 없습니다. 이 대목에서 나를 성원하고 격려하는 의미에서 박수를 한번 보내주면 어떨까요?"

내 말이 떨어지기 무섭게 박수갈채와 환호성이 터졌다.

"시방 여러분들의 박수갈채를 받으니 엎드려 절 받는다는 소리가 생각납니다. 앞으로는 내 입에서 절 받겠다는 소리를 또 하지는 않겠습니다. 시방 내가 무슨 소리하는지 알겠어요?"

"예, 선생님!"

"이번 시간에도 내 말을 청취할 것이 아니라 경청하기 바랍니다. 매번 강조하는 말이지만, 그저 청취하면 다이아몬드 한 두 개도 건지기 힘이 들겠지만, 제대로 경청하면 다이아몬드를 더 많이 얻을 것입니다. 어느 마을에 고양이가 살았습니다. 이 고양이는 흔해 빠진 그런 고양이가 아닙니다. 그러니 이 고양이 이야기를 통해서 여러분이 삶의 귀한 지혜를 배우면 좋겠습니다. 내 이야기 경청할 준비가 되었습니까?"

"예, 선생님!"

학생들의 박수갈채와 환호성이 터졌다.

"이 고양이는 모르는 것이 없는 유식한 '도사 고양이'로 소문이 났습니다. 그래서 고양이들 사이에는 최고의 스승이며, 위대한 성자로 여겨질 정도로 유명하여 마침내 존경까지 받았습니다. 그런데 이 도사 고양이가 그토록 유명해진 데는 그럴만한 충분한 이유가 있었습니다. 도사 고양이는 매일 도서관에 갔는데, 도서관에 몰래 들어갈 수 있는 개구멍을 알고 있었습니다. 다른 고양이는 아무도 그 개구멍을 몰랐습니다. 그러니 다른 고양이들은 함부로 도서관에 들어갈 수가 없었습니다. 이에 반해 도사 고양이는 혼자서 몇 년째 하루도 빠짐없이 비가 오나, 눈이 오나, 바람이 부나 열심히 도서관에 갔던 것입니다.

그런데 우리는 '도사 고양이가 알고 있는 것이 무엇일까?'에 대해서 한번 따져야 합니다. 이것이 문제의 핵심입니다. 도사 고양이가 아는 것은 도서관으로 들어가는 길과 나오는 길, 어느 쪽 책꽂이가 기대기 편한지, 겨울에는 어느 책이 따스하고 여름에는 어느 책이 시원한지, 아침에는 어느 서가에 볕이 들고, 점심때에는 어느 쪽에 볕이 들고, 저녁에는 어느 쪽에 볕이 드는지를 계절별로 아는 것 따위가 전부였습니다.

그런 줄도 모르고 다른 고양이들 사이에서는 도서관에 대해서 알고 싶으면 전지전능한 도사 고양이에게 찾아가면 된다는 말이 떠돌 정도였습니다. 또한, 도서관뿐 아니라 세상 이치 모든 것에 대해서 그 고양이에게 물으면 된다고 생각하였습니다. 이처럼 전지전능한 고양이로 소문이 나고, 추앙받았습니다."

"그 누구도 도사 고양이의 실력을 의심하지 않았고, 의심할 수가 없었습니다. 심지어 도사 고양이를 따르는 무리도 생겨났습니다. 나날이 그 숫자가 늘어났습니다.(※주-참고 도서:《쥐돌이의 첫 번째 배낭 여행》, 송현 저, 명상출판사, 본문 22~28p)

그런데 한 가지 분명한 것은, 도사 고양이가 정작 알아야 할 것은 아무것도 모른다는 사실입니다! 어느 책 위에 앉으면 편안한가, 어느 책이 헝겊 표지라서 그 위에 앉으면 따뜻한가, 아침 점심 저녁때 햇볕의 이동에 따라서 어느 책꽂이로 옮겨 앉으면 따뜻하고 시원한가 하는 것밖에 아는 게 없었습니다.

그것이 아는 것의 전부였습니다! 그 외에는 아무것도 몰랐습니다. 도사 고양이는 그 책 안에 무슨 내용이 담겨 있는 지에 대해서는 아무것도 몰랐습니다. 그런데도 순진하고 멍청한 다른 고양이들은 도사 고양이가 단지 도서관에 매일 간다는 사실 한 가지만으로 뿅 간 것입니다.

우리가 알아야 할 것은, 이 사회에도 이런 고양이들이 너무 많다는 사실입니다! 일류대 간판으로도 자신을 가리는 고양이들이 많습니다. 하버드대학이라는 간판, 동경대학이라는 간판, 북경대학이라는 간판, 서울대학이라는 간판으로 자신을 멋지게 포장하고, 자신의 약점을 교묘하게 가리는 '인간 고양이'들이 도처에 깔려 있습니다.

그런데 이런 간판에 속는 바보들이 너무 많습니다. 존경받는 고양이가 알고 있는 것과 간판 뒤에 있는 인간 고양이들이 알고 있는 죽은 지식과 도찐개찐 아닙니까? 이런 인간 고양이들은 누군가 자기를 공격이라도 하면 간판 뒤로 도망가서 교묘하게 반격하거나 자기에게 유리하도록 교활하게 자기변호를 합니다. 수많은 책 속에 있는 구절들을 줄줄이 읊어대면서 반박하기도 하고, 박박 우기기도 합니다.

하이데거는 어쩌고, 칸트는 어쩌고, 바슐라르는 어쩌고, 움베르토 에코는 어쩌고, 또 성경은 어쩌고, 불경은 어쩌고, 우파니샤드는 어쩌고 하면서 고래고래 고함을 지르고 핏대를 올립니다. 그러면서 어떤 순간에는 하버드대학 졸업장을 들고나오고, 북경대학 졸업장을 들고나오고, 동경대학 졸업장을 들고나옵니다.

또한, 이 책 저 책에서 죽은 지식을 짜깁기한 허접한 저서를 들고나오기도 하고, 그래도 부족하면 석사, 박사 학위까지 들고나와서 순진한 고양이들의 기를 죽입니다. 어떤 때는 졸업장이나 학위를 두 개를 들고나오고, 어떤 때는 세 개를 한꺼번에 들고나오니, 어느 누가 감히 그 대단한 고양이에게 대적할 수가 있단 말입니까!"

"'이것은 내 말이 아니고, 부처님 말씀이다. 이것은 예수님 말씀이다. 이것은 칸트 말이고, 이것은 왕XX 말이고, 이것은 나의 은사로 어마어마하게 대단한 거시기 박사 말이고, 이것은 동양학에서 세계가 알아주는 어마어마한 석학 머시기 말이고……' 하면서 줄줄이 남의 이야기를 읊어대는데, 누가 감히 따지고 덤빈단 말입니까.

이처럼 어떤 때는 책을, 어떤 때는 일류대학 졸업장을, 어떤 때는 박사 학위를 창과 방패로 삼으니, 누가 과연 이런 인간 고양이들에게 대적한단 말입니까! 그런데 잘못은 이런 인간 고양이들에게만 있는 것은 아닙니다. 인간 고양이들에게 속는 순진하고 멍청한 고양이들에게도 있습니다!"

"여러분! 방금 내가 한 이야기가 무슨 소린지 이해합니까?"
"예, 선생님!"

"감사합니다. 선생님!"

박수갈채와 환호성이 여기저기에서 터져 나왔다. 나는 끝으로 한마디 덧붙였다.

"여러분 주위에 이런 인간 고양이들이 너무 많습니다. 그러니 이런 고양이들에게 절대로 속지 말기 바랍니다. 내 말을 이해합니까?"

"예, 선생님. 이해합니다."

"이만 마치겠습니다."

또 한 번 박수갈채와 환호성이 터졌다.

15

날로 치솟는 인기

내 입으로 직접 이런 말을 하는 게 좀 거시기하지만, 나의 인기는 나날이 치솟았다. 이에 대한 몇 가지 사례를 간략하게 소개한다.

첫째, 국어 공부법을 '교과서 안의 공부'와 '교과서 밖의 공부'로 양분한 것이다. 교과서 밖 공부는 나의 예상을 훨씬 뛰어넘어 뜨거운 호응을 얻었는데, 학생들의 반응은 가히 폭발적이었다. 특히 '교밖 공부' 시간에 하는 나의 말 한마디 한마디가 학생들의 뇌리에 꽂혔던 모양이다.

그래서인지 어떤 학생은 내게 이렇게 말하기도 했다.

"선생님, '교과서 안의 공부'는 최대한 줄이고, '교밖 공부'를 대폭 늘리면 안 되겠습니까?"

이와 비슷한 말을 하는 학생들이 학급마다 더러 있었다. 그럴 때마다 나는 이렇게 대답을 했다.

"인마! 그걸 말이라고 하나! 여기는 분명히 학교이다. 학교에서는 문교부가 정한 국어 교과서를 제대로 가르치는 것이 국어 선생의 기본 임무란 말이다. 그리고 모든 국어 시험은 국어 교과서를 중심으로 다룬다. 물론 교과서 밖의 공부가 여러분의 교양과 가치관 형성이나 정신자세를 바로 잡는 데는 큰 도움이 되겠지만, 시험에는 직접적인 도움이 될 수 없다고 생각한다.

그래서 교과서 밖의 국어 공부 시간을 현행 10분에서 더 이상 늘릴 수는 없다! 그리 알고, 그딴 주문은 다시는 하지 말아라! 현재 교과서 국어 공부를 40분 하고, 교과서 밖의 국어 공부를 10분간 하는 국어 선생은 대한민국에서 나밖에 없을 것이다."

둘째, 국어 수업 시간을 '40분'과 '10분'으로 양분한 것이다. 지금까지 다른 선생들은 50분 내내 국어 교과서만 공부했는데, 이를 단호히 거부하고 40분과 10분으로 양분한 내 결단에 학생들은 열광적으로 환호하며 큰 기대를 하였다.

셋째, 국어 시간 도우미의 활약이다. 국어 시간이 되기 전에 도우미가 교무실로 와서 "선생님! 다음 시간은 몇 학년 몇 반 국어 수업입니다"라고 신고를 하고, 내 책상에 놓여있는 참고 자료들과 자기 반 출석부와 분필통을 수업 전에 들고 가서 자기 교실 교탁 위에 갖다 놓았다. 그리고 수업이 끝나면 잽싸게 이를 챙겨서 교무실 내 자리에 도로 갖다 놓았다.

그 바람에 나는 수업을 하러 복도를 걸어가면서 책을 읽을 수 있었고, 수업을 마치고 교무실로 돌아올 때도 역시 책을 읽을 수 있었다. 이렇게 걸어가면서 책을 읽는 것은 이미 부산에서 내가 해 오던 습관 중의 하나였다. 복도를 걸어가면서 책을 읽는 광경을 처음 보는 학생들에게 내 모습은 너무 신기하고 재미있어 입이 딱 벌어지게 한 것 같다.

넷째, 참고 도서 활용의 극대화이다. 적지 않은 교사들은 교과서와 출석부만 들고 교실로 갔다. 그러나 나는 새로운 단원을 가르치기 전에 반드시 그 단원에 필요한 참고 자료를 꼼꼼히 챙겨 목록을 메모하여 도서관에서 자료 대출을 받거나 도서관에 없는 자료는 내 서재에서 찾아내곤 하였다. 학생들은 이런 나의 수업 방식에 흥미를 느끼고 재미있어할 뿐 아니라 아주 고맙게 생각하는 것을 나중에 알았다.

새로운 단원을 가르치기 전에 그 단원에 맞는 학습 자료를 꼼꼼히 챙기려면 도서관에 있는 자료들은 도서관에서 챙기고 도서관에 없는 자료들은 내 서재에서 챙겼다. 대부분의 국어 교사들은 국어 교과서와 출석부만 들고 교실로 갔다. 나는 그들과는 완전히 달랐다. 달라도 너무나 달랐다.

일반적으로 자료를 한 번 챙기면 한 주일은 사용하게 된다. 그리고 나서 반납하고, 다시 다음 단원에 필요한 참고 자료를 챙겨서 대출해 왔다. 이 자료들을 교무실 내 책상 위에 쌓아 놓으면 학급마다 미리 정해놓은 도우미 학생이 와서 자기네 교실로 들고 갔다가 수업이 끝나면 도로 교무실 내 자리로 갖다 놓곤 했다. 이런 광경을 처음 보는 학생들에게는 내 모습이 신기하게 보였고, 아주 좋은 인상을 심어준 것이다.

다섯째, 수업 시간에 단 한 명이라도 고개를 숙이거나 엉뚱한 짓을 하면 즉각 수업을 중단하였다. 대부분 선생들은 수업 시간에 한두 명이 아니라 그보다 훨씬 많은 학생들이 먼 산을 보거나, 고개를 숙이고 딴짓을 하거나, 엎드려 자더라도 그냥 수업을 계속하였다.

그러나 나는 단 한 명이라도 내 말을 바른 자세로 듣지 않으면 즉각 하던 이야기를 멈추고, 인상을 쓰면서 그 학생 쪽을 쳐다보았다. 그러면 학생들은 '어느 놈이 선생님 설명을 듣지 않고 딴짓을 하였구나' 생각하고, 내가 쳐다보는 쪽을 일제히 쳐다보았다. 여기저기에서 그 학생을 나무라는 소리가 터져 나왔다.

"이 새끼야! 똑바로 안 듣고 뭐하냐!"

"수업 방해하면 나중에 죽을 줄 알아라."

그러면 그 학생은 너무 놀라서 나를 쳐다보면서 즉각 자세를 고쳐 앉곤 하였다. 언젠가 이런 일이 있었다. 수업 중에 창가에 있던 한 학생이 고개를 숙이고 있었다. 나는 하던 말을 멈추고 그 학생 쪽을 쳐다보았다. 그 학생은 볼펜에 이상이 생겨서 만지는 중이었다. 내가 하던 말을 멈추고 그 학생 쪽을 쳐다보자 다른 학생들이 일제히 내 시선을 따라잡았다.

그 순간 누군가 고함을 쳤다.

"이 개새끼야! 선생님 말씀을 왜 끊게 하냐!"

여기저기서 '개새끼'. '이 새끼', '씹새끼'하는 욕설이 쏟아졌다. 이렇게 분위기가 험악해지자 몇몇 학생은 자기 신발을 벗어서 그 학생에게 던지며 고함을 질렀다.

"이 개새끼야! 왜 선생님 말씀을 끊냐!"

"두고 보자, 이 새끼!"

나중에 학생들에게 그 후의 이야기를 들었다.

"그날, 국어 시간이 끝나고 선생님께서 교실을 나가시자 학생들이 수업을 방해한 그 학생에게 몰려가서 집단 구타를 하였습니다. 여러 명이 발길질을 하고, 그래도 분이 안 풀려서 청소용 바께쓰로 그놈의 대가리를 덮어씌운 후, 여러 명이 발길질을 하였습니다."

이 이야기도 입소문으로 빠르게 퍼져나갔다. 그래서인지 내가 수업하는 국어 시간에 고개를 숙이거나 먼 산을 쳐다보는 등의 딴짓은 절대로 허용하지 않는다는 것이 거의 불문율처럼 자리 잡았다.

그 밖에도 학생들을 가르치면서 많은 경험을 하였다. 그러면서 점점 나는 가장 인기 있고, 영향력 있는 선생님으로 자리 잡았다. 그중에서 가장 인상 깊었던 사례를 소개한다.

1) 인사하는 태도

그동안 하던 재래식 인사법, 즉 군대식 인사법을 폐기 처분한 반응 역시 만만치가 않았다. 학생들은 내가 제안한 새로운 인사법에 열광하였다. 이 소문은 내가 수업하러 들어가지 않는 반에도 번져서 나의 인기에 불을 붙이는 단초가 되었다.

2) 자습 시간의 환호성

내가 국어를 가르치는 학급은 모두 네 반이다. 네 반은 2학년의 절반이다. 그러니 내가 국어 수업을 가르치지 않는 학급이 절반이나 된다. 그런데 간혹 담당 선생이 출장을 갔거나 개인 사정으로 결근을 하였을 경우가 있다. 그럴 때는 주로 그 시간에 수업이 없는 교사를 자습 감독으로 보낸다. 이렇게 할 수도 없는 상황이면 학생들 스스로 자습을 시킨다.

어느 학급에 자습 시간이 생기면 연구주임은 그 시간에 수업이 없는 선생에게 자습 감독을 안배했다. 그러다 보니 나도 수업이 없어 쉬는 시간에 더러 자습 감독을 들어가야 하는 경우가 생기곤 하였다. 자습 감독은 내가 평소에 수업을 들어가는 학급에 갈 수도 있고, 내가 평소에 수업하러 가지 않는 학급일 수도 있다.

자습을 하는 학급의 학생들은 그 과목의 담당 선생이 오지 않아서 자습하는 것은 알지만, 누가 자습 감독으로 들어오는지는 모른다. 그런데 어쩌다 내가 자습 감독으로 들어가면 그 학급의 학생들이 좋아라고 환호성을 지르곤 했다. 열광적인 환호가 장난이 아니었다. 기쁨에 찬 학생들의 환호는 옆 교실까지 들릴 정도였다.

이런 일들을 겪으면서 내가 학생들에게 얼마나 인기가 좋은가를 충분히 짐작할 수 있었다. 안 할 말로 내가 국어를 가르치지 않는 반 학생들에게는 내가 자습 감독으로 들어가면 거의 구세주가 온 것 같이 열광하며 환호하였다. 학생들의 열광과 환호가 어찌나 큰지, 그 교실이 있는 층의 복도 끝까지 들릴 정도였다.

이는 내가 가르치지 않는 학생들이 나의 강의를 너무나 듣고 싶어 했다는 것을 의미하는 한 단면이었다. 옆 반에서 터져 나오는 환호성을 듣고 "아하, 옆 반에 자습 감독으로 하륜 선생님이 들어갔나 봐!" 할 정도가 되었다.

이 정도로 나의 인기가 높아지는 것은 학생들의 입을 통해서 나의 독창적인 수업 방식은 물론 거의 신들린 사람처럼 열강하는 것과 충실하고 살아 있는 강의 내용 등이 입으로 전파되었기 때문이다.

3) 양호선생과의 대화

양호실에서 근무하던 최 선생님은 학교 최고의 미인으로 남자 선생들의 인기가 많았다. 그래서인지 여러 남자 선생들이 양호실에 놀러 가곤 했었다. 나도 쉬는 시간에 이따금 양호실에 갔다. 어디가 아파서가 아니라 오직 양호선생의 얼굴을 보러 간 것을 그녀도 짐작했을 것이다. 하기야 나는 한 번도 어디가 아프다고 약을 먹은 적이 없고, 침대에 누워본 적도 없다. 그러니 내가 양호실에 가는 것은 오직 양호선생을 보러 가는 것이란 것을 그녀도 진작 눈치채고 있었을 것이다.

어느 날 양호실에 갔다. 그녀는 평소처럼 활짝 웃으며 친절하게 나를 맞았다. 그런데 그녀가 뜻밖의 말을 했다.

"하 선생님! 인기가 정말 대단하던데요?"

아니, 내가 학생들에게 인기가 있는지를 온종일 양호실에 있는 그녀가 어찌 안단 말인가! 너무나 뜻밖의 말이었다. 내가 대답했다.

"그게 무슨 소립니까? 제가 학생들에게 인기가 있는지, 없는지를 양호실에서 어찌 알 수 있습니까?"

그러자 그녀가 웃으면서 말했다.

"하륜 선생님께서 안 믿으실지 모르겠지만……."

갑작스럽게 그녀가 운을 떼는 게 예사롭지 않았지만, 그녀의 말을 가로챌 수가 없었다. 나는 귀를 쫑긋하고 그녀의 말에 기울였다.

계속해서 그녀가 말을 이어나갔다.

"저도 처음에는 눈치를 못 챘는데, 어느 날부터 이따금 이상한 현상이 벌어지는 거예요. 마침내 그것이 무엇을 의미하는지를 알았습니다."

내가 말했다.

"선생님, 지금 무슨 말씀을 하려는 것인지요? 아주 궁금하니 본론을 좀 빨리 말씀해주세요!"

그녀가 말했다.

"아프다고 양호실에 와서 침대에 누워있는 학생들 중에 이따금 갑자기 부스럭거리면서 침대에서 일어나는 애들이 있어요. 그래서 내가 '좀 더 누워있어야 한다'라고 말하면 이렇게 대답하는 거예요. '선생님, 이번 시간은 교실에 들어가서 수업을 받고 다시 와서 누워있겠습니다'라고 말이죠.

나는 깜짝 놀라서 되물었어요. '지금 아픈 환자나 마찬가지인데 더 누워서 쉬지 않고 무리해서 수업을 듣겠다고 하니?' 그러면 그 학생이 이렇게 말하는 거예요. '이번 수업은 하륜 선생님 국어 시간입니다. 도저히 침대에 누워있을 수가 없습니다. 국어 시간만 교실에 들어가서 한 시간을 공부하고 돌아와서 누워있겠습니다. 선생님, 좀 봐주세요!'라고 하는 애들이 한둘이 아니란 것을 우연히 알게 되었습니다. 그래서 나도 하륜 선생님의 인기가 얼마나 대단한가를 양호실에서도 훤히 알고 있는 거예요."

양호실에 아프다고 누워있던 놈들이 국어 시간만 되면 훌훌 털고 일어나 교실에 가서 수업을 받고, 끝나면 비실비실 양호실로 돌아가 다시 환자 행세를 한다는 사실이 나로서는 너무 뜻밖이었다.

4) '뜨겁게' 선생

양호선생이 한 이야기와 비슷한 말을 교내 식당에서도 들었다. 식당은 2층 건물인데, 같은 재단의 세 학교가 공동으로 사용하였다. 중학생들과 고등학생들 1부와 2부 학생들이 함께 사용하였다. 교사들은 주로 2층에서 식사를 했다. 이따금 교장선생님도 교내 식당에서 식사를 하였다. 그럴 때는 다른 평교사들과 한 자리에 둘러앉아 식사를 하곤 했다.

나는 평소에 뜨거운 음식을 아주 좋아했다. 항상 뜨거운 것을 먹어서 입천장이 헐고, 상처가 나서 하루도 성한 날이 없을 정도였다. 그런데 참 신기하게도 무슨 연유에서인지 참으로 놀랍게도 식당 아줌마가 나의 이런 식성을 알았다. 그래서 식당 아줌마는 나를 '뜨겁게 선생님'이라고 불렀다.

식당 위층의 아주머니는 식탁으로 와서 선생들의 식사를 주문받은 뒤, 음식 도르래가 오르내리는 아래층 주방을 향해 큰소리로 식단 수량을 일일이 말하였다. 그런데 내가 혼자 갈 경우는 물론이고, 다른 선생님과 함께 갈 때도 반드시 주방을 향해서 이렇게 말했다.

"식사 5인분! 그중 하나는 '뜨겁게 선생님 몫'이다!"

여기서 '뜨겁게 선생 몫'은 나를 지칭하는 것이다. 물론 나에게 다른 반찬을 더 준다거나, 더 맛있게 해 준다는 것은 아니다. 단지 내가 먹는 국을 좀 더 뜨겁게 데워서 올려보내라는 특별 주문이었다. 더러 교장선생님과 함께 식사를 할 때도 식당 아주머니는 반드시 "그중에 하나는 뜨겁게 선생님 몫이다"란 말을 빠트리지 않았다.

그러던 어느 날, 내가 식당 아주머니에게 물었다.

"아주머니, 왜 아주머니께서 저에 대해서 각별한 애정을 보입니까? 참, 감사합니다! 제가 아주머니를 위해서 한 게 아무 것도 없고, 식당을 위해서 기여한 바가 아무것도 없는데 말입니다."

그러자 그녀는 참으로 뜻밖의 말을 했다.

"선생님, 그럴만한 이유가 있습니다. 뜨겁게 선생님은 여기 오시는 선생님 중에서 가장 음식을 맛있게 드시기 때문입니다. 사실 우리 음식이지만 제가 먹어봐도 별로 맛이 없는데, 뜨겁게 선생님은 너무너무 맛있게 드시기에 너무 이상했어요. 그래서 선생님이 가고 난 뒤에 저도 다시 먹어보면, 역시 맛이 별로예요. 그런데도 뜨겁게 선생님은 언제나 너무너무 맛있게 드시기 때문에 식당을 하는 사람으로서 가장 고맙고, 반가운 손님이 아닐 수 없어요. 그래서 우리 식당 사람들은 모두 다 뜨겁게 선생님을 제일 좋아하는 거예요!"

5) 학교 수위 아저씨의 눈물

어느 날, 늦게 퇴근을 하였다. 그때 수위 아저씨가 수위실에서 나와서 나에게 공손히 인사를 하였다. 평소 같으면 수위실 안에서 극히 형식적인 인사를 하였는데, 이날 따라 밖에 나와서 인사를 깍듯이 하는 것이 아무래도 좀 이상했다. 아니나 다를까 그가 너무나 뜻밖의 말을 거의 울먹이면서 들려주었다.

"하륜 선생님! 감사합니다!"

갑자기 수위 아저씨가 나에게 감사하다니? 나는 박카스 한 병을 사 준 적도 없었다. 나는 의아한 표정을 지었다. 수위 아저씨는 훌쩍이면서 말을 계속했다.

"선생님, 저는 이 학교에서 수위를 한 지 십 년이 넘습니다. 그런데 그동안은 학생들이 수위 알기를 우습게 알고 사람 취급을 하지 않았습니다. 한 놈도 수위를 보고 인사를 하는 놈이 없었습니다. 그러나 목구멍이 포도청이라 저는 이런 수모를 참고 살았습니다. 수위가 어디 사람 축에나 듭니까?

그런데 하륜 선생님께서 이 학교에 오신 이후로 학생들이 완전히 달라졌습니다. 수많은 학생들이 등교 때나 하교 때 수위실을 향해서 군인처럼 큰소리로 인사를 합니다. 수위들이 처음에는 이렇게 갑자기 달라진 원인이 무엇인지 몰랐습니다. 나중에 우연히 그것은 하륜 선생님께서 학생들에게 올바로 가르쳤기 때문이라는 것을 알았습니다. 수위들은 이제야 다 압니다. 선생님! 정말 감사합니다. 저희들도 잘하려고 노력합니다. 이게 다 선생님 덕분입니다."

나는 아무 말도 하지 않고 수위 아저씨의 손을 꼭 잡아 주었다. 그의 얼굴에는 눈물이 범벅되어 있었다. 나도 마음이 짠하여 눈물이 내 볼을 타고 흘렀다.

6) '짜우' 선생

언젠가 학교 앞, 개울 건너에 있는 중국집에 처음 갔을 때 일이다. 나는 혼자서 자리에 앉자마자 주문을 했다.

"짜장면 하나와 우동 하나!"

종업원은 나의 일행 한 사람이 뒤따라 곧 오나 보다 생각하고 물컵 두 개와 나무젓가락 두 개를 식탁에 놓았다. 한참 뒤에 짜장면과 우동이 나왔다. 종업원이 내게 물었다.

"짜장면이 어느 쪽입니까?"

내가 손가락으로 내 앞에 놓으라고 말하였다. 그러자 그는 짜장면을 내 앞에 놓고, 우동은 맞은 편 자리에 놓고 갔다. 나는 아무 말도 없이 짜장면을 먹기 시작하였다. 그런데 거의 절반 이상을 먹을 때까지 내 앞자리에 손님이 오지 않았다. 마침내 내가 짜장면을 다 먹었다. 그때까지도 내 앞에는 아무도 오지 않았다.

나는 아무 말도 하지 않고, 손등으로 입술을 쓰윽 닦고는 짜장면 빈 그릇과 맞은편에 있는 우동 그릇을 바꾸어 놓았다. 그러고는 역시 아무 말도 하지 않고 후루룩 후루룩 우동을 먹기 시작하였다. 짜장면도 맛있지만, 우동 역시 너무 맛있어서 이마에 땀을 뻘뻘 흘리면서 맛있게 먹었다. 국물 한 방울까지 다마셨다. 카운터에서 계산을 할 때 종업원이 나를 의아하게 보는 것이 느껴졌다. 그러나 나는 아무 말도 하지 않았다.

며칠 뒤에 다시 그 중국집에 혼자 갔다. 지난번처럼 또 짜장면과 우동을 시켰다. 종업원은 좀 의아하지만 아무 소리 않고 지난번처럼 물컵 두 개와 젓가락 두 개를 놓고 갔다. 마침내 음식이 나왔다. 그때까지 내 일행은 아무도 오지 않았다. 그런데 지난번과는 완전히 다른 일이 벌어졌다. 카운터 사람은 물론 주방 사람들이 하던 일을 멈추고 나를 뚫어지게 쳐다보았다. 음식이 나오는 조그만 창구에는 주방 사람의 눈빛이 반짝였다.

지난번처럼 나는 아무 말도 없이 짜장면을 비벼서 후루룩거리면서 맛있게 먹었다. 눈 깜짝할 사이에 다 먹고 손등으로 입을 한번 쓰윽 닦고는 짜장면 빈 그릇과 우동 그릇을 바꾸어 놓았다. 이런 광경을 훔쳐보던 사람들은 거의 망연자실하였다. 혼자서 짜장면 한 그릇과 우동 한 그릇을 아무 말도 하지 않고 다 먹어치우는 것을 보고 경악하지 않는 것이 이상할 지경이었을 것이다.

그 이후로도 종종 그 중국집에 혼자 가서 짜장면과 우동을 시켜 먹었다. 그 바람에 중국집에서는 나를 '짜우 선생'이라고 불렀다. 마침내 '짜우 선생'은 그 중국집에 아주 인기 좋은 고객이 되었다.

7) 길음시장 오뎅 선생님 인기

평소에 나는 주전부리하기를 아주 좋아했다. 더 솔직하게 말하면 주전부리가 무척 심했다. 그러다 보니 시장통은 말할 것도 없고, 아무 길거리에서도 주전부리하는 습관이 배여 있었다. 부산에서 중학교 선생을 할 때도 그랬고, 서울에 와서도 그 습관은 조금도 달라지지 않았다.

나는 주전부리를 하러 길음시장에 자주 들렀다. 시장 초입부터 오뎅, 김밥, 떡볶이 등을 파는 가게들이 줄지어 있었다. 많은 사람들이 바삐 지나다니는 시장통 길가에 서서 군것질을 하는 것을 아주 좋아했다. 내가 제일 좋아하는 것은 부산 오뎅이다. 오뎅 꼬치를 들고 한 입씩 베어먹는 것도 즐겁지만, 뜨거운 오뎅 국물을 후루룩 후루룩 소리를 내면서 먹는 것도 여간 재미있지 않았다.

내가 길가 오뎅집 앞에 서서 오뎅을 먹고 있을 때 그 앞을 지나가던 우리 학교 학생들이 나에게 거수 경례를 하면서 큰 소리로 인사를 하곤 했다.

"선생님, 반갑습니다!"

나는 답례 대신 빙그레 웃기만 했다. 이따금씩 오뎅을 흔들면서 '먹고 싶으면 이리 와서 같아 먹자'라는 시늉을 하지만, 학생들은 내가 어려워선지 선뜻 오는 학생은 한 명도 없었다. 학생들이 열광적으로 인사하는 것을 여러 번 본 시장통 사람들은 내가 뭘 하는 사람인지를 대부분이 눈치를 챘다.

어느 날, 내가 서서 오뎅을 먹고 있는데, 그 옆의 다른 오뎅 집의 아주머니가 말했다.

"멋쟁이 선생님! 우리 집 오뎅도 맛있어요. 우리 집 오뎅도 한번 드셔 보셔요!"

"예, 아주머니!"

마침내 나는 길음시장 길가에 있는 수많은 오뎅집을 한집도 빠짐없이 다 가서 먹었다. 그래서 그런지 길음시장 길가의 오뎅 장사 아주머니들에게 나의 인기는 나날이 높아갔다. 그들은 나를 '길음시장 오뎅 선생님'이라고 불렀다.

8) 5분 특강과 개강 준비

내가 수업을 맡은 학급의 학생들에게는 별문제가 없었다. 그런데 내가 수업에 들어가지 않는 학생들에게도 나의 인기가 나날이 높아지는 바람에 전혀 예상하지 못한 문제가 생기고 말았다. 이따금 자습 감독을 들어갔을 때 내게 환호하고 열광하는 광경을 보면 대번 알 수 있었다. 뜨거운 환호와 박수갈채로 반기는 것이 한마디로 상상을 초월하였다. 이 문제를 해결하기 위하여 곰곰이 생각해도 뾰족한 수가 없었다. 그러던 어느 날 좋은 아이디어 하나가 떠올랐다.

'5분 특강!'

그래, 말이 된다. 이 문제를 근원적으로 해결하는 것은 쉽지 않지만, 임시방편으로 '5분 특강'을 하는 것이다. 매일 점심

시간 우리 반 교실에서 5분 특강을 하는 것이다. 12시에 점심시간이 시작되면 학생들이 도시락을 후다닥 먹고 모두 교실을 비워주는 것이다. 그러면 다른 반 학생들 중에서 내 강의를 듣고 싶은 학생들이 와서 5분 특강을 듣는 것이다. 조금도 망설일 이유가 없다. 당장 실시해야 한다. 일단 실시하고 해나가면서 예상하지 못한 문제가 발견되면 그때그때 수정 보완하면 될 것이다.

나는 5분 특강을 개강한다는 예고를 하였다.

"다음 주 월요일부터 점심시간에 우리 반 교실에서 5분 특강을 할 것이다. 이것은 평소에 나에게 수업을 받지 못하는 학생들을 위한 것이다. 이 소식을 다른 반 친구들에게 널리 알려주기 바란다."

드디어 5분 특강이 시작되었다. 점심을 빨리 먹고 우리 반 교실로 몰려오는 학생들의 수가 장난이 아니었다. 나중에는 교실 복도 창가가 미어터지고 마침내 복도가 꽉 차서 통행이 불가능할 정도였다. 첫날부터 교실은 물론 복도까지 몰려든 학생들로 북적거렸다. 나만 놀란 것이 아니라 학생들도 놀랐고, 이 소문도 급속도로 퍼져나갔다.

9) 교회 특강 폭주

뜻밖의 일이 벌어졌다. 학생들이 나가는 교회에 와서 학생들 앞에서 유익한 특강을 해 달라는 부탁이 늘어났다. 우리 학교

설립자도 기독교인이고, 교장선생도 기독교인이었다. 수업 시간에 내가 성경 이야기나 예수님 이야기를 자주 인용하다 보니 학생 중에서 자기 교회 학생들에게도 나의 강의를 들려주고 싶다고 생각하는 경우가 점점 늘어났다.

처음에는 한두 곳에서 나를 초대하다 말 줄 알았다. 그런데 나날이 나를 초대하는 교회가 늘어났다. 물론 교회에 가서 하는 이야기의 골격은 내가 일요일마다 명동 모임에서 함석헌 선생님에게 배운 것을 잘 활용하는 것이었다.

10) 역사 특강 개강

나는 5분 특강으로 안주할 수가 없었다. 마침내 쌍문동 자취방에서 '역사 특강'을 개강하였다. 역사 특강은 함석헌 선생님의 책인 《뜻으로 본 한국역사》를 바탕으로 역사 강의를 하는 모임이었다. 이 모임에 참석하는 학생이 여남은 명 정도를 넘지 않았던 것은 내 자취방이 너무 좁았기 때문이다. 괜스레 집주인에게 스트레스를 주는 것 같아 내 마음도 편하지 않았다. 그래서 학생 수를 최소화하였다.

저질 마술사와 짝퉁 성직자의 공통점

"반갑습니다. 이번 시간에는 '저질 마술사와 짝퉁 성직자의 공통점'이라는 제목으로 말하겠습니다. 이 주제는 신중히 다루어야 할 주제입니다. 그러니 두 귀로 듣는 청취를 하지 말고, 온몸으로 듣는 경청을 하기 바랍니다. 내 말을 이해합니까?"

"예, 선생님!"

"이 주제는 내 말의 진의를 제대로 이해하지 못하거나 함량 미달인 사람들이 이해를 못 하고, 도리어 열 받을 경우를 상상하면 엄청 신경이 쓰이는 주제이기도 합니다. 그러나 언젠가는 반드시 한 번은 짚어야 할 주제입니다. 더 정직하게 말하면, 언젠가 반드시 짚을 게 아니라 수시로 짚어야 할 중요한 주제입니다. 왜냐하면, 이에 대한 피해자가 계속 늘어나고, 날로 증폭되기 때문입니다."

"어느 마을에 저질 마술사가 있었습니다. 그는 양치기이기도 했습니다. 그는 대단히 많은 양들을 갖고 있었습니다. 그런데 그는 지독한 욕심쟁이였기 때문에 하인이나 일꾼을 고용하지 않았습니다. 그러면서도 자기 양을 잃어버린다거나 이리 따위에게 빼앗기는 것을 원치 않았습니다. 그러나 그 많은 양들을 혼자서 지킨다는 것은 불가능했습니다.

그는 생각 끝에 양들에게 한 가지 속임수를 썼습니다. 그는 양들에게 최면을 걸기로 하고, 양들에게 말했습니다.

'너는 양이 아니다. 두려워 말라!'

또 어떤 양에게는 이렇게 말했습니다.

'너는 사자다.'

또 어떤 양에게는 이렇게 말했습니다.

'너는 호랑이다.'

심지어 어떤 양에게는 이렇게 말했습니다.

'너는 사람이다. 아무도 널 죽이려 하지 않을 것이다. 두려워 말라. 여기서 도망칠 생각은 꿈에도 하지 말라.'"

"마침내 양들은 양치기 마술사의 말을 그대로 믿기 시작했습니다. 양치기 마술사는 날마다 몇 마리씩 양을 데려가서 도살했습니다. 그러나 양들은 이렇게 생각하였습니다.

'우리는 양이 아니다. 저 사람은 양만 잡아 도살하는 거야. 우리는 사자이고, 호랑이야……'

이처럼 어떤 양들은 자신이 사람이라고 믿었고, 어떤 양들은 사람 중에서 마술사라고 믿었습니다. 그러나 날마다 몇 마리씩 끌려가서 도살당해야 했습니다. 나머지 양들은 그래도 늘 초연했고, 냉담하였습니다. 양들은 조금도 걱정하지 않았습니다. 그리하여 마침내 양들은 전부 도살당하고 말았습니다."

"자, 여러분! 이런 양치기가 우리 주위에 얼마나 많다고 생각합니까? 그리고 이런 양치기에게 속고 사는 멍청이들이 얼마나 많다고 생각합니까? 그렇습니다. 많은 사람들이 저 불쌍한 양들처럼 저질 마술사에게 속아서 착각에 빠져 허송세월을 보내는지 모릅니다.

누구는 일 때문에 최면에 빠져 착각 속에 살고, 누구는 직위 때문에 최면에 빠져 착각 속에 잘못된 삶을 살아갑니다. 어떤 이는 그가 입고 있는 성직자 유니폼 때문에, 또 어떤 이는 사랑 때문에 최면에 빠져 착각하고 사는지 모릅니다. 돈 때문에, 체면 때문에, 종교 때문에 최면에 빠져 착각 속에 삽니다. 이렇게 보면 우리네 삶이 온통 착각 속에서 이루어지고 있는 것이 아닌가 싶습니다."

"그래서 위의 저질 마술사 이야기에서 마술사란 단어를 '짝통 성직자'란 단어로 바꾸어서 다시 생각해보기 바랍니다. 저질 마술사를 짝통 성직자란 단어로 바꾸면 무슨 차이가 있을까요? 내용상으로 별 차이가 없지 싶습니다. 물론 성직자란 단어를 그대로 적용하지는 말기 바랍니다. 성직자 중에는 홀

룽한 분들도 적지 않기 때문입니다. 그러니 반드시 성직자 앞에 '짝퉁' 혹은 '함량 미달'이란 수식어를 붙여야 합니다. 사실, 같은 물이라도 누가 마시냐에 따라서 달라지고, 칼도 강도가 칼을 드는 것과 의사가 칼을 드는 것이 전혀 다른 것처럼, 누가 칼을 드느냐에 따라서 칼의 의미가 달라진다고 했습니다.

이왕 말 나온 김에 위의 '저질 마술사'가 한 말에 '짝퉁 성직자'의 말을 대입해서 서로 비교해 봅시다."

[보기 1]

저질 마술사가 양들에게 최면을 걸면서 말했습니다.
'너는 양이 아니다. 두려워 말라!'

짝퉁 목회자가 신도들에게 최면을 걸면서 말했습니다.
'너는 죄인이다. 죄 사함을 받는 길을 가르쳐 줄 테니 두려워 말라!'

짝퉁 승려가 신도들에게 최면을 걸면서 말했습니다.
'네 속에 부처가 있다. 잘만 닦으면 너도 부처가 될 수 있다!'

[보기 2]

저질 마술사가 양들에게 최면을 걸면서 말했습니다.
'너는 사자다!'

짝퉁 목회자가 신자들에게 최면을 걸면서 말했습니다.

'너는 택한 백성이다!'

짝퉁 승려가 신도들에게 최면을 걸면서 말했습니다.

'너는 보살이다!'

[보기 3]

저질 마술사가 양들에게 최면을 걸면서 말했습니다.

'너는 양이 아니고 사람이다. 아무도 널 죽이려 하지 않을 것이다. 두려워 말라. 여기서 도망칠 생각은 꿈에도 하지 말라.'

짝퉁 목회자가 신자들에게 최면을 걸면서 말했습니다.

'너는 예수를 믿으면 구원받는다. 그러면 천국에 갈 것이다. 헌금 많이 해라!'

짝퉁 승려가 신도들에게 최면을 걸면서 말했습니다.

'너는 불교 잘 믿으니 괜찮지만, 네 부모의 원혼이 구천을 떠돌고 있다. 그러니 천도제를 잘 지내야 한다. 보시 많이 해라.'

　"위의 세 가지 보기 중에서 짝퉁 승려가 한 말을 사리불(舍利弗)이나 수보리(須菩提) 정도가 했다면 아무 문제가 없는 말입니다! 그러나 엉터리 선원에서, 엉터리 선사에게, 엉터리로 배운 함량 미달 승려가 그런 말을 한다면 그의 실력과 인격을 믿기 어렵습니다. 또한, 그가 말하는 것에 대한 저의도 의심스럽고, 진정성도 문제가 되는 것입니다.

이것은 칼을 의사가 들지 않고, 강도가 드는 것과 크게 다를 바 없습니다! 우리는 상대방의 겉모습에 속으면 안 됩니다! 박사가 학위가 있다고 해서 그 학위에 속으면 안 됩니다. 승려가 법문을 잘한다고 그 법문에 속으면 안 됩니다! 목회자가 하는 모든 설교에 속으면 안 됩니다!

문제는 책만 많이 본다고, 또 공부만 잘한다고 되는 것이 아닙니다. 중요한 것은 번듯한 유니폼을 입은 겉모습이 전부가 아닙니다. 그들의 겉모습은 반듯하지만, 오히려 보통 사람보다 더 악랄하고, 교활하며, 더욱 퇴폐적이고, 욕심 많고, 너절한 인간들이 너무 많습니다. 또한, 학위가 있는 것이 중요한 것이 아니라 그 논문을 자기가 직접 썼느냐, 혹은 남이 대신 썼느냐와 다른 논문을 표절했느냐, 안 했느냐도 따져야 합니다."

"말은 아무나 하는 게 아닙니다. 말하는 화자는 스스로 자격이 있어야 합니다. 이처럼 아무나 설교를 한다고 다 설교가 되는 것이 아닙니다! 아무나 법문을 한다고 다 법문이 되는 것도 아닙니다! 그저 유니폼을 입었다고 누구나 훌륭한 성직자가 아닙니다! 박사 학위를 땄다고 다 실력 있는 학자가 아닙니다! 법을 전공하여 법관이 되었다고 다 법을 잘 지키는 것이 아닙니다!

스스로 말할 자격이 있는 사람이 그 말을 해야 하고, 그 설교를 할 자격이 있는 사람이 그 설교를 해야 하고, 그 법문을 해야 할 자격이 있는 사람이 그 법문을 해야 합니다. 지금까지 내가 한 말을 이해합니까?"

"예! 선생님, 충분히 이해합니다."

"감사합니다. 선생님!"

"마치겠습니다."

박수갈채와 환호성이 터졌다.

17
교장선생님께 '전교 특강'을 건의하다

여러 날을 벼르고 벼르다가 월요일 오후에 예고 없이 교장실로 갔다. 내게 엄청난 도전이 아닐 수 없다. 그동안 수업 시간에 시도한 크고 작은 도전들과는 차원이 다르기 때문이다. 가령 수업 시간에 내가 새로운 주장을 하고, 새로운 시도를 하는 것은 교실 안에서 이루어지는 학급의 일이다. 그런데 교장선생의 허락을 받고 강당에서 전교생에게 특강을 정기적으로 하는 것은 학교의 공식적인 행사가 된다고 할 수 있다.

교장실에 들어서자 교장선생은 활짝 웃는 표정을 지으며 내게 자리를 권하였다. 나의 갑작스러운 방문에 조금도 언짢아하지 않고 도리어 반갑게 맞이해주는 것을 보고 나는 안도의 한숨을 쉬었다. 그러면서 '도전하기를 참 잘했다'라는 생각을 하였다. 교장선생이 먼저 자리에 앉자 나도 접대용 의자에 조심스레 앉았다.

"하 선생이 무슨 일입니까?"

교장선생님은 나에 대한 경계심도 없이 친근감을 보이면서 물었다.

"교장선생님! 이제 학교 분위기와 학생들 파악은 대충 끝이 났습니다. 그래서 한 가지 중요한 건의를 드리려고 왔습니다. 불쑥 방문한 것을 용서해 주십시오. 제 딴에는 마음이 급해서 이런 무례를 범했습니다. 앞으로는 안 그러겠습니다."

"좋아요. 건의?"

"예, 건의입니다."

"어떤 건의인지 기대가 되는데요."

"제가 그동안 관찰한 바에 의하면 학생들이 인문학적 지식에 대하여 아주 목말라하고 있는 것 같았습니다. 제가 본 것이 옳다면, 학생들에게 포괄적인 인문학적 지식을 공급하는 새로운 장을 만들면 좋겠습니다. 그래서 이에 관련된 문제를 건의하러 왔습니다."

나는 준비해간 자료를 내밀며 덧붙였다.

"자세한 내용은 이 건의서에 명시되어 있습니다. 제 건의 요지는 전교생 상대의 교양 강연을 매달 한 번씩 강당에서 개최하면 좋겠다는 것입니다. 교장선생님께서 이 건의서를 긍정적으로 검토해 주시면 고맙겠습니다."

"과연! 하 선생 건의서가 참 기대가 됩니다. 내가 그동안 여러 해 동안 교장의 자리에 있었지만, 이런 건의를 한 선생은 단 한 명도 없었습니다. 나도 항상 마음에 두고 있던 문제입니다. 그런데 여러 가지로 여건이 여의치 않아 실행하지 못하고 차일피일 미뤄왔던 것입니다.

그런데 우리 학교에 온 지 얼마 되지 않은 하 선생께서 이런 건설적이고 독창적 건의를 적극적으로 한 것은 전혀 예상 밖의 일이고, 정말 반가운 일이 아닐 수 없습니다. 찬찬히 검토해 보겠습니다. 학구적이고, 매사에 적극적인 하륜 선생이 건의한 것이니 아주 큰 기대가 됩니다. 늦어도 금주 안으로 답변하겠습니다."

"교장선생님, 고맙습니다."

그리고 교장선생은 내게 뜻밖의 말을 하였다.

"하 선생이 우리 학교에 와서 학생들에게 아주 열정적으로 잘하고 있다는 것을 이미 알고 있어요. 내게 여러 채널이 있으니까 하 선생의 일거수일투족을 주시하고 있어요. 이 말에 겁먹지 마세요. 하기야 겁낼 사람이 아닌 줄 잘 알아요."

"고맙습니다. 교장선생님! 제가 열심히 하고 있다는 것을 알아주셔서 정말 기쁩니다. 그리고 제 건의도 긍정적으로 검토하실 것 같아서 고맙습니다. 앞으로 더 열심히 하겠습니다."

나는 기쁜 마음으로 교장실을 나왔다. 만약 교장선생님이 내 건의를 수용할 경우, 교양 강연을 들을 청중도 충분하고, 좋은 강당도 있는데 문제는 훌륭한 강사였다. 뭐니 뭐니 해도 교양 강연의 승패는 강사에 달려 있다고 해도 과언이 아니다.

그 순간 내 머릿속에 안병욱 교수와 김형석 교수가 문득 떠올랐다. 이 두 분이라면 나도 마음 놓고 추천할 수 있는 우리 시대의 최고 석학이자 스승이다. 하기야 욕심 같아서는 함석헌 선생님을 추천하고 싶지만, 고등학교에서 함석헌 선생님을 추천한다는 것은 도저히 꿈도 꿀 수 없는 일이라 생각했다.

왜냐하면, 한마디로 박정희 대통령의 '눈엣가시' 같은 사람이 바로 함석헌 선생이기 때문이다. 1961년, 박정희 장군이 5·16 군사 쿠데타로 정권을 장악했을 때, 군부세력은 6개 항의 혁명 공약을 제시했다. 그중 마지막 조항에 '혁명과업을 마치면 정권을 이양하고, 군인은 군으로 돌아가겠다'라는 대목이 있었다. 그러나 당시 분위기는 '아니올시다'였고, 이에 대해 언론에서도 입도 벙긋하지 못하였다. 물론 대학교수 중에서도 이를 비판하는 사람이 단 한 사람도 없었다.

그 엄혹한 시기에 유일하게 함석헌 선생님이 군부세력을 정면으로 반대하였다. 장준하 선생이 만드는 〈월간 사상계〉에 "박정희 장군은 이제 군으로 돌아가야 한다"라는 요지의 핵폭탄급 글을 발표하였다. 당시 사회적 분위기로서는 '군인은 본분의 자리로 돌아가야 한다'는 생각이 민중들의 밑바닥에 깔려 있었지만, 이를 대놓고 당당하게 말하는 용기 있는 사람은 단 한 사람도 없었다. 거기다가 이런 용기 있는 글을 실어줄 용기 있는 지면도 없었다.

다들 꿀 먹은 벙어리처럼 아무 말도 못 하고 있을 때, 함석헌 선생님이 모든 것을 걸고 바른말을 한 것이다. 이것이야말로 박정희 장군의 비늘을 건드리는 씨알을 대변한 반란이었고, 일종의 폭탄선언이었다. 그 바람에 함석헌 선생님에 대한 가혹한 제약은 더 늘어났다. 강연은 물론 신문이나 잡지 등에 글을 발표할 수도 없었다.

선생님의 활동을 직접, 간접으로 사소한 것까지 모조리 탄압하는 바람에 선생님은 아무것도 할 수 없는 상태였고, 걸핏하면 가택 연금을 당하였다. 이런 마당에 일개 고등학교 교양 강연에 함석헌 선생님을 강사로 초청한다는 것은 말도 안 되는 무모한 짓이 아닐 수 없다.

그런데 뜻밖의 일이 벌어졌다. 교장선생에게 건의를 한 다음 날 내가 출근하자마자 급사가 말했다.

"하륜 선생님! 교장실로 빨리 오시라고 합니다."

예상외로 답변이 빨리 왔다. 한편으로는 기분이 좋으면서 다른 한편으로는 불길했다. 곧장 교장실로 갔다. 교장선생님은 파안대소하며 내게 자리를 권했다.

"하륜 선생! 어서 좀 앉으시오."

내가 자리에 앉자마자 교장선생은 어제 내가 건의한 제안서를 꺼내 놓았다. 그런데 붉은 볼펜으로 몇 군데 밑줄을 쳐 놓았고, 그 밑줄 친 옆에는 깨알 같은 잔글자로 메모가 빽빽하게 되어 있었다. 교장선생은 이 건의서를 매우 긍정적으로 꼼꼼히 검토하고는 곳곳에다 당신의 의견을 첨언한 것이다. 나는 너무 기뻤다. 역시 교장선생은 나의 의견을 전폭적으로 지지하는 것이 분명했다.

교장선생님은 차분히 내게 말하였다.

"하륜 선생님! 역시 선생님은 제가 처음 보고 느낀 것처럼 예사로운 선생이 아닙니다. 학생을 진심으로 사랑하고, 교사로서의 사명감이 불타는 멋진 선생님입니다. 하 선생의 건의를 전적으로 수용하겠습니다. 어제 이 건의서를 받자마자 충분히 검토하고 내린 결론입니다."

나는 뛸 듯이 기뻤다. 그런데 교장선생은 뜻밖의 제안을 하였다.

"첫 번째 강연을 하 선생에게 부탁하면 어떨까 싶어요."

나는 '첫 강연을 나에게 부탁한다'라는 말에 내 귀를 의심하였다. 너무 반갑기도 하고, 놀랍기도 하였다. 긴가민가하고 당황스러워하는 나에게 교장선생이 다시 말했다.

"아무래도 첫 시간 강연을 하 선생이 하는 것이 좋겠어요!"

나는 이 대목에서는 한 박자 늦추어야 한다는 생각이 들어서 한마디 했다.

"교장선생님 감사합니다. 그러나 교장선생님의 제안을 사양하겠습니다."

"아니, 사양이라뇨? 그게 무슨 소립니까?"

"교장선생님! 특별강좌 첫 시간을 제게 부탁하는 것은 저에게는 대단히 영광이고, 자랑스러운 일입니다. 그러나 다른 선생님들의 기분과 자존심을 크게 상하게 할 것 같다는 생각입니다. 그러니 아무래도 제가 한 발짝 물러서는 것이 좋을 것 같습니다. 첫 번째 시간은 외부 강사를 쓰고, 두 번째 강사도 외부 강사를 쓰고, 그다음에 적당할 때 저에게 기회를 주시면 좋겠습니다."

그러자 교장선생이 웃으면서 말했다.

"과연! 하륜 선생은 예사로운 분이 아닙니다. 선생님의 의견을 전적으로 존중하겠습니다. 그리고 한 가지 덧붙일 말은 강당에 전교생이 들어가는 것은 불가능합니다. 전교생을 모아놓고 하는 것보다 학년별로 해야 할 것 같습니다. 거기다가 3학년은 입시 준비에 바쁘기 때문에 1, 2학년처럼 매달 하기는 불가능합니다. 이런 이유로 전교생을 모아놓고 같은 주제로 강연을 한다는 것은 아무래도 좀 고려해야 할 문제입니다."

"예, 교장선생님의 의견에 전적으로 공감합니다. 무조건 교장선생님의 의견에 따르겠습니다. 그리고 강사는 외부에서 저명한 인사를 초청하여 매달 한 번 정도는 하는 것이 좋을 것 같습니다. 외부 강사가 와서 강연하면 우리 학생들이 새로운 세계를 경험할 뿐 아니라 신선한 충격을 줄 것으로 생각합니다."

교장선생님이 말했다.

"과연, 하 선생다운 발상입니다."

"고맙습니다. 교장선생님! 이것이 제가 만들어본 강연 주제와 외부 강사 명단입니다."

교장선생은 내가 내민 자료를 그 자리에서 주욱 훑어보았다. 그리고 말했다.

"하 선생이 참 수고했어요. 나도 사실은 그동안 생각을 많이 했어요. 그래서 내 생각을 메모한 것이 바로 이것이에요."

교장선생은 A4 용지에 초청 강사 명단을 적은 리스트를 내게 보여 주었다. 나는 강사 후보 명단을 자세히 훑어보았다. 그런데 한 가지 놀라운 것은 그 명단에서 우리 재단의 선생 이름은 나 말고는 단 한 사람도 보이지 않았다. 그래서 내가 말했다.

"교장선생님, 강사 명단에 우리 학교의 선생님 이름은 왜 보이지 않습니까?"

교장선생님이 고개를 설레설레 저으면서 천천히 말했다.

"글쎄요. 우리 학교 선생님 중에는 이 강좌의 강사로 추천할 사람이……, 마땅한 적임자가 없어요!"

교장선생님의 말은 단호했다. 그래서 더 이상 내가 뭐라고 토를 달 수가 없었다. 교장선생님이 말했다.

"이런 좋은 일은 하루라도 빨리 진행하는 것이 좋겠어요. 그러니 이달은 벌써 여러 날이 갔으니, 다음 달 첫 주에 2학년을 대상으로 제1회를 시작하는 것이 어떻겠습니까?"

"좋습니다. 교장선생님!"

"그러면 제1회는 안병욱 교수를 초청하여 판을 벌이면 어떨까요?"

"아주 좋습니다. 저도 안병욱 교수를 존경합니다."

교장선생은 빙그레 웃으면서 말했다.

"제1회의 반응을 본 후 한 달에 한 번을 할 것인가, 한 달에 두 번을 할 것인가를 결정하도록 해요."

"알겠습니다. 교장선생님!"

"하륜 선생님도 강연할 준비를 하세요. 늦어도 3회에는 하 선생이 하면 좋겠어요. 두 번째는 김형석 교수를 하고, 3회는 하륜 선생으로 지금 아예 확정해요."

나는 너무나 뜻밖의 제안에 놀랐다. 그러나 조금도 망설일 이유가 없었다. 나도 자신 있게 대답했다.

"고맙습니다. 교장선생님, 제가 3회 강연 준비를 하겠습니다."

교양 강연은 일사천리로 준비되었다. 다음 달, 첫 주 토요일에 고등학교 2학년을 대상으로, 제1회를 열기로 결정하였다. 마침 2학년은 내가 가르치는 학년이었다. 아마도 교장선생의 생각은 내가 이 학교로 온 이후로 2학년은 이미 나에게 많은 영향을 받아 눈을 뜨고 있다고 판단한 것 같았다.

나는 새로운 기대로 가슴이 벅차올랐다. 나의 건의를 전적으로 수용한 것도 기뻤고, 나를 첫 번째 연사로 제안한 것도 과분하다고 생각했다. 그런데 마침내 나를 연사 명단에 끼워 준 것이 도무지 믿어지지 않았다. 그리고 다시 한번 '도전하기를 참 잘했다'라고 생각하였다. 꿈을 꾸며 생각만 하고 행동하지 못한다면 부질없는 짓이다. 반면 새로운 도전은 늘 설레고 기대되기 마련이다. 앞으로 시작될 '전교 특강'에 대한 기대가 가득 차올랐다.

아버지 선물을 사 모으는 남자

"반갑습니다. 이번 시간에는 너무나 한심한 남자 이야기를 하
겠습니다. 이 한심한 남자가 우리 주위에 얼마나 많은지 생각
하면서 내 이야기를 귀담아듣고 한 수 배우기 바랍니다. 만약
여러분이 정직한 학생이라면, '이 이야기는 남의 이야기가 아
니라 바로 내 이야기구나'하고 생각할지도 모릅니다. '내가 바
로 이 남자와 똑같구나'라고 인정할 수도 있다고 생각합니다.
자, 경청할 준비가 되었습니까?"

"예, 선생님!"

"어떤 남자가 백화점에 가서 고급 모자를 샀습니다. 점원에
게 포장을 멋지게 해달라고 부탁했습니다. 그러자 정성스럽게
포장을 하던 점원이 너무 부러워서 물었습니다.

'이 고급 모자를 선생님께서 쓰실 건가요? 아니면 다른 분
에게 선물할 것입니까?'

'제가 쓸 것이 아닙니다. 선물할 것입니다.'

점원이 다시 물었습니다.

'이런 고급 모자를 선물 받으면 참 기분이 좋겠습니다. 누구에게 선물할 것입니까?'

남자가 대답했습니다.

'우리 아버지께 선물할 것입니다.'

점원은 자신의 아버지에게 한 번도 이런 고급 모자를 선물하지 못한 것이 못내 부끄러웠습니다. 포장이 거의 끝날 무렵에 점원이 물었습니다.

'선생님의 아버지는 함께 사십니까?'

'아닙니다.'

점원이 다시 물었습니다.

'따로 사시는군요. 어디에 살고 계십니까?'

'모릅니다.'

'선생의 아버지가 어디에 살고 계시는지 모르신다는 말씀입니까?'

'예, 우리 아버지가 지금 어디 사시는지 모릅니다.'

점원이 조심스레 물었습니다.

'아버지가 누구신데요?'

'모릅니다. 저는 우리 아버지가 누군지도 모릅니다.'"

"고급 모자를 산 남자가 이번에는 안경점에 가서 고급 안경을 샀습니다. 이번에도 그는 점원에게 포장을 잘해달라고 부탁했습니다. 점원은 안경을 정성스럽게 포장하다가 그 남자에게 물었습니다.

'선생님, 이 안경을 직접 쓸 건가요? 아니면 다른 분에게 선물할 것입니까?'

'제가 쓸 것이 아니고, 선물할 것입니다.'

점원이 다시 물었습니다.

'이런 고급 안경을 선물 받으면 참 기분이 좋겠습니다. 누구에게 선물할 것입니까?'

'우리 아버지께 드릴 것입니다.'

점원은 자신의 아버지에게 한 번도 고급 안경을 선물하지 못한 것이 못내 부끄러웠습니다. 포장이 거의 끝날 무렵에 점원이 물었습니다.

'선생의 아버지는 함께 사십니까?'

'아닙니다.'

점원이 다시 물었습니다.

'따로 사시는군요. 어디에 살고 계십니까?'

'모릅니다.'

'선생의 아버지가 어디에 살고 계시는지 모르신다는 말씀입니까?'

'예, 우리 아버지가 어디 사시는지 모릅니다.'

점원이 조심스레 물었습니다.

'아버지가 누구신데요?'

'모릅니다. 저는 우리 아버지가 누군지 모릅니다.'"

"그 남자는 양복점으로 갔습니다. 그리고 고급 양복을 한 벌 샀습니다. 그는 이번에도 점원에게 포장을 예쁘게 해 달라고 부탁했습니다. 정성스레 양복을 포장하던 직원이 물었습니다.

'선생님, 이 양복을 선생께서 입을 건가요? 아니면 다른 분에게 선물할 것입니까?'

'제가 입을 것이 아니고, 선물할 것입니다.'

점원이 다시 물었습니다.

'이런 고급 양복을 선물 받으면 참 기분이 좋겠습니다. 누구에게 선물할 것입니까?'

'우리 아버지께 할 것입니다.'

점원은 자신의 아버지에게 한 번도 양복을 선물하지 못한 것이 못내 부끄러웠습니다. 포장이 거의 끝날 무렵에 점원이 물었습니다.

'선생님의 아버지는 함께 사십니까?'

'아닙니다.'

점원이 다시 물었습니다.

'따로 사시는군요. 그럼 어디에 살고 계십니까?'

'모릅니다.'

'선생님의 아버지가 어디에 살고 계시는지 모르신다는 말씀

입니까?'

'예, 우리 아버지가 어디 사시는지 모릅니다.'

점원이 조심스레 물었습니다.

'아버지가 누구신데요?'

'모릅니다. 저는 우리 아버지가 누군지 모릅니다.'"

"고급 모자와 안경과 양복을 산 이 남자는 다른 코너에 가서도 마찬가지로 여러 가지 선물들을 샀습니다. 이 남자는 오래 전부터 아버지에게 드릴 각종 선물을 사 모으고 있었습니다. 그런데 놀라운 사실은 자신의 아버지가 누구인지 모른다는 사실입니다. 자기 아버지가 누군지도 모르는 사람이, 아버지에게 드릴 선물을 산다는 것은 뭔가 잘못되어도 크게 잘못된 것이라 하지 않을 수 없습니다.

결론을 말하면, 이 남자는 아버지에게 드릴 선물을 이것저것 사는 것보다 아버지가 누군지 찾는 일이 더 시급한 일입니다. 그런데도 아버지를 찾는 일은 하지 않고, 아버지에게 줄 선물부터 사는 것입니다. 우리 주위에는 이 남자처럼 선물부터 사는 사람들이 너무너무 많습니다. 여러분은 제발 이런 또라이짓을 하지 말기 바랍니다!"

"내친김에 이와 비슷한 이야기를 하나 더 하겠습니다.

어느 날, 성자(聖者)에게 한 젊은이가 찾아왔습니다. 그는 성자에게 물었습니다.

'선생님, 저는 인류를 위해서 봉사활동을 하고자 합니다. 어떻게 해야 봉사활동을 잘할 수 있는지 가르쳐주시기 바랍니다.'

성자가 고개를 설레설레 흔들면서 대답했습니다.

'내 눈에는 봉사활동을 할 사람이 보이지 않는데요?'

'선생님, 그게 무슨 말씀이신지요? 저는 봉사활동을 할 것입니다.'

그러자 성자는 고개를 가로저으면서 대답했습니다.

'자기 자신이 누구인지도 모르는 사람이 어떻게 남을 위해서 봉사활동을 한단 말이오?'

성자의 말에 젊은이는 할 말을 잃고 잠잠해졌습니다. 성자가 한마디 더 했습니다.

'내가 보기에는 남을 위해서 봉사활동을 하는 것보다 당신 자신을 찾는 일이 더 급한 것 같구려!'

그제사 젊은이는 성자의 말을 알아듣고 말했습니다.

'선생님, 고맙습니다. 이제부터 저 자신이 누구인지 아는 공부를 시작하겠습니다. 제가 누군지 알고 난 뒤에 남을 위해서 봉사활동을 하겠습니다. 선생님, 고맙습니다.'"

"많은 사람들이 자기 아버지가 누군지도 모른 채 어제도, 오늘도 아버지에게 줄 선물을 장만하고 있습니다. 앞으로도 계속해서 선물을 장만할 것입니다. 그러면서 정작 아버지가 누군지 찾는 일에는 관심조차 없습니다. 오직 다양한 선물을 사는 일에만 관심이 있을 뿐입니다.

또한, 많은 사람들이 자기가 누군지도 모르고 여기저기 돌아다니면서 봉사활동을 한다고 별별 또라이짓을 하고 있습니다. 정작 자기 자신이 누군지도 모르면서 남을 위한 봉사활동을 한다는 것은 그야말로 웃기는 짜장들입니다. 이런 사람들이 정말 많습니다. 자기가 누군지도 모르고 이웃을 도우려고 합니다. 자기가 누군지도 모르면서 방생을 하려고 합니다.

자기가 누군지도 모르면서 진리가 무엇인지를 알려고 합니다. 자기가 누군지도 모르면서 깨달음을 얻으려고 합니다. 자기가 누군지도 모르면서 행복하려고 합니다. 자기가 누군지도 모르면서 성공하려고 합니다. 자기가 누군지도 모르면서 헬스클럽에 가서 운동을 열심히 하고 있습니다."

"여러분! 지금 아버지 선물을 사러 갈 것입니까? 아버지가 누군지 찾는 일을 할 것입니까? 지금 남에게 봉사활동을 할 것입니까? 자기 자신이 누군지 아는 일을 할 것입니까?

그동안 열심히 달려왔다고 해도 열심히 달리는 것이 중요한 것이 아니라, 어디를 향해서 달리느냐가 중요한 것입니다. 그런데 여러분은 지금까지 목적지가 어딘지도 모르고 그저 열심히 달리기만 한 것은 아닐까요? 지금까지 달려온 것은 분명한데, 방향이 잘못되었다면 어쩔 것입니까?

그래도 계속 달릴 것인가요? 습관적으로 내일도 열심히 달릴 것인데, 어디를 향해서 열심히 달릴 것인가요? 그러니 '달리느냐'가 아니라 '어디를 향해서 달리느냐'가 더 중요한 것입니다. 자기 아버지가 누군지도 모르면서 선물을 사 모으는 또라이들이 주위에 너무 많습니다. 내 말 이해합니까?"

"예, 선생님!"

"2천 년 전, 아고라 광장에서 '너 자신을 알라'고 외친 사람이 누구입니까? 바로 소크라테스입니다. 그는 항상 입바른 말을 하였는데, 결국에는 독배를 마시고 죽어야만 했습니다. 내입으로 이런 말 하기가 좀 부적절하지만, 나도 비교적 입바른 소리를 많이 하는 편입니다. 언젠가는 나도 소크라테스처럼이 학교에서 쫓겨날지 모릅니다. 내 말 이해합니까?"

"예, 선생님."

그런데 평소와는 다르게 학생들은 아무도 박수를 치지 않았고, 아무도 환호를 지르지도 않았다.

19
고성능 개인화기, 공병우타자기 배우다

우리 집에 귀한 손님이 왔다. 한산섬 '사람의 집'에 사는 아동문학가 주동식 선생이 나를 찾아온 것이다. 그때 마침 나는 무슨 원고를 정서하려던 참이었다. 그동안 귀찮아서 선뜻 엄두를 내지 못하고 차일피일 미루고 꿍꿍대는 중이었다. 그런 나를 보고 주 선생이 뜻밖의 말을 했다.

"선생님! 그 원고를 제가 깔끔하게 정리해 드릴까요?"

나는 이 말이 무슨 뜻인지 처음에는 전혀 알 수가 없었다.

"주 선생, 방금 뭐라고 했어요?"

"하 선생님 원고를 제가 깨끗하게 정서해드리면 안 될까요?"

주 선생은 자기 가방에서 자그마한 기계 하나를 꺼냈다. 바로 한글 타자기였다. 그동안 말로만 들었던 그 유명한 '공병우 타자기'라고 하였다. 한글 타자기를 가까이서 보기에는 처음이었다. 그런데 너무나 믿어지지 않는 일이 내 눈앞에서 벌어졌다. 그는 아무 말도 없이 책상 위에 타자기를 올려놓고 그 앞에 앉았다. 그리고는 내가 손으로 쓴 초고를 보고 양손으로 아무 말도 하지 않고 빠른 속도로 타이핑을 하기 시작했다.

그런데 더 놀라운 것은 그가 타자기의 글자판은 한 번도 보지 않고 원고만 보며 타자를 치는 것이었다. 거기다가 내가 끙끙 앓으면서 네댓 시간 걸려 겨우 할 일을 타자기로 한 시간도 채 못 되어서 깨끗하게 정서한 것이다.

이 광경을 본 나는 너무나 신기하고 충격적이라서 아무 말을 할 수가 없었다. 이렇게 편리한 문명의 이기를 그동안 모르고, 손으로 글을 쓰면서 시간을 낭비하고 살았다는 것이 참으로 부끄럽고 한심하게 여겨졌다.

나는 주 선생에게 물었다.

"우와! 충격입니다. 타자 배우는 것이 어렵지 않아요?"

"전혀 어렵지 않습니다. 너무 쉽습니다."

"타자 학원에 가서 배워야 합니까?"

"아닙니다. 학원에 안 가고, 혼자서 교본 보고 당장에 배울 수 있습니다."

"타자 학원에 가지 않고 여기서 당장 배운다?"

"예, 이 타자기는 '누구나 3분 설명 듣고, 교본 보고 10분만 연습'하면 배울 수 있는 공병우타자기입니다."

주 선생이 가방 속에서 꺼낸 타자 교본의 제목은 '누구나 3분 설명 듣고, 10분 연습으로 배우기'였다. 나는 그의 말과 방금 꺼낸 타자 교본의 제목이 도무지 믿어지지 않아서 고개를 가로 저었다. 그러자 그가 너무나 뜻밖의 말을 하였다.

　"우리나라에는 '공병우타자기'와 '김동훈타자기'가 있습니다. 이 두 타자기는 전혀 다릅니다. 공병우타자기는 타자 속도가 빠른 대신에 글자꼴이 좀 밉습니다. 이에 반해 김동훈타자기는 글자꼴은 좀 좋은데 타자 속도가 아주 느립니다. 그래서 많은 사람들이 속도가 빠른 공병우타자기를 좋아합니다. 그러나 글자꼴이 더 중요하다고 생각하는 사람들도 더러 있어서 김동훈타자기도 간간이 팔리고 있습니다."

　"우리나라 타자기도 영어 타자기처럼 글자판이 하나로 통일되어야 합니다. 그래서 정부에서 글자판 통일 작업을 하여 1968년 소위 표준판 타자기를 만들었습니다. 그런데 그 표준판이 합리적으로 잘 만들었으면 아무 문제가 없을 터인데 비전문가들을 동원하여 졸속으로 허위보고서를 써서 엉터리로 만들었습니다. 한마디로 '표준판 타자기는 공병우식과 김동훈식의 단점만 모은 졸작'이라고 합니다.

　그런데 제가 쓰는 공병우타자기는 매우 과학적인 타자기입니다. 저도 타자 학원에 가지 않고, 다른 누구의 설명도 없이, 혼자서 교본을 보고 모든 사용법을 배웠습니다. 그 후로 요긴하게 쓰다 보니 아까만큼의 실력이 되었습니다."

주 선생의 설명이 끝자자 나는 흥분하며 말했다.

"다른 분 말이라면 100퍼센트 믿지 않겠지만, 주 선생님의 말은 100퍼센트 믿겠습니다."

그는 나에게 공병우타자기의 사용법을 설명하기 위해 나를 타자기 앞에 똑바로 앉게 했다. 그리고 아주 중요한 말을 했다.

"타자 치는 법을 제대로 배우는 것은 대단히 중요합니다. 그래서 반드시 알아야 할 두 가지 중요한 원칙이 있습니다. 첫째는 절대로 글자판을 보지 않아야 합니다."

"아니, 글자판을 보지 않고 어떻게 칠 수 있나요?"

"피아노 칠 때 건반을 보고 치지 않는 것과 같습니다. 다시 말하면 피아노는 불을 끄고도 칠 수 있어야 합니다."

"아아!"

"두 번째는 손가락 분담을 정확하게 지켜야 합니다. 가령 엄지손가락이 쳐야 할 자모가 있고, 검지가 쳐야 할 자모가 따로 있으며, 장지가 쳐야 할 자모가 정해져 있습니다. 이 원칙을 정확하게 지켜야 합니다."

설명을 마친 주 선생은 내게 앉는 자세와 기본 글자를 치는 시범을 보여주었다. 생각했던 것보다 아주 쉬워서 나도 금세 따라 할 수가 있었다.

'아다자바 아다자바 아다자바 아다자바 아다자바 아다자바
아다자바 아다자바 아다자바 아다자바 아다자바 아다자바 아
다자바 아다자바……'

나는 '아다자바' 타자를 연습하다가 주 선생에게 물었다.
"타자기값은 얼마나 하며, 어디에서 구입하면 됩니까?"
내 말이 떨어지기 무섭게 그는 주머니에서 메모 수첩을 꺼
내서 타자기 판매회사 전화번호를 가르쳐 주었다. 나는 당장
유판사라는 타자기 회사로 전화를 걸었다.
"한글 타자기를 구입하고자 합니다. 값이 얼마인가요? 참,
할부가 가능한가요?"
"예, 6만 원인데, 3개월 할부가 가능합니다."
"그러면 당장 주문하겠습니다."
이 결단이 나의 또 다른 운명을 바꾸는 계기가 될 줄은 나도
몰랐고, 아무도 몰랐다. 거기다가 타자기가 내 삶에서 가장 편
리한 문명의 이기이자 가장 강력한 생존 전쟁의 무기가 될 줄
은 더더욱 몰랐다.
타자기 회사 직원이 말했다.
"우편으로 배달을 할까요? 혹시 광화문에 나오실 수 있는지
요? 만약 나오실 일이 있으면 좋겠어요. 타자 치는 법도 배울
겸 한 번 광화문으로 나오면 안 되겠습니까?"
내가 말했다.

"내일 당장 나가겠습니다."

이튿날 광화문에 있는 유판사에 갔다. 한 젊은이가 나를 반갑게 맞았다. 바로 유판사의 한민교 대표였다. 그는 주동식 선생에 대해서도 이미 잘 알고 있었다. 한 대표는 나에 대해서도 약간 알고 있었다. 그는 타자기 한 대를 꺼내어서 이상이 있나 없나를 직접 확인하고는 내게 말했다.

"이상이 없는 타자기입니다. 이제 하 선생에게 타자 치는 법을 가르쳐드리겠습니다."

나는 타자기를 사 온 그날부터 아침저녁으로 부지런히 타자 치는 연습을 하였다. 한 대표가 강조하던 말이 떠올랐다.

"피아노를 양 손가락으로 쳐서는 절대로 훌륭한 피아니스트가 될 수 없을 겁니다. 마찬가지로 타자도 처음 배울 때 제대로 배워야 합니다. 타자 치는 법을 배울 때 가장 중요한 것이 운지법입니다. 운지법의 기본은 두 손가락으로 치는 것이 아니라 여덟 손가락으로 정해진 글자를 치는 것입니다."

이처럼 한 대표에게 배운 대로 연습을 하였더니, 하루 만에 기본 자모는 다 칠 수 있었다. 그 바람에 자신감이 생겼다. 나는 짬만 나면 타자 치는 법을 연습하였다. 하루도 빠지지 않고 짬짬이 연습을 하였더니, 일주일쯤 되었을 때 놀라운 일이 벌어졌다. 천천히 치면 내가 원하는 문장을 칠 수가 있었다.

'바람이 붑니다.

봄이 왔어요.

아리랑 아리랑

내 이름은 하륜입니다.

이 타자기는 공병우타자기입니다.'

한 글자, 한 글자를 치는 것도 신기한데, 짧은 문장은 천천히 칠 수 있다는 것이 너무 신기하였다. 타자기에 흠뻑 빠져서 매일 여러 시간을 연습하다 보니 나중에 기본 글쇠에 손톱자국으로 홈이 패일 정도가 되었고, 나의 타자 속도는 점점 빨라졌다.

거기다가 매일 타자 연습을 하기 위하여 일기를 손으로 쓰지 않고 타자기로 치기 시작하였다. 막상 일기를 타자로 치니 일기 쓰기가 너무 재미있었고, 자연히 그 재미 때문에 길게 써지는 것을 알고 놀라기도 하였다. 이러는 사이에 나의 타자 속도는 점점 빨라지고 있었다.

타자 치는 속도가 나날이 빨라지니 일기 쓰기는 물론이고 간단한 메모도 하고, 수필도 쓸 수 있게 되었다. 어느 날, 한글 타자기를 소재로 '한글 타자기'란 제목으로 수필을 한 편 썼다. 지인이 타자 치는 것을 보고 자극을 받아 그 자리에서 공병우 타자기를 할부로 구입하여, 타자 학원에 가지 않고 타자 교본을 보고 배워서, 일기도 쓰고 간단한 수필 정도는 너끈히 칠 수 있다고 내 자랑을 늘어놓은 아주 평범한 내용의 글이었다.

물론 과학적인 공병우타자기를 홍보할 속내를 은근히 감추고 있었다. 대충 초고를 쓰고 나니 갑자기 욕심이 생겼다. 문명의 이기인 타자기 이야기만 쓸 것이 아니라 전화기 이야기도 함께 쓰면 좋겠다는 욕심이 생겼다. 그래서 타자기 이야기에 전화기 이야기를 덧붙였다. 아무 때고 부산 고향집에 전화를 걸어 어머니와 통화를 할 수 있는 전화기가 고마우며, 편리한 문명의 이기라는 내용이었다.

　그래서 제목도 '전화기와 타자기'라고 바꾸고, 여러 번 문장을 다듬었다. 이 수필을 어느 월간지에 발표하였다. 이 보잘것없는 한 편의 수필이 내 운명을 바꾸는 계기가 될 줄은 나도 몰랐고, 아무도 몰랐다.

(※주―그 무렵에는 상업학교에서 타자를 가르쳤고, 타자 급수가 있었다. 10분간 총타 3,000타를 쳐야 1급이 될 수 있다. 나의 전성기 최고 총타 기록은 약 5,000타였다. 한국 문단에서 내가 제일 빨리 쳤다. 몇 년 뒤, 소설가 정을병 선생이 앞장서서 공병우 박사와 '문장용 타자기'를 계발하여, 내가 초대 문장용 타자기 회장을 하였다. 또한, 소설가 구인환 선생, 소설가 신석상 선생, 소설가 성기조 선생 등과 함께 당시 한국 문단의 본격적인 타자기 시대를 개척하였다.)

남을 가장 잘 돕는 방법

"반갑습니다. 이번 시간에는 '남을 가장 잘 돕는 방법'이란 제목으로 이야기하겠습니다. 이 이야기를 통해서 여러분이 삶의 귀한 지혜를 한 수 배우기 바랍니다. 만약 귀한 삶의 지혜를 한 수 배우지 못한다면, 다음 시간에는 여기에 오지 말기 바랍니다. 안 그래도 5분 특강을 들을 자리가 부족한데, 내 말귀도 못 알아듣는 수준이면 여기 오지 말고, 운동장에 나가서 공이나 차고 실컷 놀기 바랍니다. 내 말뜻을 이해합니까?"

"예, 이해합니다. 선생님!"

"어느 초등학교에서 있었던 일입니다. 선생님이 1학년 아이들에게 물었습니다.

'얘들아, 너희들은 집안일을 어떻게 돕니? 한 사람씩 차례로 말해봐!'

먼저 개똥이가 말했습니다.

'제가 이부자리를 깔고 개지요.'

이어서 삼식이가 말했습니다.

'저는 어머니 심부름을 해요.'

다음은 똘똘이가 말했습니다.

'저는 주로 한쪽 옆에 비켜서서 가만히 있어요!'

그때 똘똘이의 대답을 들은 선생님이 학생들에게 말했습니다.

'똘똘이가 제일 잘했어요! 어머니를 가장 잘 돕는 방법은 한쪽 옆에서 그냥 가만히 있는 것입니다! 그런데 많은 사람들은 이런 놀라운 사실을 모르고 살아갑니다. 이를 모르는 사람들은 여러 사람을 피곤하게 하고, 자기 자신도 피곤하게 합니다.'

이 이야기의 숨은 뜻은 어설프게 돕는 것은 도리어 일을 방해하는 꼴이 되기 때문에 한쪽 옆에 '가만히 있어야 한다'라는 소리입니다.

내가 어린 시절 밭에서 일할 때, 내 딴에는 어머니를 도우려고 이것 찔끔, 저것 찔끔하며 손을 댔습니다. 그러자 어머니께서 말씀하셨습니다.

'야, 이늠아! 니는 제발 좀 가만히 있어라!'

내 딴에는 돕는다고 손을 댄 일들이었지만, 결국에는 어머니가 다시 하곤 했습니다. 그러니 어설프게 돕는다고 한 짓들은 결과적으로 어머니를 도운 것이 아니라 더 귀찮게 하고, 더 괴롭힌 꼴이 되었던 것입니다.

이처럼 우리네 삶에서 '남을 돕겠다'라고 하는 일들 중에는 적지 않은 것들이 도리어 상대를 더 귀찮게 하고, 더 피곤하게 하는 경우가 아주 많습니다. 그리고 사람에 따라서는 남이 도와주는 것을 그리 달갑게 생각하지 않는 사람이 많습니다. 그런 줄도 모르고 그를 돕는다고 이것저것을 손을 댄다면 도리어 그를 귀찮게 하고, 짜증 나게 하기 십상입니다.

그래서 나는 어디를 갔을 때 가능하면 나서지 않으려고 합니다. 주로 아무 소리 않고 한쪽 구석에 앉아 있습니다. 먹을 것을 주면 맛있게 먹고, 남이 이야기하면 아무 소리도 하지 않고 잘 듣습니다."

"자식들이 부모님에게 이것저것 물건이나 보약을 사드리는 경우가 있습니다. 그런데 물건을 선물하는 것은 진정으로 부모님을 돕는 것이 아니라고 할 수 있습니다! 부모님을 진정으로 돕는 것은 바로 현금을 드리는 것이라고 생각합니다.

나도 그동안 선물을 받아보았습니다. 그때마다 대부분은 그것을 내가 요긴하게 쓴 적이 거의 없었습니다. 귀한 것은 포장을 다시 해서 남에게 선물하곤 했습니다. 만약 그때 나에게 선물을 한 분들이 차라리 내게 현금을 주었더라면 그 돈으로 내가 필요한 책도 사고, 공책이나 연필을 사서 요긴하게 썼을 것입니다. 특히 정치하는 인간들 중에 또라이짓하는 경우가 너무 많습니다. 한 번도 가난해 본 적도 없이 풍족하게 살아온 사람은 가난한 놈 사정을 잘 모를 수밖에 없습니다. 기껏해야 대학 시절에 농촌 봉사활동 한두 번 가본 경험밖에 없는 사람은 농부들이 일 년 내내 땀 흘려 일하는 것이 얼마나 고달프고 힘겨운 일인지 알 수가 없습니다.

이런 인간들은 장애인이나 약자들의 사정을 잘 모릅니다. 모르는 것이 아니라 아예 알 수가 없습니다. 겨우 며칠 농촌 봉사활동을 한다고 해서 농촌을 알 수 있는 것이 아닙니다! 장애인이 얼마나 불편하고 고달픈지 멀쩡한 인간은 모릅니다! 그런 자들이 만든 복지 정책이란 것이 얼마나 황당하며, 또 그런 자들이 만든 장애인법이 얼마나 황당한 구석이 많을까요!

남을 돕는다는 것이 그리 호락호락한 일이 아닙니다. 남의 사정을 잘 알지도 못하면서 어설프게 돕는다고 나서서 이것저것 더 복잡하고 귀찮게 하는 것은, 도리어 상대를 피곤하고 불편하게 하는 일입니다. 그럴 바에야 차라리 돈으로 도와주는 게 훨씬 낫지 싶습니다. 그러니 여러분은 가난한 사람의 사정과 장애인의 설움과 약자들의 고달픔을 경험해보지 않은 사람은 결코 남을 돕는 일이 쉽지가 않다는 사실을 명심하기 바랍니다. 오늘 내가 한 이야기를 이해합니까?”

“예, 선생님! 충분히 이해합니다.”

“마치겠습니다.”

“수고하셨습니다. 선생님!”

박수갈채와 환호성이 터졌다.

문예사전과 대학문학상 도전

전체 특강이 시작되기도 전에 넓은 강당은 이미 빈자리가 하나
도 없이 학생들로 꽉 찼다. 늦게 온 학생들은 특강을 듣지 못하
는 것을 아쉬워하면서 계속 강당 안을 기웃거리고 있었다. 내
가 천천히 연단에 올라서자 학생들의 박수가 터져 나왔다. 나
는 연단 마이크 앞에 서서 웃는 표정으로 학생들에게 말했다.

"반갑습니다. 이런 귀한 자리에서 내 의견을 말할 수 있는
기회를 주신 학교 당국에 감사합니다. 나는 이 자리에서 여러
분에게 무슨 이야기를 할지 여러 날을 두고 고심했습니다. 과
연 무슨 이야기를 하는 것이 여러분에게 작은 도움이라도 줄
수 있고, 또 여러분이 자신을 돌아보는 계기가 될 수 있을까를
신중히 고민한 끝에 적합한 내용을 결정했습니다.

오늘 강연은 '문예사전과 대학문학상 도전'이란 제목의 이야
기를 하겠습니다. 이 강연의 주제는 '도전'입니다. 우리 삶에서
가장 중요한 것은 도전입니다. 특히 여러분과 같은 젊은이들

에게 도전은 더욱 중요한 과제입니다.

나는 이 책 저 책에서 긁어온 죽은 지식을 짜깁기해서 도전 이야기를 하는 것이 아닙니다. 내가 직접 경험한 도전, 즉 대학교에 입학하자마자 제일 먼저 시도했던 도전에 관한 이야기를 하겠습니다. 여러분 중에 내 이야기에 공감하여 '앞으로는 나도 내 삶에 도전하면서 새로운 출발을 해야지'라고 다짐하는 멋진 학생이 한 사람이라도 더 생기길 바랍니다. 내 말뜻을 이해합니까?"

"예, 선생님!"

"왜 대답이 시원찮아요?"

"아닙니다. 이해합니다. 선생님!"

학생들의 대답 소리가 강당 안을 쩌렁쩌렁 울렸다.

"나는 전기 대학의 입시에 떨어졌었습니다. 굳이 변명하자면, 고등학교 때 사귄 동무들이 모두 등산을 좋아했습니다. 그러다 보니 등산을 좋아하는 동무들과 함께 이 산 저 산을 많이 돌아다니게 되었고, 그 바람에 입시 공부를 제대로 하지 않은 것이 사실입니다. 결국, 나는 전기 대학에 떨어졌고, 별수 없이 후기 대학에 들어갔습니다.

당시에는 대학생들도 자기 학교의 배지를 달고 다녔습니다. 그런데 우리 학교 학생들은 대부분 배지를 달지 않았습니다. 물론 일류대학을 다니는 학생들은 당당하게 배지를 달고 다녔습니다. 이와는 대조적으로 이류, 삼류대학의 학생들은 좀처럼 배지를 달지 않았습니다. 그 이유는 다름 아닌 자기 속에 있는 열등감 때문이었습니다.

그런데 바로 이 열등감이 문제입니다. 자기 속에 있는 열등 감과 싸워서 이기지 못하면, 자신의 신세를 망치게 됩니다. 반대로 열등감과 싸워서 승리하면, 당당하게 자기 삶을 살아갈 것입니다. 당시 나는 내 주제를 인정하고, 우리 학교 배지를 항상 달고 다녔습니다. 하지만 마음속으로는 칼을 갈며 살았습니다."

'내가 배지를 달지 않는다고 해서 내 속에 있는 열등감이 사라지는 게 아니다. 하늘이 두 쪽이 나더라도, 나는 내 열등감과 싸워서 이겨야 한다. 한 가지 분명한 것은 대학을 졸업하고 사회에 나갔을 때, 졸업장으로 경쟁하는 일은 포기할 수밖에 없다. 그렇지만 이제부터라도 열심히 공부하고, 실력을 차곡차곡 쌓아야 한다. 그리고 실력으로 경쟁하는 일에는 당당히 도전해 보아야 한다.

이것이 내 속에 있는 열등감을 없애는 길이 될 것이다. 앞으로는 학교 간판으로 경쟁하는 일은 포기하더라도, 지금부터 차근차근 열심히 공부해서 실력을 쌓아 내 실력으로 일류대학의 학생들과 당당히 겨뤄보자. 좋다. 실력을 겨뤄서 이겨보자!'

"굳게 다짐한 나는 두 주먹을 불끈 쥐고 대학도서관에 갔습니다. 그리고 학원사에서 발행한《세계문예대사전》대출을 신청하고 의자에 앉아서 기다렸습니다. 그 무렵 국문과 학생들은 문단에 정식으로 등단하여 시인이나 소설가란 '면허증(?)'을 따는 것이 가장 큰 꿈이었습니다.

드디어 사서 교사가 《세계문예대사전》 책을 들고 왔습니다. 책을 받자마자 나는 사전을 책상 위에 놓고 허겁지겁 'ㅎ' 항목을 찾았습니다. 이제 국문과 일 학년 신입생인 내 이름이 거기 있을 리가 만무합니다. 그렇지만 앞으로 내 이름이 들어가야할 'ㅎ' 항목을 찾았습니다.

혹시 지금 내 모습을 누가 보지 않을까 염려되어 주위를 휙 둘러보았습니다. 보는 이가 한 사람도 없었습니다. 나는 재빨리 볼펜으로 끼움표를 하고, 내 이름을 거기에 써넣었습니다. '하륜' 내 이름을 《세계문예대사전》에 내 손으로 직접 등재하였습니다."

"바로 이것이 나의 첫 번째 도전입니다. 앞으로 열심히 노력하여 내 이름을 기필코 《세계문예대사전》에 등재하는 것이 나의 첫 번째 도전이었습니다. 이 도전이 바로 나의 희망봉이 되었습니다. 물론 내가 이 희망봉에 도착하는 건 결코 쉬운 일이 아니라는 사실을 잘 알고 있었습니다.

또한, 이 희망봉에 반드시 도착한다는 보장은 어디에도 없습니다. 단지 나의 희망 사항일 뿐이었습니다. 넉넉잡고 한 십 년쯤 노력하면, 그때는 이 희망봉에 도착할 수 있을 것이라고 생각하였습니다. 그날 이후로 나는 매일 밤 마음속으로 칼을 갈며 살았습니다.

자, 이 대목에서 한 가지 덧붙일 것이 있습니다. 혹시 여러분 중에서도 학교 도서관에 가서 '인명사전' 등에 자기 이름을 써넣는 또라이짓을 하면 안 된다는 점을 강조합니다. 학교 도서관의 '문예사전'에 자기 이름을 볼펜으로 적는 또라이짓은 내가 최초이자 마지막이어야 합니다. 지금 내가 강조하는 말이 무슨 소리인지 이해합니까?"

"예, 선생님! 이해합니다."

"이해하면 박수를 한번 보내주기 바랍니다."

그러자 박수갈채와 환호성이 터졌다.

"절대로 사전에 내 손으로, 내 이름을 기입하는 일은 없을 것입니다. 내 말, 믿을 수 있습니까?"

"예, 선생님! 믿을 수 있습니다!"

학생들의 다짐을 받은 후 다시 주제에 관련된 이야기를 시작했다.

"《세계문예사전》에 내 이름을 올린 뒤, 가장 먼저 자갈치 시장에 있는 미제 군수물자 파는 가게로 갔습니다. 거기서 낡은 미제 군복과 낡은 군화를 샀습니다. 나는 '이것이 나의 교복이며, 나의 전투복이 될 것'이라고 생각하였습니다.

다음 날부터 나는 낡은 미제 군복과 낡은 미제 군화를 신고

학교에 가서 도서관 구석 자리 하나를 점령하여 매일 열심히 공부하였습니다. 그러던 어느 날, 학생휴게실 게시판에 '제3회 대학문학상 작품 모집' 안내문이 붙어 있는 것을 보았습니다. 이 안내문을 본 순간 내 눈은 번쩍 뜨였습니다.

이것은 그동안 내가 학수고대하던 또 다른 희망봉이었습니다. 모집 부문은 시, 소설, 수필, 평론 등이었고, 상금 액수도 만만치 않게 높았습니다. 게다가 응모 기간도 충분했습니다. 게시판 앞에서 안내문을 보는 동안 내 발은 쉽게 떨어지지 않았습니다.

그리고 그때, 나는 다짐했습니다.

'저 상은 반드시 내가 받아야 한다. 《세계문예대사전》에 내 이름을 올리는 것이 십 년 정도 걸릴 희망봉이라면, 올해에 대학문학상을 받는 것은 당장 눈앞에 있는 희망봉이다!'"

"그날, 온종일 내 머릿속에는 올해 닿아야 할 희망봉 생각뿐이었습니다. 저녁에 자취방에 돌아온 후에도 반드시 닿아야할 희망봉에 대해서 별별 궁리를 다 했습니다. 그러던 중, 상금을 쓸 곳을 정하기 전에 상금의 액수부터 확인하고 싶었습니다. 가방 속에서 '대학신문'을 꺼내서 대학문학상 광고를 찾았습니다. 그리고 부문별 상금 액수를 꼼꼼하게 확인했습니다.

그런데 소설 부문의 상금이 시 부문의 상금보다 훨씬 많았습니다. 자연스레 상금이 많은 쪽으로 군침이 더 흘렀습니다.

결국, 이왕 응모할 바에는 상금이 더 많은 소설 부문에 응모하기로 하였습니다. 그리고 당선되어서 상금 받을 것을 전제로, 상금을 어떻게 쓸 것인가를 구체적으로 생각하기 시작했습니다. 대학문학상의 소설 부문 수상 상금은 십만 원이었습니다.

엄청난 액수입니다. 내가 그동안 일주일 단위로 주말마다 고향에 가서 부모님께 받던 용돈은 겨우 삼천 원에서 오천 원의 정도였습니다. 이에 비하면 십만 원은 어마어마하게 큰돈이 아닐 수 없습니다.

밤이 깊어질수록 점점 생각의 범위를 좁혀 나가다가 마침내 새벽녘에 내린 결론은 크게 네 가지였습니다.

첫째, 소설 부분에 응모할 것
둘째, 당선 소감을 미리 쓸 것
셋째, 상금 용도를 미리 정할 것
넷째, 작품 소재를 잘 정할 것

자꾸만 상금이 눈앞에 어른거렸습니다. 십만 원을 받으면 어떻게 쓸지 궁리해야 합니다. 대학문학상의 상금인 만큼 대단히 가치 있게 사용해야겠다는 생각이 들었습니다. 그러면서 '어떻게 사용하는 게 가치 있는 것일까'를 곰곰이 생각하기 시작했습니다.

그러나 이 문제는 당장 정할 수는 없기에 심사숙고해서 결정하겠다고 생각했습니다. 대번에 경솔하게 돈을 쓸 것이 아니라 뭔가 보람도 있고, 가치가 있는 쪽으로 써야겠다고 생각했습니다. 언뜻 생각하면 쓸 곳이 많았지만, 막상 '가치 있고, 보람 있게'라는 단서를 붙이고 나니 그게 그리 쉽지가 않았습니다.

그때 내 머릿속에 가장 먼저 떠오른 것은 고향 친구인 진숙이었습니다. 진숙이에게 가치 있는 선물을 하는 것이 상금을 보람 있고, 가치 있게 쓰는 일이라 생각했습니다.

'그래, 나와 제일 친한 친구인 진숙이에게 선물을 하자!'

나는 상금을 받아서 진숙이에게 멋진 선물을 하기로 마음을 굳혔습니다. 이렇게 진숙이를 구체적 대상으로 결정하고 나니 상금의 용도가 훨씬 좁혀졌습니다. 그런데 진숙이에게 어떤 선물을 주는 것이 좋을까?

응모작은 단 한 줄도 쓰지 못한 채, 진숙이에게 줄 선물을 고르는 원칙부터 정했습니다.

첫째, 진숙이가 매일 만지거나 사용하는 물건일 것

둘째, 진숙이 외에 다른 사람은 만지지 못하는 물건일 것

셋째, 십 년이 지나도, 아니 영원히 변하지도, 상하지도 않는 물건일 것

넷째, 진숙이가 시집을 갈 때 가져가도 아무 문제가 없는 물

건일 것

다섯째, 값이 비싸고, 고급스러운 물건일 것

여섯째, 보통의 여자는 쉽게 구할 수 없는 물건일 것

이렇게 여섯 가지의 원칙을 정했으니, 어떤 물건이 이 원칙에 맞는지를 하나하나 대입시켜 보면 될 것입니다. '화장품을 사 줄까?' 아니다. 화장품은 언젠가 다 쓰고 나면 빈병만 남을 것이다. 잔해처럼 남은 빈병은 버릴 수밖에 없지 않은가. 버리지 말고 오래도록 내 정성을 기억하고, 그 선물을 볼 때마다 나를 기억할 수 있는 것이 무엇 없을까? 그러던 중에 나는 진숙이의 삼단 같은 검고 긴 머리를 떠올렸습니다.

'옳지! 진숙이는 매일 긴 머리를 손질할 것이다. 그렇다면 머리카락을 빗을 때 쓰는 아름답고 멋진 빗을 선물하면 되는 것이다. 그렇다. 빗이다 빗!'

진숙이에게 빗을 선물하는 것이 가장 멋진 선물이라고 생각했습니다. 그러자 문득 오 헨리(O Henry)의 소설 〈현자의 선물〉이 떠올랐습니다. '현자의 선물', 내가 진숙이에게 주는 선물이야말로 현명한 사람의 선물이 아닐 수 없습니다.

'진숙이에게 멋진 빗을 선물하면, 진숙이도 얼마나 좋아할까? 그것도 내가 대학문학상을 받은 상금으로 빗을 샀다면 더 좋아할 것이다.'

그러고는 진숙이의 삼단 같은 검고 긴 머리를 아침저녁으로 빗을 때마다 내가 사준 빗을 쓸 것을 상상하니 어느새 내 가슴도 벅차올랐습니다.

'그래, 진숙이에게 가장 이상적인 선물은 아름다운 빗이다. 빗!'

여러 궁리 끝에 나는 대학문학상 소설 부문에 응모하여 상금을 받으면 진숙이에게 아름다운 빗을 선물하기로 작정을 하였습니다. 그러니 내 마음이 더욱 기뻤고, 진숙이에게 하루빨리 빗을 선물하고 싶었습니다.

상금 용도를 정하고 나니 갑자기 눈앞이 캄캄했습니다. 왜냐면, 나는 지금까지 소설이라고는 단 한 편도 써 보지 않았기 때문입니다. 남이 쓴 소설은 많이 읽었지만, 정작 내가 소설을 써본 경험은 한 번도 없었습니다. 그런 주제에 상금 용도를 정해놓고 막상 단편소설을 쓸 생각을 하니 정말 난감하였습니다. 평범한 작품 한 편을 쓰는 것도 만만치 않을 터인데, 대학문학상을 수상할 좋은 작품을 쓰는 것은 아무래도 꿈같은 일이라는 것을 나 역시 알고 있었습니다.

그런데 참으로 뜻밖의 생각이 떠올랐습니다. 오래전에 우리 할아버지에게 들은 이야기입니다. 할아버지가 쉰다섯 되던 해에, 할아버지의 꿈에 저승사자가 나타나 '앞으로 5년 뒤에 잡으러 오겠다'라 말하고 사라졌다고 합니다.

그날로 할아버지는 식음을 전폐하고, 5년 동안 시름시름 앓으며 자리에 누워서 아무 일도 하지 못하였습니다. 그러나 5

년이 지났고, 꿈 내용과 달리 저승사자는 할아버지를 데리러 오지 않았습니다. 그 후로 할아버지는 여든까지 살았습니다.

이런 요지의 이야기인데 할아버지에게도 여러 번 들었고, 할머니에게도 여러 번 들었습니다. 너무 황당한 이야기지만, 살을 더 보태고 잘 다듬기만 하면 멋진 단편소설이 될 것 같았습니다.

겨울 방학 동안 나는 온기 하나 없는 시골집의 차가운 골방에서 손을 호호 불면서 혼신의 힘을 다하여 단편소설을 썼습니다. 그리고 작품 제목을 무엇이라 정할까를 놓고 별별 생각을 다 한 끝에 마침내 '포기령'이라고 결정했습니다.

방학이 끝나고 개강에 맞춰 등교하여 이 단편소설을 응모했습니다. 그리고 마침내 대학문학상을 받았습니다. 드디어 내 계획대로 두 번째 희망봉에 닿은 것입니다. 그 바람에 국문과에서 제법 두각을 나타내게 되었습니다. 대학문학상을 받았다는 사실이 내 실력의 보증수표 역할을 하였습니다.

그런데 전혀 생각지도 못한 일이 생겼습니다. 시를 쓰는 선배와 친구들이 소설을 깔보는 경향이 있다는 사실을 알았습니다. 그리고 보니 내가 받은 동아문학상(대학문학상)은 시를 잘 쓴 상이 아니라 겨우 소설을 잘 쓴 상이란 사실입니다.

나는 잔뜩 화가 났습니다. 그러나 어쩔 수 없었습니다. 할 수 없이 나는 이듬해에 시 부문에 도전하는 것을 새로운 희망봉으로 정했습니다. 일 년 동안 짬짬이 시를 썼습니다. 그리고 마침내 월남전을 소재로 삼은 '격전지'라는 시를 응모하였습니다."

* * *

격전지

하 륜(국문과 3학년)

숨 막히는 초연을 헤치고
내심으로 몸부림하는 그것은
너와 나의
밀어의 파편을 줍는
아픈 희구의 자세.

하지만
그것의 변모하는 의미를 가꾸는
이제
겹겹이 쌓인 뜨거운 나신의 환영.

언젠가
작열하는 남국의 하늘 아래서
가늠자를
응시하던 나의 행운을

염원하던
그날의 소녀는
노호하던
나의 생명의 깃발.

그즈음
피로한 포신을 붙잡고 늘어진
나의 오조준은
누적된 향수의 잔해.

적탄과 군번과의 관계를
설정하기보다
열띤 우리의 숨결의 의미를 반추해보던
나는
빛나는 계급장의 일등병이기 전에
너의 당신이었다.

병사의 호주머니를 기다리는
꽁가이만큼이나
병사들은 외출특명을 기다리고 있었다.
그때
또 나는

공간이 가져다주는 의미와

계절과

전황보도

이 모든 쓰라린 역사의 눈길을 보았다.

황혼이 와서

머언 북쪽 다도해의 잔물결을

재우는 밤이면

향수에 부대끼는 심장의 고동을 들으며

여백에 도전하는

나의 항변의 깃발.

나는 알았다.

그때

산맥의 물결만큼이나

아스무레 멀어져 가던

열띤 우리의 사랑의 의미가

이제

너와 나의 의지의 가교라는 것을.

하나

두울

무거워지는 계급장의 무게와

허공 저쪽으로 가 박히는
홍조는
동이 트는 새벽녘에 밀려오는
귀국 말년의 내 향수와 함께
마지막 네가 기대일 신념의 벽.

만추의 오솔길을 흘러간 많은
행렬 틈에서
나는 보았다.

너의
진홍색 볼을.
그리고 나는 읽었다.

무변의 입 언저리에 돋아나는
너의 생명의 말 한마디를.

기다림의 강둑에서
뒷강이 잡혔다는 소식과
출전 명령을 기다리던 그날
나는 보았지.
발 시리던 고향

얼음판의 어린이들을.
전사통지가 갔을
김일병의 초가집을.

* * *

"마침내 나는 이 작품으로 대학문학상 시 부문 수상을 하였습니다. 한 사람이 소설과 시 두 가지 부문을 다 받은 것은 전무후무한 일이었습니다. 그런데 지금까지 내가 한 도전은 나의 '첫 번째 도전' 이야기입니다. 정작 이보다 더 중요한 것은 '두 번째 도전'입니다. 나의 목표는 한국 문단에 도전하여 정식으로 등단하고, 마침내 《한국문학사전》에 내 이름을 올리는 것입니다.

이것은 얼추 십 년 정도 걸릴 일이 되지 싶습니다. 앞으로 시간이 충분히 남아 있으니 이 희망봉도 무난히 도착하리라 생각합니다. 내 말을 이해하고 공감하면, 나를 성원하고 격려하는 의미에서 박수를 보내주기 바랍니다."

그러자 강당 전체가 떠나갈듯한 박수갈채와 환호성이 터졌다.
"자! 이제 이야기를 마무리하겠습니다. 내가 문학청년 시절에 도전한 이야기를 통해서 여러분은 어떤 생각을 하는지 궁금합니다. 내가 했던 도전들은 나를 성장시킨 기초적인 바탕이 되었고, 내가 이날까지 살아오는데 가장 큰 원동력이 된 것입니다. 그러니 여러분도 각자 사정에 맞는 희망봉을 정하여서 당장 도전해 보기 바랍니다. 내 말뜻을 이해합니까?"

"예, 선생님!"

"선생님, 이해합니다."

"선생님, 멋져요."

"선생님, 존경합니다!"

"다시 한번 강조합니다. 우리 학교 도서관에 가서 '인명사전'에 자기 이름을 볼펜으로 적는 놈은 내가 절대로 용서하지 않을 것입니다. 만약 그런 놈을 발견하면 나에게 즉각 신고하기 바랍니다. 그런 놈은 내가 저 막대 걸레 자루로 개 패듯이 패줄 것입니다. 그러니 여러분은 절대로 그런 또라이짓은 하지 않겠다고 나와 약속하기 바랍니다. 여러분, 약속합니까?"

"예, 선생님! 약속합니다."

학생들의 박수갈채와 환호성을 들으며 전체 특강을 마쳤다.

차를 마시면서도 왜 뒤를 돌아보아야 하나

1960년대 후반부터 억압받던 언론은 1970년대 들어서자 탄압의 강도가 더욱 높아졌다. 그러면서 점차 신문의 비판 기능은 사라지고 있었다. 이를 두고 〈동아일보〉의 주필을 지냈던 천관우 씨가 1969년, '연탄가스에 중독된 신문'이라는 글을 실어 비판했다. 그리고 1971년 3월에는 30여 명의 서울대생이 동아일보사 앞에 모여 격렬한 언론규탄 시위를 벌이기도 했다.

이와 같은 비판이 일어나자 〈동아일보〉의 기자들도 자각하였는데, 그 도화선은 '자유 언론 실천 선언' 바로 전날에 발생했다. 그해 10월 23일 오후, 서울대 학생들의 시위에 관한 기사를 게재했다는 이유로 송건호 당시 편집국장을 비롯한 기자들이 중앙정보부에 연행된 것이다.

이 사건을 계기로 〈동아일보〉 기자들은 '본질적으로 자유 언론은 바로 우리 언론종사자들 자신의 실천과제일 뿐, 당국에서 허용받거나 국민 대중이 찾아다 쥐어주는 것이 아니다'라고 언론자유 쟁취를 결의하고, 3개항의 선언문을 발표하였다.

다음날, 〈조선일보〉 기자들이 '언론의 자유 회복을 위한 선언문'을 발표했으며 〈중앙일보〉와 〈동아일보〉 등이 '중앙매스컴 언론자유 수호 제2선언'을 발표했다. 뒤를 이어 10월 25일에는 〈한국일보〉 기자들이 '민주언론 수호를 위한 결의문'을 발표하는 등, 중앙지는 물론 전국 각지의 신문사들이 '자유언론실천선언'에 동참했다.

물론 이 선언으로 상황이 개선되거나 언론인들의 극한투쟁이 일어난 것은 아니다. 그러나 기자들은 우선 1단 기사라도 당시 정권에 의해 삭제당했던 '기피 용어', 즉 대학생 데모, 시위 등의 단어를 되살렸다.

그 효과는 독자와 청취자(동아방송의 청취자를 말함)들로부터 받는 격려의 증가로 알 수 있었다. 그러자 중앙정보부는 이에 대한 조처로 〈동아일보〉와 계약한 광고주들을 모조리 남산(중앙정보부)으로 불러 기존 광고 취소는 물론 앞으로 광고를 게재하지 않겠다는 서약서와 보안각서를 쓰게 한다.

결국, 1974년 12월 20일에 한일약품의 광고 해약을 필두로 한 달 사이에 〈동아일보〉 신문은 평상시 상품광고의 98퍼센트가 떨어져 나갔으며, 동아방송과 월간지 〈신동아〉의 광고도 90퍼센트 이상이 해약되는 사태가 발생한다. 하지만 이러한 탄압도 자유언론에 대한 기자들의 열의를 꺾지는 못했다.

기자들은 철회된 광고면을 백지 그대로 제작하면서 민주 국민의 관심사로 떠오르게 되었고, 기자협회와 천주교정의구현 사제단, 자유실천문인협의회, 한국기독교교회협의회 등 부당하게 억압받는 언론을 지원하는 모임이 각처에서 열렸다. 또한, 국민들은 격려 광고를 게재하면서 기자들의 투쟁을 지원하였다.

이처럼 〈동아일보〉에 대한 정부의 광고 탄압이 절정에 달했을 때, 나는 수없이 망설인 끝에 결단을 내렸다. '송지헌'이라는 가명으로 다음과 같은 시를 〈동아일보〉에 발표한 것이다.

* * *

차를 마시면서도 왜 뒤를 돌아보아야 하는가

송지헌

이제
봄도 **빼앗기고**
마지막
우리의 이름마저 **빼앗겨야** 하는가.

어디메쯤
백골로 씻기고 있을
우리의 이름은
또 얼마나 많은 밤을 지켜야 하는가.

하늘이 내려다보고 있는
20세기의 대낮에 살면서
선언하지 않고는
지킬 수 없는 양심의 수난을
이 괴로운 비극을
어떻게 증언해야 하는가.

하기야
부끄러운 눈으로
이제 아무것도 볼 수 없고
부끄러운 입으로
이제 아무것도 말할 수 없고
부끄러운 귀로는
이제 아무것도 들을 수 없는
참혹한 시대에 살면서
새삼 무슨 말이 필요한가.

말이 범람하는 홍수 속에서
우리가 목마르게 기다리는
마지막 생명의 말은 들리지 않고
어디선가
독선의 말만 만들어지고 있다

조간을 기다릴 때 가졌던
우리의 기대가
석간을 읽는 손끝에서 무너지고
충혈되는 시선에
끓어오르는 격분 속에
반짝이는 한 가닥
빛을 키우면서
우리 속에 음모하는 봄.

엿듣는 우리의 봄은
지금 어디서 쉬고 있는가.
음모하는 우리의 봄은
지금 어디서 봉오리를 맺고 있는가.
봄은
지금 어디서 오고 있는가.

끼니를 잊고
한 줄의 격려 광고를 사면서
광화문 지하도를 걸으면서
찻집에서
차를 마시면서
강단에서 강의를 하면서
예배당에서 설교를 하면서
한 편의 시를 쓰면서도
아!
왜 뒤를 돌아봐야 하는가.

구차한 목숨 때문에
단 하나 이름까지 빼앗긴 지금
괴로운 마음으로
격려 광고를 읽으면서
이리도 부끄러운 가슴으로
봄을 기다려야 하는가.

민주주의 대낮에
이름을 빼앗긴 시민들이
움츠리고 걷는 모가지 위에
언제 올 것인가.

말해다오!
기다림의 강물에 띄울 봄 편지와
이름을 빼앗긴
치욕의 세기를
어떻게 증언해야 하나를.

아!
아!
처음 이리가 들어올 때
막지 못한 어리석은 죗값으로
마지막 이름마저 빼앗긴
지금
밖에는 초병이 지키고
아직 겨울인데
외투도 없이
덧신도 없이
시퍼런 눈발 속을 달려야 하는가.

우리가 고대하는
4월을 만나기 위해서.

(〈동아일보〉, 1975년 3월 19일)

이 시가 〈동아일보〉에 발표되자 나는 한편으로는 기뻤고, 다른 한편으로는 엄청 불안하고 긴장되었다. 물론 내 이름을 본명으로 밝히지 않았지만, 담당 기자는 내 신분과 본명을 알고 있었다. 만약에 이 시가 무슨 문제라도 생기게 되면 결국은 내가 쓴 시라는 것이 밝혀질 것이 분명하였다.

나는 신문 가판대에서 신문을 샀다. '송지헌'이라는 가명으로 발표된 내 시를 읽는데 가슴이 벅차오르면서 나도 모르게 눈물이 흘러내렸다.

교실에 들어가서 학생들에게 말했다.

"오늘 〈동아일보〉에 아주 멋진 시 한 편이 발표되었습니다. 〈동아일보〉의 독자가 발표한 시인데, 너무 멋진 시여서 내가 그 전문을 낭독하겠습니다."

나는 교실마다 국어 수업 시간에 교과서 공부가 끝나고 교과서 밖의 공부시간에 똑같이 말하고, 똑같이 이 시를 낭독했다. 그뿐 아니었다. 나는 〈동아일보〉 백지 광고를 보고 열을 받아서 마침내 유료 광고를 개인적으로 내었다. 이 광고도 학생들에게 보여주었다.

"이 작은 광고는 내가 낸 것입니다. 왜냐면 이렇게 하는 것이 내가 할 수 있는 작은 애국이라 생각하기 때문입니다."

예상한 대로 학생들은 "선생님! 최고예요!"라고 환호성을 지르면서 박수갈채를 보냈다.

며칠 후, 출근하고 우리 반 교실에 들렀을 때 나는 내 눈을 의심하지 않을 수 없었다. 교실에 들어가니 교실 뒤쪽의 두 게시판을 보는 순간 나는 숨이 턱 멎는 것 같았다. 두 게시판 중에 하나는 학생들의 그림이나 시 등을 붙이는 게시판이고, 다른 하나는 일반적인 상식이나 그 밖의 정보와 지식 등을 붙이는 성격이 완전히 다른 게시판이다.

그런데 밤사이에 두 게시판이 모두 같은 것들로 거의 도배가 되어 있었다. 누가 했는지 몰라도 두 개의 게시판에 있던 원래의 게시물은 완전히 사라졌고, 다른 것이 붙어 있었다. 바로 〈동아일보〉에 매일 실리는 시사만평 만화인 '고바우 영감'으로 완전 도배가 되어 있었다. 나는 아무 말 없이 고바우 영감이 도배된 게시판 앞으로 다가갔다.

그야말로 내 눈을 의심하지 않을 수 없었다. 두 게시판에는 어제까지 붙어 있던 게시물 대신에 고바우 영감 수백 편이 붙어 있었다.

학생들은 나의 반응이 어떨지 하고 아주 민감하게 기다리는 것 같았다. 나는 아무 말도 하지 않고 뚜벅뚜벅 걸어서 교탁 쪽으로 갔다. 선뜻 어떤 결단을 내릴 수가 없었다. 이 문제는 단순히 내 개인의 문제가 아니라 학생들 전체의 의사였기 때문에 쉽게 판단을 내릴 수가 없었다.

잠시 후, 내가 말했다.

"아마 중고등학교 교실에 이렇게 고바우 영감으로 도배가 된 것은 우리 반이 처음일 것입니다. 이것은 대한민국 교육 역사상 처음 있는 일이라 생각합니다. 나는 여러분의 정의로움과 용기에 아낌없는 박수를 보냅니다."

그러자 교실 안은 환호성과 박수갈채로 거의 광란의 도가니가 되었다. 나는 더 이상 아무 말도 하지 않고, 한없이 무거운 발걸음으로 복도를 걸었다. 이날 따라 왜 그리 복도가 길게 느껴졌는지 나도 몰랐다.

23
사람은 보이지 않았어요

"반갑습니다. 이번 시간은 '사람은 보이지 않았어요'라는 제목으로 이야기하겠습니다. 매번 강조하는 소리지만, 이번 시간에도 내 이야기를 온몸으로 경청하여 삶의 귀한 지혜를 한 수 배우기 바랍니다. 솜털까지 세워서 내 말을 경청할 준비가 되었습니까?"

"예, 선생님!"

"어느 마을에 도둑이 있었습니다. 그 도둑은 새벽에 옷을 잘 차려입고 시가지에 나가서 보석상을 털었습니다. 도둑은 보석을 잔뜩 움켜쥐고 달아났지만, 주인에게 붙잡히고 말았습니다.

경찰은 도둑을 심문하며 물었습니다.

'사람들이 보고 있는데, 무슨 배짱으로 그리도 간 큰 짓을 했는가?'

도둑이 대답했습니다.

'제가 보석을 훔칠 때는 사람은 보이지 않았어요. 오직 보석만 보였어요.'"

"이처럼 대부분 사람은 자기 편리하게 보고, 자기 생각대로
판단하며, 결국 자기 편한 대로 행동합니다. 이런 바탕에는 얼
추 자기 이익적 계산이 깔려 있기 마련입니다. 그래서 도둑이
보석을 훔칠 때는 사람은 보이지 않았던 것입니다.

솔직하게 말하면, 많은 사람들이 이 도둑처럼 판단하고, 도
둑처럼 행동합니다. 도둑이 보석을 훔칠 때 사람이 보여야 합
니다. 그랬더라면 도둑은 보석을 훔치지 않았을 것이고, 도둑
이 되지도 않았을 것입니다. '보석만 보이고, 사람은 보이지
않느냐'와 '보석도 보이고, 사람도 보이느냐'가 운명의 갈림길
인 것입니다.

정직하게 말하면, 나도 보석상만 털지 않아 도둑이 아닐지
몰라도 사실은 도둑입니다. 더 정직하게 말하면, 보석상을 턴
도둑보다 더 상습적인 교활하고 지능적인 도둑입니다. 그동안
살아오면서 나는 내가 보고 싶은 것만 본 적이 다반사였다는
사실을 감출 수가 없습니다. 지금껏 살아오면서 내가 보고 싶
어 하던 것을 보는 순간, 내 눈에도 역시 사람은 보이지 않았
던 것입니다."

"사람이 보이지 않았으니 나는 그동안 얼마나 많은 보석들
을 훔쳤을까요? 내 곳간에 있는 귀한 것들은 다 사람은 보지

않고 훔친 것들이 태반이라고 생각합니다. 이제 남은 내 삶은 보석만 보이고, 사람은 보이지 않는 삶을 살 것이 아니라 보석도 보이고, 사람도 보이는 삶을 살 것입니다. 그러자면 우선 내가 보고 싶은 것만 봐서는 안 됩니다.

또한, 내가 편리한 대로 생각해서도 안 될 것입니다. 내 이익되는 대로만 판단하고 행동해서도 안 됩니다. 그래야 남은 삶은 사람은 보이지 않는 도둑으로 살지 않을 수 있을 것입니다. 내 말 이해합니까?"

"예, 선생님!"

"오늘은 여기까지!"

학생들의 박수갈채와 환호성이 터져 나왔다.

교장선생님의 호출

학교 수위 아저씨들의 반가운 인사를 받으면서 출근하였다. 그런데 교무실에 들어서자마자 급사가 오더니 내게 겁먹은 표정으로 말했다.

"하 선생님! 교장선생님께서 아까부터 찾고 계십니다. 빨리 교장실로 가보시기 바랍니다."

'드디어 올 것이 왔구나…….'

갑자기 가슴이 답답해 왔다. 아무래도 하루하루 세상 돌아가는 꼴이 예사롭지가 않았다. 그중에 가장 뜨거운 감자는 〈동아일보〉 광고 탄압 사태였다. 엔간한 광고는 다 끊어지고 말았다. 언론에 재갈을 물리는 것이 가혹하다 못해 너무나 잔혹했다. 그러나 〈동아일보〉는 탄압에도 물러서지 않았고, 신문 지면에 온통 백지 광고로 도배를 하였다.

나는 〈동아일보〉의 백지 광고를 보면서 치를 떨지 않을 수 없었다. 수많은 단체와 애국시민들이 앞다투어 백지 광고가 실린 신문을 샀다. 또한, 동아일보사 앞에는 격려 광고를 내겠다는 애국 시민들의 행렬의 끝이 보이지 않았다.

교장실로 가는 발걸음이 한없이 무겁기만 했다. 앞으로 어떤 일들이 벌어질지 조금도 예측할 수가 없었다. 마침내 교장실에 들어서자 교장선생님의 표정은 이미 매우 굳어 있었다.

"하 선생, 내가 왜 불렀는지 알겠습니까?"

"예, 알 것 같습니다. '고바우 영감' 때문이지 싶습니다."

"잠시라도 좀 앉으세요."

나는 교장선생의 권유대로 자리에 앉았다. 이야기가 좀 길어질 모양이다. 교장선생의 말이 시작되었다.

"어제 퇴근 무렵, 평소처럼 교실들을 순찰했는데, 하 선생 교실 앞을 지나가다가 깜짝 놀라지 않을 수 없었어요. 교실 뒤의 게시판 벽이 완전히 달라졌더군요. 무슨 영문인가 싶어서 자세히 쳐다보는 순간 내 눈을 의심하지 않을 수 없었어요. 게시판 두 개를 모조리 만화로 도배를 했더군요.

너무 이상해서 교실 안으로 들어갔는데, 나는 그 자리에서 다리가 휘청하면서 금방 쓰러지는 줄 알았어요. 내 평생 이런 일은 처음 있는 일입니다. 온통 '고바우 영감' 만화로 도배를 했더군요. 학교 교실을 '고바우 영감'으로 도배해 놓은 건 내게 엄청난 충격이었습니다."

교장선생의 얼굴은 점점 창백해져 갔다. 그때 무슨 불행한 사태가 벌어질지 모른다는 불길한 생각이 나를 덮쳤다.

"죄송합니다. 교장선생님! 저도 그 광경을 보고 깜짝 놀랐습니다. 물론 제가 시킨 것은 아닙니다."

교장선생은 지그시 눈을 감은 채로 말했다.

"나도 그리 생각합니다. 그러나 아무리 학생들이 자발적으로 했다 해도 그 정도는 너무한 처사입니다. 세세한 문제는 나중에 하나하나 따지기로 하고, 지금 당장 모두 철거하기 바랍니다. 그리고 다시는 그런 일이 재발하지 않게 학생들을 잘 단속하기 바랍니다. 나는 아직 하 선생을 믿습니다."

교장선생의 말에 잠시나마 안도하면서 말했다.

"교장선생님! 죄송합니다. 너무나 큰 심려를 끼쳐드려서 정말 면목이 없습니다. 아까도 말한 대로 제가 학생들에게 그렇게 하라고 지시는 하지 않았지만, 제가 봐도 교실의 게시판에 고바우 영감을 도배한 것은 너무했습니다. 정말 죄송합니다.

교장선생님! 아무리 학생들이 자발적으로 한 것이라 해도 담임선생으로서 평소에 지도를 제대로 못 한 책임을 통감합니다. 뭐라고 변명해도 그것은 너무 심하다고 생각합니다. 지금 당장 교실로 가서 고바우 영감을 모조리 철거하겠습니다. 죄송합니다. 교장선생님, 다시는 이런 불상사가 재발하지 않도록 최선을 다하겠습니다."

그러자 교장선생님이 침통한 목소리로 말했다.

"이번 일로 미루어 앞으로 이보다 더 큰일이 발생할 것 같은 불길한 생각이 듭니다. 그러니 하 선생은 종전보다 훨씬 세심하게 학생들의 동태를 관찰하고, 신중히 처신하기 바랍니다. 만약 이런 문제가 재발하여 무슨 사고라도 생기면, 그때는 저도 어쩔 수가 없을 것입니다."

"교장선생님! 정말 죄송합니다. 다시는 이런 일이 생기지 않도록 제가 최선을 다하겠습니다. 죄송합니다."

대화를 끝낸 나는 무거운 걸음으로 교무실에 돌아왔다. 교장선생이 끝부분에 한 말 중에 '아직 하 선생을 믿는다'라는 말이 머리에 뱅뱅 돌았다. 나는 '아직', '아직'하고 혼자서 중얼거렸다. 그리고 급사에게 우리 반에 가서 급장을 교무실로 오라고 시켰다. 잠시 후에 급장이 교무실로 왔다.

"야! 너를 지금 왜 불렀는지 알겠니?"

급장은 쭈뼛쭈뼛하면서 짧게 말했다.

"예, 선생님!"

"인마, 내가 방금 교장실에 불려 갔다 나왔다고. 잔소리, 군소리 다 빼고 결론만 말한다. 고바우 영감 때문에 교장실에 불려 갔다 왔단 말이다. 물론 너희들 마음을 나도 잘 알고 있다. 내 마음도 너희들과 같다. 그런데 여기는 학교란 말이다. 학교 교실 게시판에 고바우 영감을 한두 개도 아니고, 게시판 두 개에 도배한 것은 좀 심하다고 생각한다. 그러니 네가 지금 교실로 돌아가서 고바우 영감을 모두 떼기 바란다. 할 말이 있나?"

급장은 뭐라고 자기 의견을 말하려다가 내 표정이 너무 침울한 탓에 아무 말도 못 하는 것 같았다.

"알겠습니다. 선생님!"

그렇게 우리 교실 게시판에 도배되어 있던 고바우 영감은 모두 철거되었다. 그러나 학생들의 반응이 만만치가 않았다. 특히 우리 반 학생들은 교실 게시판의 '고바우 영감 도배 사건'에 한술 더 떴다. 누가 주도했는지 모르지만, 〈동아일보〉 광고 탄압 사태를 돕고자 모금 운동을 벌여서 〈동아일보〉에 격려 광고를 낸 것이다.

그런데 더욱 놀라운 것은 그 격려 광고에 당당하게 학교명과 학생 대표 이름까지 밝힌 것이다. 나는 그 광고를 보는 순간 너무 자랑스러웠다. 하지만 한편으로는 마음이 무겁기만 하였다. 머지않아 더 크고 불길한 일들이 줄줄이 닥쳐올 것이 불을 보듯 분명했다.

긴 꼬리도 밝히고, 짧은 꼬리도 밟힌다

"반갑습니다. 이번 시간에는 '긴 꼬리도 밟히고, 짧은 꼬리도 밟힌다'라는 제목의 이야기를 하겠습니다. 이 말은 내가 갑자기 만든 말입니다. 만약에 이미 다 아는 주제라고 가볍게 생각하면 자기만 손해일 것입니다. 늘 강조하는 소리지만, 이번 시간에도 내 이야기를 경청하여 삶의 귀중한 지혜를 한 수 배우기 바랍니다. 경청할 준비가 되었습니까?"

"예, 선생님"

"어떤 사내가 첩을 많이 두고 있다는 혐의로 고소를 당했습니다. 그러나 증거가 불충분했습니다. 마을 사람들은 모두 그 사내의 부정을 알고는 있었으나 그것을 누구도 증명할 수가 없었습니다.

변호사가 그 사내에게 말했습니다.

'당신은 잠자코 침묵만 지키면 됩니다. 그렇게만 하세요. 만약 당신께서 한마디라도 입을 뗐다가는 꼬리를 잡힐 것입니다. 그러니 끝까지 입만 꾹 다물고 계십시오. 나머지는 내가 알아서 다 처리할 것입니다.'"

"그 사내는 재판이 진행되는 동안 답답한 심정에 울화가 부글부글 치밀어 올라 몇 번인가 말에 끼어들고 싶었지만, 자신이 어떻게 처신하여야 할지 몰랐기 때문에 꾹 참았습니다. 그는 잠자코 변호사의 주문대로 침묵을 지켰습니다. 겉보기에 그는 마치 붓다와 같았으나 안에서는 미친 사람이 날뛰고 있었습니다. 그러나 법정에서는 그를 얽어맬 수 있는 어떤 단서도 잡지 못하였습니다.

판사도 그가 이 마을에서 많은 첩들을 거느리고 있다는 사실을 익히 알고 있었으나 충분한 증거가 없어서 하는 수 없이 그를 석방하기로 하였습니다.

판사가 사내에게 말했습니다.

'당신은 석방이오! 이젠 집에 가도 좋소!'

그러자 사내가 말했습니다.

'저……, 판사님! 어느 집으로 말입니까?'

사내에게는 집이 많았습니다. 왜냐면 마을에는 첩들이 많이 있었기 때문입니다."

이야기를 마치자 갑자기 교실에 폭소가 터져 나왔다. 나도 학생들과 함께 웃었다.

"특히 정치판에 얼쩡거리는 사람들이 이 이야기를 듣고 한 수 배우면 좋을 것 같습니다. 정치가의 꼬리는 반드시 밟힌다는 사실을 강조하고 싶습니다. 그러니 정치판에 나오기 전에 자신의 주변을 정리한 후에 말끔하다고 판단이 들면, 그때 나오는 게 좋을 것으로 생각합니다. 그렇지 않으면 반드시 꼬리가 밟혀서 망신은 망신대로 당하고, 마침내는 패가망신까지 겪게 될 것이기 때문입니다.

그동안 우리는 정치판에 나와서 이 꼬리, 저 꼬리를 다 밟혀서 온갖 망신을 당한 끝에 도중하차 하는 인물들을 수없이 보았습니다. 어처구니없게 정치판에 나오는 사람들 눈에는 세상 사람들이 다 자기보다 바보로 보이는 모양입니다. 가령 논문을 표절하고도, 박사 학위를 돈으로 사고도 그것이 들통나지 않을 것이라 여기고는 아무 일도 없었던 것처럼 입을 싹 닦고 태연할 수 있단 말인가요? 어떤 인간은 '비리백화점'이라고 할 만큼 수많은 비리를 저질러놓고도 뻔뻔하고 태연하게 공공장소에 나와서 다른 사람의 잘못을 지적하고, 비판을 해댑니다."

"성경에 나오는 말씀처럼, 자기 눈에 있는 대들보는 보지 못하고, 남의 눈에 있는 티를 나무라는 격이 아닐 수 없습니다. 꼬리가 길거나, 꼬리가 많으면 아예 정치판에는 나서지 않는 것이 좋습니다. 정치판에 나서면 아무개처럼 출생의 너절한 비밀도 다 들통나고, 감추어왔던 사생아가 나타나서 친자 확인 소송도 걸어오고, 자기 아들을 군대에 안 보내려고 저지른 온갖 치사하고 추잡한 비리들이 전부 까발려지게 되기 때문입니다.

요즘 세상에는 보는 사람들의 눈이 하도 많아서 엔간한 것은 들통나기 마련이고, 또 엔간한 것은 다 까발려지고 맙니다. 누구라도 다 까발려집니다. 그러니 구린 데가 많은 사람들은 남 앞에 나서지 말고, 뒷구멍에서 조용히 숨죽이고 사는 것이 현명한 처사입니다.

'낮말은 새가 듣고, 밤말은 쥐가 듣는다'라는 말이 있습니다. 누구나 다 아는 말일 것입니다. 나는 새로운 말을 방금 만들었습니다.

'긴 꼬리도 밟히고, 짧은 꼬리도 밟힌다.'

후딱 만들어 그런지 별로입니다. 다르게 바꾸어 볼까요?

'긴 꼬리만 밟히는 것이 아니라 짧은 꼬리도 밟힌다.'

오늘은 여기에서 마치겠습니다."

"선생님! 감사합니다."

"선생님! 수고하셨습니다."

학생들의 박수갈채와 환호성이 터져 나왔다.

26
보도관제 발표

보도관제

하 륜

정작 어둠이라고 말할 수도
빛이라고 말할 수도
그렇다고 어둠이 아니라 할 수도
그렇다고 빛이 아니라 할 수도
아아,
이제 우리는 벙어리

아직
겨울이라고 말할 수도
봄이라고 말할 수도

그렇다고 봄이 아니라 할 수도
그렇다고 겨울이 아니라 할 수도
아아,
이제 우리는 벙어리

이 시대
시인이
시를 쓰고 있다고 말할 수도
민중이
건강하게 살고 있다고 말할 수도
그렇다고 시인이 시를 쓰지 않는다고 할 수도
그렇다고 민중이 건강하게 살지 않는다고 할 수도
아아,
이제 우리는 벙어리

우리의 고향이
새삼
마산이라고 말할 수도
그렇다고 마산이 아니라 할 수도
그렇다고 부다페스트가 아니라 할 수도
아아,
이제 우리는 벙어리
이제 와서

죽창을 들자고 말할 수도
플래카드를 들자고 말할 수도
그렇다고 죽창을 들지 말라 할 수도
그렇다고 플래카드를 들지 말라 할 수도
아아,
이제 우리는 벙어리

생각만 해도
울컥 북받쳐 오는
수유리를 말할 수도
동작동을 말할 수도
그렇다고 수유리를 말하지 않을 수도
그렇다고 동작동을 말하지 않을 수도
아아,
이제 우리는 벙어리

다 아는,
그래서 가슴이 쓰린
대학의 역사를 말할 수도
캠퍼스에 찍힌 군화 발자국을 말할 수도
그렇다고 대학의 역사를 말하지 않을 수도
그렇다고 캠퍼스에 찍힌 군화 발자국을 말하지 않을 수도
아아,

이제 우리는 벙어리

하다못해
터무니없는 우리의
꿈을 말할 수도
절망을 말할 수도
그렇다고 꿈을 말하지 않을 수도
그렇다고 절망을 말하지 않을 수도
아아,
이제 우리는 벙어리

우리에게
내일을 약속해 줄
혁명을 말할 수도
쿠데타를 말할 수도
그렇다고 혁명을 말하지 않을 수도
그렇다고 쿠데타를 말하지 않을 수도
아아,
이제 우리는 벙어리

돈짝만 한 우리의 휴식인
모임을 말할 수도
넋두리를 말할 수도

그렇다고 모임을 말하지 않을 수도
그렇다고 넋두리를 말하지 않을 수도
아아,
이제 우리는 벙어리

보리밭 위의
노고지리를 말할 수도
소리개를 말할 수도
그렇다고 노고지리를 말하지 않을 수도
그렇다고 소리개를 말하지 않을 수도
아아,
이제 우리는 벙어리

아아, 우리의 기억 속에 늘 감격스러운
3월을 말할 수도
4월을 말할 수도
그렇다고 3월을 말하지 않을 수도
그렇다고 4월을 말하지 않을 수도
아아,
이제 우리는 벙어리

아아,
우리의 기억 속에 망각되어 있는

5월을 말할 수도
6월을 말할 수도
그렇다고 5월을 말하지 않을 수도
그렇다고 6월을 말하지 않을 수도
아아,
이제 우리는 벙어리

황혼의 들녘에 서서
기러기를 말할 수도
황소를 말할 수도
그렇다고 기러기를 말하지 않을 수도
그렇다고 황소를 말하지 않을 수도
아아,
이제 우리는 벙어리

암실에 숨겨놓은 우리의 마지막
자유를 말할 수도
죽음을 말할 수도
그렇다고 자유를 말하지 않을 수도
그렇다고 죽음을 말하지 않을 수도
아아,
이제 우리는 벙어리

의인의 씨를 키우고 민족혼을 살린
사육신을 말할 수도
생육신을 말할 수도
그렇다고 사육신을 말하지 않을 수도
그렇다고 생육신을 말하지 않을 수도
아아,
이제 우리는 벙어리

못내 죽어서도 잊을 수 없는
사할린을 말할 수도
베트남을 말할 수도
그렇다고 사할린을 말하지 않을 수도
그렇다고 베트남을 말하지 않을 수도
아아,
이제 우리는 벙어리

누가 보아도 금세 알 수 있는
양을 양이라 말할 수도
이리를 이리라 말할 수도
그렇다고 양을 말하지 않을 수도
그렇다고 이리를 말하지 않을 수도
아아,
이제 우리는 벙어리

서로 뻔히 다 아는 형편인데
살기가 날로 좋아진다고 말할 수도
살기가 날로 어려워진다고 말할 수도
그렇다고 날로 살기가 좋아지지 않는다고 할 수도
그렇다고 날로 살기가 어려워지지 않는다고 할 수도
아아,
이제 우리는 벙어리

언제부터인가 신문이
똑같아졌다고 할 수도
주간지가 많아졌다고 할 수도
그렇다고 똑같아지지 않았다고 할 수도
그렇다고 주간지가 많아지지 않았다고 할 수도
아아,
이제 우리는 벙어리
천하가 다 아는 임금님의
귀는 당나귀 귀라고 할 수도
옷을 벗었다고 말을 할 수도
그렇다고 귀를 당나귀 귀가 아니라고 할 수도
그렇다고 옷을 벗지 않았다고 할 수도
아아,
이제 우리는 벙어리

날로 불어나는
이자가 무섭다는 말을 할 수도
원금이 불어나는 것이 무섭다고 말을 할 수도
그렇다고 이자가 무섭지 않다고 할 수도
그렇다고 원금이 무섭지 않다고 할 수도
아아,
이제 우리는 벙어리

감히 자유 아니면 죽음을 달라고 말을 할 수도
죽음이 아니면 자유를 달라고 말을 할 수도
그렇다고 자유 아니면 죽음을 달라고 하지 않을 수도
그렇다고 죽음 아니면 자유를 달라고 하지 않을 수도
아아,
이제 우리는 벙어리
큰맘 먹고 딱 잘라서 죽을 요량하고
새벽이 오고 있다고 말을 할 수도
봄이 올 것이라고 말을 할 수도
그렇다고 새벽이 오지 않는다고 할 수도
그렇다고 봄이 오지 않는다고 할 수도
아아,
이제 우리는 벙어리

불쌍한 마음으로

당신 브람스를 좋아하세요 말할 수도
당신 나치스를 좋아하세요 말할 수도
그렇다고 브람스를 좋아하지 않는다 할 수도
그렇다고 나치스를 좋아하지 않는다 할 수도
아아,
이제 우리는 벙어리

아아,
하다 못해 하다 못해 미친 척하고
술집에서 헛소리를 할 수도
다방에서 헛소리를 할 수도
그렇다고 술집에서 헛소리를 안 할 수도
그렇다고 다방에서 헛소리를 안 할 수도
아아,
이제 우리는 벙어리

(1974년 6월)

27
절대 숙면의 열 가지 이유

많은 사람이 대개 아침에 일어나 눈을 뜰 때 '간밤에 잘 자고 일어났다'라고 생각한다. 그런데 언제부터인가 나는 '잘 자고 일어난 것'이 아니라 '죽었다가 살아난 것'이라고 생각하기 시작했다. '간밤에 잘 자고 일어났다'와 '간밤에 죽었다가 살아났다'는 의미만 다른 게 아니라 차원이 다르다. 차원이 다르다는 말은 질과 격이 다르다는 소리이다.

한 마디로 마치 전장에서 다른 사람들은 다 죽었는데, 나 혼자만 살아남은 것 같다는 생각이 들 정도로 나의 잠은 깊다는 소리이다.

흔히 '죽음보다 깊은 잠'이라는 말이 있는데, 나의 잠이야말로 죽음보다 깊은 잠에 가까운 수준이지 싶다. 그래서 나는 내 잠을 '절대 숙면'이라 이름 지었다.(※주-'절대 숙면'도 내가 만든 신조어로, 인간이 깊게 잠들 수 있는 최대치에 가장 근접하는 잠이란 뜻이다.)

많은 사람들은 잠결에도 바스락하는 소리를 듣는다는데 나는 지금껏 그런 적이 한 번도 없었다. 일단 잠이 들면 죽은 것과 같았다. 그리고 어디가 아프다고 약을 먹어본 적도 없다. 굳이 약이라고는 학교 다닐 때 회충약 말고 먹어본 적이 없다. 머리가 아파본 적도 없고, 배가 아파본 적도 없다. 그래서 머리가 아픈 것이 어떤 상태인지를 모르고, 배가 아픈 것도 어떤 상태인지 모른다. 입맛이 없던 적도 한 번도 없었기 때문에 입맛이 떨어졌다는 것이 어떤 상태를 말하는지 모른다. 가령 감기에 걸려도 '기침 좀 하면 낫겠지'하고 버티면 절로 감기가 떨어지곤 했다.

내가 아는 건강 지식으로 잠은 건강의 기본이다. '잠이 보약'이란 말이 있었던 것은 옛날 사람들이 오랜 경험으로 잠이 인간에게 가장 큰 영향을 준다는 것을 일찍이 알았던 것을 의미하지 싶다. 이는 지식으로 아는 것이 아니라 지혜로 아는 것이라고 할 수 있다. 잠을 제대로 자지 못하면 소화에 지장을 주고, 피부에 지장을 주고, 배변에 지장을 준다. 그 밖에도 여러 가지 면에 지장을 준다. 소화가 잘되지 않는 사람도 수면을 점검해 볼 일이고, 변비에 고생하는 사람도 수면을 점검해 볼 일이다. 이런 의미에서 나의 잠은 내 건강의 기본이라 할 수 있다. 다시 말해 나의 절대 수면은 내게는 밥과 동급에 가까운 최고의 보약이 아닐 수 없다. 그래서 나는 매일 저녁에 죽었다가 아침에 다시 살아나는 것이다.

내가 매일 죽음보다 깊은 잠을 잘 수 있는 까닭 중에 대표적인 몇 가지 이유를 소개한다.

첫째, 아침을 먹지 않을 것
둘째, 딱딱한 침대에서 잠잘 것
셋째, 치열하게 일을 할 것
넷째, 긍정적으로 생각할 것
다섯째, 음식을 맛있게 먹을 것
여섯째, 자기 재능을 발휘할 수 있는 일을 할 것
일곱째, 술과 담배를 하지 않을 것
여덟째, 잠잘 때 감사 기도를 할 것
아홉째, 길고양이에 작은 도움이라도 줄 것
열째, 무엇이든 진정으로 사랑할 것

3부

학생 최대의 적은 교사

1
학생의 최대 적은 교사이다

"반갑습니다! 교육에서 가장 중요한 것은 배우는 학생이 아니라 가르치는 교사라고 이미 강조하였습니다. 교육을 논할 때 어떤 자는 교과서 탓을 하고, 어떤 자는 교재 탓을 하며, 어떤 자는 학생 인원수 타령을 합니다. 이런 지엽적인 주장들은 어느 정도는 타당하기도 하지만, 교육의 본질을 잘 모르는 이들의 멍청한 주장에 불과하다고 이미 지적했습니다. 그런데 이런 것들보다 열배 백배 더 중요한 것이 '교사'란 사실입니다.

그래서 이번 시간에는 '학생의 최대 적은 교사이다'라고 단정하지 않고, '학생의 최대 적은 누구인가'라고 한 발 후퇴한 제목으로 말하겠습니다. 내가 대학교 3학년 때 있었던 사건 하나를 소개하겠습니다. 세계적으로 유명한 정신분석학자 프로이트(S. Freud)의 제자 중에 빌헬름 라이히(W. Reich)란 사람이 있습니다. 그가 남긴 유명한 말 한마디를 먼저 인용합니다.

'어린이의 최대 적은 어머니이다!'

이 말에 오해가 없기를 바랍니다. 이 말은 세상 어머니를 싸잡아서 비난하는 것이 아닌 멍청하고 한심한 어머니를 나무라는 말일 뿐입니다. 자식의 신세를 망치게 하는 멍청한 어머니가 많다는 소리입니다. 이 놀라운 말에 격하게 공감한 나도 한마디 하겠습니다.

'학생의 최대 적은 교사인가!'

내가 '학생의 최대 적은 교사이다'라고 단정하지 않고, '학생의 최대 적은 교사인가'라고 한발 물러서서 말하는 저의가 무엇인지 눈치를 채기 바랍니다.

사실 이 땅의 교단에는 학생을 잘못 가르치는 함량 미달의 선생들이 너무너무 많습니다. 실력 없고, 얼빠진 한심한 선생들이 교육을 망치고, 학생들의 신세도 망치기 마련입니다. 따라서 '최대 적'이라는 소리가 그리 과장된 말은 아니라 생각합니다.

여러분은 그동안 수많은 교사를 만났습니다. 그중에서 여러분의 사고를 편협하게 만들고, 잘못된 가치관을 심어준 자들이 얼마나 많았을까요? 이 문제를 한 번 곰곰이 생각해보기 바랍니다. 내 말 이해합니까? 이해하면 박수 한 번 쳐보세요!"

학생들이 환호하며 열광하였다. 내가 말했다.

"국문과 전공과목 중에 〈현대문학 특강〉이 있었습니다. 이 과목은 국문과 3학년 학생과 4학년 학생들의 전공필수 과목입니다. 강좌를 수강하는 학생들 중에는 국문과 3, 4학년은 물론이고, 교양으로 듣는 다른 학과의 학생들도 많았습니다. 얼추 7, 80명은 되었습니다.

나는 이 과목을 아주 중요하게 생각했습니다. 국문과 학생에게는 여간 중요하지 않기 때문입니다. 그런데 그 중요한 과목을 외부 초빙교수가 강의하였습니다. 그 초빙교수란 분은 정통 학자가 아니라 소설가 박모 씨였습니다. 그는 당시 좌경 문학평론가들이 치켜세워서 실제 능력보다 훨씬 과대평가를 받던 그저 그런 소설가였습니다.

나도 그의 소설을 읽었으나 끝까지 읽은 것은 단편 한두 편 정도였고, 그마저도 한두 페이지를 읽다 말았습니다. 한마디로 말하여 그의 소설은 너무 저질이었습니다. 달리 표현하면, 그의 소설은 시골 동네 할아버지가 하는 이야기 정도의 수준이었습니다. 나는 그의 소설을 읽으면서 설레설레 고개를 저었고, 더 읽어나갈수록 그 치졸한 내용에 혀를 내두를 수밖에 없었습니다.

그래서 그의 강의를 눈곱만큼도 기대하지 않았습니다. 아니나 다를까. 첫 강의, 한 시간 정도를 들어보니, 나의 예상처럼 저질스러운 강의였으며, 한마디로 저질 그 자체 '저질의 표본'이었습니다. 차라리 엔간한 고등학교 국어 선생의 수준이 더 높을 만큼 그의 수준은 저질이었습니다. 즉 그의 강의는 완전 엉터리 그 자체였습니다."

"박모 소설가는 현대문학 이론은커녕 현대문학의 말뜻도 제대로 파악하지 못하는 것 같았습니다. 그는 '현대'란 시대 개념조차 모르는 것이 분명했습니다. 그는 첫 시간, 한 시간 내내 현대문학 얘기는 한마디도 하지 않고, 계속 근대문학에 대해서 길고 허접한 썰을 풀었습니다. 그래도 나는 이를 긍정적으로 해석하고 싶었습니다. 왜냐면 현대문학을 얘기하기에 앞서 근대문학을 잠시 스케치하는 것도 의미가 있기 때문입니다.

그러나 그는 강의 내내 근대문학 이야기만 했습니다. 물론 그의 지루한 첫 시간 강의를 들으면서도 나는 크게 기대를 하지는 않았습니다. 그의 강의가 끝나고 학생들이 뿔뿔이 흩어졌습니다. 나는 완전 벌레 씹은 기분으로 강의실을 빠져나왔습니다.

두 번째 시간이 되었습니다. 나는 지난 시간 좋지 않은 기억이 되살아났습니다. 그렇지만, 겨우 지난번 한 시간 강의로 그의 강의 수준을 속단하는 것은 바람직하지 않다고 여겼고, 이번 시간은 제발 실망하지 않았으면 좋겠다고 생각하면서 열심히 강의를 들었습니다.

아니나 다를까. 지난 시간과 100퍼센트 같았습니다. 역시 현대문학이란 강의의 제목이 무색하게 근대문학에서 한 치도 나아가지 못하였습니다. 그러나 이 문제에 대해서 불만을 얘기하거나 건의를 하는 학생은 한 사람도 없었습니다.

당시 나는 국문과 3학년으로, 나보다 한 해 위인 4학년 선배들이 있었기 때문에 내가 경솔하게 나서서 이 문제를 지적하기에는 그다지 바람직하지 않다고 생각했습니다. 물론 속에서 열불이 났지만, 꾹 참았습니다."

"그렇게 또 한 주가 지나 현대문학 특강의 세 번째 시간이 되었습니다. 역시나 지난 첫 번째, 두 번째의 강의와 같았습니다. 그는 여전히 근대문학 울타리에서 한 발자국도 벗어나지 못했고, 이를 창피한 줄도 모르고 중언부언과 횡설수설을 계속했습니다.

나는 속에서 천불이 났습니다. 주위에 있는 다른 친구들을 살펴보았습니다. 그런데 나처럼 속에서 천불이 나는 학생은 한 사람도 보이지 않았습니다. 국문과 전공이 아니라 단순히 교양과목으로 듣는 학생들은 아무 개념이 없이 듣는 것 같았습니다.

나는 '이따위 허접한 강의를 계속 듣느냐, 마느냐'를 결정해야 하는 중대한 기로에 서고 말았습니다. 현대문학 과목은 나의 전공 필수과목이라 듣지 않을 수도 없다는 것이 문제였습니다. 내 마음은 더더욱 무거웠습니다. 차라리 전공과목이 아닌 선택과목이었으면 아무 미련 없이 강의실을 박차고 나왔을 것입니다.

이 문제를 놓고 수없이 고민하고 갈등했습니다. 그렇다고 누구하고 상의하기도 쉽지가 않았고, 상의할 곳도 없었습니다. 오직 내가 판단하고, 내가 결정하고, 내가 행동하는 길뿐이라는 결론에 이르렀습니다. 그렇게 또 한 주가 지나고, 네번째 시간이 되었습니다. 이번에도 그 소설가는 한 시간 내내 근대문학 이야기로 중언부언하며 횡설수설하였습니다.

나는 도저히 더 이상 참을 수 없어서 수업 중간쯤에 손을 번쩍 들어서 '이번 시간은 현대문학 특강 시간인데 왜 한 달 동안 근대문학 이야기만 하느냐!'고 폭탄선언을 할까도 생각하였습니다. 하지만 이미 3주간이나 참았는데, 이왕이면 네 번째 강의가 끝날 때까지 참았다가 강의가 끝나면 정식으로 건의하는 것이 바람직하다고 생각했습니다."

"드디어 네 번째 시간이었습니다. 내가 예측한 대로 횡설수설이었습니다. 드디어 허접한 횡설수설식 강의가 끝났습니다. 나는 앉은 채로 손을 번쩍 들고 말했습니다.

'교수님!'

강의를 마치고 막 나가려던 참에 내가 큰 소리로 '교수님!'하고 부르는 바람에 소설가는 멈칫하면서 아주 퉁명스레 말했습니다.

'머꼬?'

나는 자리에서 벌떡 일어나 그에게 말했습니다.

'저는 국문과 3학년 하륜입니다. 교수님의 강의를 4주째 계속해서 들었습니다. 그런데 한 가지 중요한 문제를 건의드릴

까 합니다.'

'먼데? 말해 봐라!'

'이번 시간은 〈현대문학 특강〉입니다. 그런데 제가 보기에 교수님께서 한 달 내내 현대문학 특강을 강의하신 게 아니고, 〈근대문학 특강〉을 강의하신 것 같습니다.'

'머시 어째?'

'제가 만약 현대문학을 전공하는 국문과 학생이 아니고 단순히 교양과목으로 이 과목을 듣는다면 아무 소리 않고 참았을 것입니다. 그런데 저에게는 이 시간이 교양과목이 아니라 저의 전공과목 중에서도 가장 중요한 전공필수 과목입니다!'

'그래서?'

'교수님께서 한 달 내내 계속 근대문학 특강을 하시는 것을 들으면서 처음에는 현대문학을 설명하기 위해서 근대문학을 잠시 언급하는 것도 그리 문제 될 것이 없다고 생각했습니다. 그래서 근대문학을 얘기하는 것은 곧 현대문학을 얘기하기 위한 전초 작업 내지는 징검다리라고 생각했습니다.

그래서 첫 시간을 넘겼고, 다시 둘째 시간을 넘겼고, 그래서 셋째 시간을 넘기고, 오늘이 넷째 시간인데 역시 현대문학이 아니라 근대문학 이야기만 하신 것입니다. 제 짐작으로는 앞으로도 근대문학에서 한치도 현대문학으로 넘어가지 못할 것 같습니다. 교수님께서는 가령 빅토르 위고(Victor Hugo)에 대해서 계속 강의하셨는데, 빅토르 위고가 언제 적 사람입니까!'

'머시 어째?'

나는 이제 한 발자국도 물러설 수가 없었습니다.

'제가 생각하기로 현대문학 특강을 하려면 빅토르 위고에 목매달 게 아니라 하다못해 다다이스트(Dadaist) 이야기나, 한 발 나아가 쉬르레알리즘(초현실주의) 이야기 정도는 해야 한다고 생각합니다. 아니면 제임스 조이스(James Joyce)의 《율리시스》 정도는 이야기해야 한다고 생각합니다.

그런데 교수님께서는 한 달 내내 빅토르 위고에서 한 치도 벗어나지 못했습니다. 그래서 저는 다음 시간부터는 근대문학 이야기는 이제 그만하시고, 앞으로는 현대문학 특강을 해 주십사 하는 것입니다.'"

"모든 말을 솔직히 전한 나는 자리에 앉았습니다. 나의 발언에 강의실은 완전히 찬물을 끼얹은 듯 정적이 흘렀습니다.

그러자 그는 교탁을 주먹으로 치면서 말했습니다.

'이 새끼, 너 이름이 머라캤노?'

나는 앉은 채로 큰 소리로 말했습니다.

'국문과 3학년 하륜입니다!'

'하륜! 너처럼 교수에게 오만불손한 놈은 당장 퇴학감이다!'

그 순간 뜻밖의 일이 벌어졌습니다. 국문과 3학년 한문성 군이 손을 번쩍 들고 말했습니다.

'교수님! 저도 하륜 군과 의견이 일치합니다. 전적으로 하륜

군의 의견과 건의에 찬성합니다.'

마침내 뜻밖의 지원군이 생긴 것입니다. 그러자 강의실 안이 갑자기 웅성거리기 시작했습니다. 그제사 국문과 4학년 학생들이 지원사격을 시작하자 지원군이 늘었습니다. 그러자 그 소설가는 눈알을 부라리며 비명을 질렀습니다.

'야, 이것들 바라! 어디 보자, 누가 이기나!'

소설가는 강의실 문을 거칠게 열고 씩씩대며 나갔습니다."

"다음 날 학교에 가니 국문과 교수실 담당 급사가 나를 찾아와 말했습니다.

'하륜 학생! 학과장님께서 찾고 있습니다. 지금 빨리 학과장실로 가기 바랍니다.'

'드디어 올 것이 왔구나!' 생각하고 학과장실로 갔습니다. 내가 학과장실에 들어서자마자 학과장은 들고 있던 책을 내 앞으로 사납게 내던지면서 고함을 질렀습니다.

'하륜! 너 이 새끼! 우리 학교 교수도 아닌 초빙교수에게 너무나 오만불손하게 굴었던 것을 다 보고 받았다. 네 놈이 글 좀 쓴다고 평소에도 안하무인이고 시건방진 것이 영 내 마음에 들지 않았는데, 오늘 마침 잘 됐다. 너 같은 놈은 당장 퇴학이다. 각오해라!'

학과장은 자리에서 벌떡 일어나 씩씩대며 밖으로 나갔습니다. 나는 그 등 뒤에 큰 소리로 말했습니다.

'학과장님 마음대로 해 보세요. 누가 이기는지 한번 해 봅시다. 이번 일은 제가 이길 자신이 있습니다.'

이 일로 교수 회의가 열렸고, 나를 퇴학시키는 결론으로 치닫는 것 같았습니다. 초빙교수는 물론이고, 학과장도 한 치도 물러서지 않는 결연함이 역력했기 때문입니다.

나는 이 뜻밖의 난관을 어떻게 풀어야 할지 난감하기만 했습니다. 갑자기 혼자가 된 기분이 되었습니다. 나 혼자만 무인도에 표류한 느낌이 들어서 혹시나 하고 사방을 둘러보아도 망망대해였습니다.

학교 중앙도서관 앞 벤치에 갔습니다. 이럴 때는 혼자 있고 싶은 것이 내 습관이기도 하였습니다. 평소에 내가 주로 이용하는 구석 자리 벤치에 앉아서 앞으로 벌어질 사태를 여러 각도로 상상을 하였더니 머리가 지끈지끈 아파 왔습니다.

그때 뜻밖에 법경대학 학생회장인 양승렬 군이 내게 다가왔는데, 그는 고등학교 때부터 친한 동무였습니다. 그가 내 옆에 앉으면서 내 어깨를 치며 말했습니다.

'야, 너 어디 아파?'

'아니…….'

'숨기지 마! 무슨 안 좋은 일 있제?'

나는 그 친구에게 자초지종을 설명했습니다. 내 말을 다 듣고 난 친구는 콧방귀를 뀌면서 말했습니다.

'흥! 걱정할 일이 따로 있지! 조금도 걱정할 일이 아니다. 당장 퇴학시킬 사람은 네가 아니고, 조또 실력 없는 초빙교수를 추방하는 게 문제네! 이 문제는 내가 나서서 깔끔하게 매듭지을 테니, 하륜 넌 아무 걱정도 하지 마라!'

다음날, 양승렬 군은 여러 명의 학생을 이끌고 총장실에 쳐들어가서 난리를 피웠습니다. 물론 이 장면은 내가 직접 본 것이 아니라 그다음 날 다른 동무에게 들었습니다.

양승렬 군이 총장에게 말했습니다.

'총장님! 우리 학교 국문과에서 최고의 보물은 하륜 군입니다. 동아문학상 시와 소설 두 부문에서 다 받은 문학적 천재가 하륜 군입니다. 한 부문 수상도 하늘의 별 따기처럼 힘든데 시와 소설 두 부문을 한 학생이 휩쓴 것은 우리 대학 역사상 처음 있는 일입니다. 하륜 군은 자랑스러운 내 친구입니다. 그래서 지금 상황이 급박히 돌아가는 것을 보고 방치를 할 수 없어서 이렇게 무례인 줄 알면서도 총장실로 호소하러 온 것입니다.'

'총장님! 실력 없는 초빙교수를 추방해야 합니까? 당당한 건의를 한 자랑스러운 학생을 퇴학시켜야 합니까? 현대문학 특강 시간에 한 달 내내 근대문학 특강으로 횡설수설하는 저질 교수를 당장 추방해야 하지 않습니까? 만약 내 친구 하륜 군을 퇴학시키면, 하 군과 같은 고등학교를 졸업한 350명이 집단 자퇴하겠습니다. 이는 제가 앞장서서 선동할 것입니다.'

그 후로 나의 퇴학 문제는 흐지부지되었습니다. 그리고 현대문학 특강 시간에 근대문학 특강을 한 그 소설가는 더 이상 우리 학교에 발을 붙이지 못하였습니다. 그리고 현대문학 특강 수업도 흐지부지되고 말았습니다. 한 학기 동안 해야 할 강의가 한 달 만에 흐지부지된 것입니다. 그리고 시험은 리포트로 대체하였습니다."

"여러분, 내가 이 이야기를 굳이 여러분에게 한 것은 '교육에서 가장 중요한 것은 교사'라고 생각하기 때문입니다. 그래서 실력 없는 교사는 학교에서 반드시 추방해야 합니다. 실력 없는 교수나 교사를 방치하는 것은 학생들에게 불량식품을 강제로 먹이는 것과 다를 바가 없는 범죄이기 때문입니다. 지금까지 내가 한 이야기를 이해합니까?"

"예, 선생님!"

내 이야기를 집중하며 듣는 동안 쥐 죽은 듯 조용하던 교실이 갑자기 되살아났다.

"백 번, 천 번 이해합니다. 선생님!"

학생들의 대답에 나는 한마디를 덧붙였다.

"이제부터 나와 같이 공부를 하면서 만약 내가 실력이 없다고 판단되면 나를 감싸지 말고 즉각 추방하기 바랍니다. 이 말도 이해합니까?"

그러자 누군가 큰 소리로 말했다.

"선생님 말씀을 충분히 이해는 합니다. 그런데 그럴 일은 절대로 없을 것 같습니다. 학우 여러분! 제 말 이해합니까?"

그 학생의 말에 박수갈채와 환호성이 터졌다. 그리고 그때 다른 누군가가 말했다.

"선생님은 하시는 말투와 태도에서 실력이 철철 넘치는 것을 잘 알겠습니다. 학우 여러분, 제 말에 동의합니까?"

"동의합니다!"

또 한 번 교실 안은 박수갈채와 환호성이 터졌다. 그러나 나는 정색하고 한마디 했다.

"여러분들도 대충은 짐작했겠지만, 이번 시간에 다룬 주제는 너무나 중요하고 민감한 주제입니다. 어찌 보면 교육에서 가장 중요한 주제입니다. 그래서 여러분의 올바른 이해를 돕기 위해서 이 대목에서 내가 한마디 덧붙이지 않을 수가 없습니다.

세상에는 진짜 꿀과 가짜 꿀이 있습니다. 우리 사회에서 진짜 꿀은 아주 귀합니다. 그런데 불행하게도 가짜 꿀이 판을 치고 있습니다. 여기도 가짜 꿀, 저기도 가짜 꿀……, 온통 가짜 꿀 천지입니다. 지금도 수많은 사람들이 가짜 꿀에 속고 있습니다. 비싼 돈을 주고 가짜 꿀을 사 먹고 있습니다.

그래서 우리는 무엇이 가장 큰 잘못인가를 제대로 알아야 합니다. 수많은 크고 작은 잘못 중에 가장 본질적인 잘못은 가짜 꿀 장수에게 있을까요? 가짜 꿀에 속는 머저리들에게 있을까요? 결론이 무엇일까요? 가짜 꿀 장수만 나쁘고, 가짜 꿀에 속는 머저리는 나쁘지 않을까요? 누가 더 나쁠까요?

이것이 이번 시간에 내가 여러분에게 던지는 질문이며, 내가 전하고 싶은 말의 핵심입니다. 소비자가 진짜 꿀과 가짜 꿀에 대해서 제대로 공부를 해야 할까요? 계속 가짜 꿀에 속고 살아야 할까요? 지금 내가 하는 말뜻을 이해합니까?"

"예, 선생님! 충분히 이해합니다."

또다시 교실 안은 박수갈채와 환호성으로 가득했다.

2
나만의 특별한 유서

학교생활은 빠른 속도로 익숙해졌고, 학생들에게 나의 인기도 나날이 높아졌다. 시국에 관한 문제를 제외하고는 다른 일들은 비교적 순조롭게 풀려나갔다. 그러던 어느 날, 나는 좀 엉뚱한 짓을 하였다. 난데없이 유서를 미리 쓰고 싶었다. 죽기 직전에 쓰는 유서를 새파랗게 젊은 사람이 미리 쓰는 게 말이 되지 않는 줄 뻔히 알면서도 기어이 내가 유서를 쓴 데는 그만한 이유가 있었다.

그리고 내가 쓴 유서는 형식도 물론이고 그 내용도 일반적인 유서와는 큰 차이가 있다. 정확하게 말하면, 유서라기보다 내 삶을 점검하는 '체크리스트'라고 하는 것이 더 적절할지 모르겠다.

나는 지금까지 살아오면서 삶에서 가장 중요한 것은 도전이라고 생각했다. 특히 '삶은 도전의 연속'이란 것을 진작부터 알아서 크고 작은 수많은 도전을 해왔다. 나는 그 과정에서 많은 것을 경험했고, 또 그 경험을 통해서 많은 것을 배우면서 조금씩 성장하고, 발전하였다. 하지만 아무리 사소한 것이라도 매번 도전을 시도할 때마다 내 딴에는 많은 고민으로 주저했고, 매번 도전하기를 망설인 적도 한두 번이 아니었다.

그러나 일단 도전을 결정하면, 반드시 멧돼지처럼 밀어붙이곤 하였다. 그런 과정에서 나는 일일이 티는 내지 않았지만, 수없이 많은 좌절과 절망을 했었다. 심지어 한없이 나약하고 무기력해진 나를 보면서 '공연히 이 일에 뛰어들었구나'하는 후회를 한 적도 많이 있었다.

이런 상황에서 떠오른 아이디어가 바로 유서 작성이었다. 여기서 내가 말하는 유서는 자살과는 아무 관계도 없다. 앞서 말한 대로 내가 말하는 유서란, 나 자신을 채찍질하고, 또 나 자신을 추스르기 위한 '나 자신과의 약속'이자 다짐으로 일종의 체크리스트이다.

또한, 유서는 내 삶의 배수진이기도 하다. 내 삶에서 배수진을 친 이상, 한 치도 물러설 수 없는 마지막 방어벽 앞에서 하루하루를 보내는 것이야말로 대단히 드라마틱하지 싶었다. 이런 생각으로 여러 날을 고심한 끝에 나는 드디어 다음과 같은 유서를 썼다.

〈하륜 유서〉

1. 하륜은 ( )년, ( )일, ( )세에 ( ) 때문에 죽었다.
2. 하륜은 지금까지 어떤 일들을 했는가?
3. 하륜의 유족은 몇 명인가?
4. 하륜이 사망하기 직전까지 가장 힘을 쏟던 일은 무엇인가?
5. 하륜은 사람들의 기억에 남을 수 있을까? 그 이유는 무엇인가?
6. 하륜의 죽음을 애도하는 사람은 누구이며, 그 이유는 무엇인가?
7. 하륜이 생전에 사회에 공헌한 바는 무엇인가?
8. 하륜의 사후에 그가 하던 일을 다른 사람이 한다면, 그가 하던 만큼 할 수 있을까?
9. 하륜이 남긴 재산은 어느 정도인가?
10. 하륜의 유족들이 경제적인 이유로 얼마나 비참해질까?

막상 다 쓰고 보니 유서라기보다 체크리스트라고 하는 것이 나을 것 같다. 나는 이 유서를 호주머니에 넣고 다니는 작은 수첩에 붙여 놓고, 시도 때도 없이 몰래 꺼내 보면서 흐트러진 나를 추스르고 채찍질하는 점검표로 활용하였다. 더러 세상 만사가 귀찮을 때, 하는 일에 희망이 없어 보일 때, 골치가 아파서 훌훌 털고 어디론가 떠나고 싶을 때, 생명에 위협을 느낄 때마다 이 유서를 꺼내 놓고, 열 가지 문항을 하나하나 곰곰 짚어보곤 했다.

그때마다 나는 알몸이 되었고, 그런 알몸을 보는 것이 어떤 때는 참으로 고통스럽기도 하였다. 그러나 내 알몸을 보면 더러는 섬뜩하리만큼 정신이 맑아질 뿐 아니라 숙연해지기까지도 했다. 그런 가운데 앞으로 내게 어떤 어려움이 닥치더라도 절대로 물러설 수 없다는 각오를 다시 하게 되고, 그럴 때마다 새로운 용기가 샘솟곤 했다. 이런 의미에서 유서는 나에게 매일 먹는 건강 보조식이나 정력 강장제와 다를 바 없다.

3
거울 궁전에 들어간 개

"반갑습니다. 이번 시간에는 '거울 궁전에 들어간 개'라는 제목으로 이야기하겠습니다. 이번 시간에도 내 이야기를 귀로 듣지 말고, 온몸으로 경청하여서 여러분 삶의 중요한 지혜를 한 수 배우기 바랍니다. 이 주문은 비록 매번 하는 주문이지만, 내 말속에 진정성이 느껴집니까?"

"예, 선생님!"

"다시 확인하겠습니다. 내 말을 귀로 듣는 청취를 할 것입니까? 온몸으로 듣는 경청을 할 것입니까?"

"경청을 하겠습니다. 선생님!"

"좋습니다. 이 결의를 다짐하는 뜻에서 박수 한번 보내봐요!"

갑자기 교실 안은 박수갈채가 터졌다. 나는 이야기를 시작했다.

"어느 왕이 궁전을 지었습니다. 이 궁전은 아주 특별한 궁전이었습니다. 궁전 전체를 수백만 개의 거울로 만들었습니다. 누구나 이 궁전에 들어가면 수백만 가지의 모습이 비쳤고, 수백만 개의 얼굴이 주위를 뼁 둘러싸며 나타났습니다.

그러던 어느 날 이상한 일이 일어났습니다. 개 한 마리가 그 궁전 안으로 들어간 것입니다. 그 개는 궁전에 들어서자마자 그만 곤경에 빠졌습니다. 왜냐면 개가 거울을 바라보았기 때문입니다. 그 개는 거울을 보는 순간 수많은 개들이 자기를 노려보는 것 같아서 무서워졌습니다. 그래서 그 개는 거울 속의 수많은 개들을 보고 짖기 시작하였습니다.

개는 사납게 짖으면서 속으로 이렇게 생각했습니다.

'이렇게 수많은 적들이 나를 에워싸고 있다니! 도저히 이 많은 적들과 싸울 수도 없고, 이길 수는 더더욱 없다. 그러니 빨리 도망가야 한다. 그런데 도망갈 길이 없구나. 한 놈의 적이 문제가 아니야! 수백만 마리의 개들이 지금 나를 향해 덤비고 있단 말이야!'

개는 거울 속에서 짖어대는 수많은 적들을 향해 미친 듯이 사납게 짖었습니다. 수백만마리의 개들과 싸우기 시작했습니다. 그때 유리벽에 비친 개를 향해서 머리를 박았습니다. 결국, 그 개는 유리벽에 부딪쳐 죽고 말았습니다."

"혹시 여러분은 이 이야기가 '개 이야기'라고 생각합니까?

거울 궁전에 들어가서 거울 속에 투영된 수많은 적들과 싸우다 죽은 불쌍한 개 이야기라고 생각합니까? 그리고 수많은 적들과 싸우다 죽은 것이 개라고 생각합니까?

만약 이 이야기를 그저 개 이야기라고만 생각한다면, 여러분은 내 이야기를 들을 자격이 없습니다. 자격 미달입니다! 설령 개 한 마리가 거울 궁전에 들어가서 거울 속에 적들과 싸우다 죽었다고 생각해도 마찬가지입니다."

"여러분, 이 이야기 속에 나오는 개는 그냥 개가 아닙니다! 이야기 속 개는 '우리 자신'입니다. 바로 여러분이고, 바로 나입니다. 거울 속에 비친 적들과 싸우는 개처럼 우리도 일생을, 우리가 만든 가상의 적들과 싸우는 것입니다. 이것이 인간의 삶이기도 합니다.

그런데 한 가지 중요한 것은, 거울 속에 비친 수많은 적은 실제로 존재하는 적들이 아니란 사실입니다. 즉 실존하는 적이 아니라 가상의 적들입니다. 이 가상의 적들이란 따지고 보면 거울에 투영된 자기 자신의 모습 그대로입니다."

"어리석게도 우리는 스스로 수많은 개를 만들어 놓고, 그 개와 매일 싸우고 있습니다. 어리석은 욕심으로 수많은 개를 만들어 놓고 그 개와 매일 싸우고 있습니다. 게다가 자신의 무지로 만들어 놓은 수많은 개인 줄도 모른 채 날마다 그 개와 싸우고 있는 것입니다. 이와 마찬가지로 우리의 삶은, 거울 궁전의 거울에 비친 수백, 수천 배의 개들을 만들어서 매 순간 그 개와 싸우는 것처럼 치열합니다.

그래서 '삶은 마야'라고 했습니다. 마야는 '환상'이라고 할 때의 환(幻)입니다. 즉 '환영'이나 '환각'이라고 할 때의 그 '환'입니다. 거울에 비친 것은 존재하는 것이 아니란 말입니다. 그래서 존재란 따지고 보면 실상이 아니고, 존재가 비추는 허상이란 소리입니다. 존재가 만들어 내는 허상입니다. 허상은 진짜가 아닌 가짜입니다. 거울 궁전의 그 수많은 개는 실재(實在)하는 개가 아니고, 거울에 비치는 '환상의 개'일 뿐입니다."

"거울에 자기 모습이 비치는 것처럼, 무지한 인간은 무지한 적들을 만들어 내고, 유식한 인간은 유식한 적들을 만들어 냅니다. 무지한 인간이 만들어서 싸워야 하는 적들은 그 종류도 단순하고 숫자도 그리 많지 않습니다. 그러나 유식하고 해골 잘 굴리는 인간은 다양한 적들을 수없이 만들어서, 매일 그 적들과 싸우고 있습니다. 이것이 인간의 삶입니다!

자신의 적들과 싸우려면 무기가 있어야 합니다. 그런데 그 무기는 하루아침에 누가 공짜로 주는 것이 아니라 스스로 땀과 노력으로 농부가 새끼 꼬듯이 만들어야 합니다. 앵무새처럼 입으로만 경전을 외운다고 새끼가 꼬아지는 것이 아닙니다! 하염없이 탑을 돈다고 새끼가 꼬아지는 것도 아닙니다.

새끼는 지푸라기를 두 손바닥 사이에 넣고 알맞게 비벼야 합니다. 새끼를 많이 꼬다 보면 손바닥이 닳아서 피가 나기도 합니다! 지금 내가 말하는 새끼는 땀과 눈물로 꼰 새끼를 말합니다. 그래서 이 새끼는 피로 얼룩진 새끼입니다.

거울 궁전에서 거울 속의 적들과 싸우는 개가 할 일은 더 이상 가상의 적들과 싸울 것이 아니라 당장 거울 궁전을 나오는 것입니다. 그러자면 주둥이로 하는 기도와 어리석음으로 하는 탑돌이는 당장 집어치워야 합니다.

그딴 짓거리와는 아무 상관이 없는 처절한 싸움을 해야 합니다. 이는 마치 입시를 눈앞에 둔 수험생과 크게 다를 바 없습니다. 수험생이 교회나 절에 가서 간절히 기도하고, 하염없이 탑을 돈다고 해서 갑자기 수능 점수가 올라가는 것이 아닙니다! 수능 점수는 자기 자신이 공부한 실력의 결과물로 나타나는 것입니다.

이제 결론을 말합니다. 여러분은 훌륭한 스승을 만나야 합니다. 그러자면 훌륭한 스승이 어디 있는지, 어떤 모습인지 대충이라도 알아야 합니다. 한국의 해병대가 귀신을 잡는다고 소문난 것은 그냥 얻은 명예가 아닙니다. 어리석은 기도와 무지의 탑돌이 따위로 이루어진 명예가 아닙니다. 한마디로 지옥훈련의 결과입니다. 만약 지옥훈련은 하지 않고 귀신을 잡으려고 한다면 그게 말이 되는 소리입니까?

귀한 것을 날로 먹으면 안 됩니다! 날로 먹는 사람을 '날강도'라고 부릅니다. 그런데 진리를 날로 먹고, 깨달음도 날로 먹으려는 사람은 날강도보다 더 악질이고, 더 저질입니다.

따라서 우리는 거울 궁전에서 수많은 적들과 싸우다 죽은 개처럼 한심하게 살면 안 됩니다. 그러자면 자기가 만든 수많은 허상과 매 순간 싸우고, 이겨야 합니다. 자기가 만든 허상들과 싸우는 게 올바른 삶이고, 싸우는 게 구도의 길을 가는 것이며, 마침내 승리하는 것이기 때문입니다. 내 말 이해합니까?"

"예, 선생님! 감사합니다."

"이번 시간에도 귀한 삶의 지혜를 얻고, 각자의 생활에 실천할 사람은 박수 한번 보내기 바랍니다. 마치겠습니다."

갑자기 교실 안은 박수갈채와 환호성으로 뒤집어졌다.

4
불신을 통과하지 않은 신뢰는 위험하다

"반갑습니다. 이번 시간에는 '불신을 통과하지 않은 신뢰는 위험하다'란 주제로 이야기하겠습니다. 여러분의 경청 태도가 나날이 발전하는 것이 내 눈에 다 보입니다. 좋은 방향으로 여러분이 변모하고 성장하는 것을 보면, 나는 너무 기쁘고 행복합니다. 그래서 항상 '오늘은 무슨 이야기를 해주면 좋을까?' 별별 궁리를 하고, '별별 생각을 한 보람이 있구나'라고 느끼면서 혼자 흐뭇해합니다. 전라도 말로 하면, 지금 내 마음은 참 '따땃합니다!'

나는 출근 전에 항상 내 서재에 있는 여러 책들 중에서 오늘은 수업 시간에 무슨 이야기를 할까 하고 적절한 자료를 찾느라 애를 쓰고, 없는 자료는 학교 도서관에서 찾곤 합니다. 이런 사소한 순간순간들이 내게는 너무나 소중하고 행복한 시간입니다. 방금 내가 한 말속에서도 진정성이 느껴지고, 내 마음이 여러분에게 잘 전달이 됩니까?"

"예, 선생님! 충분히 전달됩니다. 그리고 진정성이 팍팍 와 닿습니다."

"방금 '팍팍 와 닿는다'라고 저놈이 한 말에 공감합니까? 공감하면 박수 한번 보내봐요!"

갑자기 교실 안은 박수갈채와 환호성으로 아수라장이 되고 말았다. 나는 조용해질 때까지 기다렸다가 말했다.

"먼저 일화를 이야기하겠습니다. 어떤 사람이 미국인에게 물었습니다.

'미국에서 민주주의가 가능한 이유가 무엇입니까?'

그러자 미국인이 짧게 대답했습니다.

'불신!'

자, 이번 시간에도 수준 높은 공부를 할 참입니다. 아마 이런 공부는 대한민국의 고등학교에서는 내가 처음 하지 않을까 싶습니다. 그러니 여러분은 솜털 하나까지 바짝 세워서 내 말을 한마디도 놓치지 말고 모조리 경청하기 바랍니다.

오늘 할 공부의 결론부터 먼저 말합니다.

'미국에서 민주주의가 가능한 것은 불신이다.'

이 말이 무슨 소린지 제대로 이해 못 하는 학생들이 대부분이라고 생각합니다. 그런데 내 덕에 여러분은 수준 높은 것을 오늘 공부하는 것입니다. 내 말에 이의 있어요?"

"이의 없습니다. 선생님!"

"불행하게도 수많은 사람들은 불신의 진정한 가치와 불신의 순기능을 잘 모르고 있습니다. 그러니 살아가면서 엄청난 수강료를 치르는 경우가 많을 수밖에 없습니다. 잘 몰라서 그렇지, 알고 보면 '불신'은 대단히 중요하고, 반드시 필요한 과정입니다.

다시 말하면, 불신하는 것은 신뢰하는 것 이상으로 중요하다는 소리입니다. 상대를 신뢰하기 위해서는 반드시 '불신의 강'을 건너야 합니다. 한마디로 불신의 강을 건너지 않은 신뢰는 대단히 위험하다는 소리입니다."

"불신하는 것은 마치 공직자를 청문회에 세우는 것과 같습니다. 일류대학을 나오고, 생긴 것도 멀쩡하고, 박사 학위도 있고 저명인사로 행세하던 자를 청문회에 세워놓은 후, 불신의 잣대로 하나하나 벗겨보면 완전 인간쓰레기에 인간 말종인 경우가 상당히 많습니다.

청문회라는 불신의 터널을 반드시 통과해야 논문 표절도 들통나고, 군대 안 간 것도 들통나고, 또 군대 안 가려고 손가락을 일부러 자른 것도 들통나고, 입으로는 기회만 있으면 미국을 저주하면서 자기 새끼는 미국 유학을 보낸 것도 들통나고, 겉으로는 재벌 욕하면서 뒷구멍으로는 재벌과 사교클럽 만들어 온갖 호사와 특혜 누리는 것도 들통나고, 마누라 이름으로 땅 투기한 것도 들통이 나는 것입니다.

이런 것을 보면 청문회가 가진 역기능도 적지 않지만, 순기능 또한 대단하다 할 수 있습니다. 우리는 청문회를 해야 하는 것처럼 상대를 온전히 신뢰하기 위해서는 반드시 불신의 징검다리를 건너는 청문회를 치러야 합니다. 이러는 것이 신뢰하기 전에 반드시 철저하게 불신해야 한다는 말입니다.

가령 불신당하는 쪽은 자신의 정직함을 입증해 보이기 위해서 피나는 노력을 할 것입니다. 매사를 철저히 따지고 가리는 것은 철저히 불신하기 때문이고, 철저히 불신하는 것은 철저히 믿기 위함이라는 것을 알아야 합니다."

"오늘날 미국에서 민주주의가 가능한 근본적인 원인이 불신이라고 하는 것도 다 이 때문입니다. 철저하게 믿을 수 있기 전까지는 철저하게 불신하는 것, 이것이 미국 민주주의의 뿌리임이 틀림없습니다. 그런데 우리나라에서는 많은 사람들이 불신에 대해서 잘못 알고 있습니다. 불신의 부정적인 측면만 알기 때문입니다.

다시 말하면 불신의 순기능, 즉 불신의 긍정적인 측면은 간과한다는 말입니다. 많은 사람들이 불신의 가치를 모르고, 불신의 기능도 잘 모르는 것입니다. 이는 마치 청문회를 하지 않는 것과 같습니다.

이 나라 어리석은 자들은 먼저 '믿어주세요'라고 부탁합니다. 이런 태도는, 참다운 믿음은 불신의 징검다리를 건너야 한다는 사실을 잘 모르는 매우 어리석은 사람들의 자세입니다.

믿을만한 아무런 건덕지가 없는데, 믿어달라고 부탁하는 쪽도 문제지만, 이를 믿어주는 쪽도 문제입니다. 불신의 징검다리를 거치지 않은 믿음은 철저한 검증을 거치지 않았기 때문에 오래 못 가서 쉬 깨어지기 쉽습니다.

여러분이 살아가면서 만약 불신이란 검증을 거치지도 않고 남을 믿는다면, 그 사람에게 철저하게 속을지 모릅니다. 만약 불신의 검증을 거치지 않고 남을 믿는다면, 온통 속고 살 것이 분명합니다."

"결론을 말합니다. 불신의 검증을 통과하지 않고 남을 신뢰한다면, 반드시 비싼 수강료를 치를 것입니다. 왜냐면 불신의 강을 건너서 만나는 신뢰만이 진정한 신뢰이기 때문입니다. 쉽게 말하면, 불신의 터널을 통과하지 않은 신뢰는 마치 한국은행에서 인정하지 않는 위조지폐이고, 한국은행에서 인정하는 지폐만이 진짜 지폐인 것과 크게 다를 바가 없을 것입니다. 지금까지 내가 한 말을 이해합니까?"

"예, 선생님! 충분히 이해합니다."

"그럼, 마치겠습니다."

학생들의 박수갈채와 환호성이 터져 나왔다.

5
완벽한 신붓감을 찾는 노인

"반갑습니다. 이번 시간에는 '완벽한 신붓감을 찾는 노인'이란 제목으로 이야기하겠습니다. 늘 하는 소리지만, 이 시간에 내가 하는 이야기를 귀담아듣고 삶의 귀중한 지혜를 한 수 배우기 바랍니다. 그러자면 귀로 하는 청취가 아니라 온몸으로 해야 할 것입니다. 경청할 준비가 되었습니까?"

"예, 준비되었습니다. 선생님!"

"어느 마을에 나이 칠십이 되도록 결혼을 못 한 노인이 있었습니다. 친구가 그 노인에게 물었습니다.

'자네, 혹시 독신주의자인가?'

'아니야.'

'그럼 왜 아직도 결혼을 못 했는가?'

친구의 물음에 노인이 대답했습니다.

'나는 지금까지 완벽한 아내를 발견하지 못했기 때문이야!'

'아니, 자네가 자그마치 칠십 년 동안이나 찾았으면 됐지. 이제 죽을 날도 멀지 않았는데 언제까지 신붓감을 찾아 헤맬 건가?'

그러자 노인이 대답했습니다.

'난들 어떻게 해. 완벽한 아내가 없이는 행복해질 수가 없을 게 뻔한데.'

다시 친구가 물었습니다.

'자네가 그렇게 오랫동안 신붓감을 찾아 헤맸는데, 그동안 한 번도 완벽한 여자를 만나지 못했나?'

'아니, 꼭 한 번 있었어.'

'그러면 왜 그 여자와 결혼하지 않았어?'

노인은 매우 슬픈 표정을 지으며 말했습니다.

'그건 매우 어려웠어. 그 여자 역시 완벽한 남편감을 찾고 있었거든.'"

"아무 결함 없이 완벽한 것은 참으로 귀하고 좋은 것은 사실입니다. 그러나 이런 것은 지극히 관념적이고, 공허하며, 비현실적인 망상에 불과한 경우가 많습니다.

물론 이 노인이 완벽한 신붓감을 찾는 것을 누구도 말릴 수가 없습니다. 하지만 그러는 사이에 이미 '봄날'은 다 흘러가고 말았습니다. 이 부분에 대해서는 내가 더 이상 설명하지 않아도 누구나 이해할 수 있는 주제입니다.

그런데 이보다 더 중요한 문제가 숨어 있습니다. 그것은 완벽함을 추구하는 자신은 과연 아무 허점도 없이 완벽한가 하는 것입니다. 이 대목에 통과할 사람은 이 지상에서 단 한 사람도 없을 것이라고 생각합니다.

이를 소크라테스의 말을 빌리자면, '너 자신을 알라'이고, 여러분이 좋아하는 시쳇말로 하면 '주제 파악을 하라'입니다. 이 대목에서 자유로운 사람은 아무도 없을 것이라고 나는 감히 단언합니다."

"이제 결론을 말하겠습니다. 우리는 일상에서 너무 완벽한 것을 추구하지 말아야 합니다. 이런 완벽주의를 의학적으로 말하면 일종의 결벽증과 같습니다. 한 가지 예를 들겠습니다. 물의 경우, 아무 불순물이 없는 물이 증류수입니다. 그런데 증류수는 인간이 먹고 살 수가 없다는 사실입니다.

가령 볍씨에 증류수를 주면 죽고, 금붕어에 증류수를 주어도 죽고 맙니다. 반면에 우리가 마시는 물에는 여러 가지 불순물이 섞여 있습니다. 그런데도 불순물이 없는 증류수 타령을 한다면 그는 머저리이거나 또라이지 싶습니다.

앞에서 말한 노인은 완벽한 신붓감을 찾는 사이에 그만 인생의 봄날은 다 가고 말았습니다. 마찬가지로 도전하지 않는 사람들 중에는 의외로 완벽주의자들이 많습니다. 매사에 완벽함을 추구하기 때문에 결국은 아무 도전도 못 하고 인생을 허비하고 마는 것입니다."

"인간은 매우 불완전한 존재입니다. 존재 자체가 수많은 모순과 부족함을 안고 있습니다. 그래서 삶이란 실수 혹은 실패의 연속이라고 해도 과언이 아닙니다. 박물관에 있는 국보급 도자기는 수많은 실패작 끝에 피어난 꽃입니다. 단 몇 줄의 아름다운 시를 쓰기 위해서 시인은 수많은 파지를 버리면서 밤을 새우며 고뇌해야 합니다.

명의도 마찬가지입니다. 의과대학을 졸업하는 날부터 명의가 될 수 없습니다. 수많은 실수 즉, 오진과 시행착오를 통해서 후회하고, 반성하고, 노력하고 신중하게 하는 가운데 조금씩 실력이 향상되어 마침내 명의가 되는 것입니다.

이런 의미에서 실수 즉 오진 등을 하지 않고는 진정한 명의가 된다는 것은 불가능한 것입니다. 이는 재판관도 마찬가지입니다. 실수 즉, 오판을 통해서 고뇌하고, 후회하면서 다음 판결을 더 신중하게 내릴 것입니다."

"다시 한번 강조합니다. 인간은 불완전한 존재입니다. 불완전하기 때문에 수많은 모순을 안고 있습니다. 그러니까 삶은 실수 혹은 실패의 연속이라 할 수 있습니다. 그런데 도전하지 않은 사람들 중에는 의외로 완벽주의자들이 많습니다. 매사에 완벽함을 추구하기 때문에 결국은 아무 도전도 못 하고 인생을 허비하고 마는 것입니다. 우리는 증류수를 먹어야 할까요?"

"아닙니다!"

"증류수가 아니면, 무슨 물을 마셔야 할까요?"

"생수를 마셔야 합니다."

"옳소! 생수에 박수 한 번 보냅시다. 여기까지!"

교실 안은 갑자기 웃음바다가 되었고, 박수갈채와 환호성으로 시장 바닥처럼 되고 말았다.

6
총장 승용차 위를 걸어간 학생

알고 보니 우리 학교에는 멋쟁이 선생이 아주 많았다. 이동범 선생은 중앙대학교 영문학과를 졸업한 영어 선생이다. 영문학과를 다닌 학생이라면 나처럼 국문과를 다닌 학생보다는 견문도 넓고, 서양 문화도 많이 알아서 무척 세련되었을 것 같은데 이 선생은 나보다 훨씬 촌놈 같았다. 이 선생은 평소 말수도 적어서 본색을 알 수는 없었지만, 뜸적뜸적한 몇 마디만 들어봤을 때 그의 독서량이 나보다는 많지 않을 것 같았다.

거기다가 그가 천날 만날 입고 다니는 낡은 양복과 닳아빠진 가죽 구두만 봐도 촌놈 티가 물씬 풍겼다. 나는 그에게 아무 호감도, 관심도 없었다. 그에게서는 내 관심을 끌게 하는 요소를 단 한 가지도 발견할 수 없었다. 어쩌다 그와 마주치기라도 하면 극히 형식적인 인사를 하고 본체만체 지나갔었다.

그러던 어느 날이었다. 교무실에서 그의 책상 앞을 지나오다가 내 눈을 의심하게 하는 일이 벌어졌다. 그의 책상 위에 놓여 있는 작은 책 한 권이 나의 시선을 멈추게 했다. 바로 포켓판 영문 원서였다. 그 책을 본 순간 큰 충격을 받은 나는 그 자리에 돌기둥처럼 서고 말았다. 나는 영어를 몰라서 영문 원서의 표지를 보아도 제목조차 뭔지도 알 수가 없는 처지였다. 그의 책상 위에 놓여 있는 작은 책이 영어 원서라는 그 한 가지 이유만으로도 나에게는 신선한 충격이 아닐 수 없었다.

그런데 문제는 원서의 제목이었다. 제목이 나를 소스라치게 했다. 그 원서의 제목이 '월든(Walden)'이었기 때문이다. 헨리 데이빗 소로우(Henry David Thoreau)의 대표작인 《월든》은 내가 좋아하는 책 중 하나였다.

물론 나는 한국말로 번역된 《월든》은 진작 읽었다. 그의 또 다른 작품인 《시민불복종론》도 빠삭하게 줄줄 꿰고 있었다. 그뿐 아니다. 소로우와 가까웠던 에머슨(R.W. Emerson)에 대해서도 제법 알아서 기회만 되면 아는 척하기도 하였다.

그러나 내 주위 사람 중에 《월든》을 아는 사람은 아무리 눈을 닦고 보아도 보이지 않았다. 당연하게도 《월든》을 모르면 소로우를 알 리가 없다. 《월든》을 알든지, 소로우를 알든지 둘 중의 하나만이라도 알았으면 좋겠는데, 그게 말처럼 그리 쉬운 일이 아니었다.

그런데 너무 놀랍게도 평소에 촌놈으로 보이던 이동범 선생의 책상 위에 그 유명한 《월든》이 놓여 있다니! 정말 너무너무 뜻밖이었다. 그것도 번역본이 아니고 원서라니! 세상에! 나는 얼이 빠진 사람처럼 멍해져서 그 자리에 서 있었다. 거의 돌기둥 수준으로 서서 그를 기다렸다.

안 할 말로 지금까지 내 눈에 그는 한마디로 완전 촌놈이었다. 그래서 그를 개무시했다. 이것은 내가 너무 경솔했고, 이만저만 잘못한 것이 아니라고 하지 않을 수 없다. 이렇게 그는 《월든》이라는 영어 원서 한 권으로 졸지에 촌놈에서 멋있는 사람으로 바뀌고 말았다.

나는 그동안 그에게 갖고 있던 나쁜 인상을 다 지우고, 앞으로는 그와 친하게 지내고 싶은 생각이 간절해졌다. 내 바람은 그와 친해지면 《월든》에 관한 이야기도 하고, 콩코드 숲과 《시민불복종론》에 대해서도 이야기하고, 또 에머슨에 대한 이야기를 나누고 싶었다.

물론 내가 아는 것은 극히 단편적이었기 때문에 영문학을 전공했으며 《월든》 원서를 휴대하고 다니는 그의 수준 높은 지식을 주워들을 수 있으면 얼마나 좋을까 상상까지 하였다. 갑자기 나는 구름을 타고 있는 것 같은 착각이 들었다. 나는 그의 책상 앞에 돌부처처럼 서 있는 동안 별별 상상을 다 하였다.

그때 등 뒤에서 이 선생의 목소리가 들렸다.

"하륜 선생! 왜 여기 남의 책상 앞에 돌기둥처럼 서 계십니까?"

나는 활짝 웃으면서 말했다.

"이동범 선생을 기다리는 중입니다!"

그는 내가 한 말이 너무나 뜻밖이었는지 제법 놀라는 표정을 지었다.

"아니, 하륜 선생이 제게 무슨 용무가 있어서 돌기둥처럼 서서 기다리시나요. 참 궁금합니다."

나는 손가락으로 책상 위의 《월든》 원서를 가리키면서 말했다.

"저 책 때문입니다!"

그는 내가 한 말이 너무 의외라고 생각한 것 같았다. 그가 말했다.

"선생님! 저 책이 무슨 문제라도 있다는 것입니까?"

내가 말했다.

"이동범 선생님, 저는 지금까지 《월든》 번역서를 읽은 사람도 보지 못하였습니다. 그런데 번역서도 아닌 원서를 읽는 사람을 만났으니 이 얼마나 충격이 아니겠습니까! 그래서 저는 이동범 선생님을 오늘부로 완전 다시 보기로 했습니다. 앞으로 선생님과 친해지고, 또 선생님과 사이좋게 지내면서 소로우는 물론이고 그 밖의 수준 높은 작가들에 대해서 배우고 싶습니다. 그러자면 우선 콩코드 지방과 《시민불복종론》과 하다 못해 에머슨에 대해서도 좀 깊게 공부하고 싶습니다. 그러니 저를 잘 도와주시기 바랍니다."

내가 먼저 이 선생에게 악수를 청하자 그도 내 손을 잡았다. 그 순간 그 악수 속에 뜨거운 사랑과 신뢰가 강하게 흐르는 것 같았다. 그날 이후로 우리는 급속도로 친해지게 되었다. 점심

시간 식당에 갈 때도 자주 같이 갔다. 사실 그동안은 한 번도 그와 식당에 간 적이 없었지만, 신기하게도 그와 자주 식당에 같이 가게 되었다.

우리는 식당에서 함께 식사하면서, 교무실로 돌아오면서도 재미있는 대화를 많이 하였다. 여름 방학 중에 예비군 훈련을 받을 때도 단짝처럼 붙어 다녔다. 인근 학교의 선생들도 같이 교육을 받았다. 반공교육 시간에 종종 재미있는 일이 벌어지곤 하였다. 반공교육을 하는 연사가 하는 말 중에 틀린 대목이나 잘못 말 한 대목이 있으면 손을 들고 발언권을 얻어서 따지곤 하였다. 한 선생이 이 문제를 걸고넘어지면, 다른 선생은 또 다른 문제를 끄집어서 끈질기게 물고 늘어졌다. 그러다 보니 정해진 시간에 제대로 강의를 하는 연사가 흔치 않았다. 그때 이동범 선생과 나는 반공교육 연사를 골탕 먹이는 선수 중에서도 주전 멤버였다. 또 이런 일들이 다른 학교의 실력 있는 선생들과 친해질 수 있는 좋은 기회가 되기도 했다.

이동범 선생의 이야기 중에 가장 압권은 그가 중앙대학교에 다닐 때 있었던 '총장 승용차 사건'이었다. 그는 가난하여 고등학교 때부터 가정교사를 하였다고 했다. 대학 때는 영문과 주임교수 댁에 가정교사를 하였다. 그 주임교수는 그 유명한 김병철 박사였다. 이분은 우리나라에서 제임스 조이스에 대한 최고 권위자이다. 이런 김병철 박사의 집에서 이동범 선생이 가정교사 노릇을 했다고 하니, 그의 실력이 대단하다 하지 않을 수 없었다.

그가 들려준 또 다른 일화는 좀처럼 믿어지지 않는 충격적인 일이다. 그렇지만 나는 조금도 의심하지 않고 이 이야기를 그대로 믿고 있다. 역시 이 선생이 중앙대학교에 다니던 시절의 이야기다. 어느 날, 평소처럼 그는 학교 내에 있는 중앙도서관으로 갔다. 그런데 그날은 난데없이 고급 승용차 한 대가 길가에 주차해 있었다. 이동범 선생은 조금도 망설이지 않고 그 승용차 위로 올라가서 차 지붕 위를 천천히 걸어갔다.

당시 중앙대학교의 총장은 임영신 교수였는데, 그 승용차는 바로 임 총장의 차였다. 그는 이에 아랑곳하지 않고 당당히 총장의 승용차 위에 올라가서 차 지붕을 한발 한발 걸어간 것이다. 물론 이 광경은 주위 학생들에게 엄청난 충격이자 이변이었다. 승용차 지붕 위를 천천히 걸어가던 그가 마침내 지붕을 지나 보닛에서 천천히 내려왔다. 그는 평소처럼 도서관을 향해 걸어갔다. 그러나 운이 없었는지, 혹은 누군가가 신고했는지 갑자기 많은 사람이 화들짝 놀라서 총장 차가 있는 곳으로 몰려왔다.

그리고 그는 새파랗게 질린 학생과 사람들에게 잡혀서 학교 사무실로 끌려갔다. 학교는 난리가 났다. 이는 분명히 중앙대학교가 생기고 처음 일어난 충격적인 사건이 아닐 수 없었다.

이 소문을 들은 학교 직원들도 귀를 의심하였다.

마침내 그는 붙잡혀서 교학처로 끌려갔다. 교학처 직원이 그에게 물었다.

"너 인마! 그 차가 누구 차인지 몰랐냐?"

그가 대답했다.

"예, 누구 차인지 몰랐습니다."

"그 차는 바로 총장님 차란 말이야!"

깜짝 놀란 그는 정색하며 말했다.

"저는 그 사실을 꿈에도 몰랐습니다."

"네 놈 말대로 그 차가 총장님 차라는 것을 몰랐다 치자. 그렇다고 왜 차 지붕 위에 올라가서 지붕 위로 걸어간단 말이냐!"

그가 대답했다.

"아닙니다. 저는 승용차 위로 올라간 적도 없고, 차 지붕 위로 걸어간 적이 없습니다!"

그러자 이를 목격한 학생들과 직원이 고함을 쳤다.

"이 새끼, 완전히 맛이 간 놈이네! 너 지금 제정신이냐?"

다시 그가 말했다.

"분명히 말씀드리지만, 저는 총장님 승용차 위로 올라간 적이 없고, 차 지붕 위를 걸은 적도 없습니다."

"이놈 보소! 네 놈이 총장님 승용차 위로 올라가서 차 지붕을 걸어가는 것을 많은 학생이 봤는데, 지금 무슨 말을 하는 거야? 그 모습을 똑똑히 본 학생들을 증인으로 불러올까?"

그러자 그는 또박또박 말했다.

"저는 총장님의 승용차 위로 올라간 적이 없고, 차 지붕 위를 걸은 적도 없습니다. 다만 평소에 제가 가던 대로 도서관을 향해서 직진했을 뿐입니다. 다만 그때 무슨 물체가 내 앞길을 가로막고 있었는데, 그것이 총장님 승용차라는 사실은 꿈에도 몰랐습니다. 저는 그 물체에는 아무 관심도 없었고, 그냥 평소처럼 직진했을 뿐입니다."

총장의 승용차 위를 어느 학생이 걸어갔다는 사실은 즉각 총장에게 보고가 되었다. 총장도 너무나 놀라서 교직원을 불러서 자초지종을 물었다고 했다.

"총장님, 그놈을 붙잡았습니다."

"그래? 왜 남의 차 위를 걸어갔다는 거야?"

교직원은 자초지종을 설명하였다. 그러자 임영신 총장은 파안대소하면서 말했다.

"야아! 대단한 학생이구나. 듣고 보니 내 차의 지붕 위로 걸어간 그 학생의 잘못은 하나도 없다. 그의 말대로 그는 평소처럼 직진했을 뿐이다. 직진을 한 것이 무슨 잘못이란 말인가. 차라리 그 자리에 차를 주차한 쪽이 잘못이다. 그 학생을 귀찮게 하지 말고 당장 보내줘라!"

중앙대학교에서 이 이야기는 순식간에 번져나갔다. 마침내 이 이야기는 중앙대학교는 물론 당시 대학가에서 전설적인 이야기가 되었다고 한다.

7
나는 메모광이다

나는 메모광이다! 좋게 말하면 메모광이 아니라 메모 전문가이자 메모 박사이다! 아니, 메모의 달인이요, 메모 최고수이다! 나의 하루는 언제나 메모장 점검으로 시작한다. 내 머리맡과 책상머리에는 메모장을 담는 대나무 소쿠리 두 개가 있다. 하나는 일정을 적는 메모장을 담는 소쿠리이고, 다른 하나는 일정 외에 다른 중요한 사항이나 책을 쓸 아이디어, 그리고 칼럼의 아이디어나 소재, 인용할 자료 등을 적는 메모장 담는 소쿠리이다.

내 방에 있는 메모장의 종류는 다음과 같다.

〈나의 다섯 가지 메모장〉

1. 일정을 적는 메모장

매일매일 일정을 적는 메모장이다. 그날 하루 동안 내가 할 일들을 하나하나 적는 메모장이다. 아침마다 이 메모장을 펴놓고 오늘 할 일을 점검하고, 그 일에 따른 준비물이나 자료 등을 챙긴다. 이때 참고로 삼는 것은 내가 항상 바지 뒤 호주머니에 넣고 다니는 '휴대용 다이어리'이다. 이 다이어리에는 그날 만날 사람과의 약속이나 내가 참석해야 할 회의와 모임 등에 관한 것이 주로 적혀 있다.

2. 글 쓸 소재나 아이디어를 적는 메모장

시도 때도 없이 불쑥불쑥 떠오르는 아이디어 혹은 글을 쓸 소재나 글의 제목 등을 적는 메모장이다. 길을 걷다가도 좋은 아이디어가 떠오르거나 멋진 착상을 하면 그 자리에서 메모할 수 있다. 또한, 지하철 안이든, 회의 중이든, 다른 사람과 이야기 중이든 언제든지 건수만 생기면 즉각적으로 메모를 한다.

3. 책을 쓸 아이디어를 적는 메모장

한 권의 단행본을 쓸 구상이나 착상 등을 적는 메모장이다. 이 메모장도 항상 휴대하고 다니는데, 언제든지 책을 쓸 좋은 아이디어나 소재가 떠오르면 시도 때도 없이 장소를 불문하고 즉각 메모한다.

4. 주제별로 적는 메모장

내가 쓰고자 하는 글에 인용할 자료나 글 쓸 주제 등을 가나다

순으로 분류하여 적는 메모장이다. 가령 사랑에 관한 멋진 아이디어나 인용할 자료 등이 있으면 즉각 'ㅅ' 항목에 메모한다. 그랬다가 나중에 언제든지 사랑에 대한 글을 쓸 일이 생기면 이 메모장을 펴서 사랑과 관련된 소주제를 찾아서 참고와 인용을 한다.

5. 사경용 메모장

어떤 특정한 책을 그대로 보고 적을 때, 즉 사경(寫經)을 할 때 쓰는 메모장이다. 언젠가 확인해 보니, 한 해 동안 매일 최소 한 시간, 최대 두 시간 사경을 남겼다. 그때 일 년 동안 사경을 직접 하면서 나는 참으로 귀한 것을 깨달았다. 사경의 참 의미가 무엇이며, 사경의 진정한 가치가 무엇인지 깨달았다. 그 사경 덕분에 내가 많이 성장하였지 싶다.

아침에 집을 나서기 전에 반드시 나는 일정 메모장을 펴놓고, 그날 할 일들에 대해서 다음과 같이 주제별로 점검을 한다.

1) 오늘 누구와 만날 약속이 있는가?
2) 오늘 점심을 누구와 하기로 하였는가?
3) 오늘 참석할 회의는 있는가?
4) 오늘 참석할 모임은 있는가?
5) 오늘 납부할 공과금은 무엇인가?

6) 오늘 책방에 들를 것인가?

7) 오늘 윈다비(비둘기)를 보러 갈 것인가?

나의 메모장들 중에서 주로 내가 메일 휴대하는 것은 1, 2, 3, 4번 메모장들이다. 사경용 메모장을 휴대하지 않는 것은 요즘은 별도의 사경을 하지 않기 때문이다. 그러나 언젠가 특정한 주제를 사경할 일이 생기면, 그때는 다시 사경용 메모장도 항상 휴대할 것이다.

지금까지 살아오면서 나는 메모를 하지 않은 날이 단 하루도 없다. 매일 이것저것 메모를 지나칠 정도로 많이 한다. 그래서 그런지 기억력이 영 '아니올시다'이다. 나는 뭐든지 메모를 하기 때문에 머리로 기억하는 부분에서는 아주 어수선하고, 기억을 잘하지 못한다. 가령 전화번호는 내 전화번호 외에는 외우는 게 단 하나도 없을 정도이다!

또한, 나는 메모에 관련된 고약한 버릇이 있다. 바로 메모를 하고 나서 금세 잊어버리는 것이다. 그래서인지 내 머릿속은 항상 깨끗하다. 머릿속에 온갖 잡동사니들을 다 담아두면 그만큼 복잡할 것 같다. 그래서 엔간한 건 메모하고, 그 순간만큼은 내 머릿속에 아무것도 담아두지 않으려고 노력한다.

이런 습관이 몸에 배어있기 때문에 다른 사람을 볼 때도 메모를 하지 않는 사람은 잘 믿지 않는 나쁜 버릇이 있다. 중요한 약속을 하고도 메모를 하지 않는 사람을 보면 나는 항상 불안

하다. '저이가 저러다가 혹시 약속을 잊기라도 하면 어쩌나'하고 염려하는 것을 보면, 나는 쓸데없이 오지랖이 넓은 것 같다.

나의 이런 염려를 보고 순진한 사람들은 이렇게 말한다.
"선생님, 저는 메모 안 해도 다 기억해요!"
그 말은 알겠다! 그러나 이런 사람은 참으로 순진한 사람들이다. 그리고 참으로 한가한 사람이다. 바쁜 사람은 하루에도 여러 사람을 만나고, 여러 곳을 들러야 한다. 그럴 경우, 그 많은 일정들을 메모하지 않고 기억에 의존한다는 것은 아주 불안하고 위험한 일이라고 나는 생각한다.

그래서 메모하는 습관이 몸에 배어있지 않은 사람을 신뢰하지 않는다. 처음에는 이를 모르고 호감을 가졌다고 해도 점점 더 가까워지면서 그가 메모하는 습관이 배이지 않은 것을 안 순간부터 내 '마음의 문'은 스르르 닫혀버린다. 이 대목에서 나는 한 치도 물러설 수가 없다. 만약 내 회사의 부하 직원이 그 복잡한 일정을 메모하지 않고 기억에 의존한다면, 그런 직원은 가능하면 적당한 명분을 만들어서라도 빠른 시일 내에 내보낼 것이다.

메모는 자신만을 위해서 하는 것이 아니다! 순진한 사람들은 메모는 자기만을 위한 것이라고 생각한다. 만약 동굴에서 혼자 사는 사람이라면 자기만을 위한 것일 수 있다. 그러나 사회생활에서 메모는 상대에 대한 신뢰를 주는 측면이 있으므로 자신만을 위한 것이라고 하기에는 합리적이지 않을 뿐 아니라 지혜롭지도 않다고 생각한다.

어느 날, 파고다 공원 뒤 도롯가에 소형 짐차를 세우고 공책을 파는 아저씨를 우연히 알게 되었다. 그동안 매달 메모 공책을 서른 권 정도 샀다. 만날 때마다 주로 대여섯 권씩 샀다. 자주 와서 많이 사 가니까 하루는 공책 아저씨가 물었다.

"선생님, 왜 이렇게 메모 공책을 많이 사갑니까?"

내가 대답했다.

"메모를 하려고요!"

"무슨 메모를 얼마나 하기에 오늘 또 삽니까?"

"제가 메모할 것이 많습니다."

"실례지만 그동안 사 가신 것만 해도 엄청난데, 오늘 또 사 가시다니요?"

"이 동네 오면 아저씨에게 메모 공책 사는 것이 제 취미이고, 일과가 되었습니다. 아저씨 공장에 제가 좋아하는 이 스타일의 메모 공책이 아직도 많이 있습니까?"

공책 아저씨는 잠시 계산을 하는 듯싶었다.

"얼추 한 삼백만 원어치 정도 있지 싶습니다."

"아저씨! 그것은 아저씨가 다 못 팔면 제가 몽땅 사 드리겠습니다."

그 뒤에도 종로통에 나갈 때마다 공책 아저씨에게 메모 공책을 대여섯 권씩 샀는데, 그는 아무래도 이상하다는 눈치를 보였다. 그래서 어느 날, 나의 가방을 열어서 그 안에 들어 있는 메모 공책들을 보여주고, 그중에 한 권을 꺼내서 메모한 내용들을 대충 보여주었다. 그러자 공책 아저씨는 깜짝 놀라면서 말했다.

"정말로 요긴하게 쓰고 계시네요. 근데 무슨 공부를 하시기에 그리도 메모를 많이 하십니까?"

"제가 젊을 때 공부를 안 하고 놀기만 했습니다. 그래서 일류대학을 못 갔습니다. 뒤늦게 후회를 하고 이제라도 공부를 열심히 하려고 작심을 하고, 늘 부지런히 공부하고 있습니다. 그러다 보니 메모할 것도 나날이 늘어날 수밖에 없습니다."

그제야 공책 아저씨는 안도하듯 고개를 끄덕이며 밝게 웃었다. 나도 따라 웃었다. 나는 공책 아저씨를 좋아한다. 그런데 언제부터인가 공책 아저씨도 나를 좋아하는 것 같았다. 처음에는 메모장을 다섯 권 사면 서비스로 볼펜을 두어 자루 내게 주었다. 그런데 언제부터인가 공책 아저씨는 손에 집히는 대로 볼펜을 서비스로 준다.

어떤 때는 내가 산 메모장 값보다 더 많은 양의 볼펜을 손에 집히는 대로 준다. 그 재미로도 종로통에 나갈 때 반드시 공책 아저씨를 찾게 된다. 그리고 만나면 반드시 메모장을 산다. 어쩌다 공책 아저씨가 여러 날 안 보일 때가 있다. 그러면 혹시 어디 편찮으신가 하고 걱정을 한다. 그래도 여러 날 공책 아저씨가 안 보이면 할 수 없이 그 옆에서 부채 파는 할아버지에게 슬쩍 묻는다.

"할아버지! 공책 아저씨 아예 안 나옵니까?"

"아니요. 어제 나왔던데? 왜 혹시 돈 받을 거 있어요?"

"아닙니다."

"그러면 왜 찾아요?"

"저는 공책 아저씨를 사랑해요. 그래서 보고 싶어서요."

"……."

나는 종로통에 나갈 때마다 공책 아저씨를 만나는 것이 행복하고, 그때마다 반드시 메모장을 여러 권 사는 것도 행복하다. 그리고 공책 아저씨가 손에 잡히는 대로 볼펜을 한 움큼 쥐어서 공짜로 주는 것 또한 행복하다.

가장 성공한 사람이 가장 실패한 사람이다

"반갑습니다. 이번 시간에는 '가장 성공한 사람이 가장 실패한 사람이다'라는 제목으로 말하겠습니다. 결론을 먼저 말하고 시작하겠습니다. 세상 사람들이 가장 성공했다고 하는 사람들이 내가 보기에는 가장 실패한 사람들입니다. 아마 이런 이야기는 여러분이 그동안 단 한 번도 들어보지 못한 새롭고 충격적인 이야기일 것입니다.

나의 충격적인 이야기에 너무 놀라지 말고, 한 대목 한 대목을 잘근잘근 씹어 먹기 바랍니다. 만약 내 이야기를 씹어먹는 경청을 한 뒤 공감을 한다면, 다른 친구들에게도 알려주기 바랍니다. 내가 한 말을 이해합니까?"

"예, 선생님!"

"사실은 지금 순간에도 자신의 삶을 성공한 것으로 착각하여 잘못 살아가고 있는 수많은 사람이 있습니다. 안타깝지만,

이들은 '진정한 성공의 의미'를 모르는 것 같습니다. 내가 보기에는 꽤 많은 사람들이 성공에 대해서 잘못 생각하고 있습니다. 즉 성공에 대한 잘못된 생각으로 어리석은 삶의 방식을 따르고, 그 바람에 평생 어리석은 삶을 살지 싶습니다."

"여러분! 이번 시간의 내 강연이 성공에 대해서 잘못 알고 있거나, 잘못 생각하여 한 번뿐인 자신의 삶을 허비하는 불행한 사람들에게 작은 도움이 되었으면 좋겠습니다. 먼저 우리 주위에 성공한 사람들을 꼼꼼히 살펴봅시다. 세속적으로 성공한 정치가들, 부자들, 대기업가들, 유명한 교수들, 연예계 스타들을 잘 살펴보기 바랍니다. 그들의 삶을 자세히 보면, 과연 가치 있는 삶이라고 할 수 있을까요? 그들은 자신의 성취나 세속적 성공을 진정으로 보람 있고, 가치가 있다고 생각할까요? 과연 그들 자신은 자기 삶에 진정으로 만족하고 행복할까요?

그들의 성공의 의미를 제대로 따지려면 원칙이 있어야 합니다. 그 원칙은 무엇일까요? 세속적으로 성공한 그들의 삶을 따질 때 가장 중요한 것은 '성공한 사람이 소유한 것을 보지 말고, 그 사람을 보아야 한다'라는 것입니다. 이 말은 그들이 소유한 엄청난 부와 재산이나 명예를 보지 말고, 그 사람의 내면을 꿰뚫어 보아야 한다는 소리입니다. 왜냐면 그 사람을 보지 않고, 그들의 온갖 소유만 본다면, 여러분은 반드시 속고 잘못된 판단을 할 것입니다.

그런데 이 중요한 본질을 보지 못하고, 주객이 전도된 시각으로 성공한 사람들의 소유만 본다면, 그 사람의 본모습을 제대로 보지 못할 수밖에 없습니다. 그들이 소유하고 있는 것들은 보지 말아야 합니다. 그렇지 않으면, 여러분은 그들의 세속적 소유물에 속고 말 것입니다.

따라서 그들의 소유물을 배제하고, 그 사람만 올바로 관찰하여 올바른 판단을 내려야 합니다. 그래야 비로소 그 사람의 진짜 모습을 볼 수 있을 것입니다. 즉 그 사람이 소유한 것들을 배제하고, 그 사람만 볼 때, 그 사람의 실체가 보일 것입니다.

또한, 그 사람을 제대로만 본다면 아마 그의 삶에서 엄청난 빈곤을 느낄 것입니다. 거기다가 그의 삶에서 진정한 풍요로움이 거의 없다는 것도 알 것입니다. 그래서 그가 엄청나게 가난하다는 것을 알 수 있을 것입니다. 어쩌면 그 사람보다 차라리 거지가 더 부자일지도 모릅니다. 삶에 관해서는 성공한 사람보다 도리어 가난한 사람이 더 부유할 수가 있습니다. 눈 밝은 사람에게는 이런 경우를 종종 볼 수 있습니다.

그래서 가장 성공한 사람이야말로 가장 실패한 사람이라고 단언하는 것입니다. 세속적으로 성공한 사람들은 자신의 삶에 대한 깊은 이해와 자연에 대한 깊은 통찰력과 같은 영원한 가치, 즉 최상의 가치를 외면하고 살았기 때문에 자기 삶에서 놓친 것이 많습니다.

세속적인 성공을 이룬 사람들 대부분은 정치권력의 힘을 입어 부당한 제도로 이익을 얻고, 부정한 공무원들과 결탁한 공범이라고 생각합니다. 지금까지 그들은 눈에 보이는 부질없는 것을 쟁취하기 위해서 진실을 외면하고, 상황에 따라서 불의와 손잡고 살아왔습니다.

이는 마치 해변의 자갈을 많이 모으기 위해 자신의 내면에 있는 어마어마한 다이아몬드를 다 내던지는 어리석은 삶을 살았다고 할 수 있습니다. 그래서 그들은 일생을 작은 돌멩이는 모았지만, 정작 다이아몬드는 하나도 구하지 못한 어리석은 삶을 살아온 자들입니다."

"이번에는 아주 재미있으면서도 충격적인 이야기를 하겠습니다. 바로 미국의 빌 브라이트(Bill Bright) 박사의 책《예수와 식인》에 나오는 것으로, 다음과 같은 놀라운 통계를 소개하고 있습니다.

1923년, 미국 시카고의 에지워터 비치호텔에서 매우 중요한 회담이 열렸습니다. 이 회담에는 당시 세계적으로 가장 성공한 아홉 명의 대부호들이 참석하였습니다.

아홉 명의 대부호들은 다음과 같습니다.

찰스 슈왑 : 세계 최대의 철강회사 사장
사무엘 인설 : 세계 최대의 공공 사업체 사장

하워드 홉슨 : 세계 최대의 정유회사 사장

아서 코튼 : 세계 최고의 주식투자가

리처드 휘트니 : 뉴욕 증권거래소 이사장

앨버트 폴 : 하딩 행정부의 각료

레온 프레이저 : 국제 결제은행 은행장

제시 리버모어 : 월 스트리트에서 가장 영향력 있는 증권업자

이바 크루거 : 세계 최대의 특허공사 사장

이 회담이 끝나고 25년이 지났습니다. 1948년, 아홉 명의 대부호들은 어떻게 되었을까요? 정말 흥미로운 의문이 아닐 수 없습니다. 아홉 명의 대부호들을 한 사람씩 살펴보겠습니다.

찰스 슈왑은 파산하여 빚더미에 눌려 살다가 죽었습니다. 사무엘 인설은 법에 쫓겨 살다가 이국에서 무일푼으로 죽었습니다. 하워드 홉슨은 정신병자로 사망했으며, 아서 코튼은 부채로 도망 다니다가 객사했습니다.

리처드 휘트니는 뉴욕 형무소에서 기억상실증을 앓다가 죽었으며, 앨버트 폴은 부정사건으로 감옥에 갇혔다가 사면되어 겨우 집에서 죽었습니다. 레온 프레이저, 제시 리버모어, 이바 크루거는 모두 자살로 생을 마감했습니다.

이들은 모두 세속적으로는 대단한 성공을 한 사람들이었습니다. 그런데 25년이 지난 뒤에 살펴보면, 과연 그들의 성공이

무슨 의미가 있다는 말입니까! 사실 이들은 자신의 삶을 올바르게 사는 기술을 제대로 익혀야 했었습니다. 그러나 그들 중 누구도 자신의 삶을 제대로 사는 법을 익힌 사람은 한 사람도 없었습니다!

이제 결론을 말하겠습니다. 남들은 얼마든지 속일 수 있습니다. 그러나 어떻게 자신을 속일 수 있단 말입니까? 결국, 이들은 삶을 하직할 때에야 겨우 알았을 것입니다. 자기가 일생을 세속적 가치를 위해서 일하는 바람에 정작 중요한 삶의 가치를 다 잃었다는 것을 뒤늦게야 깨달았을 것입니다."

"여러분의 경청 태도가 아주 훌륭해서 좀 고급스러운 이야기 하나를 덤으로 선물하겠습니다. 세계적으로 유명한 영국 작가 서머싯 몸(W. Somerset Maugham)의 이야기입니다.

서머싯 몸은 1874년, 프랑스 파리에서 파리 주재 영국 대사관 고문변호사의 아들로, 여섯 형제의 막내로 태어났습니다. 그의 조부는 유명한 변호사였고, 부친 또한 파리의 영국 대사관부 변호사였으니 그만하면 충분히 명문 출신이라 할 수 있습니다. 그는 여덟 살 때 어머니를, 열 살 때 아버지를 각각 여의었습니다.

그 후 일곱 살 때 독일로 건너가 하이델베르크대학에서 철학을 공부했고, 귀국 후에는 다시 런던의 세인트 토머스 병원에 들어가서 여섯 해 동안 의학 과정을 수료한 끝에 내과와 외과 의사 자격을 얻었습니다. 이때 얻은 체험이야말로 후일 그가 한 작가로서 성장하는 기반이 되었습니다.

1897년, 의과대학을 졸업한 그는, 그 후로 작가를 지망하여 십 년간 파리에서 소설과 희곡 등을 쓰며 가난한 생활을 하였습니다. 그러다가 1907년에서 이듬해인 1908년, 그의 희곡 네 편이 런던의 네 개 극장에서 동시 상연되면서부터 이름을 떨치게 되었습니다.

또한, 서머싯 몸은 1차 세계대전과 2차 세계대전 때에 프랑스의 정보기관에서 활약하였으며, 2차 세계대전 이후로 잠시 미국에서 머무른 적도 있었습니다. 그는 마흔한 살 때 결혼하여 쉰세 살 때 이혼한 후로는 여생을 독신으로 보냈습니다.

인간의 본성과 내면의 선함에 깊은 통찰이 있었던 서머싯 몸은, 탁월한 인간의 심리 묘사와 함께 간결하고 명쾌한 문체를 활용하여 다양한 문학적 표현 수단을 구사하였습니다. 우리나라에는 그의 대표작인 《인간의 굴레》, 《달과 6펜스》, 《과자와 맥주》, 《면도날》 등이 소개되었습니다. 그는 성공과 명예 거기다가 부까지 누린 20세기를 대표하는 세계적인 작가입니다. 그런데 서머싯 몸에게는 로빈이란 조카가 있었습니다. 몸이 죽고 난 뒤에 로빈은 《윌리와 대화》란 책을 발표했는데, 이 책은 로빈이 숙부인 서머싯 몸과 나눈 대화 내용을 적은 것입니다.

「어느 날, 숙부와 함께 산책 중에 숙부가 내게 말했습니다.

'나도 이승을 하직할 날이 얼마 남지 않은 것 같다. 그러나 나는 아직 죽고 싶지가 않다. 살고 싶다!'」

"그런데 당시 서머싯 몸의 나이는 무려 아흔한 살이었습니다. 여러분! '아흔한 살'이란 사실에 밑줄을 긋고 들어야 합니다. 내 말을 이해합니까?"

일제히 강당 안은 환성이 터져 나왔다.

"예, 선생님!"

"세상 그 어떤 작가보다 많은 부와 명예를 누리고, 아흔한 살이 된 그가 '로빈! 나는 아직 죽고 싶지 않다!'라고 말한 것입니다. 그런 숙부의 말에 조카가 물었습니다.

'숙부님! 숙부님의 인생에서 가장 행복했던 순간은 언제인가요?'

그러자 숙부가 대답했습니다.

'아니야, 난 내 삶에서 단 한순간도 행복한 적이 없었다!'

이처럼 서머싯 몸은 문학적으로 성공했으며, 큰 저택과 고급 가구에 값비싼 그림, 화려한 장식품 등을 다 가졌고, 최대한으로 풍요롭게 살았음에도 불구하고, '자신은 한순간도 행복한 적이 없었다'라고 고백한 것입니다.

다음날, 그들은 또다시 산책을 하였습니다. 숙부가 조카에게 말했습니다.

'죽으면 모든 걸 다 두고 떠나야 한다. 저 우람찬 아름드리 나무도, 저택도, 탁자도, 가구도……, 다 두고 떠나야 한다.'

숙부의 표정은 너무 슬퍼 보였습니다.

'로빈, 내 인생은 실패한 거야.'

'숙부님, 그게 무슨 의미인지요? 숙부님 인생이 실패라니요?

숙부가 말했습니다.

'나는 차라리 한 줄도 글을 쓰지 않았어야 했다!'

'아니, 그게 무슨 말씀이신지요?'

'나의 문학이 무엇을 성취하였으며, 도대체 이것이 나에게 무슨 행복을 주었단 말인가? 내 인생은 완전히 실패했다. 그렇다고 지금, 이제 와서 내 삶을 다시 시작할 수도 없지 않은가!'

말을 하는 숙부의 뺨에 눈물이 주르르 흘러내렸습니다. 아흔한 살이면 누구에게 뻥 칠 나이도 아니고, 무엇을 과장하거나 거짓을 말할 나이가 아닙니다. 그런데 서머싯 몸은 조카에게 이런 말을 하면서 하염없이 눈물을 흘렸던 것입니다.

분명히 서머싯 몸은 행복하지 않았다고 했습니다. 그렇다면, 왜 몸은 행복하지 않았을까요?

로빈이 숙부에게 조심스레 물었습니다.

'숙부님, 숙부님께서 생각하시는 행복이란 무엇입니까?'

숙부는 차분하게 대답했습니다.

'로빈! 진짜 내가 생각해보니 삶에서 가장 중요한 것은, 스스로 자신은 매 순간을 어찌 살았는가? 아침에 일어났을 때나 설거지할 때, 집을 나올 때, 우체부 아저씨와 인사할 때, 청소부 아줌마와 인사할 때 등 매 순간 자기 삶에 참여했는가? 아니면 방관했는가? 그게 중요한 것이야. 절대로 방관자적이면 안 된다. 자기 삶의 순간에 적극적으로 참여해야 한단다.'

서머싯 몸은 먼 하늘을 보면서 숨을 내쉬었습니다. 그리고 계속 말을 이었습니다.

'목욕할 때는 목욕에만 몰입하고, 청소할 때는 청소에 몰입해야 하는 것이다. 정원을 산책할 때도, 친구와 이야기하며 차를 마실 때도, 새소리를 들을 때도, 떨어지는 낙엽을 볼 때도 매 순간순간 완전히 몰입하지 않는 삶은 아무리 돈을 많이 벌고, 아무리 좋은 저택에 살아도 모두 부질없는 짓일 뿐이란 말이야.'"

"여러분! 누구나 열심히 하면 자기가 욕망하는 만큼 많이 가질 수는 있습니다. 그러나 누구도 소유하는 것만으로 자기 삶의 꽃을 피우고, 진정한 삶의 목표를 달성한 사람은 없습니다. 아주 유식하고, 고급스러운 오늘 강연을 마칩니다."

"선생님! 감사합니다."

"수고하셨습니다. 선생님!"

박수갈채와 환호성이 터졌다.

9
도서관 활용과 예쁜 영어 선생님

나는 수업 시간에 새로운 단원을 가르치기 전에 반드시 그 단원에 필요한 참고 자료를 꼼꼼히 챙겼다. 학습 자료 활용을 극대화하려고 애를 썼다. 가령 새 단원에 톨스토이(L. N. Tolstoy)가 나오면 톨스토이의 《전쟁과 평화》나 《인생론》 정도의 책은 들고 갔고, 간디(Gandhi)가 나오면 《간디 자서전》을 들고 갔다. 마찬가지로 헨리 데이빗 소로우가 나오면 《월든》이나 《시민불복종론》 정도는 들고 가서 학생들에게 말했다.

"야, 이놈들아! 너희들처럼 독서 안 하는 놈들을 위해서 내가 오늘 톨스토이와 관련된 책을 두 권이나 가지고 왔다. 이 책을 이미 읽은 놈은 천만다행이지만 얼마 되지 않을 것이고, 아직 못 읽은 놈들이 많을 테니, 이런 놈들은 내 덕에 책 표지라도 구경 좀 해라. 이런 내가 고맙니? 안 고맙니? 대답 좀 해봐라!"

"고맙습니다. 선생님!"

여기저기에서 키득키득 웃는 학생이 많았다. 나는 좀 멋쩍게 웃으면서 하던 이야기를 계속하였다.

"이놈들아! 먼저 톨스토이 사진부터 보여준다!"

책 앞에 화보로 소개된 톨스토이의 흑백사진을 보여주면서 이렇게 말했다.

"이 사람이 바로 톨스토이다. 너희들처럼 독서 안 하는 게으른 놈들에게 내가 아니면 누가 이렇게 친절하게 톨스토이 사진을 찾아서 보여줄까? 그러니 내 덕분에 톨스토이가 어찌 생겼는지 찬찬히 구경이나 좀 해라! 이 나쁜 자식들아!"

나는 톨스토이 사진을 펴서 들고 교실 안을 빠른 속도로 한 바퀴 돌았다. 그리고는 다음과 같이 말했다.

"이것은 톨스토이의 대표작이라고 하는 그 유명한 《전쟁과 평화》이다. 너희 놈들처럼 독서 안 하는 놈들에는 좀 과분하지만, 《전쟁과 평화》 책 구경이라도 좀 해라. 물론 읽어야 하지만, 아직 안 읽은 놈들은 책 표지라도 구경해라!"

그리고 이번에는 《인생론》을 들고 이렇게 말했다.

"이것은 톨스토이의 《인생론》이다. 이 책도 반드시 읽어야 하는 데 우선 책 구경이라도 해라. 물론 책을 읽는 게 좋지만, 우선 책 구경이라도 하는 게 안 하는 것보다는 낫지 않을까? 그러니 내 덕분에 톨스토이 《인생론》 구경이나 해라!"

이번에도 나는 톨스토이 《인생론》을 들고 빠른 속도로 교실 한 바퀴를 돌았다. 그리고는 《간디 자서전》을 들고 말했다.

"이것이 바로 간디의 사진이다. 간디가 어찌 생긴 사람인지를 자세히 한번 구경이라도 해라. 이 책 안 읽는 촌놈들아!"

나는 간디의 사진을 펼쳐 들고 교실을 한 바퀴 돌았다. 그리고 역시 소로우의 《시민불복종론》을 들고 다음과 같이 말했다.

"이것은 헨리 데이빗 소로우의 《시민불복종론》이다. 간디의 무저항주의도 중요하지만, 소로우의 시민 불복종도 대단히 중요하다. 이 책은 미국 민주주의의 근간을 이루는 귀한 문헌이라고 할 수 있다. 비록 작은 책자이지만, 가능하면 젊을 때 한번 정독하는 게 큰 도움이 되리라 생각한다!"

나는 소로우의 《시민불복종론》을 들고 교실을 빠르게 한 바퀴 돌았다. 다 돌고 나서 마찬가지로 소로우의 《월든》을 들고 말했다.

"이 책은 소로우의 그 유명한 《월든》이다. 소로우가 월든 호숫가에 직접 통나무 집을 짓고 살면서 자연 속의 자립 생활을 실험한 기록이다. 나도 소로우의 영향을 받아서 실험 생활을 하고자 한다. 한산섬에서 실험 생활을 하려고 이미 여러 가지 준비를 하고 있다. 이 이야기는 나중에 기회가 되면 해주겠다."

이처럼 나는 새로운 단원을 가르칠 때면 관련 자료를 도서관에서 혹은 내 서재에서 찾아서 학생들에게 소개했다. 어떤 것들은 책 표지 사진 구경만 시키고, 어떤 것들은 내가 간단히 소개해 주곤 했다. 그래서 국어 시간이면 이런 학습 자료를 챙기는 내 개인 도우미가 학급마다 이미 정해져 있었던 것이다.

이런 나의 열정적인 수업 방식에 학생들은 흥미를 느낄 뿐만 아니라 아주 고맙게 생각한다는 것을 나는 나중에 알았다. 새로운 단원을 가르치기 전에 그 단원에 맞는 학습 자료를 챙기려면 반드시 도서관에 가서 자료를 챙기고, 도서관에 없는 것은 내 서재에서 챙기곤 했다.

일반적으로 한 번 챙기면 한 주일은 사용하게 된다. 그러고 나면 반납하고, 다음 단원에 필요한 참고 자료를 다시 챙겨서 대출해 왔다. 이 자료들을 내 책상 위에 쌓아 놓으면 학급마다 정해놓은 학급 도우미가 와서 자기 교실에 갖다 놓고, 수업이 끝나면 도로 교무실 내 자리로 갖다 놓았다. 그래서 나로서는 별 불편함을 느끼지 못했고, 당연한 것으로 여겼다.

나는 도서관을 자주 드나들면서 이미 소문으로 들었던 중학교 예쁜 영어 선생과 마치 약속이라도 한 듯이 자주 부딪치게 되었다. 이것이 행운이라면 행운이 아닐 수 없었다. 그녀는 미국에서 영문학 공부를 하고 온 실력이 빵빵한 엘리트였다. 그녀는 우리 재단의 중학교에 온 지가 여러 해 된다고 하였다. 늘씬한 몸매와 예쁜 외모, 지적인 이미지로 엔간한 남자는 너무 버거워서 쉬 접근하지 못할 정도로 멋진 여선생이었다.

그런데 내가 거의 매일 도서관을 들락날락하는 것을 보고 그 영어 선생은 처음에는 나를 오해한 것 같았다. 내가 자기에게 흑심이 있어서 도서관에 자주 와서 얼쩡대는 것으로 오해한 것이다. 그래서 그런지 도서관에서 더러 마주치기라도 하면 급히 지나칠 정도로 내게 냉담했다.

그러나 나는 그녀의 지나친 냉담 이면에는 나를 은근히 의식하고 있음이 숨어 있다는 것을 눈치채고 빙그레 웃기만 하였다. 내가 영어 선생에게 관심이 없었던 두 가지 이유가 있었다. 하나는 내 마음을 사로잡은 여자가 이미 있었다. 내 마음을 사로잡은 여자는 부산에 있었는데, 다름 아닌 같은 학교 미술 선생이었다. 그녀가 항상 내 가슴속에 가득 차 있었다. 그래서 내 마음속에는 다른 여자가 비집고 들어올 틈이 한 뼘도 없었다.

다른 하나는 영어 선생은 대단히 멋진 여성은 분명했지만, 내 마음을 사로잡을 정도는 아니라는 사실이다. 한 마디로 말하면 내 스타일이 아니었다. 그러나 이런 내 속사정을 알 리가 없는 영어 선생은 내가 도서관을 자주 들락날락하면서 매번 한 아름씩 책을 빌렸다가 반납하고, 또 한 아름 빌렸다가 반납을 하는 것을 되풀이하는 것을 자기의 관심을 끌고 환심을 사기 위한 또라이짓으로 오해할 만도 했지 싶다.

책을 읽지도 않으면서 공연히 자기에게 점수를 따기 위해 책을 많이 읽는 척하려는 제스처로 오해를 한 것 같았다. 그녀가 그딴 오해를 하였거나 말았거나 내가 알 바 아니었다. 분명히 그녀에게 점수를 따려고 도서관을 들락거린 것이 아니라 국어 수업 시간에 학생들에게 보여줄 교과 참고 자료로써 많은 책들이 필요하였기 때문에 도서관을 자주 들락거린 것이다.

　영어 선생은 처음 얼마 동안은 앞서 말한 것처럼 나에 대하여 오해를 한 게 분명했다. 그러나 하루 이틀도 아닌 한결같이 도서관을 들락거리고, 한결같이 많은 책들을 빌려가서 일주일이 되면 반납을 하는 것을 되풀이하는 것을 보면서 그녀도 조금씩 나에 대한 오해를 풀기 시작했다.

　거기다가 내가 그녀를 한 번도 여자로 보고 접근하지 않았고, 어떤 낌새도 보이지 않았던 것이다. 도서관에는 많은 학생들이 드나들었고, 도서관 청소나 책 정리를 돕는 도서반 학생들이 여러 명 있었기 때문에 내가 학생들에게 어느 정도 인기가 좋은지 알려면 얼마든지 알 수도 있었을 것이다.

　전교생의 입에 내 이름이 자주 오르내리는 것만으로도 나의 인기가 치솟고 있음을 말해주는 충분한 단서였다. 그러다 보니 영어 선생의 귀에 나의 인기에 대한 소문이 자연스레 들어가지 않을 수 없었던 것이다.

　그리고 점점 영어 선생이 나를 대하는 눈빛이 조금씩 달라지는 것을 알 수 있었다. 초기에는 나를 아예 무시하거나 외면하였는데 언제부터인가 나를 반기는 태도가 역력했다. 그녀의 눈빛 하나에서도 나는 그녀의 내심을 어느 정도 읽을 수 있었다. 그러자 같은 재단의 중학교에 근무하는 영어 선생으로만 보지 않고 멋진 여자로 달라 보이기 시작했다.

그러나 섣불리 데이트 신청을 했다가 거절이라도 당하는 날이면 내게 조금도 득이 될 것이 없을 것만 같았다. 그래서 차일피일 미루기만 하다가 어느 날 용기를 내어서 데이트 신청을 조심스레 하였다.

첫 번째 데이트는 학교 앞 찻집으로 정했다. 굳이 학교 앞 찻집으로 정한 것은 혹시 다른 곳에서 만났다가 학생들 눈에 띄면 엉뚱한 오해의 소지를 남길 수 있기 때문이다. 그러나 학교 앞 찻집이라면 누가 봐도 당당하고 조금도 부끄러울 것이 없는 곳이다.

부산의 중학교에서 근무하던 시절에 겪은 낙서 사건이 떠올랐다. 그때 나는 학교에서 제일 인기 많은 여선생과 데이트를 몇 번 하였다. 우리는 조금도 잘못한 것이 없기 때문에 특별히 주위를 의식할 이유가 없다고 생각했다. 그래서 학교 근처 찻집에서 몇 번 데이트를 하였다. 그런데 아니나 다를까, 전혀 예상 못 한 엉뚱한 일이 벌어졌다.

우리 둘이 학교 근처 찻집에 드나드는 것을 본 학생들이 점점 늘어가던 어느 날, 학교 화장실 낙서에 우리 두 사람이 등장하고 말았다. 나를 따르던 학생이 그 낙서를 보고는 새파랗게 질려서 헐레벌떡 달려와 신고하였다.

"선생님! 큰일 났습니다. 화장실에 낙서가……."

"뭐라고? 낙서?"

"예, 선생님에 관한 이상한 낙서가……."

"천천히 말해봐. 나에 관한 낙서가 어떤 내용인데?"

"하륜 선생님과 ○○○ 선생님이 '뭐를 했다!'입니다."

"뭣이 어째?"

나는 겉으로는 태연하게 웃으면서 말했지만, 속으로는 간이 철렁 내려앉는 것 같았다.

"몇 학년 몇 반 칸인데?"

학생이 일러 주는 화장실 칸을 기억했다가 수업이 없는 시간에 혼자 가서 보았다. 그리고 깜짝 놀랐다.

'하륜 선생님과 ○○○ 선생님이 뭐, 뭐 했다!'

나는 물걸레를 가져와서 아무 말도 하지 않고 낙서를 지웠다. 중학생들의 눈에 남녀 선생이 찻집에 자주 들락거리는 걸 보고 오해했는데, 멋대로 상상하여 그런 낙서를 한 것이다. 낙서에서 지칭하는 '뭐, 뭐'가 무엇을 의미하는지 금방 알 수 있었다. 그런데 그 낙서에서 단정하였듯이 나는 '뭐, 뭐'를 하지는 않았다! 어떤 놈이 성급하게 넘겨짚어도 너무 넘겨짚은 것이다.

옛날 일 때문인지 지금 영어 선생님과 차를 한잔 마시는 것도 여간 신경이 쓰이지 않았다. 그러던 어느 날, 드디어 학교 앞 찻집에서 영어 선생님과 처음으로 차를 마셨다. 나는 내 소개를 간단히 했다. 그녀도 자신의 소개를 내가 한 정도로 간단히 하였다.

첫날 데이트는 아주 짧고, 너무 싱겁게 끝이 났다. 그도 그럴 것이 내가 데이트를 신청할 때, '간단하게 차 한 잔만 마시자'라고 주문을 하였고, 나는 이 약속을 철저히 지켰던 것이다. 서로 간단하게 자기소개를 하고 나니, 찻잔이 금세 비고말았다. 그녀에게 나는 이렇게 말했다.

"선생님! 제가 주문한 대로 찻잔이 금세 빈 잔이 되고 말았습니다. 오늘은 이 정도로 대화를 마치고, 다음에 또 적당한날 다시 차 한 잔을 하기 바랍니다. 그때는 오늘보다 좀 더 시간의 여유를 주면 좋겠습니다. 오늘은 정식 상견례한 것으로치면 별로 부족함이 없다고 생각합니다."

그녀도 빙그레 웃으면서 자리에서 일어났다. 그녀의 소개에서 강하게 인상에 남은 것은 그녀가 아주 부잣집 딸이라는 사실이었다. 성북동 부자 동네에 사는데 아버지가 정부 고위직에 있고, 남동생은 미국 유학 중이며, 여동생은 의과대학에 다니고 있다고 했다.

그 뒤로 나와 그녀는 여러 번 차를 마셨다. 그리고 마침내간단한 식사를 할 정도로 가까워졌다. 그녀는 내가 도서관에가면 나를 대하는 태도가 완전히 달라졌다. 마치 나를 기다렸다는 듯이 반갑게 활짝 웃는 낯으로, 적극적으로 나를 맞이하는 수준으로 발전되었다.

그런 태도만 보아도 그녀의 마음가짐이 종전과는 완전히 달라졌다는 것을 알 수 있었다. 이제 그녀에게도 내가 같은 학교의 동료 교사가 아닌 남자의 존재로 변해있는 것을 느낌으로 알 수 있었다. 그 뒤에 우리는 같이 영화를 보러 가고, 연극도 보러 갔다. 그리고 전시회에도 같이 갔다. 우리는 점점 자연스럽게 사이가 가까워졌다.

10
남의 말을 듣는 자세

"반갑습니다. 지난번엔 '오페라를 처음 본 여자 어린이'를 이야기했습니다. 이번 시간에는 그 이야기보다 수준을 좀 높여서 '남의 말을 듣는 자세'란 제목으로 공부하고자 합니다. 왜 비슷한 주제를 또 다루냐고 할지 모르지만, 이 주제는 죽는 날까지 공부해야 할 중요한 주제입니다.

특히 배우는 학생들에게 가장 중요한 것이 '남의 말을 듣는 자세'라는 것은 아무리 강조해도 지나침이 없다고 생각합니다. 그래서 그동안 기회 있을 때마다 여러분에게 경청을 강조한 것입니다.

이 주제는 앞으로도 기회 있을 때마다 계속 강조할 참입니다. 남의 말을 듣는 자세는 여러분이 학교를 졸업하고, 사회에 나가서 사회생활을 할 때도 가장 중요한 기본이라고 할 수 있습니다. 그만큼 중요하기 때문에 입에 침이 마르도록 강조하지 않을 수가 없는 것입니다. 천만다행으로 지금 여러분의 들는 자세는 아주 훌륭합니다. 100점입니다!"

"선생님! 감사합니다."

내 말이 떨어지기가 무섭게 박수와 환호성이 터져 나왔다. 나는 웃으면서 계속 말했다.

"여러분도 알다시피 말이란 '하는 것'도 중요하지만, '듣는 것'도 매우 중요합니다. 어쩌면 말하는 것보다 듣는 것이 더 중요할 수도 있습니다. 여러분에게 이 주제에 관한 이야기를 하겠습니다.

어느 마을에 할아버지가 살았습니다. 그는 일흔이 넘은 노인이었습니다. 평소처럼 할아버지는 아침에 일찍 일어나서 아침 산책을 하러 나갔습니다. 자기 밭이나 논 한 바퀴를 돌아보는 것이 주된 코스였습니다. 할아버지는 산책 동안에 간밤에 물꼬가 터지지는 않았는지, 짐승이 와서 밭을 밟지는 않았는지, 싹이 났는지 따위를 살펴볼 겸 한 바퀴 도는 것이 아침 일과였습니다.

그러던 어느 날, 산자락 아래를 지날 때였습니다. 갑자기 오두막집 안에서 마당을 쓸고 있던 여자가 안방을 쳐다보면서 고래고래 소리 지르고 있었습니다. 이 여자를 편의상 '욕쟁이 아주머니'라 명명하겠습니다. 욕쟁이 아주머니는 늦잠 자는 아들에게 빨리 일어나라고 소리를 지르던 중이었습니다. 그때 마침 할아버지가 그 집 앞을 지나가고 있었습니다.

'이놈아, 일어나라. 해가 중천에 떴다!'

할아버지도 욕쟁이 아주머니가 한 이 말을 들었습니다. 이 것은 〈금강경〉에 나오는 말도 아니고, 칸트 오빠가 한 말도 아 닙니다. 단지 욕쟁이 아주머니가 늦잠 자는 자기 아들을 깨우 는 소리일 뿐입니다.

'이놈아, 일어나라. 해가 중천에 떴다! 너만 자고 있다!'

그런데 이 말이 할아버지의 가슴에 비수처럼 꽂혔습니다. 사실 이 말은 나도 어릴 때 우리 엄마에게 수없이 들었던 말이 기도 합니다. 우리 엄마는 경상도 말로 내게 했습니다.

'야 이늠아, 날 샜다. 니만 자빠져 자고 있다. 다른 사람들은 다 일어났다!'

'일어나라!'
'날이 새었다!'
'해가 중천에 떴다!'
'너만 자고 있다!'

신기하게도 할아버지 귀에는 이 말이 마치 자기에게 하는 말처럼 들렸습니다. 할아버지는 그 순간 전적으로 받아들이는 자세가 되었던 게 틀림없습니다. 내가 '전적으로 받아들인다' 라는 표현을 했는데 이는 '전적으로 수용한다'라는 말입니다. 이 자세가 대단히 중요한 자세입니다.

한편, 할아버지의 집에서는 할머니가 아침을 준비해 놓고 할아버지를 기다리고 있었습니다. 그런데 할아버지는 오지 않 았습니다. 십 분이 지나고, 이십 분, 삼십 분이 지나도록 할아 버지가 오지 않자 할머니는 혹시 할아버지의 신상에 무슨 문 제가 생기지 않았을까 염려가 되어 아침상을 그대로 둔 채로 밖으로 나갔습니다.

'혹시 논두렁에서 발을 다친 것은 아닐까?'

'아니면 누구와 물꼬로 시비를 하는 것은 아닐까?'

'아니면 다른 무슨 사고가 난 것은 아닐까?'

결국, 온 가족이 나서서 마을을 샅샅이 뒤져도 할아버지는 보이지 않았습니다. 그렇게 낙심하고 주위를 두리번거리던 차 에 저쪽 산자락에서 지게를 진 아저씨가 내려오고 있었습니 다. 가족들은 그에게 달려가서 물었습니다.

'아저씨, 혹시 이러이러한 차림의 할아버지를 못 보았습니 까?'

아저씨가 말했습니다.

'글쎄요. 댁에서 찾는 그 할아버지인지는 모르겠소만 아까 노인 하나를 보긴 했소.'

'어디에서 보았나요?'

'저 산, 암자 쪽에서 보았소.'

가족들은 부랴부랴 암자 쪽으로 갔습니다. 암자에 가니 법 당에 할아버지가 가부좌를 틀고 앉아 있었습니다."

나는 이야기 속 할아버지가 한 가부좌처럼 교실 바닥에 털썩 주저앉았다. 그러자 학생들은 폭소를 하였다. 곧바로 자리에서 일어나면서 하던 말을 계속하였다.

"가족들이 어안이 벙벙하여 할아버지에게 물었습니다.

'할아버지, 여기서 무얼 하고 계십니까?'

그러자 할아버지가 대답했습니다.

'이젠 날이 새었다. 그리고 해가 중천에 떴다. 나는 충분히 잤다. 날 혼자 있게 내버려 둬. 나는 잠에서 깨어나야 한다. 죽음이 다가오고 있다. 그 전에 나는 잠에서 깨어나야 한다.'"

"그 후, 할아버지는 도(道)를 깨우쳤습니다. 그런데 할아버지가 도를 깨우친 데 결정적 역할을 한 사람이 누굽니까? 바로 욕쟁이 아주머니입니다. 그러니 할아버지의 스승은 바로 욕쟁이 아주머니가 아닐 수 없습니다. 그 뒤부터 할아버지는 욕쟁이 아주머니의 오두막집 앞을 지날 때마다 그 여자를 한번도 본 적이 없으면서도 문으로 다가가 합장을 하고 절을 했습니다. 할아버지에게 오두막집은 그의 사원이었고, 욕쟁이 아주머니는 그의 스승이었습니다.

이 이야기는 유명한 '선방 이야기'입니다. 이 이야기의 핵심이 무엇일까요? 이 이야기는 여러 가지 의미를 담고 있습니다. 그중에서 가장 중요한 것 한 가지만 지적하겠습니다. 이는 말하는 것도 중요하지만, 말은 듣는 것이 더 중요하다는 말입니다. 내 말 이해합니까?"

"예, 이해합니다. 선생님! 감사합니다."

나는 활짝 웃으면서 말했다.

"설마 앞으로 수업 시간이나 특강 시간에 할 내 이야기를 듣고 깨우치는 사람이 나타나지는 않을 것입니다. 그래도 어찌 압니까? 이번 시간은 여기에서 마치겠습니다."

"감사합니다. 선생님!"

교실은 다시 한번 박수갈채와 환호성으로 가득했다.

11
결격 사유 세 가지를 통보받다

영어 선생님이 내게 한 말은 한마디로 충격 그 자체였다. 너무나 뜻밖이었다.

"하륜 선생님을 만나는 것을 우리 가족들이 다 반대를 합니다. 아니 가족들이 아니라 부모님이 강하게 반대를 합니다."

나는 내가 이런 말을 들을 것이라고는 꿈에도 상상한 적이 없었다. 무방비 상태에 있던 나로서는 아무래도 급소를 찔린 것 같았다. 나는 충격을 감추고 너스레를 떨면서 한마디 했다.

"그거야 각자의 자유 아닙니까? 그런데 선생님의 부모님께서 저를 반대할만한 무슨 이유가 있을 것 같습니다. 혹시 그것을 저에게 말씀해 주실 수 있는지요?"

그러자 그녀는 잠시 주저하였다. 그럴수록 반대 이유가 무엇인지 참으로 궁금했다. 지금까지 나는 그녀에게 아무 실수도 하지 않았다. 가령 임신을 시킨 것도 아니고, 임신은커녕 손목조차도 잡아보지 않은 사이인데, 왜 그녀의 부모님이 나를 반대하는지 너무 궁금했다.

마침내 그녀가 침을 한번 꿀꺽 삼키고 말했다.

"하륜 선생님을 반대하는 이유는 크게 세 가지입니다."

나는 애써 웃으면서 말했다.

"그래요? 저를 반대하는 이유가 세 가지나 된다니! 참 기가 막힙니다. 그 세 가지가 어떤 것들인지 말씀해 주시면 좋겠습니다."

그녀는 찬물을 한 모금 마신 뒤에 입을 열었다.

"첫째, 하륜 선생님이 함석헌 선생님을 너무 가깝게 따라다닌다는 점입니다."

'아하!'

그제야 나는 안도했다. 겨우 그런 이유로 나를 반대하는 것이라면, 나로서는 아무 문제가 없기 때문이다. 그런 이유가 결격 사유가 된다면, 나는 미련 없이 그녀를 포기하면 된다고 생각했다.

함석헌 선생님을 존경하고 가까이 따라다니는 것이 교제의 결격 사유가 된다면, 나로서는 도저히 수용할 수 없는 문제가 아닐 수 없다. 지금까지 나는 그것이 조금도 멍에가 아니라 도리어 화려한 면류관이라고 생각했기 때문이다.

나는 안도하면서 말했다.

"내가 함석헌 선생님을 가까이 따라다니는 것은 사실입니다. 왜냐면 함석헌 선생님은 나의 정신적 스승이기 때문입니다. 나는 이 지상에 와서 함석헌 선생님을 스승으로 모실 수 있는 것이 가장 귀한 일이고, 가장 아름다운 일이라고 생각합니다. 앞으로도 가능하다면 최대한 함석헌 선생님을 모시고 따라다닐 것이며, 죽을 때까지 선생님을 존경하고 따를 것입니다. 물론 그것이 내게 어떤 불이익을 초래한다고 해도 기꺼이 감수할 참입니다. 그래서 이것은 나로서는 양보할 수 없는 중대한 사항입니다. 함석헌 선생님은 내 삶의 가장 큰 기둥입니다."

나의 말에 그녀가 맞장구를 쳤다.

"저도 하륜 선생님의 그 점을 높게 평가합니다. 그런데 그것이 우리 부모님께는 뜻밖에도 큰 단점으로 작용할 줄은 몰랐습니다."

나는 계속해서 물었다.

"첫 번째 이유는 알았습니다. 그러면 두 번째 이유는 무엇입니까?"

그녀가 웃으면서 대답했다.

"일류대학을 나오지 않았기 때문입니다."

나는 웃으면서 아까보다는 훨씬 여유 있게 말했다.

"하하! 그것도 사실입니다. 제가 일류대학을 못 나온 것은 누구보다 저 자신이 잘 압니다. 그러나 오히려 일류대학을 못 나온 열등감 때문에 저는 지금도 매일 열심히 공부하고 있으며, 앞으로도 매일 공부를 열심히 하고 죽는 날까지 공부를 하다가 죽을 참입니다. 그러나 제가 일류대학을 나오지 못한 것은 분명한 팩트입니다!"

그녀도 내 설명을 듣고 웃으면서 말했다.

"선생님 표현대로 일류대학을 못 나왔다고 인정하면서도 실상은 일류대학을 나온 사람보다 더 자신감이 있고, 더 당당하고, 더 도전적이며, 더 야망에 불타고 있는 것이 참으로 신기합니다. 그 점이 제가 보기에 선생님의 큰 장점이자 매력입니다."

나는 또다시 물었다.

"이제 세 번째 이유를 말씀해 주시지요. 선생님!"

그녀가 또 빙그레 웃으면서 말했다.

"하륜 선생님의 직업입니다. 고등학교 교사라는 직업을 우리 부모님은 우습게 생각하고 있습니다."

나는 차분하게 대답했다.

"그것도 사실입니다. 저도 학교 선생을 하는 게 별로라고 여깁니다. 그동안 여러 번 말씀드린 것 같은데, 저도 이런 규격화된 공간에서 학생들의 모범이 되어야 하는 교사의 신분이 참 마음에 들지 않습니다. 제가 마음에 들지 않는다는 것은 교사의 월급이 적어서가 아닙니다. 교사라는 신분이 사회의 모범이 되어야 하고, 학생들에게 본보기가 되어야 한다는 사실이 저를 불편하게 하기 때문입니다.

제 속에는 '자유혼'이 활활 불타고 있습니다. 그래서 더더욱 교사라는 직업이 제 마음에 들지 않습니다. 그러니 선생님의 부모님께서 그리 생각하는 것이 조금도 무리가 아니라고 봅니다.

만약 제가 선생님의 부모님이라고 해도 선생님처럼 멋진 딸을 저 같은 함량 미달 젊은이에게 주지 않겠습니다. 선생님, 고맙습니다. 솔직히 다 말해주셔서 고맙습니다. 비록 나를 반대한다고 해도 그 세 가지 사유가 다 사실이고, 그중 하나라도 당장 어떻게 바꿀 수가 없는 사안입니다. 그러니 저로서도 어쩔 수가 없는 노릇입니다."

나는 아무렇지 않은 것처럼 말은 했지만, 내심으로는 아주 불쾌했다. 그러나 최소한 두 가지는 내가 수용할 수밖에 없다. 일류대학을 나오지 못한 것과 직업이 시원찮다는 것은 사실이다. 그러니 여기에 대해서는 내가 아무런 토를 달 수가 없다고 생각했다.

그러나 내가 함석헌 선생의 제자이고, 함 선생님을 너무 지근거리에서 추종하는 것이 결격 사유라는 것은 도무지 이해할 수가 없었다. 아니, 이해가 아니라 용서할 수가 없었다. 그러자 내 속에서 분노가 치솟았다. 나로서는 가장 자랑스럽고 소중한 것이 나의 정신적 스승인 함석헌 선생님인데, 이것이 그녀의 부모님에게는 가장 부정적인 요소가 되어서 나를 반대하는 첫 번째 요인이 된다는 사실을 나는 이해할 수 없었고, 수용할 수도 없었다.

그 순간, 나는 이런 생각이 들었다.

'아하! 그녀의 아버지가 고위직에 있으니, 나 같은 사위를 두면 혹시 자기에게 무슨 불이익이라도 오면 어쩌나 하고 걱정을 하는 것이다!'

내 생각이 여기에 미치자 나는 빙그레 웃으면서 그녀에게 말했다.

"선생님, 솔직한 이야기 잘 들었습니다. 고맙습니다. 오늘은 이쯤에서 일어나는 것이 좋겠습니다."

내가 자리에서 일어날 채비를 하자 그녀는 좀 당황한 듯 마지못해 핸드백을 드는 것 같았다. 그리고 나에게 찰싹 붙는 것처럼 자세를 취하면서 말했다.

"선생님! 너무 언짢아하지 마세요. 시간만 좀 주시면 제가 부모님을 잘 설득할 자신이 있습니다. 선생님, 조금도 염려하지 마십시오."

나는 속으로는 칼을 갈면서 겉으로는 빙그레 웃기만 했다.

수술비를 다섯 배 비싸게 받는 의사

"반갑습니다. 이번 시간에는 '수술비를 다섯 배 비싸게 받는 의사'라는 제목으로 이야기하겠습니다. 늘 하는 소리지만, 이번 시간에도 두 귀로 듣지 말고, 온몸으로 듣기 바랍니다. 세상일을 어찌 압니까. 혹시 이번 시간에 여러분이 내가 하는 이야기를 경청한 나머지 크게 깨닫고, 새롭게 태어날지 어찌 압니까! 내가 시방 무슨 말을 하고 있는지 이해합니까?"

"예, 선생님. 잘 이해합니다."

"인도 서부 어느 지방에서 명성을 날리던 외과 의사가 있었습니다. 그는 대단한 의사였지만, 결코 좋은 사람은 아니었습니다. 그러나 그는 절대로 수술에 실패한 적이 없었습니다. 그래서 그의 명성은 대단할 수밖에 없었습니다.

그런데 그는 수술비를 엄청나게 많이 받았습니다. 다른 의사들보다 약 다섯 배가량을 비싸게 받았습니다. 그래서 하루는 그의 친한 친구가 그 의사에게 물었습니다.

'여보게, 좀 지나치군. 같은 병을 고쳐주는데 다른 의사들보다 무려 다섯 배나 비싼 수술비를 청구하다니, 내 생각에는 너무한 것 같네!'

그러자 의사가 대답했습니다.

'모르는 소리 하지도 말게. 내가 성공을 거둔 비결이 바로 거기에 있어!'

'거기라니?'

'환자가 다섯 배나 비싼 줄 알고도 나를 찾아와서 고쳐 달라고 하는 것은, 이미 환자 스스로 살아나겠다고 결심을 한 셈이지. 내가 돈에 눈이 멀어서 그렇다고 오해하지 말게. 나는 결코 돈에 눈이 먼 사람이 아니야. 환자들은 다른 병원에 가면 더 싸게 수술할 수도 있다는 것을 이미 알고 있네. 하지만 내게 다섯 배나 비싼 돈을 내고라도 수술을 받겠다는 것은 그만큼 살아야겠다는 열망이 강한 것일세. 내가 성공을 거둔 수술의 50퍼센트는 환자들 각각의 결심 때문일세!'"

"자, 여러분! 이 의사가 성공한 까닭이 무엇입니까? 그가 한 말속에 정답이 있습니다. 그렇다면 그의 실력입니까? 단지 수술비를 다섯 배나 비싸게 받기 때문입니까?"

"수술비를 다섯 배나 받기 때문입니다."

"그렇습니다. 수술비를 다섯 배나 받는 것이 핵심입니다.

환자들도 바보가 아니라서 자기가 수술비를 다섯 배나 비싸게 지불하는 것을 알고 있습니다. 그런데 환자들은 왜 수술비가 다섯 배나 비싼 줄 알면서도 불평 한마디 하지 않고 지불할까요? 그 이유가 무엇일까요?"

"살고 싶은 강한 욕망입니다. 선생님!"

"그렇습니다. 살고 싶은 강한 욕망 때문에 수술비가 다섯 배나 비싼 줄을 알면서도 찍소리 한마디 없이 지불한다는 사실입니다. 살고 싶은 강렬한 욕망의 표현입니다. 그러니 이런 사람들은 그 의사 말을 잘 듣겠습니까? 건성으로 듣겠습니까?"

"잘 들을 것입니다. 선생님!"

"잘 듣는 정도가 아니라 거의 맹신할 것이라 생각합니다. 그런데 대부분의 사람들은 의사의 말을 맹신할까요? 건성건성 들을까요?"

"건성건성 듣지 싶어요. 선생님!"

"수술비를 다섯 배나 낸 환자들은 살아야겠다는 강렬한 욕망 때문에 찍소리 한마디 하지 않고 지불하였습니다. 다섯 배나 비싼 수술비여도 '살아야겠다'라는 열망이 너무 강하기 때문에 돈이 문제가 아닌 것입니다. 그러니 수술의 결과가 좋을 수밖에 없습니다. 이 경우에 수술의 성공 확률이 높은 것은 의사의 실력일까요? 환자의 살려는 강한 욕망과 의사에 대한 맹신일까요? 그 의사는 말했습니다.

'내가 성공을 거둔 50퍼센트는 환자들이 살아야겠다는 환자

의 결심 때문일세!'

이 의사는 아주 정직한 분입니다."

"이제 결론을 말하겠습니다. 이처럼 열심히 공부하려는 강한 열망이 여러분의 운명을 좌우할 것입니다. 이런 의미에서 나도 수강료를 다섯 배는 받지 못해도, 하다못해 두세 배는 받으면 좋겠습니다. 이것은 마치 다섯 배의 수술비가 의사를 위한 것이 아니고 환자를 위한 것과 같은 이치입니다. 내 말 이해합니까?"

"예, 선생님! 이해합니다. 선생님의 은혜를 잊지 않고 반드시 보답하겠습니다."

"감사합니다. 마치겠습니다."

"선생님! 감사합니다."

학생들의 열광적인 박수갈채와 환호성이 터져 교실 안은 거의 아수라장이 되었다.

13
부산 어머니의 전화

어느 날, 부산에 계신 어머니에게 전화가 왔다.

"야야!"

"네, 엄마!"

"니가 무슨 사고 쳤나? 혹시 나쁜 일 저질렀나?"

대뜸 어머니가 하는 말은 너무나 뜻밖이었다. 나는 전혀 감을 잡을 수가 없었다.

"엄마, 무슨 소리합니까? 나는 사고 치지도 않았고, 나쁜 일한 적도 없어요!"

어머니가 한숨을 쉬면서 말했다.

"어제 서울에서 내려온 사람이 우리 집에 다녀갔다."

"서울에서요? 뭐하는 사람인데요?"

어머니는 혀를 차면서 대답했다.

"나도 몰라. 어디서 왔다고 말하지도 않고, 우리 동네에 와서 우리 집안에 대해서 꼬치꼬치 묻고, 너에 대해서도 묻고,

또 우리 집 앞 골목까지 와서 우리 집 안을 유심히 살펴보고 갔다. 이 에미를 속일 생각하지 말고, 바른말 해라. 아무래도 니가 무슨 사고를 친 것 같다."

나는 차분하게 대답했다.

"엄마, 아무 사고도 치지 않았어요. 그리고 어떤 나쁜 짓도 한 적이 없어요."

다시 어머니가 말했다.

"나는 니를 믿는다. 그라모 서울에서 우리 집안에 대해서 이 것저것 묻고, 우리 집 안을 살펴보고 간 사람들이 누고? 뭐하는 사람들이고?"

그제사 나는 영어 선생님 생각이 퍼뜩 떠 올랐다. 내가 말했다.

"엄마! 이제 생각나는 게 있어요."

"뭐꼬?"

"우리 학교에 있는 여선생님 쪽에서 사람을 시켜서 우리 집 안에 대해서 좀 알아보고 오라고 했나 봐요."

그러자 어머니가 말했다.

"같은 학교 여선생하고 무신 일이 있었는데?"

"아직 별다른 일 없었습니다. 손목도 한 번 안 잡아 봤습니다!"

어머니가 말했다.

"니 일은 니가 알아서 잘해라. 그런데 이 에미가 한 가지만 말해주고 싶은 게 있다. 남자는 항상 남자답게 행동해라. 니가 한 말과 행동은 반드시 책임을 져야 한다. 사내놈이 자신의 말과 행동에 책임을 지지 않을 바엔 불알을 떼 버려야 한다. 이에미 말 알아들었나?"

나는 어머니를 안심시키며 말했다.

"엄마, 걱정 마시소. 엄마 말대로 내가 한 말과 행동에는 반드시 책임을 지는 사내가 되겠습니다."

나는 퇴근길에 도서관에 들렀다. 마침 그때 영어 선생이 들어왔다. 나는 자리에서 벌떡 일어나 그녀에게 다가서면서 다짜고짜 큰 소리로 말했다.

"선생님! 혹시 선생님 집에서 사람을 시켜서 부산 우리 동네에 가서 우리 집안에 대해서 알아 오라고 한 적이 있습니까?"

그러자 그녀는 무척 당황해하면서 대답했다.

"하 선생님, 죄송합니다. 우리 어머니가 그런 짓을 시킨 것 같아요. 그래서 어머니에게 거칠게 항의를 했어요. 미안합니다. 제가 대신 사과할게요. 선생님, 정말 죄송합니다!"

나는 말 한마디 하지 않고 도서관을 나왔다. 자취방으로 돌아오면서 내내 심기가 불편했다. 불편한 정도가 아니라 괘씸했다. 도저히 용서할 수 없다고 생각했다. 아무리 부자라고 해도, 아무리 아버지의 지위가 높다고 해도 우리 집에 대해서 알아보려면 우리에게 미리 연락을 해줘야 할 것이 아닌가. 그래야 우리 어머니가 손님 맞을 준비도 하고, 마당도 한번 쓸고,

마루도 걸레질하게 미리 알려 주어야 할 게 아닌가.

예고도 없이 남의 집에 염탐꾼을 보내는 것은 완전 쌍놈이 아니면 할 수 없는 저질이나 할 짓이 아닌가! 그들이 아무리 나를 세 가지 조건에 마음에 들지 않아서 탐탁지 않게 생각한 다고 해도 그렇지! 우리 집을 무시해도 유분수지! 해도 해도 너무하다는 생각이 들었다. 내 생각이 여기까지 미치자 나는 '복수를 해야지'하는 생각에 마음속으로 칼을 갈기 시작했다. 어디 두고 보자!

나는 종전처럼 거의 매일 도서관에 가서 먼저 빌려왔던 자료를 반납하고, 새로운 자료를 빌려오곤 했다. 그리고 아무 일도 없었던 것처럼 영어 선생을 종전처럼 만났다. 그러나 내심으로 복수의 칼을 가는 것을 감쪽같이 감추고 있으니, 그녀로서는 조금도 눈치를 챌 수가 없었을 것이다.

노자의 산책 이야기

"반갑습니다. 이번 시간에는 중국의 노자(老子) 산책 일화를 통해서 귀한 삶의 지혜를 공부하고자 합니다. 노자에 관한 여러 가지 유명한 이야기 중에서도 특히 중요한 산책 일화 하나를 소개하겠습니다. 이 이야기는 노자의 여러 가지 일화 중에 대단히 중요한 비중을 차지하는 이야기입니다. 그러니 여러분이 귀담아듣고, 노자에게 삶의 아주 중요한 지혜를 한 수 배우기 바랍니다. 자, 이제부터 노자의 산책 일화를 두 귀로 청취를 할 참인가요? 온몸으로 솜털 하나까지 곤추세우고 경청할 참인가요?"

"경청하겠습니다. 선생님!"

"경청할 사람은 박수로 나와 약속을 하기 바랍니다."

내 말이 끝나자마자 교실 안은 박수와 환호성으로 물결쳤다.

나는 잠시 호흡을 가다듬고 이야기를 시작했다.

"노자는 매일 아침 산책을 하였습니다. 평소에 노자를 따르는 사람들이 그와 함께 산책을 하였습니다. 산책에 동참하는 사람들은 노자가 평소에 쓸데없는 이야기나 하나 마나 한 이야기를 하는 것을 아주 질색한다는 것을 잘 알고 있었습니다. 그래서 다들 아무 말도 없이 산책길에 나섰고, 산책이 끝날 때까지 쓸데없는 이야기는 한마디도 하지 않았습니다.

이처럼 노자는 꼭 필요한 말이 아니면 시도 때도 없이 씨불이는 것을 아주 싫어하였습니다. 그래서 가능하면 늘 침묵을 지켰습니다. 그러다 보니 서로 만나도 '안녕!'이라는 말도 하지 않았고, 날씨에 대해서 한마디 하는 것도 허용되지 않았을 정도였습니다.

'참 좋은 아침입니다.'

이 정도의 말도 너무 재잘거리는 축에 속했습니다. 노자의 산책 거리는 제법 길었고, 그 긴 거리를 제자들과 지인들은 여러 해 동안 그런 방식으로 산책을 하였습니다."

"한 번은 이런 일이 있었습니다. 이웃에 머무르고 있던 손님이 노자와 함께 산책을 하고 싶어 하기에 그 이웃이 그 손님을 아침 산책에 데리고 왔습니다. 그는 노자를 잘 몰랐습니다. 그래서 노자의 침묵도 몰랐습니다. 그는 노자 일행이 아무도 한마디 말도 하지 않고 산책하는 것에 금방이라도 질식할 것만 같았습니다.

그는 일행이 왜 이토록 침묵을 지키는지 꿈에도 몰랐습니다. 그리고 도저히 침묵을 견딜 수가 없었습니다. 마침 태양이 떠올라올 때, 그가 이렇게 한마디 했습니다.

'참으로 아름다운 아침입니다.'

이것이 그가 말한 전부였습니다. 그러나 아무도 대꾸하지 않았습니다. 노자가 그런 것을 원치 않음을 잘 알고 있었기 때문입니다. 물론 노자도 거기에 대해서 아무 대꾸도 하지 않았습니다. 그들이 산책을 끝내고 돌아왔을 때 노자는 그를 데리고 온 사람들에게 말했습니다.

'다음부터는 아까 그 사람을 데려오지 마라.'

제자 중에 누군가가 물었습니다.

'선생님, 그 사람이 뭘 잘못하였습니까?'

'그는 너무 수다스럽다!'

그가 말한 것은 오직 '참 아름다운 아침입니다'라는 한마디뿐이었습니다. 그런데도 노자는 냉혹하게 말했습니다.

'다시는 그 수다쟁이를 데려오지 마라. 그는 너무 말을 많이 한다. 그리고 쓸데없는 말을 한다. 나 또한 눈이 있기에 태양이 떠오르는 것과 그것이 아름답다는 것을 볼 수 있다. 그런데 그것을 굳이 말해서 무슨 소용이 있는가?'"

"자, 이 노자의 산책 이야기를 통해서 우리는 무엇을 배워야 할까요?"

"침묵입니다."

"그리고?"

"꼭 필요한 말만 하는 것입니다."

"그리고?"

"하나 마나 한 소리는 안 하는 것입니다."

"맞습니다. 서양 속담에 '웅변은 은이요, 침묵은 금'이라는 말이 있습니다. 그런데 많은 사람들이 이를 잘 모르고 말을 잘 하는 것이 더 중요하다고 생각합니다. 서양 속담을 보나, 노자의 말을 보나, 말을 잘하는 것보다 침묵이 한 수 위가 아니라 여러 수 위란 것을 알 수 있습니다."

"여러분, 오늘 노자의 산책 이야기에서 배운 대로 말을 많이 할 것이 아니라 되도록이면 짧고 간단하게 말해야겠습니다. 그런 의미에서 지금 내가 하는 이야기도 이만 줄이는 것이 좋을 것 같습니다. 여기에서 줄이는 것은 찬성합니까?"

그러나 학생들은 선뜻 대답하지 않았다. 내가 다시 말했다.

"노자 할아버지에게 욕먹지 않게 빨리 내 이야기를 이만 줄이겠습니다."

"감사합니다. 선생님!"

박수갈채와 환호성이 터져 나왔다.

15
포크와 나이프로 한 앙갚음

영어 선생이 나에게 '우리 가족이 하 선생을 싫어하는 세 가지 이유'라는 폭탄선언을 한 지 얼추 일주일이 지났을 무렵이다. 교내 식당 구석 자리에서 그녀가 내게 말했다.

"하륜 선생님, 저희 집에 한번 초대를 하겠습니다!"

기다렸다는 듯이 내가 대답했다.

"선생님 부모님께서 제 세 가지 조건이 마음에 들지 않아서 저와 만나는 것을 반대하고, 저를 탐탁지 않게 생각하시면서 왜 저를 댁으로 초대를 하려고 합니까?"

그녀가 대답했다.

"우리 부모님이 아무리 하륜 선생님을 탐탁지 않게 생각해도 제 태도가 워낙 강하다 보니 그동안 우리 부모님도 한풀 꺾이고 말았습니다. 처음에는 부모님뿐 아니라 동생들까지도 모두 반대를 했는데, 내가 선생님을 너무 사랑하고, 너무 멋진 분이라고 밀어붙이는 바람에 '그럼 도대체 어찌 생겨 먹은 청년인지 한번 선이라 보자!'라고 했어요. 그래서 하륜 선생님 사정만 괜찮으시면 초대를 하려는데, 이번 일요일에 저희 집을 방문하시면 어떻겠습니까?"

내 속에서는 칼 가는 소리가 요란하게 들려왔다. 그러나 그녀는 이 소리를 전혀 듣지 못하고, 내가 칼을 갈고 있다는 것을 꿈에도 상상하지 못했지 싶다. 나는 활짝 웃으면서 말했다.

"반가운 소식이군요, 선생님! 고맙습니다. 이번 일요일에 제가 시간을 내겠습니다. 그날 선생님 댁으로 가서 부모님들과 가족들에게 인사도 하고, 신고식도 하면 좋겠습니다."

나는 고등학교를 졸업하면서 대학을 지망할 때 국문과를 지망하려고 하지 않았다. 원래 나의 희망은 문인이 되는 것이 아니라 연극배우가 되는 것이었다. 그래서 중앙대학교 연극영화과에 가는 것이 꿈이었다. 그런데 농촌에서 부산으로 유학하는 것도 만만찮은 돈이 드는데 서울로 유학을 간다는 것은 우리 소도 다 팔고, 논도 다 팔아야 가능한 일이었다.

그런 이유로 연극영화과 지원을 포기한 것이다. 비록 연극영화과에는 못 갔지만, 복수의 칼을 갈아서 영어 선생 집에서 휘두르는 연기 하나는 잘할 자신이 있었다.

일주일째 하루도 빠짐없이 복수의 칼을 갈면서 겉으로는 조금도 내색을 하지 않았다. 칼 가는 것을 이토록 자연스레 감추는 것은 내 핏속에 광대끼가 넘치기 때문이라고 할 수 있다.

드디어 일요일이 밝았다. 서울 지리를 잘 몰라서 성북동 교통편을 몰랐다. 내가 아는 혜화동 로터리 버스 정류장에 내리면 그녀가 마중을 나오기로 했다. 적어도 외형상으로는 선을 보는 날이나 마찬가지기 때문이다. 신부 측 부모와 가족들이 다 모여서 나를 관찰하고 평가하는 날이니 선을 보는 것과 다를 바 없고, 나와는 첫 상견례나 다름이 없었다.

나는 차림새에 신경을 쓰지 않을 수 없었다. 내게 있는 옷 중에서 가장 멋진 정장을 골라서 입었다. 구두도 내 손으로 공을 들여 반들반들 닦았다. 머리는 어제 이발소에 들러서 말끔하게 다듬었다. 거기다가 목욕까지 했으니, 거울 앞에서 나를 보니 내가 보아도 보통 때보다는 내 모습이 훨씬 깔끔하게 보였다.

약속 시간에 맞춰 영어 선생이 나왔다. 그녀의 표정은 아주 밝았다. 나도 밝은 척한다고 하였지만, 여러 날 동안 칼을 갈고 있어 그런지 아무래도 그녀처럼 표정이 밝지도 않았고, 평소처럼 자연스럽지가 않았다. 다행히도 이런 내 사정을 그녀는 전혀 눈치채지 못하는 것 같았다.

그녀와 나는 혜화동 로터리 정류장에서 성북동 쪽으로 걸어 올라갔다. 모처럼 그녀와 데이트를 하는 것 같았지만, 내 속에는 복수의 칼을 갈고 있었기 때문에 전혀 기쁘거나 설레지 않았고, 조금도 들뜨지도 않았다.

성북동 부자 동네가 점점 가까워지자 동네 분위기가 서서히 달라지기 시작했다. 우선 집들이 대부분 저택이었다. 담도 높았고, 동네가 적막이 감돌만치 고요했다. 차들의 출입이 잦지 않았고, 인적 자체가 끊어진 것 같이 적막에 휩싸여 있었다. 한 채 한 채 집들이 다 고성 같은 느낌이었다.

'소문대로 도둑놈 촌이구나' 싶었다. 이런 저택에 어떤 도둑놈들이 살고 있을지 궁금하기도 했다. 그리고 이런 도둑놈 촌에 사는 그녀의 부모님은 어떤 도둑에 해당될지도 궁금했다. 도둑놈 촌에 들어선 순간 내 속에서는 칼 가는 소리가 점점 크게 들리는 것 같았다. 평소에 가진 자들에 대한 불만과 평등하지 못한 사회상과 군사독재 정치에 대한 불만이 구체적으로 보이는 성북동 도둑놈 촌이란 공간에 들어서니 더욱 첨예하게 부각되는 것 같았다.

나도 예측할 수가 없었다. 단지 내 속에서 칼을 가는 것은 분명한데 어떻게 그 칼을 사용해야 할지, 어떤 순간에 내가 칼을 뽑아야 할지에 대해서는 아무런 계획도, 구체적 방안도 없었다. 막연하게 칼을 갈고 있을 뿐이었다. 그리고 또 한 편으로는 칼을 어느 순간에 뽑아야 할 것이며, 막상 칼을 뽑아야 할 순간에 과연 칼을 뽑아서 휘두를 용기가 내게 있는지도 알 수가 없었다. 그러나 분명한 것은 칼을 갈아 왔고, 그녀의 집이 가까워질수록 더 칼가는 소리가 강하게 내 귓가에 들린다는 사실이다.

　나는 그녀의 가족이 나를 세 가지 이유에서 탐탁지 않게 생각한다는 점을 다시 떠 올렸다.

　첫 번째 이유는, 내가 함석헌 선생을 너무 지근거리에서 따라다니는 추종자란 사실이라고 했다.

　두 번째 이유는, 내가 일류대학을 졸업하지 못한 것이라고 했다. 이 대목에 대해서는 나는 아무런 할 말이 없다. 왜냐면 사실이기 때문이다. 대학에 입학할 때부터 이 대목에 대한 열등감이 내 속에 가득 차 있었다. 그리고 이 열등감 때문에 지금까지 계속 열심히 공부하고 있었고, 앞으로도 열심히 할 것이라 생각했다.

　마지막으로, 직업이 탐탁지 않다는 것이라 했다. 물론 고등학교 교사라는 직업이 그리 좋은 직업은 아니라는 것을 나도 인정한다. 나도 국문과에 입학할 때까지만 해도 대학을 졸업하면 내가 국어 선생을 할 것이라는 생각은 꿈에도 하지 않았다. 대학 2학년 때 앞으로 교사 자격을 딸 사람은 선택해야 했다. 몇 가지 과목을 더 이수해야 하는데, 이를 신청하거나 신청하지 않거나 전적으로 내 자유였다.

　다시 말하지만, 나는 교사 자격을 딸 생각이 꿈에도 없었다. 그 까닭은 교사라는 직업이 내게는 조금도 매력적이지 않았기 때문이다. 그렇다고 해서 교사 말고 다른 어떤 직업을 꿈꾸고 있었던 것도 아니다. 그런데 분명한 것은 교사라는 직업이 그다지 매력이 있는 직업이 아닌 것만은 분명했다.

그런데 교직 과목 선택 문제를 두고 시골에 있는 아버지에게 말을 꺼냈더니 아버지는 단호하게 말했다.

"당연히 교직 과목을 이수해야지!"

내가 말했다.

"아버지? 왜 당연히 교직을 이수해야 하는데요? 저는 선생질할 생각이 눈곱만큼도 없어요."

아버지가 말했다.

"네 마음은 알겠다. 그리고 네가 졸업하고 난 뒤에 선생질을 안 해도 된다. 네가 하고 싶은 직업을 선택하는데 나도 아무 이의가 없다. 그런데 이것은 부탁이다. 다시 말하지만, 네가 졸업하고 나서 선생질은 안 해도 좋은데, 교사 자격은 따놓기 바란다. 그 자격증을 장롱 속에서 잠재워두더라도 선생 자격은 반드시 따놓기 바란다! 다시 한번 부탁한다. 이것은 애비의 간절한 부탁이다!"

옆에 있던 어머니도 맞장구를 쳤다.

"야야! 내 생각도 그렇다. 니가 선생질을 하기를 바라지는 않는다. 그러나 선생 자격은 따 놓기 바란다. 세상일이란 알수가 없는 법이다. 내일 일을 아무도 단정할 수 없다. 이 에미 말도 무시하지 말기 바란다. 아버지 말대로 선생 자격증을 장롱 속에 넣어 놓기만 해도 된다!"

나는 부모님의 간절한 부탁을 도저히 거역할 수 없어서 교직을 이수한 것이다. 그리고 이런저런 사정으로 마침내 교단에 서게 된 것이다. 이것 또한 나로서는 운명이 아닐 수 없었다. 나 역시 그녀의 부모님 생각대로 교직이 그리 내세울만한 직업이 아니란 데는 조금도 이의가 없었다.(※주ー내가 교단에 서게 된 과정은 나의 실험 장편소설《소리, 소리, 소리》에 잘 그려져 있다.)

그렇다면 그녀의 부모님이 나를 반대하는 세 가지 이유 중에서 두 가지는 나도 뭐라고 변명할 수가 없고, 따질 수가 없는 조건들이었다. 그런데 문제는 첫 번째 조건이었다.

함석헌 선생님을 너무 지근거리에서 따라다닌다고 나를 반대한다는 것에는 도저히 수긍할 수 없었다. 아니, 수긍이 아니라 용서할 수가 없었다. 아무리 돈이 많고, 머리에 든 것은 없는 무식한 사람이라도 내가 함석헌 선생을 지근거리에서 따라다니는 것이 결격 사유라고 하는 것은 우선 함석헌 선생님에 대한 모독이 아닐 수 없다.

그 무렵 박정희 장군의 군사정권을 당당하게 반대한 사람은 우리나라에서 함석헌 선생님 한 사람뿐이었다. 온갖 위험을 무릅쓰고 '군인은 군대로 돌아가라' 단호하게 일갈을 한 분이 바로 함석헌 선생님이었다. 그 바람에 박정희 장군에게 가장 눈엣가시 같은 존재가 되었다. 사실 박정희 장군은 이 땅의 비겁한 지식인들에게 두려울 게 조금도 없었다. 그런 그에게 두려운 단 한 사람은 바로 함석헌 선생이었을 것이다.

그 무렵 함석헌 선생님은 선생님 자신의 표현대로 '들사람'이었다. 들사람이란, 야인을 뜻하는 선생님이 만든 말이다. 내가 보기에는 이 말이 선생님을 제대로 그리기에는 턱없이 부족하다. 보통명사 '들사람'이 아니라 성경에 나오는 대표적인 예언자 예레미야(Jeremiah) 같은 분이라고 해야 제대로 표현하는 것이 되지 싶다.

함석헌 선생님은 우리 역사를 예언하고, 우리 시대의 앞날을 예언하면서 광야에서 외치는 소리 같은 고고한 존재였다. 앞날이 창창한 젊은 놈이 이런 위대한 인물을 존경하고 흠모하는 것이 결격 사유가 된다는 사실에 나는 치를 떨며 격분하지 않을 수 없었다.

성북동 도둑놈 촌 가운데 아방궁처럼 자리 잡은 그녀의 집에 도착했다. 대문 앞에서 초인종을 누르자 하인 같은 차림의 남자가 철문을 열어 주었다. 정원도 시골의 운동장만큼이나 넓었다. 나는 그런 저택을 실제로 구경하기는 처음이었다. 내가 상상하던 것보다 더 웅장하고, 더 화려하고, 중후하였다. 마치 유럽의 성 같았다. 엔간한 사람 같으면 첫발을 들어서기 전에 이미 기가 죽어서 식은땀이 났을 것이다. 하지만 나는 속으로 칼을 갈고 있어서인지 땀까지 나지는 않았다.

그녀는 나를 2층으로 안내했다. 2층으로 올라가기 전에 층계 사이로 아래층을 얼핏 보았는데, 나는 상상할 수 없을 정도로 화려한 실내 분위기에 넋을 빼앗겼다. 그만큼 내 속에 있던 가진 자에 대한 적개심이 사납게 꿈틀대기 시작하였다.

'아니, 무슨 수로 이런 호사를 누린단 말인가? 무슨 끗발로 이런 사치를 누린단 말인가?'

땀 흘려 번 돈으로는 이런 호사를 누린다는 것이 절대로 불가능하다는 것 정도는 나도 익히 알고 있었다. 이런 생각 때문에 내 속에서 칼 가는 소리는 점점 거칠어지고 있었다.

드디어 2층에 마련된 식탁 앞으로 갔다. 그림책이나 서양 영화에서나 보았던 화려하면서도 고풍스러운 식탁과 의자들이 놓여 있었다. 나는 아무 말도 하지 않고 식탁 가운데의 손님 자리에 앉았다.

식탁에는 다섯 사람이 둘러앉았다. 주인 자리에는 그녀의 어머니가 앉고, 그 옆에 그녀가 앉고, 그 맞은편에 내가 앉았다. 그녀의 남동생과 여동생은 양옆에 앉았다. 그런데 그녀의 아버지는 마침 급한 일이 생겨서 오늘은 참석하지 못했다고 했다.

모두가 둘러앉은 식탁은 중세 유럽 귀족 집안의 식탁 분위기를 그대로 연출하고 있었다. 식탁보도 나로서는 처음 보는 천이었는데 여간 고급스럽지가 않았다. 그리고 각자 앞에 은수저와 은쟁반이 놓여 있는 것만 해도 엔간한 사람은 주눅이 들게 하고도 남았다. 여러 개의 포크와 칼에다 각자 앞에 접혀 있는 냅킨에 이르기까지 완전히 시골 사람 겁주려는 것처럼 기세가 당당해 보였다.

그녀가 가족들에게 나를 간단히 소개했다. 그들은 이미 나에 대해서 너무나 자세히 알고 있을 터였기에 극히 형식적으로 간략하게 소개를 하였다. 나는 앉은자리에서 고개를 숙여 인사를 했다.

"반갑습니다. S고등학교 국어 선생 하륜입니다. 이런 귀한 자리에 초대를 해주어서 감사합니다!"

그녀의 어머니와 동생들은 빙그레 미소를 띠었다. 그리고 자기 어머니 소개에 이어서 남동생과 여동생을 소개하려고 하자 그녀의 어머니가 말했다.

"소개는 그 정도로 하고, 천천히 식사하면서 이야기들 나누지요."

나는 담담하게 대답했다.

"고맙습니다. 감사히 먹겠습니다!"

이때까지만 해도 어느 누구도 내 속에서 무서운 칼을 갈고 있다는 것을 눈치채지 못했다. 여러 가지 잡다한 음식들이 나온 뒤에 메인 음식인 스테이크가 나왔다. 그때까지 나는 포크나 나이프를 들지 않고 마냥 구경만 하였다. 그러자 내 맞은편에 앉아 있던 그녀가 나에게 말했다.

"선생님, 어서 드세요!"

나는 역시 담담히 대답했다.

"고맙습니다! 선생님!"

드디어 작전을 실시했다. 나는 칼춤 추는 광대로 돌변하였
다. 가장 먼저 한 동작은 냅킨을 펴서 손을 닦는 시늉을 하였
다. 마른 수건이라서 극히 형식적인 동작이었지만, 그래도 이
제 식사를 시작하려나 보다 하는 암시는 충분히 줄 수가 있었
다. 그러나 이 동작으로는 그리 시선을 끌 수가 없었다.

두 번째 한 동작은 냉수를 한 모금 마시는 것이다. 그때까
지만 해도 어느 누구도 나를 조금도 의심하지 않았다. 그런데
세 번째 동작에서 내 칼날이 번뜩이기 시작했다. 메인으로 나
온 스테이크를 포크와 나이프를 사용하지 않고 두 손으로 뜯
기 시작했다. 당연히 한 손으로는 포크로 한쪽을 누르고 나이
프로 조심스레 쓸어야 하는데, 나는 나이프도, 포크도 손에 쥐
지 않았다.

그야말로 '맨손'이었다. 내가 맨손으로 스테이크를 뜯기 시
작하자 식사가 시작하려는 판에 이러한 내 행동을 본 가족들
은 순간 다들 넋을 잃고 말았다. 이런 광경은 평생 처음 보는
낯선 장면일 것이다. 절대 실수가 아니다! 100퍼센트 고의다!
그리고 우발적이 아닌 100퍼센트 의도적이다!

나는 아무 말도 하지 않고, 맨손으로 스테이크를 여러 토막

으로 찢었다. 내 손은 엉망이 되고 말았다. 엉망인 손으로 채소 채반에 담긴 푸른 채소를 집어서 조금 전에 내가 뜯어놓은 스테이크 위에다 장난처럼 설렁설렁 찢어서 흩뿌렸다. 그다음에는 후춧가루 병을 집어서 후춧가루를 그 위에 뿌렸다. 그리고 소금 병을 들고는 그 위에 소금을 뿌렸다. 마치 예행연습을 하듯이 하나하나 각본대로 자연스레 동작을 이어갔다.

내가 다시 두 손으로 쟁반 위에 있는 것들을 뒤섞으며 비비는 동작을 하는 순간 내 앞에 앉아서 이 광경을 지켜보고 있던 그녀가 그 자리에서 그만 픽 꼬꾸라지고 말았다. 그 순간 나는 더 이상 다른 동작을 계속할 수가 없었다. 남동생이 다가와서 그녀를 흔들어 깨우면서 말했다.

"누나! 누나!"

아무리 흔들어도 그녀는 어떤 반응도 하지 않았다. 그래도 나는 아무 말도 하지 않고, 무표정하게 냅킨으로 더러워진 내 손을 닦았다. 그때까지 남동생은 계속 그녀를 흔들어 깨우고 있었다. 나는 조각상처럼 그 자리에서 일어나 아무 말도 하지 않고, 뒤도 돌아보지 않고 아방궁을 나왔다.

나는 천천히 왔던 길을 되돌아 나왔다. 아무 감정도 없었다. 아무 생각도 없었다. 영어 선생의 집에 귀한 손님으로 초대를 받아가서 냉수 한 모금만 마시고 나온 셈이다.

그런데 그녀가 기절한 것을 모른 체하고 나온 것이 마음에 좀 걸리기는 했다. 그러나 나는 이제 물러설 수 없는 처지가 되고 말았다. 나도 칼을 빼고, 또 칼을 휘두른 이상 여기서 한 발도 물러설 수가 없는 입장이 되고 말았다.

천천히 한발 한발 왔던 길을 더듬어서 버스 정류장으로 걸어서 내려왔다. 올라갈 때보다 서너 배는 더 시간이 걸렸지 싶다. 내 머릿속은 텅 비어버린 것만 같았다. 아무것도 생각이 나지 않았다. 오직 내 귓가에는 남동생이 '누나! 누나!' 하고 그녀를 깨우는 소리만 환청처럼 들려왔다.

어찌나 천천히 걸었는지 아마 내가 올라갈 때보다 서너 배 시간이 더 걸려서 혜화동 로터리 버스 정류장에 닿았지 싶다. 버스 정류장에서 버스 오는 쪽을 쳐다보았다. 아직 버스는 오지 않았다.

그때였다. 내 눈을 의심하지 않을 수 없는 광경이 벌어졌다. 그녀가 머리를 산발한 상태에서 양말만 신은 체로 혜화동 로터리 쪽으로 미친 여자처럼 달려오고 있었다. 나는 이제 어떤 일이 벌어질지 예상을 할 수가 없었다. 내가 칼을 갈고, 무술을 연마한 것은 이미 다 발휘를 한 셈이다. 그런데 아직 끝나지 않은 전투가 남아 있다니, 나로서는 아주 부담스러웠다.

그녀가 나에게 다가와서 내 팔목을 잡고 울부짖으면서 말했다.

"선생님! 우리 집을 이렇게 모욕할 수 있나요? 무엇을 얼마나 우리가 잘못했다고, 이런 모욕을 합니까? 선생님!"

나도 그녀에게 그간의 내 생각을 말했다.

"모욕은 선생님 쪽에서 먼저 한 것 아닙니까? 내가 가장 존경하는 나의 정신적 스승이신 함석헌 선생을 모욕한 것은 선생님 쪽이 아닙니까? 나의 정신적 스승을 모욕하는 것은 나를 모욕하는 것보다 더 견딜 수 없는 모욕이라고 생각합니다.

그리고 우리 고향 동네까지 가서 나를 모욕한 것은 모욕이 아니고 표창입니까? 우리 동네에서 호구 조사하듯이 우리 집안과 나에 대해서 조사하고, 어머니가 계시는 집에 들어와서 인사도 하지 않고 울타리 넘어서 곁눈질로 염탐을 한 것이 저에 대한 모욕이 아니고 무엇입니까?

오늘 주빈이 누구입니까? 제가 주빈 아닙니까? 그러면 주빈에게 어떤 음식을 대접할지는 미리 물어보고 그에 맞는 요리를 대접해야 하는 것 아닙니까?

그런데 오늘 선생님 댁에서 저에게 대접한 요리는 제가 제일 싫어하는 양식 요리였습니다. 저를 무시한 것도 기분 나쁘지만, 은쟁반과 은수저 따위로 비싼 분위기를 자랑하려는 치졸한 속셈을 제가 모를 것 같습니까?"

내 말이 끝날 무렵, 내 팔목을 거칠게 잡았던 그녀의 손목에 힘이 빠지더니 순간 길가에 픽 쓰러지고 말았다. 이 광경을 그녀의 뒤를 따라오던 남동생과 여동생이 보았다. 남동생이 고함을 치면서 가까이 다가왔다.

"누나! 누나!"

여동생도 울부짖었다.

"언니, 언니! 정신 차려!"

그때 내가 타야 할 버스가 왔다. 나는 뒤도 돌아보지 않고 버스에 올랐다.

실패의 문밖에 성공이 서 있다

"반갑습니다. 이번 시간에는 '실패의 문밖에 성공이 서 있다' 라는 제목으로 '이야기보따리'를 풀어보겠습니다. 매번 강조한 것처럼 이번 시간에도 내 이야기를 온몸으로 경청하여 삶의 귀한 지혜를 배우기 바랍니다.

여러분에게 한 사람을 소개하겠습니다. 먼저 그의 이력서를 공개합니다."

9살, 어머니가 돌아가셨다.

18살, 여동생이 죽었다.

22살, 사업에 실패했다.

23살, 주의회에 출마하여 낙선했다.

24살, 다시 사업에 실패했다.

25살, 주의회 의원에 당선됐다.

26살, 여자 친구 사망했다.

27살, 신경 쇠약 증세를 보였다.

29살, 백악관 대변인 선출에서 실패했다.

31살, 선거인단 선거에서 패배했다.

34살, 의회에 출마해서 낙선했다.

37살, 의회에 출마해서 당선됐다.

39살, 의회에 출마해서 낙선했다.

46살, 상원의원 선거에서 낙선했다.

47살, 부통령 선거에서 패배했다.

49살, 상원의원 선거에서 낙선했다.

51살, 대통령에 당선됐다.

"이것은 미국 제16대 대통령 에이브러햄 링컨(Abraham Lincoln)의 이력서입니다. 이번에는 아이비엠(IBM)을 창업한 토마스 왓슨(Thomas J. Watson)의 이야기를 하겠습니다. 언젠가 그에게 기자가 물었습니다.

'당신의 성공 비결은 무엇입니까?'

'실패율을 두 배로 높이십시오!'

기자가 다시 물었습니다.

'그게 무슨 의미입니까?'

'성공은 실패의 강 건너편에서 기다리고 있기 때문입니다.'"

"나도 지금까지 살아오면서 수많은 실패와 좌절을 겪었습니다. 그동안 좌절과 절망을 밥 먹듯이 하였습니다. 그리고 셀 수 없는 불면의 밤을 보냈습니다. 이런 의미에서 내 삶은 실패의 연속이라고 할 수 있습니다. 내가 수많은 실패를 하고도 좌절하지 않은 것은, 실패가 끝이 아니라고 생각하기 때문입니다.

실패 혹은 패배가 끝이 아니라 내가 아무것도 더 이상 시도하지 않는 것이 끝이라고 생각하기 때문입니다. 그래서 오늘도 나는 새로운 것을 꿈꾸고, 새로운 시도를 하려고 합니다.

이런 의미에서 나는 지금까지 실패의 강을 건너는 중인 셈입니다. 내 전 생애가 실패의 강을 건너는 과정일지 모릅니다. 그러나 나는 노를 놓치지 않고 힘차게 저어서 내 앞에 놓인 실패의 강을 기어이 건너려고 합니다.

그래서 삶은 결과가 아니라 과정입니다! 내 삶이 실패의 연속이라고 해도 아직 나는 노를 단단히 잡고 있습니다. 내가 쥐고 있는 노를 놓는 날은 내 삶이 끝나는 날일 것입니다. 이 지상에 살아 있는 마지막 날까지 나는 손에서 노를 놓지 않을 것입니다."

"결론을 말하겠습니다. 여러분, 실패의 문밖에 무엇이 기다리고 있습니까?"

"성공이 기다리고 있습니다. 선생님!"

"그러고 보면 성공을 거둔 사람들은 한결같이 수많은 실패를 하였다는 사실을 알 수 있습니다. 그러니까 여러분은 앞으로 실패를 두려워해야 합니까? 두려워하지 말아야 합니까?"

"두려워하지 말아야 합니다. 선생님!"

"왜 두려워하지 말아야 합니까?"

"실패의 문밖에 성공이 기다리고 있기 때문입니다. 선생님!"

"그렇습니다. 성공은 반드시 실패라는 관문을 통과해야 한다는 귀한 것을 배웠습니다. 오늘 배운 것이 여러분의 삶에서 아주 중요한 법칙이 되고, 무기가 되길 바랍니다. 내 말뜻을 이해합니까?"

"백번 천번도 이해합니다. 선생님!"

"그럼, 마치겠습니다."

"감사합니다. 선생님!"

학생들의 박수갈채와 환호성이 터져 나왔다.

17
나의 별난 책값 계산법

아침부터 글을 쓰다가 갑자기 인용할 게 있어서 책을 사러 종로서적에 갔다. 나는 종로서적에 가면 항상 신선한 충격을 받는다. 그동안 나온 신간들을 보면서 '나는 그동안 뭘 하고 지냈나?' 하는 반성부터 한다. 그리고 남들이 쓴 책들을 보면 '나도 무슨 책을 써야지' 하면서 새로운 아이디어가 샘솟는다.

어떤 경우에는 '이런 허접한 책이 잘 팔리는데, 나는 이 책보다 좀 더 잘 쓸 수 있겠다'라는 자신감이 생기기도 한다. 느긋하게 한참을 이 책 저 책을 구경한 끝에 마침내 내게 필요한 책 세 권을 골라 계산대에 가서 계산을 했다.

권수	책값
1	15,000원
2	12,000원
3	16,000원
합계	43,000원

새 책을 사면 기분은 좋은데 한 푼도 깎지 못하고 제값을 다 주고 산 것이 좀 아쉽다. 나는 종로서적을 나오면서 이런 생각을 했다.

'할 수 없다. 지금 곧장 청계천 헌책

방으로 가서 헌책을 여러 권 싸게 사서 벌충을 해야지!'

그길로 곧장 청계천 헌책방으로 갔다. 도착한 시각은 오후 5시 30분이었다. 만약 오후 6시에 가게가 문을 닫는다면 30분 안에 마음에 드는 헌책을 여러 권 빨리 골라야 한다.

헌책방 주인 아저씨에게 급하게 물었다.

"몇 시에 문을 닫습니까?"

주인 아저씨가 대답했다.

"7시입니다."

한 시간 삼십 분이나 남았으니 책을 고를 시간은 충분했다. 나는 한 시간 정도 눈을 부릅뜨고 살핀 끝에 열한 권의 책을 골랐다. 책 바구니에 담고 계산대로 가서 계산을 했다.

권수	책값				
1	7,000원	5	1,000원	9	1,000원
2	5,000원	6	43,000원	10	1,000원
3	1,000원	7	1,000원	11	1,000원
4	1,000원	8	1,000원	합계	21,000원

나는 자취방으로 돌아와서 청계천 헌책방에서 산 헌책 열한 권의 정가를 계산해 보았다. 내가 청계천 헌책방에서 산 열한 권 책의 원래 가격인 정가를 계산해 보았더니 '110,400원'이었다. 그런데 이 열한 권의 헌책을 모두 '21,000원' 주고 샀으니,

110,400원 - 21,000원=89,400원이란 계산이 나온다.

그렇다면 나는 오늘 '89,000원'을 번 것이나 마찬가지이다. 오늘 종로서적에서 새 책 세 권을 '43,000원'에 샀고, 헌책방에 가서 헌책 열한 권을 '21,000원'을 주고 샀으니, 총 열네 권의 책을 '64,000원' 주고 산 것이다.

앞서 언급했듯이 그중에서 헌책 열한 권을 사면서 '89,000원'의 이익을 보았다고 할 수 있으니, 나는 오늘 참 재수가 좋은 것이다. 별다른 노력을 하지도 않고 거금 '89,000원'을 이익 보았기 때문이다.

그래서 오늘은 찻값도 공짜, 밥값도 공짜, 차비도 공짜가 아닐 수 없다. 오늘은 땡을 잡은 아주 신나는 날이다!

많이 읽고, 많이 경험했다고 장땡은 아니다

순진한 사람들은 책을 많이 읽으면 다 되는 줄 알고, 책 많이 읽으면 장땡인 줄 안다. 이런 사람들은 책을 많이 읽기만 하면 도사가 되고, 책을 많이 읽기만 하면 뭐가 술술 풀리는 줄 안다. '증말 웃기는 짜장' 같은 순진한 생각이다.

물론 책을 많이 읽는 것은 책을 안 읽는 것보다 낫다고 할 수도 있다. 그런데 그동안 인류가 살아온 발자국들을 보면, 책을 많이 읽은 인간들이 책을 많이 읽지 않은 인간들보다 더 교활하고, 더 거짓말을 많이 하고, 더 뻥을 많이 치고, 더 사기를 많이 친 증거가 많다.

이놈들은 자기변명을 더 잘하고, 자기 합리화를 더 잘하고, 자기 잘못을 남에게 더 잘 뒤집어씌우곤 했다. 그렇다면 책을 많이 읽은 게 무슨 자랑이며, 무슨 대단한 벼슬이라도 된단 말인가!

그런데 또 다른 순진한 사람들은 책은 안 읽어도 경험을 많이 하면 다 되는 줄 알고, 경험을 많이 하면 장땡인 줄 안다. 이런 사람들은 경험을 많이 하면 도사가 되고, 경험을 많이 하기만 하면 엔간한 일들은 술술 풀리는 줄 안다. 이 역시 '웃기는 짜장' 같은 순진한 생각이 아닐 수 없다.

얼마 전에 참 교활하고 음흉한 대학교수란 자가 선거판에 얼쩡대면서 독서를 많이 했다고 자랑을 하는 것을 보고 '어찌 저딴 물건이 대학교수씩이나 할까?' 하고 혀를 차며 놀란 적이 있다. 그런데 그가 독서를 많이 한 것은 대부분 '어릴 때 한 독서'라고 했다. 그 수준으로 방송에 나와서 많이 아는 체하는 꼴이 정말 가관이었다.

제정신이 박힌 온전한 인간이라면 자기 머리에 큰 모자를 쓸 것이 아니라 맞는 모자를 써야 한다. 그런데 독서에 대해서 잘 모르는 사람이나 독서에 대해서 깊이 생각해 본 적이 없는 사람들이 이딴 소리, 즉 겨우 초등학교 때 동화책 등을 많이 읽은 수준에 조금도 의심하지 않고 속아 넘어가는 것이 가관이다.

독서란, 어릴 때 많이 하는 것이 아예 안 하는 것보다야 나을지 몰라도 그리 대단한 것이 아니다! 왜냐면 어릴 때 독서는 여러 가지 한계가 있기 때문이다. 가령 어린아이는 이가 약해서 아무거나 마구 씹어 먹을 수 없는 것과 비슷하다고 할 수 있다.

독서를 많이 하는 것이 중요한 것이 아니라 독서를 제대로 하고 이해하는 것이 백배 천배 더 중요하다! 단순히 책을 읽기만 하는 독서는 많이 해봐야 그다지 도움이 되지 않을 뿐 아니라 도리어 교활한 바보로 만들 가능성이 많다.

이런 말이 있다.

"'논어'를 읽어도 '논어'를 모른다!"

참 멋진 말이다. 《논어》를 읽는다고 하여 모두 《논어》를 이해하는 것이 아니다! 다시 말하면 읽는 것과 이해하는 것은 전혀 별개의 문제란 사실이다. 《논어》를 골백번 읽는다고 해서 《논어》를 제대로 이해하는 것이 아니다!

아니, 《논어》를 줄줄 외운다고 해서 《논어》를 이해하는 건 아니다. 이것은 《논어》를 몇 번 읽고, 안 읽고의 문제가 아니다. 바로 누가 《논어》를 읽느냐가 문제이다. 다시 말하면 《논어》를 이해할 수준이 되는 사람이 《논어》를 읽는 것과 《논어》를 이해할 수준이 안 되는 사람이 《논어》를 읽는 것은 하늘과 땅만큼 차이가 나기 때문이다.

그런데 적지 않은 사람들이 책을 여러 번 반복해서 읽으면 마침내 이해할 수 있다고 생각한다. 이 대목에 아주 중요한 문제가 있다. 여러 번 반복해서 읽으면 이해할 수 있는 것이 분명 있기는 있다. 그런데 그것은 극히 제한된 범위에 속하는 문제이다. 가령, 길을 안내한 책이라면 여러 번 반복해서 읽으면 이해하고 찾아갈 수 있을 것이다.

그러나 복잡하고 난해한 철학 서적 따위를 여러 번 반복해서 읽고 이해한다는 것은 불가능하다! 가령, 사르트르(J. P. Sartre)의 《존재와 무》를 이해하려면, 그 책을 반복하여 읽어서 될 일이 아니다! 먼저 사르트르가 뭘 하는 사람인지를 알아야 하고, 또 실존주의가 무엇인지를 먼저 알아야 한다. 그리고 그 주변에 관한 예비지식이 있어야 《존재와 무》를 읽고 이해할 수 있는 것이다.

가령, 한국 불교에서 가장 코미디라면 코미디요, 가관이라면 가관인 것 중 하나가 초등학교도 안 나온 할머니들에게 《반야심경》을 가르치고, 매일 주문처럼 매일 외우게 하는 일이다. 한국 불교에서는 절간마다, 법회마다 《반야심경》을 외우고 공부를 한다고 한다. 이는 마치 동네 할머니와 아주머니들을 모아놓고 에베레스트산 등반대를 모집하는 것과 같고, 에베레스트산 등반에 대해서 매번 공부하는 것과 같다.

또한, 이는 마치 어린이집 얼라들에게 인수분해나 삼각함수를 가르치는 것과 크게 다를 바 없지 싶다. 분명한 것은 어린이집 얼라들은 인수분해나 삼각함수 따위를 몰라도 되고, 배우지 않아도 된다는 사실이다.

그런데 이런 얼라들에게 삼각함수를 가르치고 인수분해를 가르치는 것이 과연 바람직한 일일까? 이런 멍청한 짓을 하는 어린이집에 우리의 귀한 어린이를 보내야 할까?

이처럼 보통 아주머니, 할머니들은 굳이 에베레스트봉에 올라가지 않아도 된다. 산을 가고 싶으면 지리산을 가도 되고, 설악산을 가도 된다. 아니면 한라산을 가도 되고, 무등산을 가도 된다. 그도 저도 아니면 동네 뒷산을 가도 된다.

붓다는 《반야심경》을 진작 설하고 싶었다. 그러나 그것을 이해할만한 제자나 청중을 발견할 수가 없었다. 그래서 《반야심경》을 설하지 않고, 자그마치 이십 년간을 참고 기다렸다. 이십 년이 되었을 때 드디어 《반야심경》을 이해할 만한 사람이 나타났다. 그가 바로 사리불이다. 사리불은 당대의 최고 석학이었다. 그래서 붓다는 이십 년을 참고 기다려온 《반야심경》을 사리불에게 설하였다.

이런 의미에서 보면 《반야심경》은 '경전의 에베레스트산'이라고 할 수 있다. 말로 설할 수 있는 경전 중에서 가장 최고봉에 해당하는 경전이다. 산으로 치면 에베레스트봉에 해당한다.

그러나 한국 불교에서는 이 대목에 큰 혼란과 심각한 문제를 안고 있다. 에베레스트봉은 아무나 가는 데도 아니고, 아무나 갈 필요도 없는 곳이다. 그리고 거기는 아무나 갈려고 해도 쉽사리 갈 수가 없는 험한 곳이다. 너무 높고, 너무 험준해서 아무나 못 가는 곳이다.

보통 사람은 평생을 에베레스트봉에 가지 않아도 되고, 거기 못 간 것이 아무런 흉도 아니고, 아무 잘못도 아니다! 그런데 《반야심경》이 바로 경전의 에베레스트봉과 같다고 했다. 그렇다면 《반야심경》도 어중이떠중이나 다 공부해야 할 경전이 아니다.

맹탕이라도 공부하겠다는 것이야 말릴 것은 없다. 그러나 에베레스트봉을 어중이떠중이가 못 가는 것처럼 《반야심경》도 이와 크게 다르지 않다고 생각한다.

경험을 많이 한다고 되는 것도 아니다! 이 역시 경험을 많이 하느냐, 적게 하느냐의 문제가 아니기 때문이다. 누가 경험을 하느냐의 문제이다. 그 경험을 이해할 수 있는 사람이 경험한다면 그 경험을 통해서 배울 것이 많이 생기지만, 그 경험을 이해할 수 없는 수준의 사람이 경험할 경우에는 그 경험을 통해서 배울 것이 별로 없다.

배우는 것도 경험을 많이 한다고 배우는 것이 아니다. 이는 마치 《논어》를 많이 읽는다고, 《논어》를 이해하는 것이 아닌 것과 같은 이치이다. 경험을 제대로 이해하고, 그 경험에서 귀한 의미를 발견하고 깨달을 수 있는 능력이 있는 사람이라야 소중한 경험이 될 수 있다.

그런데 경험을 통해서 그 경험의 의미를 이해하지 못하고, 의미를 발견하지 못하고, 깨달을 수 없는 자에게 경험은 단순히 그를 '꾼'으로 만들어 줄 뿐이다.

이는 마치 보통 사람이 노름을 많이 하여 마침내 노름꾼이 되는 것과 같다. 노름꾼에게는 자신의 노름 경험이 그리 중요한 의미를 주지 못한 경우이다. 노름꾼은 경험을 통해서 귀한 가치를 발견하지도 못한 것이고, 경험을 통해서 귀한 지혜를 발견하지도 못한 사람이다.

불자들이 그 어려운 경전을 반복해서 읽고 암송하는 것을 말릴 것까지는 없다. 그런데 문제는 그들이 반복해서 읽고 외우는 것이 그 경전의 의미를 '이해했다'라고 착각한다는 사실이다. 이해한 것과 이해한 것으로 착각하는 것은 하늘과 땅만큼 다른 차원이다. 착각은 '오해의 결과'이다.

착각을 하는 데는 얼추 다음과 같은 이유가 있다.

첫째, 그것을 보는 눈이 시원찮아서 잘못 보았기 때문이다.
둘째, 그것을 듣는 귀가 시원찮아서 잘못 들었기 때문이다.
셋째, 그것을 이해할 수준이 되지 않는데 자기 수준으로 해석하였기 때문이다.
넷째, 그것을 설명하는 사람이 실력이 없어서 횡설수설로 설명하였기 때문이다.
다섯째, 그것을 설명하는 사람이 실력이 없어서 자기 자신도 제대로 이해를 못 하고, 남에게 엉터리로 설명하였기 때문이다.

신기하게도 착각을 한 사람은 자기가 착각했다고 생각하지 않고, 올바로 이해했다고 믿어버리는 것이다. 이는 일종의 자기 최면에 빠지는 것과 같다. 어린아이가 손가락을 쪼금 다쳤을 때 어머니가 살살 만져주면서 '엄마 손은 약손'이라고 말한다. 그러면서 '호오' 해주면 금세 안 아픈 것과 같다.

이것은 일종의 자기 최면 현상이라 할 수 있다. 불자들이 어려운 경전을 이해한 것과 이해했다고 착각하는 것은 전혀 다른 차원의 문제이다. 이해했다고 착각하여 자기 최면에 빠지는 것은 참으로 딱한 일이 아닐 수 없다.

일찍이 시인 예이츠(William Butler Yeats)는 말했다.

'사람은 경험이나 독서의 양에 비례해서 배우는 것이 아니다. 독서를 수용하고 이해할 수 있는 능력에 비례해서 현명해지고, 경험을 수용하고 이해할 수 있는 능력에 비례해서 현명해지는 것이다.'

이 말의 핵심은 어중이떠중이가 독서를 많이 한다고 되는 것도 아니고, 어중이떠중이가 경험을 많이 한다고 해서 장땡은 아니란 말이다.

오줌 관찰과 똥 관찰

1) 오줌 관찰

나는 아침에 일어나면 두 가지를 관찰한다. 먼저 오줌을 관찰한다. 오줌은 가장 손쉬운 건강의 척도라고 할 수 있다. 사람의 피를 검사하면 여러 가지 정보를 알 수 있듯이 오줌을 검사해도 여러 가지 건강 정보를 알 수 있다. 나는 반드시 투명한 페트병에 오줌을 눈다. 그 까닭은 육안으로 내 오줌을 자세히 관찰하기 위해서이다.

아침에 일어나자마자 누는 첫 번째 오줌에는 지난밤의 내 몸의 건강상태에 관한 각종 정보들이 고스란히 담겨 있다. 오줌의 색깔과 농도를 보면 내가 스트레스를 어느 정도 받았는지, 내 몸이 어느 정도 고단했는지 정도는 대번 알 수 있다.

나는 아동문학가 이오덕 선생에게 오줌에 대한 귀한 정보를 많이 들었다. 이 선생은 내게 일본의 오줌 전문가 책까지 추천해 주었다. 나는 그 책을 읽은 후로 오줌에 대한 관심이 많아

466 하륜 선생 1

졌다.

그 뒤, 대체의학을 연구하는 사람들의 모임에 초대를 받아 오줌을 비롯한 내가 실천하는 것 위주로 소박한 건강법 강연을 한 적도 있다. 그 자리에서 운이 좋게 우리나라에서 오줌을 학문적으로 연구하는 대가 한 분을 알게 되었다. 그분은 매일 자신의 오줌을 마신다고 했다. 그러면서 내게도 자고 나면 첫 오줌은 보약이니 꼭 마시라고 강권했다. 그분의 말속에 진정성이 느껴져서 나도 오줌을 마셔보기로 작심하였다. 이것은 평소에 비위가 약한 내게는 대단한 결단이 아닐 수 없었다.

며칠 망설이다가 드디어 실행하였다. 눈을 질끈 감고, 오줌을 마셨다. 그런데 먹기가 예상한 대로 아주 고역이었다. 그러나 권하는 사람의 정성으로 봐서도 안 마실 수 없어서 며칠을 참고 마셨다. 그런데 마실 때마다 너무 부담스러워서 일주일을 못 가서 오줌 마시기를 포기하고 말았다.

그때 오줌에 대해서 이 책 저 책을 읽고, 이 사람 저 사람 이야기를 들으며 오줌 공부를 많이 하였다. 그래서 나는 오줌을 마시는 일은 실천하지 못해도 내 오줌을 통해서 그 전날의 내 건강상태를 확인하는 일은 하루도 빠지지 않고 꾸준히 해오고 있다.

오줌은 내 건강 상태를 정확하게 말해준다. 나는 육체적으로 고단한 경우는 좀처럼 없다. 무리한 짐을 드는 일도 없고,

힘들게 일을 하는 경우도 거의 없다. 그러나 정신적 스트레스를 받는 경우는 적지 않다. 정신적인 스트레스는 일에 대한 스트레스와 인간관계에 대한 스트레스, 그리고 돈에 관한 스트레스인 경우가 대부분인 것 같다.

아침에 일어나자마자 누는 첫 오줌에는 내 몸이 받은 스트레스 정도가 용하게 잘 나타난다. 그래서 오줌을 관찰하면서 이렇게 다짐을 한다.

'오늘 만나는 사람들에게 내가 더 관대하고, 더 사랑으로 대해야 한다.'

'오늘 내가 하는 일에 대해서 긍정적으로 생각하고, 즐거운 마음으로 해야 한다.'

'오늘 내가 만나는 여자에게 더 솔직하고, 더 적극적으로 사랑을 표현해야 한다.'

'오늘 내가 건강하게 이 지상에 살아 있음에 대해서 더 감사해야 한다.'

매일 아침 오줌 관찰을 하다 보니 오줌을 관찰하는 내 실력도 많이 향상되었다. 그런데 언제부터인가 전날 오줌과 오늘 오줌을 비교하는 버릇이 생겼다. 어떤 날은 오줌 색깔을 보고 마음이 아픈 경우가 있다. 전날 내가 얼마나 많은 스트레스를 받았는지를 정확하게 읽을 수 있기 때문이다.

나는 의식하지 못했지만 내 몸은 엄청난 스트레스를 받은 것이 잘 나타나기 때문이다. 이런 경우에는 나 자신이 내 몸과 마음을 너무 혹사했다는 것을 알게 된다.

그럴 때마다 나는 이런 생각을 한다.

'아니다! 아직 내가 이 지상에서 해야 할 과제가 많이 남아 있다. 그리고 내가 이날까지 살아오면서 여러 사람들에게 진 마음의 빚이 많다. 이를 갚으려면 내 몸과 마음은 앞으로도 오랫동안 건강해야 한다. 그래야 이 빚들을 갚을 수 있을 것이다.'

2) 똥 관찰

오줌 관찰을 통해서 전날의 내 몸 컨디션과 스트레스 정도를 살핀다면, 똥 관찰을 통해서는 내 수면의 질과 소화의 질과 위장 상태를 관찰한다. 요즘 변비로 고생하는 사람들이 의외로 많다. 나는 이날까지 한 번도 변비를 경험한 적이 없다. 변비란 말만 들었지 변비를 경험해 보지 않았다.

결론을 먼저 말하면, 수면의 질이 나쁘면 똥도 나쁘다는 사실을 오랜 똥 관찰을 통해서 알게 되었다. 그래서 내 좁은 생각으로 변비로 고생하는 분들이 가장 먼저 해야 할 것은 자신의 수면의 질을 높이는 것이다.

내가 말한 절대 숙면을 취할 수만 있다면 변비의 절반 이상은 달아나지 싶다. 그리고 똥 관찰을 통해서 어제 먹은 음식들이 내 체질에 맞는지, 내 몸에 맞는지, 내 소화기관이 무리 없이 소화를 잘 시켰는지를 짐작할 수 있다.

절대 숙면도 하고, 몸도 무리하지 않았고, 정신적인 스트레스도 없고, 내 몸에 잘 맞는 음식을 적당히 먹은 다음 날은 똥의 질이 아주 좋다. 똥의 질은 대충 다음과 같은 항목으로 구분해서 따질 수 있다.

〈똥을 관찰하는 네 가지〉

1. 똥의 빛깔
2. 똥의 굵기
3. 똥의 묽기
4. 똥의 양

첫째, 똥의 빛깔은 검은색이 적당히 섞이는 것이 좋다. 너무 빛깔이 연하면 정상 컨디션에서 마이너스 쪽으로 기울었다고 해석할 수 있다.

둘째, 똥의 굵기는 항문의 굵기와 그 전날 먹은 음식의 양과 밀접한 관계가 있다. 똥이 나올 때 항문이 찢어지는 듯한 통증이 느껴지면 똥이 너무 굵다는 의미이다. 이 경우도 그리 바람직한 것은 아니다. 배변의 기분은 시원한 것이 최상이다.

셋째, 똥의 묽기는 전날 먹은 음식의 소화 정도와 숙면과 스트레스와 밀접한 관련이 있다. 나는 물을 많이 먹고, 국을 좋아한다. 그리고 음식도 가능하면 국물 있는 것을 좋아한다. 심지어 설렁탕집이나 국밥집에 가면 주는 대로 먹지 않고, 일단 거의 다 먹어갈 무렵에 국물을 좀 더 달라고 한다. 그리고 내 가방에는 항상 물병이 들어 있다. 강의를 할 때도 물을 여러 번 마시는 버릇이 있다. 그래서 그런지 내 똥은 좀 묽은 편이다. 그러나 그 묽은 정도가 거의 일정하다.

넷째, 똥의 양은 전날 먹은 음식의 양을 계산하는 데 도움이 된다. 과식을 한 다음 날은 똥의 양이 당연히 많다. 그래서 나는 똥의 양을 보고 전날 식사량이 알맞았는지, 너무 많았는지를 계산한다. 거기다가 똥의 양은 전날 수면의 질과도 깊은 관련이 있다. 심지어 수면이 아주 부족하거나 불면에 시달리면 제때 똥이 나오지 않는다.

나의 식성은 까다롭다고 하면 한없이 까다롭다 할 수 있고, 단순하다 하면 한없이 단순하다고 할 수 있다. 나는 중학교 1학년 때부터 대학 졸업할 때까지 부산 서대신동 판자촌에서 자취 생활을 하였다. 그런데 그 방은 비가 많이 오는 날은 벽을 타고 비가 줄줄 새었다. 그런 집에서 대학 졸업할 때까지 십 년을 자취했다.

이는 내가 미련한 탓도 있지만, 나는 한번 결정하면 좀처럼 잘 바꾸지 않으려는 성향이 강하기 때문이라고 할 수 있다. 특히 음식에 대해서는 이런 면이 아주 강하다. 한 번 찍으면 끝이다. 죽자사자 그것만 먹으려는 기질이 농후하다. 그래서 그런지 내가 싫어하는 음식은 입에 대지도 않는다.

그래서 맨날 가는 식당만 가고, 슈퍼에서 물건을 살 때도 맨날 늘 같은 상표의 물건만 산다. 동네나 직장 근처에 새로운 식당을 개업해서 선전을 요란하게 해도 그 집에는 가지 않고, 늘 가는 단골집만 간다.

가령, 설렁탕은 영동설렁탕 아니면 먹고 싶은 생각이 나지 않는다. 그런데 종로에서는 이문설렁탕 아니면 먹는다. 국밥은 허리우드극장 앞에 철원집 아니면 잘 안 먹는다. 냉면은 중구청 근처 쌍룡빌딩 앞에 있는 평래옥 아니면 별 먹고 싶은 생각이 나지 않는다.

만두는 장안평에 있는 내 단골 분식집 아니면 별로 가고 싶은 생각이 안 든다. 짜장면은 일지각, 돌솥밥은 장안평 먹거리촌이다.

내가 가는 집은 최소 십 년에서 최대 사십 년 단골이 많다. 하다못해 간장을 사도 '샘표간장'만 사고, 우유는 '매일우유'만 사고, 두유는 '삼육두유'만 사고, 라면은 '안성탕면'만 산다. 그리고 치약은 '럭키치약'만 사고, 비누는 '알뜨랑' 아니면 안 사고, 전구는 '번개표'만 산다.

이렇게 한번 뭘 정하면 그쪽에서 내 뒤통수만 치지 않는다면 바꿀 생각을 거의 안 한다. 음식도 내가 평소에 즐겨 먹는 것만 좋아하지 낯선 음식은 손도 대지 않는다. 특히 내 입으로 검증되지 않은 음식이 나오면 질색팔색을 한다.

예를 들면, 어떤 간 크고 뻔뻔한 주부 중에는 자기가 개발한 소스나 자기가 개발한 정체불명의 음식을 내 앞에 내놓는 수가 있다. 그런 경우면 나는 그만 울고 싶어진다. 전라도 말로 까갑해진다. 먹고 싶은 생각은 눈곱만큼도 없는데, 제공한 쪽에서는 자기 음식 솜씨를 자랑하고, 칭찬도 듣고 싶을 것이라 상상하면 참 난감해지지 않을 수 없다.

그래서 나는 '이름값'을 아주 소중하게 생각한다. 내가 좋아하는 것들은 오랜 세월을 통해서 이미 검증이 된 것들이다. 소위 말하는 명품이란 것들도 다 '이름값' 하는 것들이다.

'똥의 탄생'이란, 배변의 순간을 말한다. 항문이 찢어지게 아픈 경우도 있고, 삼십 분 이상 용을 쓰고 앉아 있어도 똥이 나오지 않는 경우도 있다. 그리고 변이 너무 묽어서 설사에 가까운 경우도 있다. 나도 더러 설사는 아닌데 변이 찌질찌질하게 나오는 적이 있다. 이런 경우는 기분도 영 거시기하다.

나는 화장실에 앉아서 똥을 누면서 앞서 말한 네 가지를 관찰한다. 어느 항목은 눈으로 관찰하고, 어느 항목은 느낌으로 관찰한다. 그리고 스스로 다음과 같이 판정을 한다.

〈똥을 누고 판단하는 다섯 가지〉

1. 어제 나는 몸과 마음이 건강한 하루를 보냈구나!
2. 어제 나는 과식을 해서 위장에 무리를 주었구나!
3. 어제 나는 몸에 맞지 않은 음식을 먹었구나!
4. 어제 나는 몸의 컨디션과 마음의 컨디션이 별로였구나!
5. 어제 나는 몸의 컨디션과 마음의 컨디션이 나빴구나!

20
이름 없는 돌과 이름 있는 돌의 차이

"반갑습니다. 이번 시간에는 '이름 없는 돌과 이름 있는 돌의 차이'란 제목으로 이야기를 하겠습니다. 오늘도 이 이야기를 통해서 삶의 중요한 지혜를 한 수 배우기 바랍니다. 어쩌면 이 이야기를 들으면서 무릎을 치는 사람도 있기를 바랍니다. 나도 이 이야기를 어느 책에서 읽고 무릎을 쳤습니다. 그리고 '반드시 이름 없는 돌이 되지 않고, 이름 있는 돌이 되어야지' 하는 굳은 결의를 했습니다.

여러분 중에서도 나처럼 무릎을 치는 학생이 여러 명 있기를 기대합니다. 그런데 이 이야기에 너무 감동하여 무릎을 치는 것은 좋은데, 너무 세게 쳐서 무릎을 다치는 불상사는 안 생기기 바랍니다."

나의 말에 여기저기에서 폭소가 터졌다. 나는 계속 말을 이었다.

"남미 페루 안데스 산맥 정상에 찬란하게 번성하였던 잉카 문명의 유적들은 돌들로 남아 있는데, 그 대표적인 것이 성의 일부로 남아 있습니다. 안데스 산맥에는 돌이 많습니다. 그런데 그 많은 돌은 크게 두 가지로 나눌 수 있습니다.

하나는 골짜기 여기저기 흩어져 있는 '이름 없는 돌'이고, 다른 하나는 '성의 일부를 이루고 있는 돌'입니다. 중요한 사실은 이 두 돌의 화학적 성분은 똑같지만, 역사적 가치는 하늘과 땅만큼 다르다는 사실입니다."

"이처럼 엄청난 차이를 이루는 근본 이유는 무엇일까요? 그것은 '역사에 참여한 것'과 '역사에 참여하지 않은 것'입니다. 성의 일부를 이루고 있는 돌들은 역사에 참여했고, 안데스 산맥에 흩어져 있는 돌들은 역사에 참여하지 않았습니다.

그런데 돌이 역사에 참여한 것은 자의에 의해서가 아니라 타의에 의해서입니다. 즉 석수의 눈에 띄었기 때문입니다. 그러나 여러분은 역사에 참여할 수도 있고, 참여하지 않을 수도 있습니다. 전적으로 여러분의 뜻에 따라 결정되는 것입니다.

만약 여러분이 역사적 사건에 참여하는 순간, 여러분은 성의 일부를 이루는 의미 있는 돌이 되고, 역사적 사건에 참여하지 않는 순간 안데스 산맥 골짜기에 흩어져 있는 이름 없는 돌로 전락하고 말 것입니다.

여러분이 어떤 선택을 하느냐에 따라서 잉카 문명의 일부를 이루고 있는 이름 있는 돌이 될 수도 있고, 안데스 산맥 골짜기에 굴러다니는 이름 없는 돌멩이가 될 수도 있습니다.

나도 이름 없는 돌이 되지 않으려고 이 시대 역사에 참여하려고 합니다. 내 조국이 나를 부르면 언제든지 뛰어나갈 것입니다. 그래야 이름 없는 돌에서 벗어날 수 있기 때문입니다!"

내 말이 끝나자 기다렸다는 듯이 환호성과 박수갈채가 터졌다.

"여러분은 어떤 선택을 할 것입니까? 아까 미리 말한 것처럼 혹시 무릎을 치더라도 너무 세게 치지는 말기 바랍니다. 내 말뜻을 이해합니까?"

"예, 선생님! 이해합니다."

"이만 마치겠습니다."

학생들의 박수갈채와 환호성이 터졌다.

21
동네 목욕탕 가기

목욕하러 가는 날이다. 나는 일단 목욕탕에 가면 '잘 왔구나!' 라는 생각이 들고, 기분이 좋아진다. 그런데 목욕탕에 가려고 작정을 하기까지 엄청 시간이 걸린다.

　사실 나는 어릴 때 시골에서 자란 탓인지, 아니면 원래 태어나기를 그리 태어났는지 모르겠지만, 잘 안 씻는 편이다. 물론 당시 우리 동네에는 목욕탕이 아예 없었다. 나는 초등학교 때까지 '목욕탕'이란 말만 들었지 본 적도 없었다.

　어린 시절 내가 쓴 동시들을 소개한다.

목욕

하 륜

설에
한 번

추석에
한 번

일 년에
두 번.

* * *

나의 어린 시절, 내가 명지초등학교에 다니던 그 시대에는 초등학교에서 얼추 일주일에 한 번 정도는 담임 선생님이 학생들을 한 줄로 세워놓고 '때 검사'를 하였다. 나뿐 아니라 그 시대에는 다른 친구들도 대동소이했다.

이에 대한 동시도 지었다.

때 검사

하 륜

월요일이면
용의 검사를 했다.

말이 용의 검사지
사실은 때 검사였다.

손
발
목의 때를 검사했다.

때 검사를 하면
꼭 걸리는 애들만 걸리는데,

유차곤
문덕근
신영담
붙돌이
그리고
나.

마침 우리 동네에 내 수준에 딱 맞는 재래식 목욕탕이 있었다. 내가 중학교 1학년 때 처음 가봤던 그 목욕탕 분위기와 비슷한 그야말로 재래식 목욕탕이다. 그 목욕탕에 가면 목욕도 하고, 이발도 한다. 이발을 하면 염색도 함께 한다. 이발소 박 씨 아저씨는 여의도순복음교회 신자로 보이는데, 매일 기독교 방송 라디오 채널을 크게 틀어놓고 있다. 여러 번 가는 사이에 박 씨 아저씨와 친해졌다.

그래서 박 씨 아저씨 이야기를 시로 쓴 적도 있다.

* * *

동네 목욕탕 이발소 박 씨(1)

나는 요즘도 동네 목욕탕에 다닌다.
목욕비 삼천 원도 마음에 들고
이발과 염색 다 해주고
만이천 원 받는 것도 마음에 든다.
우리 동네에
이런 목욕탕이
문 닫지 않고 있는 것이 참 좋다.
엔간한 손님들은
오래전에 시설 좋은 사우나로

다 떨어져 나갔고,

나 같은 촌놈들과

목욕비 아끼려는 가난한 사람들과

노인네들 때문에 문을 못 닫지 싶다.

나날이 치솟는 기름값을 당할 수가 없어

태양열 보일러로 바꾸는 공사 하느라고

한 달간 임시 휴업을 했다.

그 바람에 한 달간 나는 샤워만 하고

때 한번 제대로 못 밀어

내 등짝은 까칠까칠 해지고

내 머리카락은 많이 자랐고

새치도 더 많아졌다.

오늘 나는 목욕탕에 가자마자

벌거벗은 채로

구내 이발소 의자에 털썩 앉았다.

그런데 이발소 박 씨 표정이 어두워 보였다.

그동안 무슨 속상한 일이라도 있었냐고 물었더니

그동안 중환자실에서 마누라 간호를 하였는데

지난주에 죽어 장사를 지냈다고 했다.

이럴 때 뭐라고 위로해야 할까.

삼가 조의를 표한다고 할 수도 없고,

입으로만 안됐다고 말하기도 그렇고,

참 난감했다.

내가 아무 말도 하지 않는 바람에

분위기가 더 어두워졌다.

박 씨는 신문지로 만든 턱받이 가운을

내게 씌워놓고

평소대로 구석에 돌아서서

염색약을 타기 시작했다.

동성제약에서 만든

대한민국 최초의 머리 염색약

대한민국 염색약 중에서

가장 싼 양귀비병을 따서

플라스틱 컵에 붓고

천천히 비눗물을 젖고 있는

박 씨의 뒷모습이 한없이 처량해 보였다.

나는 박 씨에게 위로의 말을 하고 싶었지만

무슨 말을 해야 할지 입이 떨어지지 않았다.

박 씨는 양귀비와 비눗물을 섞어

천천히 저으면서 혼잣말처럼 말했다.

―― 바보 같은 여자였습니다. 밤낮 나보고 술 많이 마시지 마라,
담배 많이 태우지 마라, 고기 많이 먹지 마라고 걱정하면서 자기
몸 망가지는 줄 몰랐고, 자기 몸은 조금도 챙길 줄 몰랐던 바보 같

은 여자였습니다. 숨 거두는 직전까지 내 몸 걱정만 하였습니다.
나 같은 놈 만나 일생동안 아등바등 고생만 하다가 갔습니다. 정
작 죽어야 할 사람은 납니다. 내가 죽일 놈입니다.

　　박 씨 어깨가 움찔 움찔 들썩이더니
　　마침내 짐승처럼 큰소리로 울기 시작했다.
　　그러자 내가 하려던 어떤 위로의 말도
　　다 무용지물이 되고 말았다.
　　사랑은 말로 하는 것이 아니다.
　　사랑은 눈물로 하는 것이다.
　　내 눈에서도 하염없이 눈물이 흘러내렸다.

＊ ＊ ＊

동네 목욕탕 이발소 박 씨(2)

　　가을비가 비가 추적추적 내리는 토요일 오후에
　　동네 목욕탕에 갔다.
　　마누라 죽고 홀애비가 되어 그런지
　　그새 박 씨가 많이 수척해 보였다.
　　갑자기 내 마음이 우울 모드가 되어
　　고해성사하듯 하나하나 벗었더니

마침내 한 많은 알몸이 되었다.

알고 지은 죄와 모르고 지은 죄가 많아 그런지,

몸에 때가 많아 그런지

아니면 내 물건이 시원찮아 그런지

나는 알몸이면 언제나 부끄럽다.

수척한 박 씨 얼굴이 마음에 걸려

탕에 들어가려다 말고

이발을 할까 거울을 보니

아직 할 때가 멀었다.

그러면 염색이라도 해야지 하고

다시 거울을 보니

그것도 아직 때가 멀었다.

털레털레 목욕탕 안으로 들어갔다.

주말 오후라 그런지 한 사람도 없었다.

누군가 쓰다 버린 1회용 면도기를 주워서

뜨거운 물에 두어 번 헹구고 면도를 하니

텁수룩했던 내 꼴이 영 딴 사람처럼 말끔해졌다.

때 묻은 내 마음도 1회용 면도기로

말끔하게 밀어버릴 수 있으면 얼마나 좋을까.

덕지덕지 때가 쩔은

내 마음을 싹 밀어버리고

태연하게 다니면 글쎄, 누가 알까.

그때 박 씨가 발가벗고 들어왔다.
간이 청소를 하나 했는데 그게 아니었다.
부탁도 안 했는데, 다짜고짜 내 등을 밀기 시작했다.
그리움과 외로움이 켜켜이 쌓여 그런지
나 몰래 그리움과 외로움을 밀고 있었다.
내 등을 자기 등처럼 하염없이 밀고 있었다.
박 씨 눈에 눈물이 흐르는지 나는 몰랐고
내 눈에 눈물이 흐르는지 박 씨도 몰랐다.

22

어디를 보고 걸어가야 할까?

"반갑습니다. 이번 시간에는 '어디를 보고 걸어가야 할까?'라는 제목으로 공부하겠습니다. 앞날이 구만리인 여러분에게 아주 요긴한 지혜를 일깨워 줄 것이라 확신합니다. 반드시 경청하여서 삶의 귀한 지혜를 한 수 배우기 바랍니다."

나는 학생들에게 이야기를 시작했다.

"어느 학교에서 있었던 일입니다. 눈이 오는 날이었습니다. 학생 열 명이 모여서 누가 운동장을 똑바로 가로질러 가는지를 내기했습니다. 내기가 시작되었습니다. 대부분 학생들은 비뚤비뚤 걸었습니다. 그들에게 물었습니다.

'무엇을 표준으로 하고 걸었어요?'

그들이 대답했습니다.

'제 발 앞만 정확히 보고 걸었어요.'

그런데 가장 똑바로 걸었던 학생은 이렇게 대답했습니다.

'난 출발할 때부터 운동장 저 끝에 있는 나무를 표준으로 걸었어.'"

"많은 사람들이 자기 발 앞만 보고 걷습니다. 그런 사람은 비
뚤비뚤 걸을 수밖에 없습니다. 한발 한발 걸을 때는 그리 비뚤
비뚤 걷는지 구분이 잘되지 않지만, 한참 걷고 난 뒤에 보면 비
뚤비뚤한 것이 확연히 드러나게 됩니다. 그래서 링컨은 '나이
가 마흔 살이 지나면 자기 얼굴에 책임을 져야 한다'라고 말했
지 싶습니다."

"며칠 전에 동대문 근처에서 반가운 사람을 우연히 만났습
니다. 유명한 화가이자 교수인데, 여러 해 만에 동대문 건널목
에서 만났습니다. 반갑게 악수를 하고, 서로 명함을 교환하고
나서 후일을 기약하고 헤어졌습니다.
 그런데 나는 그의 얼굴을 보고 너무나 놀라지 않을 수 없었
습니다. 나보다 여러 살 아래인데 내 눈에는 우리 숙부같이 보
일 정도로 팍삭 늙어 있었습니다. 그에게 얼마나 험한 세파가
지나갔는지 알 수 없지만, 그가 보낸 세월은 잔인할만치 그의
얼굴에 자국을 남겨 놓았습니다."

"젊은 날에 몸을 험하게 굴린 여자들은 나이 들어서 거의 얼
굴에 그 흔적이 남아 있습니다. 파란만장한 삶이 그녀의 얼굴
에 그대로 그려져 있습니다. 이 오빠, 저 오빠 셀 수 없이 많은

오빠 품을 전전한 파란만장한 밤의 흔적이 그녀의 얼굴에 그대로 나타나는 경우가 많습니다.

물론 사람에 따라서는 파란만장한 삶이 얼굴에 조금도 표가 나지 않은 사람도 있기는 있습니다. 그러나 대부분 사람들은 그 얼굴에 자신의 과거의 발자국들이 거의 다 드러나는 것입니다."

"운동장을 비뚤비뚤 걸은 학생들은 출발할 때부터 자기 발 앞만 보고 걸었기 때문이라고 말했습니다. 반면에 운동장을 똑바로 걸은 학생은 출발할 때부터 운동장 저 끝에 있는 나무를 표준으로 걸었기 때문에 똑바로 걸을 수 있었습니다.

다시 말하면, 목표를 '보다 멀리, 더욱 높이' 둔 학생과 목표를 '보다 가까이, 더욱 낮게' 둔 학생의 결과가 너무나 다르게 나타난 것입니다."

"여러분은 혹시 앞만, 자기 발밑만 보고 걷는 것은 아닐까요? 지금 목표를 너무 가까이, 너무 낮게 잡고 걷는 것은 아닐까요? 젊은 날부터 몸을 험하게 굴린 여자의 경우, 가정환경의 탓도 있겠지만, 본인이 삶의 목표를 너무 낮게, 너무 가까이 잡은 것 때문에 늙어서는 그 관록이 얼굴에 그대로 드러나 거의 마귀할멈 수준의 얼굴이 되는 것입니다.

깊게 파인 주름과 여러 번 되풀이 한 성형 수술의 후유증,

화장품을 떡칠한 결과 상할 대로 상하여 호박 껍질보다 거친 피부로 변한 것은 어쩌면 자업자득이라고 할 수 있습니다."

"여러분도 혹시 발밑만 보고 걷고 있는 것은 아닌지, 너무 눈앞만 보고 걷고 있는 것은 아닌지? 한번 생각해보기 바랍니다. 지금까지 내가 한 이야기의 핵심을 이해합니까?"

"예, 선생님! 잘 이해합니다."

"마치겠습니다."

여기저기에서 박수가 터졌다.

23
비만과의 전쟁

나는 건강의 최대 적은 '비만'이라고 생각한다. 그래서 비만을 다스리지 못하고 휘둘리는 사람은 아무 희망이 없는 낙오자 내지는 인생 패배자라고 단언해도 과언이 아니라 생각한다. 내가 매일 네 가지 방법으로 내 몸무게를 확인하는 까닭은 내 나름의 건강 체크이기 때문이다.

첫째는 저울로 확인하고, 둘째는 걸어 다니면서 손목시계로 확인하고, 셋째는 출퇴근 무렵 여러 계단을 오르내릴 때 발목과 무릎의 관절에 오는 느낌으로 확인하고, 넷째는 내가 허리에 차고 다니는 혁대로 확인한다.

이 네 가지 방법은 그동안 늘 해오던 방법이기 때문에 내게 아주 익숙한 습관이기도 하다.

내 방문 앞에는 항상 저울이 있다. 나는 매일 아침 화장실에 다녀온 후 반드시 저울에 올라서서 두 가지를 확인한다. 하나는 정면에 있는 거울에 비친 내 얼굴을 확인하는 것이다. 거울에 비친 내 얼굴을 유심히 보면서 얼굴에 이상이 있는지를 확인한다. 얼굴은 그 사람의 이력서나 다름없다고 할 수 있다. 또 나이 마흔이 넘으면 자기 얼굴에 책임을 져야 한다는 말도 있다. 이처럼 얼굴은 그 사람에게 대단히 중요한 의미가 있다.

나는 관상에 대한 전문지식은 쥐뿔만큼도 없다. 그러나 이 날까지 살아오면서 보고 들은 것만으로도 사람의 얼굴을 보면, 관상 전문가 수준에 가깝게 그 사람에 대한 수많은 정보가 내 눈에 보인다.

물론 흉악범도 외형은 아주 선하게 보이는 경우가 있기는 하다. 그래서 얼굴만 보고 사람을 판단하는 것이 대단히 위험한 경우도 있다. 그러나 대부분의 경우는 얼굴이 그 사람의 이력서라고 할 정도로 얼굴에는 그 사람의 살아온 과거가 드러나 있다. '생긴 대로 논다' 혹은 '꼴값한다'는 말처럼, 그 사람의 얼굴에 그 사람의 이력이 훤히 드러나기 마련이다.

나는 어떤 날은 얼굴이 밝을 때도 있고, 어떤 날은 우중충할 때도 있다. 우중충해 보일 때는 내 마음을 다잡는다.

'오늘 남에게 우중충한 인상을 보이지 않아야지! 그러자면 되도록 더 밝은 표정을 지으면서, 더 밝은 목소리로 말해야지!'

거울로 얼굴을 확인한 후, 나는 저울에 올라가 몸무게를 잰다. 몸무게는 대단히 중요한 의미가 있다. 그러나 적지 않은 사람들이 이를 간과하고 지낸다. 대부분 사람들은 몸무게를 단순히 외모의 측면에서 생각을 한다. 그러나 건강의 측면에 그보다 훨씬 더 중요한 의미가 있다는 것을 모르거나 예사로 생각하는 이들이 많지 싶다.

외출을 할 때 외모에도 신경을 쓰지 않을 수가 없다. 너무 뚱뚱하면 돼지처럼 보인다. 돼지처럼 보이는 자가 남 앞에서 진리가 어쩌고, 진실이 어쩌고, 깨달음이 어쩌고 하면서 떠드는 것이 좀 거시기하지 않을 수 없다.

이따금 나는 불교 방송을 보는데 거기에 거의 멧돼지 수준의 사람들이 나와서 진리가 어쩌고, 깨달음이 어쩌고, 무슨 경전이 어쩌고 하는 것을 보면 영 '아니올시다'로 보인다.

그런 멧돼지 수준의 사람이 하는 말에는 진정성이 의심스러워 보인다. 물론 그런 사람들이 하는 말에 잘못이 있거나 틀린 데가 있어서가 아니다. 돼지의 이미지가 내 눈에는 별로 좋아 보이지 않는다는 것이다.

나는 멧돼지 같은 인상을 주지 않으려고 몸무게를 신경을 쓰지 않을 수 없다. 내가 몸무게에 신경 쓰는 것은 외형적인 이미지 때문이 아니고 또 다른 까닭이 있다. 즉 건강의 측면이다. 나는 몸무게가 1, 2킬로그램이 더 나가면 당장 무릎과 발목에 무리가 온다.

계단을 오를 때, 한 계단 한 계단 발자국을 내디딜 때 무게가 너무 많이 실려서 발자국이 옆 사람에게 들릴 정도로 커진다. 그럴 때는 나 스스로 부끄럽고 창피하다. 더러 나이 든 사람들 중에서 무릎 관절에 이상이 있어서 지하철 층계를 오르내릴 때 애를 먹는 이들이 있다. 그런데 그런 사람들이 만약 몸무게를 10킬로그램만 빼면 그 통증들은 다 사라지고 아마 날아다닐 것이라 생각한다.

'살과의 전쟁'이란 말이 있다. 살을 빼는 것을 전쟁으로 비유한 말은 그만큼 살을 빼는 일이 중요하고 어렵다는 것을 뜻하지 싶다. 누가 한 말인지 아주 적절한 말이라 생각한다. 내가 길가나 사무실에서 만나는 사람들의 대부분은 약 5~10킬로그램은 살을 빼는 것이 좋을 정도로 비만으로 보인다.

살이 찐 채로 다닌다는 것은 자동차 트렁크에 무거운 짐을 항상 싣고 다니는 것과 같다. 쓸데없이 무거운 짐을 싣고 다니면 그만큼 자동차에 무리가 갈 것은 뻔하고, 자동차의 기름 소모도 그만큼 더 많을 것이다.

살이 쪘다는 사실에는 여러 가지 이유가 있을 것이다. 사람들 저마다 사정이 다를 것이다. 하지만 일반적으로 많이 먹기 때문이지 싶다. 운동을 많이 하여 살을 빼려는 사람도 있다. 그런데 나는 생각이 아주 다르다. 많이 먹어 살이 찌면 운동을 많이 해서 살을 빼는 쪽보다 처음부터 적게 먹는 것이 낫다고 생각한다.

모두 알다시피 적게 먹고 살이 찌지 않게 하는 것이 여러 가지 이유에서 바람직하다. 지구상에는 매일 굶어 배가 고파서 죽는 사람보다 살이 쪄서 고생하는 사람이 더 많다고 한다.

나는 젊었을 때 살이 찐 적도 없고, 살에 대해서 그리 신경을 써본 적이 없다. 거기에다 살에 대해서 무지했다. 그런데 나이가 한 살 한 살 많아지니 살에 대해서 아는 것도 많아졌고, 살찐 사람들을 많이 만나 보았다.

지금은 살에 대해서 아주 엄격한 생각을 하고 있다. 살을 빼는 것은 의지력의 시험이기도 하다. 미국의 군대에서는 살이 찌면 진급에 지장이 있다고 들었다. 이 말을 처음 들었을 때는 아주 의아하게 생각했는데, 지금은 아주 타당한 조치라고 생각한다. 왜냐면 살을 빼지 못하는 것은 그만큼 의지가 약하다는 것을 의미하기 때문이다.

가령, 자영업을 하는 사람은 아무리 비만이거나 말거나 다른 사람이 참견할 바가 아니다. 제 밥 먹고 살찐 것에 누구도 시비해서는 안 된다. 그러나 공무원이나 직장에서 일하는 사람에게는 비만을 그냥 방치해서는 안 된다!

뚱뚱한 고양이들은 쥐를 제대로 잡을 수가 없다! 뚱뚱한 사냥개는 사냥을 제대로 할 수가 없다! 그러니 비만인 공무원이나 비만인 직장인을 그대로 방치하는 것은 조직의 능률을 떨어트리는 것은 물론이고, 시스템에 과부하를 주어 그 시스템이 원활하게 굴러가는 것을 방해하는 꼴이 된다.

따라서 공무원, 군인, 직장인 중에 비만인 자는 반드시 불이익을 주어야 하고, 그래도 개선의 여지가 없으면 조직에서 영원히 퇴출시켜야 한다.

요즘 우리나라에는 초등학교 어린이 중에 비만인 애가 많다고 한다. 초등학교 어린이가 비만인 경우에는 그 부모와 학교 선생님에게도 일정한 책임을 물어야 한다. 부모에게 약 80퍼센트의 책임을 물리고, 선생님에게 나머지 20퍼센트의 책임을 물리는 것이 좋지 않을까 한다. 초등학교 어린이를 비만으로 방치하는 부모와 선생님은 일종의 공범이다. 어릴 때부터 비만이면 그 아이가 어른이 되어도 비만일 가능성이 아주 높다.

비만의 후유증은 이루 말할 수가 없다. 비만을 방치하면 여러 가지 합병증이 오고, 여러 가지 합병증이 오면 그 사람의 건강은 완전히 망가지고 만다. 그 사람의 건강이 망가지는 데 그치면 별문제가 없다. 그러나 비만으로 망가진 사람들에게도 국가가 의료혜택을 지원할 경우, 그 부담은 고스란히 비만이 아닌 다른 국민에게까지 돌아가는 게 문제다.

이따금 고향에 가서 어머니를 만나거나 어머니가 서울에 와서 나를 보면 제일 먼저 손짓으로 가까이 오라고 하셨다. 내가 어머니 쪽으로 한발 다가서면 어머니는 손을 내밀어서 내 뱃가죽을 잡았다. 만약 뱃가죽에 살이 좀 잡히면 어머니의 표정은 밝았고, 뱃가죽에 살이 좀 안 잡히면 '아들 녀석이 객지에서 고생이 심해서 밥도 제대로 못 먹고 다니나' 싶어서 금세 눈물을 글썽글썽하셨다.

그래서 나는 오랜만에 어머니를 만나러 갈 때는 며칠 동안 왕창왕창 많이 먹고 살을 찌워서 가곤 했다. 내 살찐 뱃가죽을 잡고 흐뭇해하며 안도하는 어머니의 모습을 보고 싶었기 때문이다.

내가 만약 회사를 운영할 일이 있어서 사람을 뽑을 경우가 있다면, 살이 찐 사람은 단 한 명도 채용하지 않을 생각이다. 여기서 말하는 살이 쪘다는 정도는 평균 체중보다 10킬로그램 이상 살찐 사람을 말한다.

그 정도 살찐 사람들과 차 마시고, 밥 먹고, 친교를 나누는 정도는 할 수 있지만, 중요한 일을 함께 도모할 생각은 눈곱만큼도 없다. 그리고 그런 사람에게 중요한 일을 맡길 생각은 추호도 없다. 자기 관리에 엄격하지 않은 사람과는 중요한 일을 할 수 없다는 것이 내 생각이다.

직원 채용만 그러는 것이 아니라 설령 식모를 채용해도 뚱뚱한 식모는 채용하지 않을 것이고, 사랑을 할 일이 있어도 뚱뚱한 언니와는 사랑을 하지 않을 것이다!

삶에는 중요한 결단을 내려야 할 경우가 많다. 그리고 자기 절제를 해야 할 것들도 많다. 또한, 남에게는 관대하더라도 자기에게는 엄격해야 한다. 이런 경우에 의지가 약한 사람은 이를 제대로 처리할 수가 없을 것이 뻔하다.

동물계에서도 마찬가지이다. 가령 사자가 너무 많이 먹어

살이 쪘다면 사냥을 제대로 할 수가 없을 게 뻔하다. 뒤룩뒤룩 살이 쪄서 토끼 새끼 한 마리도 사냥을 제대로 할 수 없는 사자가 있다면, 이런 사자는 사자가 아닌 것이다!

흡연이 공공 생활에 완전히 추방해야 할 공공의 적인 것처럼 비만도 이제 공공의 적으로 간주해야 할 때가 왔다고 할 수 있다. 이런 의미에서 비만은 건강의 최대 적일 뿐 아니라 공공의 적이기도 하다. 따라서 비만인 자는 자기 절제력을 상실한 장애인이기 때문에 불치병 환자로 간주하고, 그에 적합한 대우와 그들만의 대책을 별도로 강구해야 할 것이다.

24
두 절의 두 소년

"반갑습니다. 오늘은 '두 절의 두 소년'이란 제목으로 아주 재미있는 이야기를 하겠습니다. 물론 이 이야기를 통해서도 여러분은 삶의 귀한 지혜를 한 수 배우기 바랍니다. 두 귀로 듣지 않고, 온몸으로 경청할 준비가 되어 있습니까?"

"예, 선생님!"

"청취가 아니라 경청할 준비가 되어 있습니까?"

"예! 선생님!"

"서로 앙숙인 두 절이 이웃해 있었습니다. 그런데 두 절의 주지 스님에게는 심부름하는 소년이 한 명씩 있었습니다. 두 소년은 절에서 필요한 채소나 물품 등을 시장에 가서 사 오곤 하였습니다. 그런데 두 절은 서로 아주 적대적이었습니다. 두 소년도 서로 이야기를 나누는 것조차 금지되어 있었습니다.

그러나 소년들은 아직 어려서인지 그런 관계를 잊어버리고,

길에서 만나면 서로 반갑게 인사하고, 함께 이야기를 나누며 놀곤 했습니다. 그러던 어느 날, 한쪽 절의 소년이 시장에서 돌아와 주지 스님에게 말했습니다.

'스님, 저는 어찌할 바를 모르겠습니다. 제가 오늘 시장에 가다가 저쪽 절에 사는 소년을 만나게 되어 그에게 어디 가는 중이냐고 물었습니다. 그랬더니 그 애가 「바람 부는 대로」라고 말했습니다. 그 말을 듣고 저는 뭐라고 대꾸해야 할지를 몰랐습니다. 그의 대답에 저는 당황했습니다.'

그러자 주지 스님이 말했습니다.

'우리 절의 사람은 하다못해 하인까지도 저쪽 절의 사람과 싸워서 져본 일이 없다. 그러니 너도 그 아이에게 지면 안 된다. 반드시 이겨야만 한다. 내일 만나거든 다시 어디 가는 중이냐고 물어봐라. 그 아이가 「바람 부는 대로」라고 대답하면, 너는 「바람이 없으면 어떻게 하니?」라고 말하거라.'"

"소년은 빨리 날이 밝아서 저쪽 절의 소년에게 복수하고 싶었습니다. 그래서 밤새 잠을 이룰 수가 없었습니다. 다음 날 무슨 일이 일어날지 상상하면서 잠을 설쳤습니다. 소년은 주지 스님이 가르쳐준 말을 여러 번 되새겼습니다. 저쪽 절의 소년에게 같은 질문을 했는데 그가 같은 대답을 하면, 그때 준비한 질문으로 받아칠 참이었습니다.

다음 날, 소년은 길에서 저쪽 절의 소년을 기다렸습니다. 마침내 그를 만나서 물었습니다.

「어디 가는 중이니?」

그러자 저쪽 절의 소년이 대답했습니다.

「발 가는 대로!」

달라진 대답에 소년은 또 어찌할 바를 몰랐습니다. 자기 대답은 똑같은데, 그의 달라진 대답은 예상할 수 없었던 것입니다.

소년은 매우 침울하게 돌아와 주지 스님에게 말했습니다.

'그를 믿을 수가 없습니다. 그의 대답이 바뀌었는데, 저는 무슨 말을 해야 할지 몰랐습니다.'

그러자 주지 스님이 말했습니다.

'내일 그 아이가 「발 가는 대로」라고 말하면, 너는 「네가 절름발이가 되거나 발이 잘리면 어떻게 할래?」라고 말해라!'

그날 밤도 소년은 잠을 이룰 수가 없었습니다. 다음날, 일찌감치 나간 소년은 저쪽 절 소년이 나타나기를 기다렸습니다. 마침내 그가 왔을 때 소년이 물었습니다.

「어디 가는 중이니?」

그러자 저쪽 절 소년이 대답했습니다.

「시장에 야채를 사러 간다!」

이번에도 소년은 매우 혼란스러워져서 돌아와 주지 스님에게 말했습니다.

「스님, 그에게는 도저히 안 되겠어요. 그의 대답은 계속 바뀌고 있어요.」

"자, 여러분! 이 이야기는 아주 재미있으면서도, 아주 수준 높은 삶의 지혜를 담고 있습니다. 여러분의 이해를 돕기 위해서 잠시 해설을 하겠습니다.

이쪽 절 소년은 대답이 정해져 있고, 저쪽 절 소년의 대답은 정해져 있지 않다는 사실입니다. 이처럼 세상의 수많은 사람들의 대답도 정해져 있습니다. 대답이 정해져 있다는 건 질문도 정해져 있다는 걸 말합니다. 그런데 대답과 질문이 정해져 있다는 것은, 그 사람의 사고가 죽어 있다는 것을 말합니다. 또한, 그 사람의 사고가 죽어 있다는 것은, 그는 '죽은 삶'을 살고 있다는 뜻이기도 합니다.

절대로 삶은 정해져 있는, 즉 고정된 것이 아닙니다. '삶'이란 말은, '살다'라는 동사에서 온 말입니다. '살다'는 명사가 아니라 동사입니다. 동사는 고정된 게 아닌 '움직인다'는 것입니다. 그래서 삶은 살아 움직여야 합니다.

앞의 이야기에서는 이쪽 절 주지의 수준이 낮다는 걸 알 수 있습니다. 왜냐면, 이쪽 절 주지의 대답은 고정되어 있기 때문입니다. 그러니 저쪽 절 소년이 다른 대답을 하면, 이쪽 절 소년이 준비한 대답은 무용지물이 되고 맙니다."

"여러분! 삶은 가변적입니다. 그래서 그리스 철학자 헤라클레이토스(Heracleitos)는 '같은 강물에 두 번 발을 담글 수 없다'라고 말한 것입니다. 이처럼 어제와 오늘이 다르고, 오늘 중에서도 매 순간순간 달라야 합니다. 고정된 정답을 갖고 사는 사람은 '죽은 시체' 같은 삶과 다를 바 없습니다. 그러므로 우리는 이쪽 절의 소년이 아니라 저쪽 절의 소년에게 한 수 배워야 할 것입니다. 내 말 이해합니까?"

"예, 선생님!"

"그럼 마치겠습니다."

학생들의 박수갈채와 환호성이 터졌다.

→ 2권에 계속

새우와 고래가 함께 숨 쉬는 바다

하륜
선생 1

지은이 | 송 현
펴낸이 | 황인원
펴낸곳 | 도서출판 창해

신고번호 | 제2019-000317호

초판 인쇄 | 2021년 09월 13일
초판 발행 | 2021년 09월 20일

우편번호 | 04037
주소 | 서울특별시 마포구 양화로 59, 601호(서교동)
전화 | (02)322-3333(代)
팩시밀리 | (02)333-5678
E-mail | dachawon@daum.net

ISBN 979-11-91215-21-2 (04810)
ISBN 979-11-91215-20-5 (전2권)

값 16,500원

Publishing Club Dachawon(多次元)
창해·다차원북스·나마스테